ÇOCUK

ENGIN
YAYINCILIK

E. De Amicis

ÇOCUK KALBİ

EDMONDO DE AMİCİS

Türkçesi:
İlhan Eti

ENGIN
YAYINCILIK
Tiyatro Caddesi, Aydın Saray İş hanı, No: 14 / 117- 118 Beyazıt
İSTANBUL Tel: 518 29 63 - 518 29 64

DÜNYA ÇOCUK KLASİKLERİ DİZİSİ

ISBN 975-379-190-9

ÇOCUK KALBİ

Birinci Baskı: 1989/ İkinci Baskı: 1994/ Dizgi- Baskı: Engin Matbaacılık Sanayi ve Tic. Ltd. Şti Topkapı - İstanbul. Tel 612 05 53

EKİM

OKULDA İLK GÜN

17, Pazartesi

Bugün okulumuzun açılış günü. Köyde geçirdiğimiz üç aylık tatil, tatlı bir düş gibi uçup gitti. Bu sabah Baretti Okulu'nun üçüncü sınıfına yazıldığım için annemle birlikte okula gidiyordum. Yazın o güzel günlerini düşlüyor ve annemi isteksiz adımlarla izliyordum. Sokaklar çocuklarla; kitapçı dükkânı, kitap, defter, çanta ve kâğıt alan ana babalarla kaynaşıyordu. Okulun önündeki kalabalık nedeniyle kapıcı ve bekçiler giriş kapısını açık tutabilmek için oldukça zorlanıyorlardı.

Tam içeri giriyordum ki, omzuma bir el dokundu. Başımı çevirdiğimde dağınık kızıl saçlı ve hep güler yüzlü ikinci sınıf öğretmenimi gördüm.

«Enrico, seninle temelli olarak ayrıldık, artık aynı sınıfta olmayacağız,» dedi.

Bunu bildiğim halde bu sözlere üzüldüm. Sonunda, okulun içine güçlükle girebildik. İyi giyimli bay ve bayanlar, yoksul halktan kadınlar, işçiler, subaylar, nine ve dedeler bir ellerinde çocukları, öbür ellerinde kâğıtlar bekleme salonunda ve merdivenlerde gürültü ederek bekleşiyorlardı. Kendimi bir tiyatro binasında sandım. Tüm duygularım canlanmıştı.

Üzgün gözlerimi alt kattaki büyük avluya diktim. Yedi sınıfın kapılarının açıldığı bu avludan, üç yıldan bu yana her gün geçmiştim, hem de en azından günde iki kez, ama artık geçmeyecektim.

Öğretmenler, kalabalığı yararak gelip geçmekteydiler. Birinci sınıf öğretmenim sınıfının önünde duruyordu, bana üzgün bir sesle seslendi:

«Enrico bu yıl yukarı kata gidiyorsun, bir daha buradan geçtiğini göremeyeceğim.»

Müdürümüz bana geçen yıla göre daha da yaşlanmış göründü, sakalındaki gümüş teller daha da çoğalmıştı. Çevresini, çocuklarına yer kalmadığını söyleyerek sızlanan kadınlar çevirmişti.

Arkadaşlarımdan çoğunu, daha da büyümüş ve şişmanlamış buldum. Alt kattaki sınıflara dağılma işi düzenlenirken, okula yeni başlayan küçükler sınıflarına girmemek için direniyorlardı. Tıpkı minicik eşekler gibi oldukları yere çakılmışlar, ileri adım atmıyorlardı. Bu çocukları içeri zorla sokmak gerekiyordu. Birçoğu da ana ve babalarının uzaklaştıklarını görerek arkalarından ağlamaya başladılar. O zaman analar babalar onları avutmak için geri döndüler. Bu durum öğretmenlerini çok üzdü.

Küçük erkek kardeşim, Bayan Delcati'nin sınıfına verilmişti. Ben birinci kattaki Bay Perboni'nin sınıfına gidecektim.

Saat tam onda elli dört öğrenci sınıfı doldurmuştuk. Arkadaşlardan on beş, on altısını geçen yıldan tanıyordum. Onlarla ikinci sınıfta beraberdik. Her yıl sınıf birinciliği ödülünü alan Derossi de gene bizimle birlikteydi.

Yaz aylarında koşuşup oynadığım orman ve tepeleri düşündükçe, okul bana sıkıntılı ve küçülmüş göründü. Üstelik, ikinci sınıftaki öğretmenimden ayrıldığıma da üzülüyordum. O, ne kadar cana yakındı, hep bizimle gülerdi. Ufak yapılı olduğundan, bize sanki bir arkadaş gibi görünürdü. Onun o dağınık kızıl saçlarını artık göremeyeceğimi düşünmek beni kederlendiriyordu.

Yeni öğretmenimiz boylu ve zayıf biri. Bıyığı ve sakalı yok. Alnında derin bir kırışık ve uzunca beyaz saçları var. Sesi de tok. Sanki düşündüklerimizi okumak istercesine, derin gözlerle denetler gibi bize bakıyor. Hem de hiç gülmüyor; yüzü üzgün ve çok ciddi.

İçim daralmıştı. «Daha ilk gün, tatile tam dokuz ay var. Önümüzde daha ne karanlık günler, ne sınavlar, ne uzun çalışma saatleri olacak. Kimbilir, ne kadar yorulup yıpranacağız!» diyordum kendi kendime.

Okuldan çıkar çıkmaz gözlerim annemi aradı. Onu görmeye can atıyordum. Hemen koşup ellerine sarıldım ve onu kucakladım. Bana şunları söyledi:

«Cesur ol Enrico, seninle beraber çalışacağız!»

Bu sözleri içimi mutlulukla doldurdu, birden güçlenmiş gibiydim. Ama, ne yazık ki, artık okulda o güleç yüzlü, iyi kalpli öğretmenimiz yok. Bu nedenle, orası bana artık geçen yıl olduğu gibi sevimli görünmüyor.

ÖGRETMENİMİZ

18, Salı

Bu sabahtan itibaren, yeni öğretmenimiz bize kendisini sevdirdi. Henüz sınıfa girmiştik ki, son sınıftaki öğrencilerden çoğunun kapıdan onu selamladıklarını, «Günaydın öğretmenim», «Günaydın Bay Perboni!» diye seslendiklerini duyduk. İçlerinden birçoğu, koşarak içeri girip onun elini sıkıyorlar ve koşarak kendi sınıflarına dönüyorlardı. Onların bu davranışlarından Bay Perboni'yi çok sevdiklerini ve onu yeniden öğretmenleri olarak görmek istediklerini anlamak hiç zor değildi. Oysa Bay Perboni kendisine uzatılan elleri sıkıyor, selamlarına, «Günaydın!» diyerek karşılık veriyor, ama kimseye bakmıyordu. Yüzü pencereye dönük, karşısındaki damlara bakıyor, her selamı gururla kabul ediyordu.

Bu sevgi gösterilerinden sıkıldığını sezer gibi oldum... Daha sonra, Bay Perboni dikkatli gözlerle hepimizi bir bir süzdü. Yazı yazdırırken, kürsüsünden aşağıya indi, sıralar arasında gezinmeye başladı. Yüzü kıpkırmızı ve küçük kabarcıklarla kaplı bir çocuğu görünce yazı yazdırmayı kesti. Çocuğun alnına elini koyarak onun ateşi olup olmadığını yokluyordu ki, arkadan bir çocuk sırasının üzerine çıkıp, öğretmenin arkasından dilini çıkararak soytarılığa başladı.

Öğretmen aniden başını çevirdi. Çocuk yerine oturmuş başı eğik cezasını bekliyordu. Öğretmen ona yaklaştı, elini onun başına koyarak «Bir daha öyle yapma!» dedi. Başka bir şey söylemedi, yerine dönüp yeniden yazdırmaya devam etti.

Yazı dersi sona ermişti. Öğretmen bir süre, sessiz sessiz bize baktı, tok fakat yumuşak sesiyle bize şunları söyledi:

«Çocuklarım, beni can kulağıyla dinleyin. Önümüzde birlikte geçireceğimiz uzun bir yıl var. Bu süreyi en iyi şekilde geçirmek için sizden yardımınızı istiyorum. Çalışın ve söz dinleyin. Benim ailem yok. Dünyada sizlerden başka kimsem yok. Tek varlığım sevgili annemi de geçen yıl yitirdim. Onun ölümüyle büsbütün kimsesiz kaldım. Sizlerden başka düşüneceğim ve seveceğim kimsem yok benim. Sizlerden çocuklarım olmanızı istiyorum. Ben sizleri seveceğim, sizden de beni sevmenizi istiyorum. Ben kimseyi cezalandırmak istemem. İyi ve temiz kalpli çocuklar olduğunuzu bana gösterin. Okulumuzun bir aile yuvası olduğunu unutmayın. Sizlerle övünmek isterim. Tüm umudum sizlersiniz. Sizden bana yüksek sesle söz vermenizi istemiyorum. İçinizden hepinizin bana 'evet' dediğine inanıyorum. Teşekkürler çocuklarım.»

Tam o sırada, kapıcı dersin bittiğini bildirmek için, içeri girdi. Hepimiz sessizce yerimizden kalktık. Sırasının üzerine çıkarak yaramazlık yapan çocuk, öğretmene yaklaştı, titrek bir sesle:

«Beni bağışlayın öğretmenim» dedi.

Öğretmen, onu alnından öperek:

«Haydi git yavrum!» dedi.

ACI BİR OLAY

21, Cuma

Ders yılı tatsız bir olayla başladı. Bu sabah babamla okula giderken, ona öğretmenimizin sözlerini anlatıyordum ki, birden okulun önünde birikmiş bir kalabalık gördük.

Babam durumu hemen kavramıştı: «Eyvah galiba bir kaza oldu!» diye söylendi. «Ne yazık, yıl iyi başlamadı!»

Okula zorla girdik. Giriş salonu ailelerle ve öğretmenlerin sınıflara sokmaya çalıştıkları çocuklarla doluydu. Bütün gözler müdürün çalışma odasının kapısına çevrilmişti. Her ağızdan aynı sözler çıkıyordu:

«Zavallı çocuk! Zavallı Robetti!»

Yoğun kalabalığın içinde, avlunun sonunda duran belediye memurunun kasketiyle, müdürün saçsız başı gözüküyordu. Sonra resmi şapkası bulunan biri göründü, herkes ona yol vererek, «İşte doktor,» diye mırıldandı.

Babam, bir öğretmene ne olduğunu sordu, o da, «Ayağının üzerinden tekerlek geçti» diye yanıtladı. Ön taraftan biri de «Ve de ayağını ezdi.» diye ekledi.

Ayağı ezilen çocuk ikinci sınıf öğrencisiydi. Robetti, Dora Grossa Sokağı'ndan geçerken, annesinin elinden kurtularak bir minibüsün önüne çıkan birinci sınıftan bir çocuğu görmüş ve onu kurtarmak için cesaretle ileri atılmış ve onu tekerleklerin altından çekip almıştı. Ancak ne yazık ki, arabanın tekerleği bu kahraman çocuğun ayağının üzerinden geçmişti. Robetti bir topçu yüzbaşısının oğluydu.

Bu açıklamayı dinliyorduk ki, bir kadın çılgın gibi koşarak kalabalığı yardı ve telaşla büyük salona girdi. Bu kadın Robetti'nin annesiydi. Kendisine haber verilmişti. Bir başka kadın - ölümden kıl payı kurtulan çocuğun annesi - hıçkırarak onu karşıladı ve boynuna atıldı. İkisi birlikte müdürün odasına daldılar. Bayan Robetti'nin üzüntü dolu çığlıklarını duyduk:

«Ah Julio! Ah yavrucuğum!»

Derken kapının önünde bir araba durdu ve az sonra müdür, kucağında yaralı çocukla göründü. Zavallı çocuğun yüzü bembeyazdı. Gözleri yarı kapalıydı, başını müdürün omzuna dayamıştı. Çevreyi derin bir sessizlik kapladı, herkes susmuştu. Yaralının annesinin hıçkırıklarından başka ses çıkmıyordu. Müdürün de yüzü solmuştu, çocuğu kalabalığa göstermek için, iki eliyle havaya kaldırdı.

Kadın ve erkek öğretmenler, çocukların aileleri ve öğrenciler hep bir ağızdan, «Yaşa Robetti! Aferin sana cesur çocuk!» diye haykırdılar. Uzaktakiler elleriyle ona öpücükler gönderiyor, yanındakiler onun ellerini kollarını öpüyorlardı.

Kahraman çocuk gözlerini araladı. «Çantam nerede?» diye fısıldadı. Çocuğu kurtulan anne, ağlayarak çantayı gösterdi. «Çantan bende, sevgili çocuk,» dedi, «Onu sana ben getireceğim.»

Yüzü elleriyle örtülü Bayan Robetti, oğlunun sesini duyunca gülümsedi. Robetti'yi dikkatle arabaya yerleştirdiler. Araba uzaklaşırken, bizler de sessizce sınıflarımıza girdik.

KÜÇÜK KALABRİYALI

22, Cumartesi

Öğretmenimiz dün akşama doğru, bize Robetti'den söz ediyor, onun bir süre koltuk değnekleriyle yürümek zorunda kalacağını söylüyordu ki, birden müdür, yeni bir öğrenciyle birlikte sınıfa girdi. Yeni gelen koyu esmer tenli, siyah saçlı ve alnında birleşmiş gibi görünen gür kaşların altında ışıldayan kara gözlü bir çocuktu. (Koyu renk ceketi kayış bir kemerle belinde tutturulmuştu.) Müdür ona eğildi, kısık bir sesle bir şeyler söyledikten sonra, çevresine ürkek bakışlarla bakan küçük öğrenciyi bırakıp gitti. Öğretmen, onun elinden tuttu ve bize şunları söyledi:

«Çocuklarım mutlu olmalısınız, bugün buraya ta uzaklardaki Kalabriya ilinden bir öğrenci geldi. Bu yeni arkadaşı çok seveceksiniz. O İtalya'ya ünlü kişiler, güçlü insanlar, kahraman askerler yetiştiren yiğit bir toprağın çocuğudur. Büyük göller, dağlar ve yeşil ormanlarla kaplı bu güzel il, ülkemizin en güzel köşelerinden biri sayılır. Yeni arkadaşınıza yakınlık gösterin ki, yurdundan uzak kaldığını unutsun. Bir İtalyan çocuğunun ülkesinde gireceği her okulda, kendisine kardeşler bulacağını ona kanıtlayalım.»

Öğretmenimiz bu sözlerden sonra bize duvarda asılı olan haritada Kalabriya ilini gösterdi. Sonra o tok sesiyle:

«Ernesto Derossi, buraya gel» dedi.

Her zaman sınıf birinciliği ödülü alan Derossi kalktı ve öğretmenin yanında duran yeni gelen çocuğa yaklaştı.

Öğretmen: «Derossi,» dedi, «Sen sınıf birincisisin, bütün sınıf adına yeni arkadaşı kucakla ve Piemont çocuklarının 'Hoş geldin' selamını bu Kalabriya evladına ilet.»

Derossi, Kalabriyalı'ya yaklaştı ve o duru sesiyle:

«Aramıza hoş geldin.» diyerek onu kucakladı. Sonra iki çocuk içtenlikle öpüştüler. Hepimiz duygulanmıştık, alkış tuttuk.

Öğretmenimiz: «Susun, sınıfta alkış yasaktır.» dedi ama için için bizim bu davranışımızdan hoşlandığını anlamıştık. Küçük Kalabriyalı da hayatından memnun görünüyordu. Öğretmenimiz ona bir yer gösterdi ve bize döndü:

«Söyleyeceklerimi hiçbir zaman unutmayın. Bugünkü duruma ulaşabilmek, yani Torino'da yaşayan bir Kalabriya çocuğunun kendisini burada öz yurdunda sanabilmesi için yurdumuz tam elli yıl savaştı. Torinolu bir çocuk da İtalya'nın herhangi bir ilinde kendisini baba ocağında gibi rahat bulur. Bu mutlu sonuca erişebilmek için, tam otuz bin İtalyan yaşamını yitirdi. Bugün artık İtalya illeri arasında hiçbir ayrım kalmadı. Evet çocuklarım kardeşler gibi birbirinizi sevmelisiniz. Bizim bölgemizin çocuğu değil diye, bu çocuğa kim hor bakarsa, o, üç renkli bayrağımızı selamlamaya layık biri değildir.»

Kalabriyalı yerine henüz oturmuştu ki, arkadaşlardan sevgi gösterileri başladı. Ona kalem, resim gibi şeyler armağan edildi. Arka sırada oturan bir çocuk, ona bir İsveç pulu verdi.

ARKADAŞLARIM

25, Salı

Sınıfta en beğendiğim ve sevdiğim öğrencilerden biri Küçük Kalabrialı'ya posta pulu gönderen Garrone'ydi. O hepimizden büyüktü. Tam on dört yaşındaydı. Başı büyük, omuzları genişti. Gülümseyişinden onun ne kadar iyi kalpli olduğu anlaşılırdı. Yüzünde tıpkı yetişkin bir adamın yüzü gibi devamlı düşünen bir ifade görülürdü.

Arkadaşlarımdan çoğunu artık iyi tanıyordum. Hoşuma gidenlerden biri de Coretti'ydi. Çünkü, o her zaman neşeliydi. Şapkası kedi derisinden dikilmişti ve hep kahverengi bir gömlek giyerdi. 66 savaşında Prens Umberto ordusunda savaşan ve üç madalyası bulunan bir oduncunun oğluydu. Bir de kambur, küçük Nelli vardı. İyice kambur sırtı ve çelimsiz vücuduyla dokunsan kırılacak gibi zayıf bir çocuk Nelli.

Her gün okula şık giyimli gelen ve durmadan giysisinin tozlarını eliyle süpüren bir çocuk vardı, Votini. Benim tam önümde, babasının işinden dolayı kendisine «Küçük Duvarcı» denen bir çocuk oturuyordu. Bu çocuğun yüzü bir elma gibi yusyuvarlaktı. Burnunu tıpkı bir tavşan burnu gibi ustalıkla oynatırdı. Çocukların hemen hemen hepsi eğlence için ondan burnunu oynatmasını isterler, hatta, onu buna zorlarlardı. Bu çocuğun tıpkı bir mendil gibi buruşturarak cebine koyduğu bir de şapkası vardı. Küçük Duvarcı'nın yanında, küçük ve birbirine yakın gözleri, karga gagasını andıran burnu ile Garoffi otururdu. Okulda kalem, resim ve kibrit alış-verişinde usta olduğu gibi, derslerini okuyabilmek için tırnaklarının üzerine yazmasıyla da ün yapmıştı. Her şeye tepeden alayla bakan bir küçük bayımız daha

vardı, Carlo Nobis. Benim çok sevdiğim iki öğrencinin arasında otururdu.

Bu iki öğrenciden biri, bir çilingirin oğluydu, dizlerine kadar inen, çuval gibi uzun bir ceket giyer, hastaymış gibi hiç gülmeyen soluk bir yüzü ve bir şeyden korkar gibi ürkek duruşu vardı. Öbür çocuk ise kırmızı saçlı ve felçli kolunu bir askıda taşıyan biriydi. Babasının Amerika'da olduğu söyleniyordu, annesi ise sokak sokak dolaşan gezgin bir manavdı. Sol tarafımda oturan öğrenci çalışkanlığın canlı bir örneğiydi. Omuzlarına gömülü kısa boyunlu, devamlı homurdanır gibi sesler çıkaran bu çocuk hemen hemen hiç kimseyle konuşmazdı. Stardi adındaki bu sıra komşum, gerçi akıllı ve dersleri çabuk kavrayan bir çocuk değildi. Ama dersleri öylesine yoğun bir dikkatle dinlerdi ki; alnını kırıştırır, dişlerini sıkar ve gözlerini öğretmene dikerek onun söylediklerinden tek bir sözcük bile kaçırmamaya çalışırdı.

Ders sırasında ona bir şey sorarsanız size yanıt bile vermezdi, eğer öğretmen konuşurken sorunuzu yineleyecek olursanız size bir tekmeyle karşılık verirdi.

Onun tam yanında hain bakışlı ve iğrenç suratlı Franti adında korkunç bir çocuk otururdu. Başka bir belediye okulundan kovularak bize gelmişti. Bunlardan başka, hep eş giyinen ve sülün tüyleri ile süslü Kalabriya şapkası taşıyan ve birbirlerine çok benzeyen iki kardeş daha vardı.

Ancak bütün bunların hepsinden daha yakışıklı, kibar, akıllı ve kuşkusuz bu yıl da birincilik ödülünün adayı olan Derossi vardı. Öğretmen ona çok değer verir, saygılı bir şekilde onu sever ve her şeyi ona sorardı. Ama benim en çok sevdiğim arkadaşım o hep uzun ceket giyen, solgun yüzlü, çilingirin oğluydu. Precossi'ydi adı onun. Babasının onu dövdüğü söyleniyordu. Çok utangaçtı. Birisine bir şey soracağı veya kazara geçerken çarptığı zaman, iyilik dolu o üzgün gözlerini kaldırır ve «Özür dilerim» derdi. Ama gene de bir şeyden kesinlikle eminim, içimizde en iyi kalpli olan da, büyük Garrone'ydi.

SOYLU BİR DAVRANIŞ

26, Çarşamba

Garrone'yi bu sabah daha yakından tanıyıp takdir ettik. Birinci sınıf öğretmeni, annemi görmeye kaçta gelebileceğini sormak için beni avluda alıkoymuştu. Öğretmenimiz henüz sınıfa gelmemişti. O, kolu felçli kızıl saçlı çocuğu, manav kadının oğlu Crossi'yi üç dört öğrenci rahatsız ediyordu. Başına kestane kabukları atıyor, cetvelleriyle vuruyor ve sakatlığının taklidini yaparak onu alaya alıyorlardı. O zavallıya gelince sırasında donmuş gibi oturuyor ve hain çocuklara kendisini rahat bırakmaları için yalvaran gözlerle bakıyordu. Ne var ki çocuklar giderek işi daha da azıttılar. Bir ara o iğrenç yüzlü Franti, sıranın üzerine çıktı ve kolunda hayali bir sepet taşır gibi, oğlunu okul kapısında bekleyen manav kadının taklidini yapmaya koyuldu. (Ancak birkaç günden beri gelemiyordu zavallı kadın, hastalanmıştı.) Bu benzetme karşısında öğrencilerin hemen hemen hepsi gülmeye başladılar.

Birden Crossi kendinden geçerek önündeki hokkayı kaptı ve olanca gücüyle Franti'ye fırlattı. Ama Franti çevik bir hareketle oradan kaçtı ve hokka tam o anda sınıfa giren öğretmenin göğsüne çarptı.

Bütün öğrenciler oldukları yerde sinmişlerdi. Sınıf derin bir sessizliğe gömülmüştü.

Öğretmenimizin de yüzü sapsarı olmuştu. Kürsüye çıktı ve öfkeden titreyen bir sesle:

«Hokkayı kim attı?» diye sordu.

Kimseden ses çıkmadı.

Öğretmen bu kez daha gür bir sesle: «Kim attı?» diye yineleyince zavallı Crossi'ye acıyan Garrone ayağa kalkarak: «Ben attım,» dedi.

Öğretmen ilkin ona, daha sonra şaşkınlıktan dona kalmış diğer öğrencilere baktıktan sonra, yeniden sordu:

«Senin atmadığını biliyorum. Suçluyu cezalandırmayacağım, ama ayağa kalkıp adını söylemesini bekliyorum.»

Crossi'nin gözlerinden sel gibi yaşlar boşanmıştı:

«Benimle alay ettiler, çok kötü konuştular ben de kendimi kaybederek attım!» dedi.

«Sen otur Crossi, seni kışkırtanlar ayağa kalksınlar!»

Dört öğrenci başları önünde ayağa kalktılar, öğretmen onlara şöyle çıkıştı:

«Size hiçbir kötülüğü dokunmayan bir arkadaşınızı acı sözlerinizle kırdınız. Sakat olduğu için onunla eğlendiniz. Kendisini savunamayan hasta bir çocuğa saldırdınız. İnsanoğlunda en ayıpladığım. Ruhu kirleten, en iğrenç ve düşük davranışta bulundunuz. Alçaklar!..»

Öğretmen bu sözlerden sonra, yerinden indi ve aramızda dolaşarak Garrone'nin yanına yaklaştı. Eliyle onun eğik başını kaldırdı ve gözlerini onun gözlerinin ta içine dikerek:

«Sen harika bir çocuksun Garrone» dedi, «güzel bir kalbin var.»

Garrone, sanki bu durumu bekler gibi eğilerek öğretmenin kulağına bir şeyler fısıldadı. Öğretmen o dört hain öğrenciye döndü ve sert bir sesle:

«Suçunuzu bağışlıyorum!» dedi.

BİRİNCİ SINIF ÖĞRETMENİM

27, Perşembe

Birinci sınıftaki bayan öğretmenim sözünü tuttu ve bizi görmeye geldi. Bizse tam o anda kapıdan çıkmaya hazırlanıyorduk. Annem gazetede gördüğü bir çağrıya uyarak, yoksul bir kadına çamaşır götürecekti, beni de yanına almak istemişti.

Bir yıldan bu yana, öğretmen bize uğramamıştı. Gelişi bizi çok sevindirdi. Ufak tefek, çok sevimli, orta yaşlı bir kadındı. Devamlı yeşil tülle süslü bir şapka giyer, üstüne başına pek önem vermezdi. Geçen yıldan bu yana saçlarının bir hayli ağarmış olduğunu farkettim. Saçlarını doğru dürüst taramaya zaman bile bulamamıştı. Kendisini görmeyeli daha da zayıflamıştı, üstelik pek de kötü öksürüyordu. Annem onun bu durumuna pek üzülmüştü.

«Sevgili öğretmen neden sağlığınıza dikkat etmiyorsunuz?» diye sordu.

«Ne önemi var ki?»

Annem çok içten üzülmüştü, üsteledi:

«Derslerinizi hep yüksek sesle anlatıyorsunuz bu da sizi çok yoruyor. Öğrencilerinizin uğruna kendinizi helak ediyorsunuz...»

Aslında annem gerçeği söylüyordu. Öğretmenin sesi ta koridorlara kadar çınlar, öğrencilerinin dikkatini dağıtmamak için devamlı konuşur ve bir dakika bile kürsüsünde oturmazdı. Üstelik öğrencilerini da asla unutmazdı. Bundan ötürü verdiği sözü tutup bize geleceğini biliyordum. Öğrencilerinin adlarını yıllarca aklında tutar, daha başka sınıfta olsalar bile onlarla ilgisini kesmezdi. Sınavlarda aldıkları notlara kadar bilir, kimi zaman akşamları eski öğrencilerini okul çıkışında bekler ve onların ne kadar ilerlediklerini anlamak için defterlerini denetlerdi.

Artık yetişkin gençler olan, uzun pantolon giyen birçok eski öğrencisi bugün bile onu görmeye gelirdi. Bugün de kendi sınıfını bir müzeye gezmeye götürmüştü. Dönüşte soluk soluğa bize uğradı. O her perşembe öğrencilerini ilginç bir yere götürür ve onlara bilgi sağlayacak ve de eğlendirecek konular arardı.

Kendisini çok bitkin buldum ama gene de canlı ve neşeliydi. Okulu o kadar severdi ki, okul lafı edilince coşkusunu gizleyemezdi. İki yıl önce hastalandığım zaman beni görmeye gelmişti. Ama artık o karyolada küçük kardeşim yatıyor. Öğretmen o odayı ve yatağı gene görmek istedi. Daha sonra çok işi olduğunu söyleyerek gitmek için kalktı. Öğrencilerinden bir çocuk, bir saracın oğlu kızamığa tutulmuş, ona uğramak istiyordu. Akşam da dükkân işleten orta yaşlı bir kadına muhasebe dersi verecekti. Bu arada düzelteceği tomarla ödev de vardı. Herhalde bütün gece çalışacaktı.

Ona veda ederken bana şöyle dedi:

«Enrico, hâlâ beni unutmadın ya? Şimdi artık sen zor problemler çözüyor ve edebiyat ödevleri yapıyorsun. Seninle övünüyorum» diyerek beni öptü. Merdivenin altında yeniden seslendi.

«Beni unutma Enrico!»

Yoo, sevgili öğretmenim sizi asla unutmayacağım. Büyüdüğüm zaman bile sizi devamlı anımsayacağım. Sizi sınıfınızda da görmeye gelirim. Ne zaman bir okul yanından geçecek olsam ve bir bayan öğretmenin sesini duyacak olsam daima sizi duymuş gibi olarak, sınıfınızda geçen iki yılımı anımsayacağım. Ben sizden ne kadar çok şey öğrendim. Sizi o zaman bile, kaç kez yorgun ve üzüntülü görmüştüm. Ama her zaman hoşgörülü ve anlayışlı oldunuz. Bir öğrencinin kalem tutmasını hatalı bulduğunuzda onu düzeltinceye kadar uğraşır, müfettiş bize bir soru sorduğunda, bizim hesabımıza heyecanlanır, başarılı olduğumuzda mutlu olurdunuz. Siz sevecen bir anne kadar sevecen oldunuz.

Hayır sizi asla unutmayacağım, iyi kalpli sevgili öğretmenim.

BİR ÇATI KATINDA

28, Cuma

Dün, öğretmenimi uğurladıktan sonra, annem ve kızkardeşim Silvia ile, gazetelerde adı geçen ve halktan yardım isteyen o yoksul kadına çamaşır götürmeye gittik. Paketi ben taşıyordum. Silvia ise zavallı kadının adının ve adresinin yazılı olduğu gazeteyi yanına almıştı. Oldukça yüksek bir binanın en üst katına çıktık. Koridorda birçok kapı vardı. Annem en sondaki kapıyı tıkırdattı. Bize kapıyı henüz genç denilebilecek, solgun yüzlü, sarışın ve zayıf bir kadın açtı. Saçlarını mavi bir örtüyle örtmüş bu kadının yüzü, bana hiç yabancı gelmedi. Annem:

«Gazetede adı geçen bayan sizsiniz, değil mi?» diye sordu.

«Evet efendim, benim.»

«İyi öyleyse size birkaç parça çamaşır getirdik.»

Yoksul kadın bize içten bir sesle teşekkür etti. Bu sırada karanlık odanın bir köşesinde tahta bir sandalyenin önünde diz çökmüş bir çocuk, sırtı bize dönük bir şeyler yazıyordu. Hokkayı yere tahtanın üzerine koymuş, kâğıdını da sandalyenin üzerine yaymıştı. Onun bu yarı karanlıkta nasıl görüp çalışabildiğini düşünüyordum ki, birden kırmızı saçlarını ve eski ceketini görerek, onun manav kadının oğlu felçli Crossi olduğunu anladım. Kadıncağız getirdiğimiz paketi bir köşedeki sandığına yerleştirirken, ben bunu yavaşça annemin kulağına fısıldadım. Annem:

«Sus sesini çıkarma!» diye uyardı beni. «Annesine sadaka verilmesinden belki utanır.»

Tam o anda, Crossi bize döndü. Ben ne yapacağımı bilmez durumda orada kalakalmıştım. Oysa Crossi gülümseyerek bana yaklaştı. Annem beni onun kollarına itti. Biz kucaklaşırken Crossi'nin annesi:

«İşte burada oğlumla yalnız yaşıyorum,» diye anlattı anneme. «Eşim altı yıldır Amerika'da. Bütün bu acılar yetmez gibi, üstelik ben de hastalandım. Artık sokak sokak dolaşarak birkaç metelik kazanabilmek için sebze de satamıyorum. Zavallı Luigino'mun ödevlerini yapacak bir masası bile yok. Eşyalarımı satmak zorunda kaldım. Sokak kapısının arkasında tahta bir sıra vardı derslerini onun üzerinde çalışırdı onu da kaldırdılar. Işık da yetersiz. Zavallı çocuk yarı karanlıkta gözlerini bozuyor. Gene de Tanrı'ya şükür ki hiç değilse onu okula gönderebiliyorum. Orada kendisine defter ve kitap veriyorlar. Luigino okumaya çok hevesli... Ah durumum çok kötü; nasıl dayanabileceğimi bilemiyorum!»

Annem çantasını kadının avuçlarına boşalttı, sonra Crossi'yi öptü ve gözleri yaşlarla dolu oradan çıktı. Yolda bana şu sözleri söyledi:

«Enrico bu zor koşullar altında çalışan bu çocuk sana ders olsun, oysa sen her olanağın olduğu halde, kimi zaman çalışmaktan yakınırsın. Evet Enrico, Crossi'nin bir günlük çalışması, senin bir yıllık çalışmandan daha değerli. Birincilik armağanları böyle çocuklara verilmeli.»

OKUL

28, Cuma

(Babamın mektubu)

Evet Enrico, ne yazık ki annen yorumlarında haklı. Sen çalışmayı pek sevmiyorsun. Okuluna güler yüzle sevinçle gitmiyorsun. Oysa ben baban, seni çok daha başka görmek isterdim, her zorluğu yenebilen güler yüzlü, yürekli bir çocuk. Aslında, okula gitmemiş olsan günlerin ne kadar boş ve anlamsız geçerdi, bunu hiç düşündün mü? Bir hafta evde kalacak olsan, okula gitmek için bize yalvaracağından eminim. Evde, öylesine sıkılacaktın ki, oyuncakların bile sana artık yavan gelecekti. Oynamaktan bile usanırdın.

Enrico'cuğum artık öyle bir çağda yaşıyoruz ki, herkes okuyor. Gündüzün akşama kadar yıpratıcı işlerde çalışan işçiler bile, akşamları gece kurslarına koşarak okuma yazmayı öğreniyorlar. Bütün hafta fabrikalarda bitkin düştükten sonra pazar günleri okula giden genç kızları, kadınları, eğitimlerden yorulduktan sonra okuma yazma öğrenmek için akşam kurslarına yazılan o askerleri düşün. Bu arada, kör ve dilsizler bile okuma öğreniyorlar, bunu da asla unutma. Cezaevinde çile dolduranların da okuyup yazmaya heveslendiklerini bilmeni isterim. Aslında çoğu, sırf bilgisizlik yüzünden oraya düşmüştür. Evet Enrico, şunu bil ki her sabah yalnızca şu yaşadığımız kentte, otuz bin çocuk bilgisini artırmak için okullara gidiyor ve bu dünyanın her bir yanında böyle sürüp gitmekte. Bütün çocuklar sabahın erken saatlerinde okullarına koşuşuyorlar.

Kalabalık kentlerin caddelerinde, ıssız köylerin dağ yollarında, sis, kar ve yağmurda ya da kızgın güneş altında çocuklar okullarına gidiyorlar. Kanalları olan ülkelerde kayıklarla, çöllerde atlarla, buzlar üzerinde kayaklarla, vadi ve tepeleri aşarak yüzbinlerce çocuk her gün okuluna gidiyor... Ormanlar ve seller arasından, dağ yamaçlarındaki ıssız patikalardan, tek başına ya da ikişer veya daha kalabalık gruplar halinde veya uzun bir dizi şeklinde kollarının altında kitapları, çeşitli giysilere bürünmüş, çeşitli diller konuşan milyonlarca çocuk...

Rusya'nın kar kaplı okullarından, Arabistan'ın hurma ağaçlarının gölgesindeki okullarına giderek, başka başka dillerde, hep aynı bilgileri edinmeye çalışıyorlar.

Yüzlerce ulustan, bu sonsuz çocuk topluluğunun yarattığı, şu sonsuz akını düşün ve kendi kendine şunları söyle:

«Eğer günün birinde bu akış duracak olursa, insanlığın en eski çağlarına ve vahşete dönmüş olurduk. Bu akış, dünyanın ilerlemesi, umudu ve onurudur.»

Bu uçsuz bucaksız ordunun minicik bir eri olarak sana cesaret ve başarı dilerim. Kitaplar silahların, sınıflar birliğin olsun. Gerçekleştirilmesi gereken bu ödeve gelince, o da insanlığın yükselmesi, gelişip mutlu olmasıdır.

Hiçbir zaman güçsüz ve korkak bir asker olma Enrico.

Baban

PADOVALI KÜÇÜK YURTSEVER

(Aylık Öykü)

29, Cumartesi

Yoo ben asla korkak bir asker olmayacağım. Ne var ki, eğer öğretmenim her ay bu sabahki gibi böylesine güzel bir öykü verecek olursa okula çok daha zevkle giderim. Bize öyküyü kopya etmek için verdiğinde bunu her ay yineleyeceğini de ekledi. Bu öyküler yüce ruhlu çocukların yüksek davranışlarını gösteren birer örnek olacakmış bizlere.

Bugün verilen öykünün adı: *«Padovalı Küçük Yurtsever.»* Öykü şöyleydi: İçinde İspanyolların, İtalyanların ve Fransızların bulunduğu bir gemi Barcelona'dan Cenova'ya gidiyordu. Çevresini sert bakışlarla süzen, üstü başı perişan bir çocuk bu yolcu kalabalığı içinde herkesten ayrı durarak dikkati üzerine çekiyordu. Ama kimbilir dünyayı böyle kötü görmekte belki de haklıydı.

Çocuk, Padova köylerinden birinde dünyaya gelmişti.

Anne ve babası çok yoksul olduklarından, onu henüz küçük yaşta bir soytarı topluluğuna satmıştı. Zavallı çocuk dayak ve eziyetle birkaç marifet öğrenmişse de yarı aç, yarı tok olduğundan ve çok kötü muamele gördüğünden bu yaşamdan bıkmıştı. İki yıl toplulukla birlikte kalmış, ilkin Fransa'ya daha sonra gene onların peşinden İspanya'ya sürüklenmişti. Çocuk Barcelona'ya vardığı zaman, artık bu korkunç yaşama dayanamayacağını anlamış ve bir kurtuluş yolu bulmak üzere Barcelona'daki İtalyan Konsolosluğu'na sığınmıştı. Konsolos tıpkı bir hayvan gibi para karşılığında satılan bu zavallı çocuğa acımış, onu Cenova'ya hareket eden bir gemiye bindirmiş, eline de Cenova Valisi'ne verilmek üzere bir mektup sıkıştırmıştı. Vali bu çocuğu ailesine teslim edecekti.

Çocuğun giysileri paramparçaydı. Ona ikinci mevkide bir yatak vermişlerdi. Yolcuların dikkatini çeken çocuk, kendisiyle konuşmak isteyenlere sırt çeviriyor ve sorulan soruları yanıtlamıyordu. Sanki bütün dünyaya küsmüştü. Yoksulluk ve çevresinde sevilmemek onu sanki bir zırhla kaplamış gibi tüm dünyaya düşman etmişti. Gene de yolculardan üç kişi çocuğa acımışlardı. Uzun uğraşılardan sonra onu konuşturmayı başarabildiler. Çocuk yarı Fransızca, yarı İspanyolca ve İtalyanca onlara derdini anlattı. İtalyan olmayan bu yolcular çocuğa bütün kalpleriyle acımışlardı. Aslında azıcık da içkili olduklarından onu konuşturarak zaman geçirmek için ona biraz para verdiler.

O arada salona birkaç kadın girmişti. Yolcular bayanlara gösteriş yapmak amacıyla küçük Padovalı'ya daha fazla para verdiler. Çocuk paraları cebine indiriyor, şirin şirin gülümseyerek köylü lehçesiyle onlara teşekkür ediyordu. Epeyce para topladıktan sonra yatağına girdi ve perdeleri çekerek paraları saydı.

Bu kadar parayı şimdiye kadar görmemişti. Bu para onun için bir servet sayılırdı. Bu kadar parayla, ne yapacağını düşündü. Yıllardan beri doyasıya yemek yememişti, ilkin karnını doyurmayı tasarladı. Daha sonra, üzerindeki o lime lime giysileri atacak kendisine yeni bir giysi satın alacaktı. Ailesinin gözüne girmek, onlar tarafından iyi karşılanabilmek için, eli boş gitmeyecek, onlara para götürecek, kardeşlerine armağanlar alacaktı. Bu para onun için bir devlet kuşu sayılırdı.

Kapalı perdelerin arkasındaki yatağına uzanarak bu tatlı düşlerle avunuyordu.

Derken yüksek sesler duyarak kulak kabarttı. Az önce kendisine para veren o yolcular, masa başına oturmuşlar, bir yandan içkilerini yudumluyorlar, beri yandan da gezip gördükleri yerlerden söz ediyorlardı. Bir ara söz İtalya'ya geldi. Yolculardan biri, İtalya'nın otellerini yerdi, diğeri, şimendifer seferlerinin düzensizliğinden yakındı. Tartışma giderek kızışıyordu. Sonunda İtalyanların çok kötü olduklarını söylediler. Hatta içlerinden biri İtalya'ya gitmektense Japonya'yı yeğlediğini söyledi. Ötekisi İtalya'da hep yankesicilere rastladığını ekledi. Üçüncüsü de devlet dairelerindeki memurların bile bilgisizliğini anlattı. Birinci yolcu «Bunlar görgüsüz kişiler,» derken; ikincisi, «çok pasaklı!» diye bağırdı; ama henüz üçüncü yolcu «hırsız!» demeye zaman bulamadı. Çünkü aniden beyaz ve sarı madenden bir para yağmuruna tutuldular. Paralar büyük bir şangırtı ile döşemenin üzerine yağıyordu, başlarına ve üstlerine çarpıyordu. Yolcular şaşkına dönmüşlerdi, bu para yağmurunun nereden geldiğini anlamak için hırsla yerlerinden fırladıkları zaman, ikinci para yağmuruna tutuldular.

Birden karşılarında küçük Padovalı'yı gördüler. Çocuk yatağının perdelerini açmış bağırıyordu:

«Alın, paralarınızı başınıza çalın! Ulusuma hakaret edenlerin, onu kınayanların sadakasını istemem!..»

KASIM

BACA TEMİZLEYİCİSİ

1, Salı

Ablam Silvia'nın bayan öğretmeni *«Küçük Padovalı»* öyküsünü okumak istemişti. Ben de öyküyü kendisine götürmek için dün akşam okulumuza bitişik Kızlar Okulu'na gittim. Henüz dış kapının önüne gelmiştim ki, paydos zilinin çaldığını ve öğrencilerin sevinçle dışarı fırladıklarını gördüm. Kasım ayı yortusundan ötürü, birkaç günlük tatile giriyorlardı.

Okulun hemen karşısındaki duvara dayalı, başı kolları arasında, küçük bir baca temizleyicisi duruyordu. Süpürge, çuval ve öteki araçlarını yere bırakmıştı. İsten kararmış minicik yüzünden, sel gibi yaşlar akıyordu.

İkinci sınıftan bir kız ona yaklaşarak kederinin nedenini sordu. Oysa çocuk onu yanıtlamadan hıçkırmasına devam etti. Kızlar:

«Nen var? Haydi söyle neden ağlıyorsun ki?» diye tekrar tekrar soruyorlardı.

Sonunda küçük baca temizleyicisi kolunu indirerek isten kararmış o şirin yüzünü gösterdi. Otuz metelik karşılığında, birkaç baca temizlemiş fakat cebi delik olduğundan bu paraları düşürmüştü. Cebindeki deliği gösterdi.

Zavallı çocuk ustasının yanına parasız dönmeye cesaret edemiyordu. Ustasının kendisini döveceğini söyledi. Yeniden hıçkırmaya başladı.

Küçük kızlar onu ciddi ciddi dinlediler. Derken, hep birden karar almış gibi elleri para çantalarına gitti. Şapkasında mavi bir tüy olan büyükçe bir kız:

«Bende iki metelikten başka para yok, ama aramızda otuz meteliği toplarız» dedi. Kırmızı mantolu bir başka kız:

«Ben de iki metelik veririm,» dedi.

Kızlar arkadaşlarına sesleniyorlardı:

«Amelia, Lucia, Annina haydi paralarınızı getirin!»

İçlerinden birçoğu defter ve çiçek almak için biriktirdikleri paraları da verdiler. Mavi tüylü kız paraları sayıyordu:

«Sekiz... On... On beş... Daha da ister...»

Öğretmen gibi giyimli bir genç kız tam on metelik verdi. Bütün öğrenciler onu alkışladılar. Ama henüz para tamamlanmamıştı. Beş metelik eksik kalmıştı.

Küçük bir kız haykırdı:

«Aa! Bakın dördüncü sınıflar çıkıyorlar, onlarda çok para bulunur.»

Dördüncü sınıf öğrencileri geldiklerinde metelikleri yağdırdılar. Kalabalık giderek artıyordu. Saçları bukleli, parlak gözlü ve güzel giyimli bu şirin kızların ortasında, yüzü gözü isten kararmış küçük baca temizleyicisini görünce herkesin kalbi yumuşamıştı.

Otuz metelik çoktan tamamlanmıştı ama ufak paralar hâlâ yağıyordu.

Büyüklerin yanındaki küçük kızlarda para olmadığı için onlar da çocuğa ufak çiçek demetlerini uzattılar.

Bu sırada kapıcı kadın:

«Müdire hanım geliyor!» diye bağırdı.

Bununun üzerine kızlar serçe sürüsünün uçuşunu andıran bir hızla hemencecik dağıldılar.

Küçük baca temizleyicisi artık ağlamıyor, tam tersine gülüyordu. Elinin tersiyle gözlerini sildi; avuçları para dolmuştu, cepleri de paradan şişmişti. Ceketinin iliklerine, kasketine kadar her yerine minicik çiçek demetleri konmuştu. Ayaklarının altına bile çiçekler serpilmişti.

ÖLÜLER GÜNÜ

2, Çarşamba

(Annemin mektubu)

Bugün ölülerin anıldığı gündür. Enrico, siz çocuklar bugün hangi ölüleri anmanızın gerektiğini acaba biliyor musunuz? Sizler gibi çocuklar için ölenleri anmalısınız. Bu yolda nice hayatlar yitirildi, niceleri de durmadan yitirilmekte hâlâ. Sayısız babaların yıpratıcı işlerde sağlıklarını bozduklarını ve nice annelerin çocuklarını yoksulluktan korumak için nice sıkıntılara dayanarak zamanından önce mezara girdiklerini biliyor musunuz? Bunu hiç düşündünüz mü, Enrico?

Kaç kişinin çocuklarını yoksulluğa bırakmaya dayanamayarak kendi yaşamlarına kendilerinin son verdiklerini ve kaç annenin ölen çocuklarının acısına dayanamayarak çıldırdığını veya öldüğünü biliyor musun?

Evet Enrico, işte bugün bu ölüleri anacaksın. Yorgunluktan yıpranarak verem olup ölümün pençesine düşen genç öğretmenleri de unutma! Onlar hasta öğrencilerini büyük bir özveriyle tedavi ederken onlardan bu bulaşıcı hastalığı kapmışlardır. Gene küçük hastalarını tedavi ederken o hastalığa tutularak ölen doktorları da düşün. Deniz kazalarında, yangınlarda kendilerini tehlikenin ortasına atıp başkalarını kurtarmak için ölenleri düşün. Kalabalıktan son sandala binmeyen, yerine bir başkasını bindirenleri son dilim ekmeğini bir başkasına verenleri, yangından başkalarını kurtararak arkada kalanları da düşün.

Enrico, bu yüce kalpli ölüler saymakla bitmez.

Eğer mezardan kalkabilseler, eminim ki uğruna öldükleri bir çocuğun adını haykırırlardı. Bu ölüler arasında genç annelerin, seksenlik ihtiyarların ve delikanlıların bulunduğu bu yüksek kalpli ve adsız kurbanların mezarlarını süslemek için dünyadaki tüm çiçekleri toplasak görevimizi yapmış sayılmayız. Ya savaşta bizi düşmandan korumak için ölenlere ne demeli!..

Evet çocuklarım, size karşı böylesine engin bir sevgi besleniyor. Sizler de buna layık olmaya çalışmalısınız!

Sevgili yavrum, ardından ağlayacağın bir ölü olmadığı için kendini mutlu say. Ama gene de bütün bu ölüleri saygı ile an. Seni seven, senin için yorulanlara, çalışanlara karşı daha iyi ve daha da anlayışlı davran.

Annen

ARKADAŞIM GARRONE

4, Cuma

Tatilimiz yalnızca iki gün sürdü. Oysa, ben sanki Garrone'yi çok uzun zamandan beri görmemiş gibi özledim. Onu yakından tanıdıkça sevgim giderek artıyor. Okulda birkaç zorba var ki, onlardan başka tüm öğrenciler Garrone'yi hem sayıyor hem de seviyorlar. Zorbalar, kötü davranışlarına engel olan Garrone'yi pek tutmuyorlar. Küçük bir çocuğa sataşan veya el kaldıran bir öğrenci, küçüğün Garrone'ye şikâyeti üzerine hemen Garrone tarafından hizaya getirilir. Garrone bir lokomotif makinistinin oğludur. İki yıl süren bir hastalıktan ötürü okula geç başlamış. Sınıfımızın en büyüğü ve en güçlüsü. Tek eliyle bir sırayı kaldırır. Ağzında daima bir şeyler çiğner durur ve çok iyi kalplidir.

Kendisinden istenen kalem, çakı, silgi veya kâğıt gibi şeyleri hemen ödünç verir, hatta çok zaman armağan bile eder. Derste çok dikkatlidir, hiç gülmez ve konuşmaz. Kendisine çok dar gelen sıra üzerinde kamburlaşmış, boynu omuzlarına gömülü, hiç kıpırdamadan oturur. Bana her baktığında sanki «Biz yakın arkadaşız değil mi Enrico?» der gibi gülümser.

İri bedenine kısa ve dar gelen bir ceket ve gene dar bir pantolon giyer. Başındaki şapka da şekilsizdir. Pabuçları çok büyük ve boynundaki kravat ip gibi incedir. Ama bu kılıksızlığına karşın onu sevmek için bir kez yüzüne bakmak yeter.

Sınıfın küçükleri hep onun yanına oturmak isterler. Matematiği çok kuvvetlidir. Kitaplarını kırmızı deri bir bağla bağlar.

Geçen yıl askerlerin eğitim alanında bulduğu sedef saplı çakısını hiç yanından ayırmaz. Hatta bir gün bu çakıyla parmağını oldukça derin kesti. Ama ne okulda, ne de evde kimseyi üzmek istemediği için bundan kimseye söz etmedi. Şakadan anlar ve kendisine şakadan takılanlara hiç kızmaz. Ama bir tartışmada kendisinin savunduğu şeye «doğru değil!» diyenlere çok kızar ve sanki öfkesini almak istercesine sırasını yumruklar. Defter parasını düşürdüğü için sokakta ağlayan bir çocuğa geçen cumartesi günü iki onluk verdi. Üç günden beri çiçekli bir mektup kâğıdına sekiz sayfa yazı yazdı. Bunu annesinin doğum gününü kutlamak için yaptı. Onun, akşamları kendisini almaya gelen iri yarı annesi de pek güleç ve sevimlidir.

Öğretmen gözünü Garrone'den ayırmaz. Yanından her geçtiğinde onun başını okşar. Ben de Garrone'yi çok seviyorum; onun bir erkek eli gibi kocaman elini avucumda duymaktan hoşlanıyorum. Şuna inanıyorum ki bu iyi kalpli arkadaşımız bir arkadaşı kurtarmak veya korumak için kendi yaşamını bile tehlikeye atabilir. Bunları onun o parlak gözlerinden okuruz.

Sesi birazcık serttir. Ama, bu sesin çok temiz ve duyarlı bir kalpten geldiğini anlamak işten bile değildir.

KÖMÜRCÜ İLE BEYEFENDİ

*7, **Pazartesi***

Carlo Nobis çok kibirlidir, onun Betti'ye söylediklerini Garrone asla söylemezdi. Zengin bir babanın oğlu olan Carlo, çok kibirlidir, kendisini dev aynasında görür. Carlo'nun uzun boylu, siyah sakallı ve ağırbaşlı bir beyefendi olan babası Bay Nobis her gün oğlunu okula kendisi getirir.

Dün sabah Carlo Nobis, küçüklerden biri olan Betti ile kavga ettikten sonra, haksız olduğunu gizlemek niyetiyle ona:

«Senin baban bir dilenci parçası!» diye bağırmıştı. Betti bu acı sözlere hiç karşılık vermemiş, saçlarının dibine kadar kıpkırmızı kesilmiş, gözleri yaşlarla dolmuştu.

Ama eve döndüğü zaman herhalde Carlo'nun sözlerini babasına anlatmış olacak ki, öğleden sonra yüzü gözü is içinde ufacık bir adam olan babası öğretmene şikâyete geldi. Kömürcü, sessizliğe bürünmüş sınıfta derdini anlatırken, sınıf kapısında oğlunun paltosunu çıkarmasına yardım eden Bay Nobis, adını duyarak kulak kabartmış ve olayın iç yüzünü öğrenmek için içeri girmişti.

Öğretmen, kendisine konuyu anlattı:

«Bu adam oğlunuzun kendi oğluna 'Baban bir dilenci parçası!' dediğinden yakınıyor.» diye de ekledi.

Bay Nobis çok utanmıştı, yüzü kızardı ve oğluna sordu:

«Bu söylenenler doğru mu?»

Carlo sınıfın ortasında ayakta, başı yere eğik duruyordu. Hiç yanıt vermedi, babası onu kolundan tutarak az önde duran Betti'ye itti ve:

«Ondan özür dile!» emrini verdi.

Kömürcü, «Hayır, hayır!» diyerek ona engel olmak istedi. Ama Bay Nobis onu dinlemedi ve oğluna:

«'Senin baban benimkinin elini sıkmakla onur duyacak çalışkan biri. Kaba ve yersiz sözlerimden ötürü beni bağışla!' diyeceksin.» diye direndi.

Kömürcü buna itiraz edecek oldu ama o sırada baba Nobis elini uzatmış kömürcünün elini içtenlikle sıkıyordu.

Carlo gözlerini yerden kaldırmaya cesaret edemeden, babasının sözlerini kekeleyerek tekrarladı. Bu arada babası onu küçük Betti'nin kollarına itti ve sonra öğretmene dönerek:

«Sizden bir ricam olacak,» dedi. «Lütfen bu iki çocuğu yan yana oturtun.»

Öğretmen Bay Nobis'in isteğini yerine getirdi ve sonra onunla tokalaştı. Adamın bu davranışını beğendiği gözlerindeki ifadeden okunuyordu. Bay Nobis, sınıftan ayrıldı.

Kömürcü, bir süre ne yapacağını bilmez gibi sınıfın ortasında öylece bekledi. Sonra yan yana oturan çocukların sırasına yaklaştı ve Carlo'ya sevgi dolu gözlerini dikti.

Sanki ona bir şeyler söylemek ister gibiydi. Onu okşamak için elini uzatacak oldu, sonra bundan vazgeçti. Cesaret edememişti. Yalnızca parmaklarını çocuğun saçlarına değdirdi ve hemen çekti. O gittikten sonra öğretmen bizlere döndü ve:

«Şimdi gördüğünüzü asla unutmayın!» dedi. «Bu sizin için yılın ve hatta yaşamınızın en güzel dersi!»

KARDEŞİMİN ÖĞRETMENİ

10, Perşembe

Kardeşimin azıcık rahatsızlandığını duyan Bayan Delcati, bize uğramıştı. Kömürcünün oğlu, aslında onun da öğrencisiydi daha önceleri. Günün birinde Betti'nin annesinin, önlüğü bir kucak kömürle dolu olarak kendisini ziyaret ettiğini anlatarak, bizi epeyce güldürdü.

Bayan Delcati'nin armağanını geri çevirmesi zavallı kadını çok üzmüş ve kömür dolu önlükle evine dönmemek için kömürleri almasını ondan gözyaşlarıyla rica etmişti. Gene bir başka zamanki anısını da anlattı. Minik öğrencilerinden birinin annesi çok değerli bir demet çiçek getirmiş. Meğer demetin tam ortasında bir kese içinde metal paralar saklıymış. Öğretmen çok tatlı konuşuyordu, onu dinlemek bizi çok eğlendiriyordu.

O kadar oyalanmıştık ki, kardeşim az önce içmek istemediği ilacını öğretmeninin elinden hemen içti.

Birinci sınıftaki bu küçüklerle uğraşmak için, öğretmenin çok sabırlı olması gerekiyor. Aslında bu miniklerin hepsi de sanki ihtiyarlar gibi dişsizdir. «R» ve «S» harflerini bir türlü doğru dürüst söyleyemezler. Çocukların her zaman bir şikâyetleri vardır. Biri öksürür, bir başkasının burnu kanar. Kimi zaman ayakkabılarını çıkarıp rahat etmek isteyen bir çocuk, aradığı zaman pabucunu bulamaz.

Küçük bir yaramaz kaleminin ucunu eline batırır ve yaygarayı basar. Gene dikkatsiz bir öğrenci yanlış numaralı defter aldığı için ağlamaya koyulur. Öğretmen her gün saatlerce bu elli küçük afacanla uğraşır. Bunlara okuma yazma ve aritmetik öğretmek zorundadır.

Küçüklerin cepleri çeşitli şeylerle doludur. Renkli şekerler, düğmeler, çakıl taşları, şişe tıpaları ve daha neler neler. Öğretmen üstelik bir de arada bir onların önlük ceplerini boşaltmak zorunda kalır. Ama bu çocuklar, öylesine kurnaz olurlar ki, kimisi çok değer verdiği hazinelerini pabuçlarının içinde bile saklar.

Üstelik pek de dikkatsizdirler. Her şey onları oyalamaya bahane olur; pencereden giren iri bir sinek kimi zaman bütün sınıfı ayaklandırır.

Yaz aylarında çocuklar sınıfa avuç avuç otlar ve vızlayan renkli böcekler de getirir. Mürekkep hokkalarına batıp çıkan bu böcekler her yeri lekeler. Öğretmen çok sabırlı ve sevecen bir anne gibi bu küçüklere göz kulak olmak, hatta onları giydirmek zorundadır. Parmağını kesen bir küçüğün elini sarmak, kuşaklarının gevşemesini önlemek, şapkalarını giydirmek de vardır. Aksi halde bu minik yavrular, avaz avaz ağlayıp etrafı toz duman ederler.

Zavallı öğretmenler... Çileleri bitmedi daha. Bir de daima sızlanmaktan sanki zevk alan annelerle de uğraşmaları gerekir.

«Öğretmen Hanım, neden benim oğlum her gün bir kalem yitiriyor?»

«Neden benimki hâlâ bir şey öğrenmedi?»

«Oğlum çok çalışkan, neden ona hâlâ ödül vermediniz?»

«Piyerot'nun pantolonunu yırtan çiviyi neden hâlâ sıradan sökmediniz?»

Kimi zaman, artık bu kadarına dayanamayan öğretmenin de sabrı tükenir ama, gene de o afacan çocukları tokatlamamak için kendisini tutar.

Yaramaz bir çocuk okuldan kovulacak olsa, buna gene de en çok öğretmeni üzülür. Artık kendisini tutamayıp küçükleri azarladıktan sonra, hemen pişman olur, gönüllerini almak için onları okşar, daima çekmecesinde bulundurduğu şekerlerden verir. Çocuklarını cezalandırmak için aç bırakan anne babalara düşman olur. Bayan Delcati, çok canlı ve telaşlıdır. Devamlı tatlı tatlı konuşur. Bakışlarından içinin iyiliği okunur. Her zaman iyi giyinen, esmer güzeli, uzun boylu bir genç kızdır.

Annem ona:

«Bu kadar uğraştığınıza göre hiç değilse onlar da sevginize karşılık verir mi?» diye sorduğu zaman, ondan şu yanıtı aldı:

«Evet aslında pek çoğu beni sever. Ancak, yıl sonunda başka sınıfa geçtiklerinde benden ayrıldıktan sonra, bir daha yüzüme bile bakmazlar. Bu yumurcaklar erkek öğretmenlerini bize yeğler. Onların sınıfına geçince sanki bizler tarafından yetiştirildiklerinden utanç duyarlar. Oysa biz bu sevimli yavrularla, tam iki yıl uğraştıktan sonra onlardan ayrıldığımızda bundan acı duyarız. Her yıl aynı şekilde kendi kendimi aldatırım. 'Bu yıl yanılmadım, bu çocuk beni candan seviyor asla unutmaz,' derim. Ama ne gezer, tatil bittikten sonra okula döndüğümüzde, yüzünü öbür tarafa çevirdiğini üzülerek görürüm.

Bayan Delcati, duygulanmıştı, yaşaran gözlerini gizlemek için başını yana çevirerek bir süre öyle kaldı. Gitmek için kardeşimi kucaklarken: «Ama sen onlara benzemeyeceksin değil mi, yavrum? Başka sınıfa geçtikten sonra bile beni anımsayacak ve yanımdan geçerken başını öbür tarafa çevirmeyeceksin değil mi?» diye mırıldandı.

ANNEM

13, Perşembe

(Babamın Mektubu)

Bayan Delcati'nin yanında annene gereken saygıyı göstermedin. Bunu bir daha asla tekrarlama Enrico. Senin bu saygısızlığın kalbime bir hançer gibi saplandı. Birkaç yıl önceki, o ateşli hastalığında, bütün bir gece ta sabaha kadar senin yanında bekleyen annendi. Senin nefeslerini dinleyen seni yitirmek korkusuyla, geceleri sabahlara kadar uyuyamayan ve devamlı ağlayan annenin o günlerdeki durumunu anımsadım. Bunları düşündükçe, sana kızmaktan kendimi alamadım. Oysa sen bu kadar sevecen annenin kalbini o ağır sözlerinle kırdın. Buna hâlâ inanamıyorum!

Senin annen öyle bir anne ki, seni bir saatlik acıdan korumak için kendi bir yıllık mutluluğunu feda eder. Senin için dilenir, senin yaşamını korumak için kendini ölümün kucağına atar.

Şunu da asla unutma Enrico, yaşadığın sürece çok acı günlerin olacak. Ama bana göre bunlardan en acısı, anneni kaybettiğin gün olacaktır.

Yaşam savaşı verip büyüyünce, güçlenip erkek olduktan sonra bile, onu asla unutmayacak onun sesini duymaya ve yeniden çaresiz bir küçük çocuk gibi kollarına sığınmaya özlem duyacaksın. İşte o zaman, ona çektirdiğin acıları ta içinden duyacaksın ve vicdanın seni devamlı rahatsız edecek.

Ey zavallı çocuk, anneni üzdüğün takdirde yaşamında hiç mutluluk bekleme. Pişman olup, ondan özür dilesen, anı-

sına saygı göstersen bile artık boşunadır. Kalbinin ta derinliklerinden gelen bir ses seni hiçbir zaman rahat bırakmayacaktır. Annenin o üzgün yüzünü her andığında kalbin ezilecektir.

Şunu unutma Enrico, ana sevgisi, aşkların en kutsalı sayılır.

Bu sevgiye önem vermeyen, kötü kalpli yaratığa yazıklar olsun! Annesini seven bir katilin bile, ruhundaki yüce duyguların tümü henüz ölmemiştir. Annesini üzen, onu yaralayan, çok başarılı bir insan bile olsa o alçak ve adi bir yaratıktan farksızdır.

Seni dünyaya getirmiş olan annene karşı hiçbir zaman kırıcı olma, onunla sert konuşma. Eğer ona karşı ağzından kaba bir söz çıkacak olursa seni asla bağışlamayacağımı bilmeni isterim. Onu kırdığın zaman gönlünü almak için onun ayaklarına kapanacak olursan, bunu benden korktuğun için değil de, kalbinin ta derinliklerinden kopan ve annene karşı beslediğin bir duygu nedeniyle yapmalısın.

Evet Enrico, tüm umutlarımı sana bağladım, bunu sen de bilirsin. Ancak, o sevecen annenin değerini bilmediğini görmektense senin ölmeni yeğlerim bunu da bilesin. Git, bir süre seni görmek bile istemiyorum. Hele sakın beni kucaklamaya kalkışma, çünkü artık sevgi gösterilerine karşılık veremeyeceğim.

Baban

ARKADAŞIM CORETTİ

12, Pazar

Babam sonunda beni bağışladı. Ama ben bu olaydan öylesine etkilenmiştim ki annem beni biraz oyalamak için kapıcının küçük oğluyla gezmeye gönderdi. Bir yol kavşağında birden adımın çağrıldığını duyarak başımı çevirdim. Devamlı kedi derisinden şapka giyen arkadaşım Coretti bir yük arabasının yanında durmuştu. Kan ter içinde olmasına karşın çok sevinçli görünüyordu. Omuzlarında epeyce ağır bir odun yükü taşıyordu. Yük arabasındaki bir adam ayakta durmuş, dükkâna taşıması için ona kucak kucak odunlar uzatıyordu. O zaman Coretti'nin bir oduncunun oğlu olduğunu anımsadım. Çocuk odunları acele dükkâna taşıyor, sonra yeni yükler için arabaya koşuyordu.

«Ne yapıyorsun Coretti?» diye sordum.

O yeni bir kucak odun almak için kollarını uzatarak:

«Ne yaptığımı görüyorsun,» dedi, «bu arada derslerimi yineliyorum.»

Onun bu sözleri bana o kadar tuhaf geldi ki gülmeye başladım. Ama Coretti şaka etmiyordu. Bir yandan odunları taşırken, beri yandan da gramer dersini ezberliyordu. Fiillerin çekimlerini kendi kendisine yineliyordu odunları dükkâna taşırken. Sonra yeniden arabaya koşarken bir başka çekime geçiyordu.

Coretti bana dönerek anlattı:

«Ne yapalım zamanımı boşa harcamak istemiyorum. Babam bir sipariş vermek için çıktı, annem de hasta. İşlere benden başka bakacak kimse yok. Bundan ötürü bir yandan arabayı boşaltırken bir yandan da yarınki dilbilgisi dersini ezberliyorum. Bugünkü dersim pek kolay değil, bir türlü kafama girmiyor.»

Sonra arabacıya anlattı:

«Babam saat yedide dönecek o zaman paranızı verir.»

Arabacı yedide yeniden uğrayacağını söyledi. O gittikten sonra Coretti bana döndü:

«Biraz dükkâna girsene, konuşuruz.»

Odun yığınları ve çalılarla dolu dükkâna girdim. Bir köşede bir terazi duruyordu.

Coretti:

«Doğrusu bugün işin içinden nasıl çıkacağımı pek bilemiyorum.» diye anlattı. «İki iş arasına sıkıştırarak ödevlerimi hazırlıyorum, ama gramer ödevimi yapmak üzereydim ki odun dolu araba geldi. Bu sabah iki kez Venedik Meydanı'na odun pazarına gidip geldim. Bacaklarım uyuştu, sanki benim değil de bir başkasının. Ellerime bak nasıl şiştiler. İyi ki yarın resim dersimiz yok; halim kötüydü yoksa!»

Bir yandan babasının işini yürüten, beri yandan derslerine çalışan bu cesur çocuk bunları bana anlatırken, bir çalı süpürgesiyle dükkândaki kırpıntıları süpürüyordu.

«Ödevlerini nerede yapıyorsun Coretti?» diye sordum.

«Gel de göstereyim.»

Dükkânın arkası mutfak ve aynı zamanda yemek odası olarak kullanılıyordu. Coretti beni oraya götürdü. Köşedeki masa üzerinde kitaplar ve defterler duruyordu.

«Bak işte ikinci soruyu tamamlamamışım. ***Meşinle pabuç yapılır - kayış yapılır - şimdi yol çantaları da*** diye ekleyebilirim.»

Kalemini aldı güzel ve düzgün bir yazıyla ödevini tamamladı.

Bu arada kapıdan bir ses duyuldu:

«İçeride kimse yok mu?»

Bir yoksul kadıncağız çalı çırpı almaya gelmişti.

Coretti: «Geliyorum!» diye seslenerek dükkâna koştu. Demetleri tarttı ve parayı aldıktan sonra, duvara asılı bir kara tahtaya siparişini yazdı. Sonra ödevinin başına dönerek:

«Bakalım şu sayfayı tamamlayabilecek miyim?» diyerek:

«Geziler için çantalar - askerler için palaskalar.» yazdı.

Sonra ocağa koşarak taşmak üzere olan kahve cezvesini indirdi ve bana anlattı:

«Annemin kahvesi. Bunu da pişirmek pek kolay değil. Gel istersen beraber götürelim, annem seni görmekten mutlu olur. Bir haftadan beri yatakta.»

Arkadaşım kapalı kapıyı açarak, annesinin odasına girdi. Annesi başında beyaz bir örtü, oldukça büyük bir yatakta yatıyordu.

Coretti fincanı ona uzattı:

«Anne işte kahven!»

Sonra beni ona tanıttı:

«Sınıf arkadaşım Enrico.»

Kadıncağız sevimli bir gülümseyişle:

«Hastaları yoklamak çok sevaptır oğlum» dedi.

Coretti annesinin arkasındaki yastıkları düzelterek onun yatakta oturmasına yardım etti. Ateşi karıştırdı, sonra dolabın üzerindeki kediyi dışarı çıkardı. Boşalan kahve fincanını alarak:

«Başka bir isteğin var mı anne?» diye sordu. «İlacından iki kaşık aldın mı? Biterse koşarak eczaneye gider yenisini alırım. Odunları boşalttım. Dediğin gibi tam saat dörtte eti ateşe koyarım. Yağcı geçtiğinde tereyağın parasını da veririm. Her şey yolunda. Siz hiç üzülmeyin anneciğim.»

Kadın: «Sağol yavrum, haydi ödevini bitir de çalışmaya dön» dedikten sonra bana dönerek ekledi: «Yavrucağım her şeyi düşünüyor.»

Yeniden mutfağa dönmüştük. Coretti:

«Buldum!» diyerek eliyle alnına vurdu ve defterinin başına geçti.

«Meşinden at koşumları yapılır.» diye ekleyerek ödevini tamamladı. Sonra bana döndü:

«Kalanını da artık gece yaparım. Enrico, sen ne kadar mutlu olmalısın. Çalışmaya ve gezmeye bol zamanın var.»

İyi yürekli arkadaşım gene boş durmadı. Dükkâna dönerek tezgâhın üzerine yığdığı odunları testerelemeye koyuldu. Bu arada gülerek bana da:

«İşte en yararlı spor» diye anlatıyordu. «Bu odunları kesip hazırlamak istiyorum ki, babam geldiğinde hazır bulsun. Çok sevinecektir. Ama aksilik şu ki bu testereyle uğraştıktan sonra «T» ve «L» harflerini yılana benzetiyormuşum. Öğretmen öyle diyor, herhalde kolumu çok oynatıp, yorduğumdan olacak. Ona bunu anlatırım ama en önemlisi annemin çabuk iyileşmesi. Çok şükür, bugün daha iyi. Gramer dersini de yarın sabah daha erken kalkar çalışırım, haydi yeniden tezgâh başına.»

Tam o anda bir tekerlek sesi duyuldu ve kütüklerle dolu bir araba dükkânın önünde durdu. Coretti:

«Şimdi sana otur diyemem» dedi. «Yarın görüşürüz. Beni görmeye geldiğin için teşekkür ederim Enrico. Haydi güzel güzel gez, şanslı çocuk.»

Sonra acele elimi sıkarak, kütüklerden birini omuzlamak için arabaya koştu. Dükkânla araba arasında, gidiş gelişi başlamıştı.

Bütün bu yorgunluğuna karşın yüzü pembe bir gül kadar tazeydi, ona bakmak insanın içini açıyordu:

Bana «mutlu Enrico,» diyor. Oysa gerçekten mutlu olan Coretti. O benden daha mutlu sayılır. Hem okuyor hem de bu arada çalışarak babasına yardımcı oluyor. Benden çok daha yararlı. Benden çok daha yürekli ve iyi. Benim sevgili ve sevimli arkadaşım!»

MÜDÜR

18, Cuma

Coretti bu sabah çok mutlu görünüyordu. İkinci sınıftaki öğretmenin aylık sınavda bulunmak üzere sınıfımıza gelmesi Coretti'yi çok sevindirmişti. Bay Coatti, boylu, kıvırcık saçlı, siyah sakallı ve minicik gözlü biridir. Sesi tıpkı gök gürültüsünü andırır. O devamlı çocukları cezalandırmak, odaya kilitlemek gibi boş tehditlerde bulunur. Ama aslında çok korkunç tavırlar takınmasına ve bağırmasına karşın hiç ceza vermez, bıyık altından gülümser. Çok iyi yüreklidir. Bizim okulda çok genç ve henüz bıyığı bile terlememiş bir yardımcı öğretmenle birlikte tam sekiz öğretmen var.

Dördüncü sınıfın öğretmeni topaldır. Boynunu devamlı geniş bir yün atkı ile örter. Bütün vücudu romatizmalıdır. Gençliğinde çok nemli ve duvarları devamlı ıslak bir okulda öğretmenlik yaparken bu hastalığı kapmıştır. Saçları bembeyaz, çok tatlı biridir. Yıllarca körler okulunda öğretmenlik yapmış bir yandan da hukuk fakültesini bitirmiştir. Onun yayımlanmış bir de kitabı vardır: *«Mektup Yazma Sanatı.»* Jimnastik öğretmeni, sanki tam bir askerdir. Aslında o Garibaldi'nin(*) ordusunda savaşmış, boynunda ve yüzünde kılıç yaralarının izlerini hâlâ taşır.

(*) **Garibaldi** (1807 - 1882) İtalyan Birliği'nin kuruluşunda önemli katkıları olan halk önderi kahraman.

Müdürümüz, yapılı ve saçları dökük biridir. Altın çerçeveli gözlükler takar. Gri sakalı göğsüne kadar iner. Çenesine kadar ilikli giydiği ceketi hep siyahtır. Çocukları çok sever. Herhangi bir durumu incelemeden karar vermez. Yaramazlık yapan bir çocuğu yola getirmekte ondan üstün birinin olduğunu sanmam. En azgın öğrencilerle bile tatlı tatlı konuşarak onların pişmanlık duymalarını sağlar. Müdür tarafından bağışlanan çocuklar bundan öylesine etkilenirler ki en ağır cezaya çarptırılmış gibi ağlayarak çıkarlar onun odasından.

Okula en erken gelen ve en geç çıkan müdürdür. Sabahları öğrencileri bekler, onların ufak tefek dertlerini dinler, velilerle görüşür. Akşamları okul paydos olduğunda öğrencilerin sokakta dövüşmelerini ve okul önünde gürültü çıkarmalarını önlemek için en geç okulu terkeden gene odur.

Oyuna dalan çocuklar onu heybetli görünümü ve siyah giysisiyle görünce serçe sürüsü gibi dağılırlar. Müdür parmak sallayarak onları korkutur ama sonra onlara sevecen bir şekilde gülümser.

Annem müdürümüz hakkında bana şunları anlatmıştı. Gönüllü askerlik yaptığı sıralarda oğlunu yitirmişti müdürümüz. O günden bu yana hep siyahlar giymiş ve bir daha kimse onun kahkahayla güldüğünü görmemişti. Hatta bu acı olaydan sonra okuldan bile ayrılmak istemiş. Öğretmenlikten ayrıldığını bildiren bir dilekçe yazmış, ama bir türlü bunu gerekli makamlara yollayamamış.

Babam geçen akşam onunla konuşurken, müdür artık görevinden ayrılmaya kararlı olduğunu ona söylemiş. Babamsa onun bu kararından çok üzüntü duyduğunu bildirmiş. Derken tam o anda okul semtinin yakınına taşınan biri, çocuğunu yazdırmak için müdür odasına girmiş. Müdür, çocuğu görünce ilkin bir sarsılmış. Çocuk şaşılacak derecede yitirdiği oğluna benziyormuş. Daima masası üzerinde duran oğlunun fotoğrafına üzgün gözlerini çevirmiş. Sonra çocuğu ellerinden tutarak uzun uzun incelemiş. Çocuğun adını defterine geçirmiş, sonra masasına oturarak uzun uzun düşünmüş.

Babam az önce yarım kalan ricasını yinelemiş ama bu kez hiç ummadığı bir tepki göstermiş müdür. İstifa dilekçesini almış ve yırtarak:

«Kalıyorum!» demiş.

ASKERLER

22, Salı

Müdürün oğlu askerliğini yaparken ölmüştü. Bu nedenle askerler ne zaman okulun önünden geçse, yaşlı müdürümüz onları görmek için okul kapısının önüne çıkar. Dün oradan gene bir piyade alayı geçiyordu. Elli kadar öğrenci ellerinde çantaları, cetvelleriyle çantalarına vurarak tempo tutarak bandoculara eşlik ediyorlardı. O dar giysilerinin içinde sıkışmış gibi duran Garrone, elindeki kocaman bir ekmek parçasını ısırarak onları seyrediyordu. Her zaman şık giyinen Votini onun yanında duruyordu. Babasının ceketini giyen çilingirin oğlu Precossi, Küçük Kalabriyalı, Küçük Duvarcı, kızıl saçlı Crossi, yılışık ve kötü yüzlü Franti. Ve artık bir süre için koltuk değnekleriyle gezmeye mahkûm yüzbaşının oğlu Robetti. Hepimiz toplanmış askerlerin geçişini seyrediyorduk. Franti, topal bir askerin zorla yürüdüğünü görerek onu alaya alıp gülmeye başladı. Ama birden bir

elin omuzuna inmesiyle başını çevirdi ve müdürümüzle göz göze geldi.

«Bana bak Franti, resmi geçit yapan ve sana karşılık vermeye gücü olmayan bir askerle eğlenmen, görevi nedeniyle hiçbir tepkide bulunamayacak birini alaya alman bağışlanır bir durum değildir. Buna alçaklık denir!» diye gürledi.

Bu sözler üzerine Franti hemen oradan yok oluverdi.

Askerler tozlara bulanmış ve terlemişlerdi. Tüfekleri güneşte pırıl pırıl parıldıyordu, dörder dörder geçiyorlardı.

Daha sonra müdür, hepimize seslendi:

«Askerleri candan sevmelisiniz çocuklarım. Onlar bizi korumakla görevlidirler. Günün birinde ülkemize düşman saldıracak olsa topraklarımızı kanlarıyla sulamak pahasına bizi bu askerler korur. Oysa onlar da henüz çok gençtirler. Sizden yalnızca birkaç yaş büyük delikanlılar. Onlar da sizler gibi okullarda eğitim görüyorlar. Aralarında sizlerde olduğu gibi zengin ve yoksullar da bulunur. Her asker İtalya'nın bir başka bölgesinden çıkıp gelmiştir. Onlara dikkatle bakarsanız yüzlerinden nereli olduklarını anlamakta gecikmezsiniz. Bunlar arasında Sicilyalılar, Sardunyalılar, Napolililer, Nombardiyalılar da var. Şu geçen alay 1848 Savaşları'na katılan onurlu alaylardan biridir. Belki askerler değişti ama bayrak değişmedi. Sizler daha dünyaya gelmeden yıllar önce bu bayrak altında ne çok insanın can verdiğini bilemezsiniz.»

Garrone tok sesiyle:

«İşte bayrak!» dedi.

Tam o anda bir subayın taşıdığı üç renkli kırmızı, beyaz ve yeşil bir bayrak dalgalanarak göründü.

Müdür askerlerin geçişinden çok duygulanmıştı, bize heyecandan titreyen bir sesle:

«Haydi çocuklar,» dedi. «Bayrağa olan saygınızı göstermek için ellerinizi alnınıza götürün ve bayrağımızı sizlere yakışır bir şekilde selamlayın.»

Subaylardan biri elindeki güneşlerden solmuş bir bayrakla önümüzdeydi. Mızrağa bir madalya asılmıştı. Hep birden bayrağı derin bir saygı ile selamladık. Subay bize gülümseyerek baktı ve de karşılık olarak o da bizi askerce selamladı.

Arkamızdan bir ses duyuldu:

«Aferin çocuklar!» Bu, yakasında Kırım Savaşları'nda kazandığı mavi bir kurdele taşıyan ihtiyar bir adamdı. Emekliye ayrılmış bir subay olmalıydı.

«Aferin çocuklarım!» «Ne kadar iyi yaptınız! Küçüklüğünde bayrağını selamlamasını bilen, büyüdüğü zaman onu savunacaktır.»

Bu arada bayrak çevresini saran bir çocuk topluluğu ortasında görünmez oldu.

NELLİ VE ARKADAŞI

23, Çarşamba

Dün askerlerin geçidini seyreden öğrenciler arasında küçük Nelli de bulunuyordu. Zavallı küçük kamburun yüzü bulutlanmıştı. Herhalde o hiçbir zaman asker olamayacağını düşünerek üzülüyordu. Zavallı çocuk, çok iyi ve çalışkan, ama o kadar sıska ve çelimsiz ki, hemen soluğu kesiliyor. Annesi hep siyahlar giyen, ufak yapılı, ince ve sarışın bir kadın... Okulun dağılma saatinde çocuğu hırpalanmasın diye gelip onu alır. Çocuğunu öylesine sever ki, onu okşayarak giydirmesi bile görülmeye değerdi.

İlk günlerde bazı kötü çocuklar Nelli'yi alaya almışlar ve çantalarıyla onun sırtındaki kambura vurmuşlardı. Ama o hiç kızmamış, hatta arkadaşlarının bu hainliğinden annesine bile söz etmemişti. Nelli ile alay edildiğinde, o zavallı başını önüne eğer ve sessizce ağlardı. Ama bu haksızlığa dayanamayan Garrone, günün birinde bütün sınıfa gözdağı verdi:

«Bundan böyle küçük Nelli'yle alay eden ve ona el kaldıran karşısında beni bulur. Onu öyle bir pataklarım ki, olduğu yerde bir topaç gibi üç kez döner.»

Ama bu uyarıya kulak asmayan Franti, Nelli'ye dokunmuş ve Garrone'den öyle bir tokat yemişti ki, gerçekten olduğu yerde üç kez dönmüştü.

O günden sonra artık Nelli'ye takılmaya cesaret edemedi. Öğretmen durumu sezmişti. Nelli'yi Garrone'nin yanına oturttu, onlar artık iki yakın dost olmuşlardı.

Nelli, Garrone'ye bütün kalbiyle bağlandı. Sınıfa girince gözleriyle ilkin onu arar, ona veda etmeden akşam evine dönmez. Garrone de onun bu sevgisine karşılık verir. Nelli sıranın altına defter veya kalemini düşürdüğü zaman onun yorulmasını önlemek için hemen Garrone eğilip alır. Çantasını yerleştirmesi ve paltosunu giymesi için ona hep yardım eder. İşte bütün bu nedenlerden dolayı Nelli onu pek çok sever. Ama eğer aldanmıyorsam sonunda Nelli, arkadaşlarının ilk günlerde kendisine eziyet ettiklerini ve Garrone'nin araya girerek buna engel olduğunu, kendisini koruduğunu annesine anlatmış olmalı ki, bakın bir sabah ne oldu!..

Öğretmen ders programını müdüre götürmem için beni müdür odasına yollamıştı. Nelli'nin o ufak tefek, genç, sarışın annesini müdürün odasında gördüm. Genç kadın müdüre soruyordu:

«Oğlumun sınıfında Garrone adında bir çocuk var değil mi efendim?»

«Evet bayan.»

«Lütfen onu buraya çağırtabilir misiniz, kendisiyle görüşmek istiyorum.»

Müdür zile bastı, gelen hademeden Garrone'yi çağırmasını istedi. Bir iki dakika sonra, Garrone şaşkın şaşkın içeri girdi. Müdürün kendisini çağırtma nedenini anlamamıştı, endişeliydi.

Nelli'nin annesi, Garrone'yi görünce, onu candan bir sevgiyle kucakladıktan sonra alnından öptü:

«Ya!.. Demek Garrone sensin? Oğlumun koruyucusu ve arkadaşı, temiz yürekli mert çocuk!»

Daha sonra çantasını ve ceplerini karıştırdı. Ona bir şeyler vermek istemiş ama uygun bir şeyler bulamamıştı. Sonra boynundaki altın kordona bağlı küçük bir altın haçı çıkarttı, bunu Garrone'nin boynuna geçirdi, ve:

«Bu küçük armağanımı kabul et sevgili yavrum,» dedi. «Senin için devamlı dua edeceğim. Sana, yaşam boyu minnet duyacak bir annenin elinden bunu al ve Nelli'yi hep sev!»

SINIF BİRİNCİSİ

25, Cuma

Garrone herkesin sevgisini kazanmıştır, ama çok akıllı ve çalışkan olan Derossi de hepimizin hayranlığını kazanmıştır. Her yıl olduğu gibi bu yıl da gene sınıf birincisi. Kimse onu geçemez. Her bakımdan üstündür. Matematikte, dilbilgisinde, coğrafyada, yazıda, tarihte, resimde o devamlı birincidir. Çok güçlü bir belleği vardır. Her şeyi aklında tutar. Öğrenmek sanki onun için kolay bir oyundur. Öğretmen dün ona şu övgü dolu sözleri söyledi:

«Derossi, senin üstün yeteneklerin var, bunları hiçbir zaman boş yere harcama!»

Derossi, aynı zaman da çok yakışıklı sayılır. Uzun boylu, narin yapılı altın sarısı bukleli saçlarıyla, çok cana yakındır. Çok da çeviktir. Tek elini koyarak sıraların üzerinden atlar. Daha şimdiden kılıç kullanmasını öğrenmiş. Altın yaldızlı düğmeli koyu mavi bir ceket ve buna uygun koyu gri pantolon giyer. Hep neşeli, hep canlıdır. Bütün arkadaşlarıyla iyi geçinir ve elinden geldiğince onlara yardımcı olur. Onun yalnız iki düşmanı vardır: Carlo Nobis ve Franti. Votini de gerçi onu kıskanır ve bunu açıkça belirtir ama için için ona hayranlık duyduğundan eminim. Ama Derossi, Votini'nin kıskançlığını bilmezlikten gelir. Ödevler tamamlandıktan sonra onları toplamak için sıralar arasından geçtiği zamanlar arkadaşların hemen hemen hepsi ona gülümser. Kimi de onun elini veya kolunu okşayarak sevgisini belirtir. Aile ve dostlarının kendisine verdikleri resimli dergileri, kalem gibi ufak tefek eşyaları arkadaşlarına dağıtır. Küçük Kalabriyalı için bir Kalabriya haritası çizdi.

Evet ben bile, ondan aşağı olduğumu düşünerek, zaman zaman onu kıskanırım. Hatta, evde çok zaman ödev başında zorlandığımda, Derossi'nin aynı ödevi çok rahat yaptığını düşünerek içimde acı bir öfke uyanır. Ama ertesi sabah onun o gülen ve sevimli yüzünü görünce içimdeki kıskançlık duygusu silinir, yerini sevgi ve hayranlık alır. Her soruyu doğru yanıtladığını duyarak, onunla gururlanırım ve onu kıskandığımdan dolayı kendi kendimden utanırım.

Okulumuzu bitirdikten sonra bile Derossi'nin gideceği koleje gidip, onunla birlikte öğrenimimi tamamlamak isterim. Onun varlığı insana cesaret, çalışma isteği ve canlılık aşılıyor. Evet o yalnız aydınlık zekâlı bir çocuk değil, aynı zamanda aydınlık bir ruha da sahip.

Öğretmen temize çekmesi için ona aylık öyküyü verdi: *«Lombardiyalı Küçük Gözcü.»* Yarın bunu bize okuyacak. Artık ben de yarın temize çekerim. Bu kahramanlık öyküsünü temize çeken Derossi'nin heyecandan gözleri nemlenmiş ve dudakları titremişti. Onun o anlamlı yüzüne bakarken şunları düşündüm: «Derossi, sen benden çok daha değerlisin. Sana saygı ve hayranlık duyuyorum. Benimle kıyaslanacak olursan sen olgun bir erkek sayılırsın.»

LOMBARDİYALI KÜÇÜK GÖZCÜ

26, Cumartesi

(Aylık Öykü)

1859 yılında Lombardiya'nın kurtuluşu için bir savaş yapılıyordu. Avusturyalılar'a karşı Fransızlar ve İtalyanlar Solferino Savaşı'nı kazanmışlardı. «San Martino» savaşından bir gün sonraydı. Güneşli ve sıcak bir haziran sabahında, küçük bir hafif süvari birliği çevreyi araştırarak, ıssız bir kır yolunda, ağır ağır ilerliyordu. Birliğin subayı ile çavuşu önden yürüyorlardı... Düşman ordusunun beyaz üniformalı askerlerini görmeye hazır gibi hepsi de gözlerini kısmış dikkatle ilerliyorlardı... Tahtadan yapılmış bir küçük kır evinin önüne geldiler. Evin tam önünde on, on iki yaşlarında güzel bir çocuk bir dişbudak dalından sopa yapmak için çakısını kullanıyordu. Boş evin bir penceresine üç renkli İtalyan bayrağı asılmıştı. Köylüler bayrağı astıktan sonra

Avusturyalılardan korktukları için hemen kaçmışlardı.

Çocuk süvari birliğini görür görmez hemen elindekileri attı ve onları selamlamak için yerinden fırladı. Sarışın çocuğun güzel yüzünü koyu ve parlak mavi gözleri aydınlatıyordu. Gömleğinin açık yakasından güneşten yanmış boynu görülüyordu.

Subay atının dizginlerini çekerek durdu ve çocuğa sordu:

«Burada neden kaldın? Neden ailenle birlikte kaçmadın?»

«Benim kimsem yok ki. Ne annem var, ne babam, ne de akrabalarım. Doymak için nerede iş bulursam orada çalışırım. Savaşı görebilmek için burada kaldım.»

«Avusturyalılar'ın geçtiklerini görmedin mi?»

«Hayır, üç günden beri buradayım, görmedim.»

Subay atından indi. Askerlerini aşağıda bırakarak küçük eve girdi ve damına çıktı. Ancak ev yüksek olmadığı için damdan çevre pek iyi görünmüyordu.

Subay damdan inerek, askerlerine seslendi:

«Birinin ağaca çıkması gerekecek!»

Evin kapısının önünde oldukça yüksek bir dişbudak ağacı vardı. Subay bir askerlerine bir ağaca baktıktan sonra birden küçük köylü çocuğuna döndü:

«Uzağı iyi görebilir misin, küçük?»

«Ben bir mil uzaklıktaki bir serçeyi bile seçerim.»

«Bu ağaca tırmanabilir misin?»

«Bu benim her gün birkaç kez yaptığım bir oyun. Yarım dakikada en yüksek dala çıkarım.»

«İyi, o zaman ağaca çık ve tepeden gördüklerini bana anlat. Avusturyalı askerlerin üniformalarını seçer seçmez bana haber ver. Toz bulutu veya güneşte parlayan tüfekleri de görebilirsin.»

«Tamam, hepsini söylerim.»

«Bu görevine karşılık kaç para istersin?»

«Ne demek? Bunu nasıl düşünebilirsiniz? Elbette hiçbir şey istemem. Ben bir İtalyan çocuğuyum. Eğer siz Avusturyalı bir subay olsaydınız kılımı bile kıpırdatmazdım, ama yurdum için canımı bile veririm. Ben bir Lombardiyalıyım.»

«Güzel. Haydi o zaman, tırman şu ağaca...»

«Bir dakika durun, kunduralarımı çıkartayım.»

Çocuk yalınayak kalınca belindeki kemeri daha da sıktı, sonra kasketini otlar üzerine attı ve iki eliyle ağacın kalın gövdesini kavradı.

Subay, birden sanki bir önseziye kapılmış gibi, çocuğu uyardı:

«Aman yavrum dikkatli ol!»

Çocuk döndü, masmavi gözlerini subaya dikip öylece durdu, sanki onun bir şey söylemesini bekliyordu.

«Bir şey yok, haydi tırmanmaya başla bakalım.»

Çocuk bir kedi gibi çevikti, ağaca hemen tırmandı. Az sonra, ağacın tepesine ulaşmıştı bile. Ayakları ağaç yapraklarına gömülüydü, belinden yukarısı görünüyordu. Güneş çocuğun sarı saçlarında oynaşarak, buklelerinde altın yaldızlı yansımalar meydana getirmişti. Ağacın tepesinde küçücük kalmıştı.

Subay çocuğa duyurmak için gür bir sesle:

«Uzaklara bak, ne görüyorsun?» diye bağırdı.

Çocuk daha iyi görebilmek için sağ elini yüzüne siper etti.

Subay yeniden sordu:

«Bir şey görebildin mi?»

O zaman çocuk, ellerini boru gibi kullanarak, aşağıya haykırdı:

«Tozlu yolda iki atlı ilerliyor!»

«Buraya ne kadar uzaktalar?»

«Yarım mil uzaklıktalar.»

«Buraya mı geliyorlar?»

«Şu anda durdular, sanki bir şey bekliyorlar gibi...»

Subay az sonra yeniden sordu:

«Sağ tarafta ne görüyorsun?»

Çocuk başını sağa çevirdi:

«Mezarlık yanında güneşte ışıldayan bir şeyler seçiliyor, süngüler olmalı.»

«Asker var mı, asker görüyor musun?»

«Hayır, ama başakların arasına gizlenmiş olabilirler.»

Çocuk henüz bu sözleri söylememişti ki, evin arkasına düşen bir kurşun vızıltısı duyuldu.

Subay telaşlanmıştı, çocuğa emir verdi:

«Hemen in, seni gördüler. Verdiğin bilgi yeter başka bir şey öğrenmek istemiyorum!»

Çocuk karşılık verdi:

«Ama ben korkmuyorum ki neden ineyim?»

«Sana in diyorum, inmeden sola bak, ne var?»

«Solda mı?»

«Evet solda ne var?»

Çocuk başını sol yöne çevirdi. Ama tam o anda, daha da alçaktan bir kurşun vınlayarak hemen başının üzerinden geçti. Çocuk bu boşluğu yırtan kurşun sesinden ürpererek:

«Kahrolsunlar! Beni gördüler!» diye haykırdı.

Subay emredercesine kızgın bir sesle:

«Çabuk in aşağıya diyorum!» diye bağırdı.

«Korkmayın ağaç beni saklıyor. Sol tarafta ne olduğunu öğrenmek istiyordunuz ya!»

«Solda mı? Yo hayır. Hiçbir şey öğrenmek istemiyorum, sen gerekeni yaptın, çabuk aşağıya in!»

Çocuk birazcık, sola eğildi:

«Sol taraftaki kilisenin yakınında...» diye seslenirken üçüncü kurşunun ıslığı duyuldu, bunun hemen ardından çocuk dallara çarparak aşağıya yuvarlandı.

Subay perişan olmuştu:

«Eyvah! Yazıklar olsun!» diye haykırdı.

Sırtüstü düşen çocuğun kolları iki yana açılmıştı.

Göğsünün solundan kan akıyordu. Subay çocuğun gömleğini açmak için eğildi. Çavuş ve iki er de atlarından indiler. Kurşun çocuğun tam kalbine gelmişti.

Subay, «Ölmüş!» diye bağırdı. Çavuş, «Yoo, daha yaşıyor!» dedi.

Subay:

«Vah zavallı cesur çocuk, cesaret yavrum seni kurtaracağız!»

Subay bu sözlerle akan kanı durdurmak için mendilini yara üzerine bastırdı ama tam o anda çocuğun gözleri daha da büyüdü ve başı yana düştü. Ölmüştü.

Subay sapsarı kesilmişti, derin bir üzüntüye kapıldığı, çok acı çektiği yüzünden okunuyordu. Çocuğa uzun uzun baktı ve başını kaldırarak onu otlar üzerine yatırdı. Yanındaki askerler de öylece kalakalmışlardı. Diğer askerler her an gelecek subayı, karşılamaya hazırlanmışlardı. Subay hep aynı sözleri yineledi:

«Ah zavallı çocuk, yürekli kahraman çocuk!»

Sonra subay eve yaklaştı ve üç renkli bayrağı direkten indirerek küçük ölünün üzerine örttü. Çavuş da çocuğun kasketini, ayakkabısını ve henüz yontmayı bitirmediği değneğini yanına koydu.

Bir süre öyle durdular sessizce. Subay sonra çavuşa dönerek:

«Onu göndermek için ambulansı gönderelim. Tam bir asker gibi, kahraman bir asker gibi gömülmeli.» dedi ve küçük ölüye eliyle öpücükler gönderdikten sonra emrini verdi:

«Haydi atlara!»

Süvariler eğerlerine atlayarak az sonra yola koyuldular.

Güneş batarken İtalyan orduları düşmana saldırıyordu.

O sabah atlıların geçtiği yoldan, avcı askerleri de iki bölük olarak geçtiler.

Bunlar bir hafta önce San Martino tepelerinde kahramanca dövüşen askerlerdi.

Askerler arasında küçük kahramanın ölümü, bir şimşek hızıyla yayılmıştı. Öncü birlik subayları, küçük şehidi üç renkli bayrağa sarılı dişbudak ağacı önünde yere serili görünce kılıçlarıyla selamladılar.

İçlerinden biri ırmak kıyısındaki kır çiçeklerini toplayarak, küçük ölünün üzerine serpti. Diğer askerler de onun gibi yaptılar. Birkaç dakika sonra küçük ölünün üzeri çiçeklerle kaplandı.

Subay ve erler, önünden geçerek onu saygıyla selamlıyorlardı.

«Aferin sana küçük Lombardiyalı, elvada yürekli çocuk, rahat rahat yat, onurumuzu koruyan güzel sarışın yavru. Elveda!»

Hemen hepsi, bu sözlerle onu selamlamış ve önünde saygı duruşunda durmuşlardı.

Subaylardan biri, göğsündeki kahramanlık madalyasını onun göğsüne iliştirdi. Bir başka yaralı subay, onu alnından öptü. Çocuğun kanlı göğsüne çıplak ayaklarına sarışın başına demet demet çiçekler atıldı.

Küçük kahramanın bembeyaz yüzü sanki bu selamları görüyor ve duyuyordu ki, soluk yüzünde titrek bir gülümseyiş belirdi. Çok sevdiği Lombardiya'nın uğruna yaşamını yitirmekten sanki mutluluk duyuyordu.

YOKSULLAR

29, Çarşamba

(Annemin Mektubu)

Yurdu için yaşamını veren küçük Lombardiyalı aslında bir kahramandı. Ama günlük yaşamda, uyumlu davranmayı gerektiren ve yerine getirilecek daha başka ödevler ve gene yüce duyguların gerektirdiği çok daha başka kahramanlıklar da vardır Enrico.

Evet oğlum bu sabah okuldan dönerken yürüyordun, kaldırıma oturmuş, kucağında sıska ve sapsarı yüzlü bir çocuk tutan bir kadın senden sadaka istedi. Sen, onu gördün, cebinde para olduğu halde ona hiçbir şey vermedin.

Dinle beni Enrico, sana el uzatan bir yoksulun ve hele çocuğu ile dilenmek zorunda kalan bir kadının önünden asla ilgisiz geçme. Yavrusunu aç bırakmamak için çabalayan bu zavallı annenin çektiği acıları düşün.

Evet Enrico, beni de o zavallının yerine koy. Günün birinde sana verecek ekmeğim olmasa nasıl acı çekerdim Enrico. Bir dilenci benden para alırken «Tanrı seni ve çocuklarını korusun!» diye dua eder. İşte o zaman ben de «bu yoksul kendisine verdiğimden fazlasını bana geri verdi» diye düşünürüm ve evime daha mutlu dönerim.

Dinle beni Enrico. Hiçbir dayanağı olmayan bir yaşlının, ekmeksiz bir annenin veya anasız bir çocuğun eline bırakabilmek için, çantanda daima para bulundur.

Yoksullar, çocuklardan aldıklarıyla küçük düşmediklerini görerek onlardan sadaka almayı severler. Bilmem dikkat ettin mi? Çoğu kez yoksullar okul kapılarında toplanırlar. Yetişkin biri, hayır işlemek için sadaka verir, oysa çocuk yüreğinin sesine kulak vererek yoksula parayı uzatır.

Evet oğlum, bilmem anlatabildim mi? Çocuğun elinden sadakayla birlikte sanki bir demet çiçek düşer. Düşün ki, sen hiçbir şeyden yoksun değilsin oysa onların hiçbir şeyleri yok. İşte bundan ötürü zengin konakların, lüks arabaların bulunduğu ve kadifeler giyinmiş çocukların yaşadıkları semtlerde, sokak başlarında bu zavallılar toplanırlar. Bunların çoğunu da çocuklar oluşturur.

Evet Tanrım, hiçbir şeye sahip olmamak... Bunu düşünmek bile ruhuma dehşet salıyor. Senin gibi iyi ve akıllı çocukların yaşadığı büyük bir kentin ortasında, kimi zavallıların, çöllerdeki yabani hayvanlar gibi aç yaşadıklarını düşünmek, ne kadar acı!.. Ne korkunç!

Senden para isteyen bir annenin önünden geçerken daima onun avucuna bir şeyler bırak Enrico. Asla onun önünden bir şey vermeden geçme!

Annen

ARALIK

KÜÇÜK İŞADAMI

1, Perşembe

Babam hemen hemen her gün arkadaşlarımdan birini veya birkaçını eve çağırmamı ve onlardan birinin evine gitmemi, böylece okul arkadaşlarımla daha yakından tanışıp kaynaşmamı istiyor.

Pazar günü Votini ile gezmeye gideceğim. Şu her zaman çok şık giyimli çocukla. Bugün Garoffi'yle görüştüm. Şu uzun boylu, karga burunlu ve minik gözleriyle, devamlı çevresini araştıran Garoffi'yle. O bir eczacının oğlu, pek kimseye benzemeyen ilginç biridir. Devamlı cebindeki parayı sayar, hem de parmaklarıyla çok çabuk yapar bu işi. Çarpım cetveline baş vurmadan, en zor çarpımları birkaç saniyede yapar. En ufak paralara kadar biriktirir. Daha şimdiden bankada hesabı var. Eğer oturduğu sıranın altına cebinden beş kuruş bile düşse, onu saatlerce arar. Derossi'nin dediği gibi o tıpkı bir saksağana benzer. Ne bulursa toplar; kullanılmış kalem uçları, aşınmış posta pulları, iğneler, boş kutular ve daha bir sürü ıvır zıvır... Tam iki yıldan bu yana, posta pullarını topluyor. Daha şimdiden her ülkeden yüzlerce pul biriktirdi. Bunları büyük bir albümde topladı. Koleksiyonu tamamladığı zaman bunu bir kitapçıya satacak. Bu arada kitapçı kendisine devamlı müşteri getiren Garoffi'ye, defterleri bedavaya verir.

Garoffi okulda bile devamlı işler çevirir, öteberi değiş tokuşu, satış ve piyango düzenlemeleri yapar. Kimi zaman değiş tokuşlarından pişman olur ve verdiklerini geri alır. İkiye aldığını dörde satar. Köşedeki tütüncü kadına eski gazeteleri satar. Bütün bu ayarladığı işleri, hep üstünde taşıdığı küçük bir deftere geçirir. Sayfalar toplama ve çıkarmalarla doludur.

Okulda, yalnız matematik derslerine önem verir. Sırf kukla tiyatrosuna bedavadan girebilmek için ödül kazanmak ister. Garoffi'yi çok ilginç buluyorum, hoşuma gidiyor.

Onunla terazi ve paralarla satıcılık oyunları oynadık. O her şeyin fiyatını bilir, gramların değerlerini tanır ve bir bakkal kadar el çabukluğuyla kâğıttan bir külah yapabilir. Okulu bitirir bitirmez bir dükkân açarak kendi icat ettiği bir ticaret sistemini yürütmeyi düşlüyor.

Ona birkaç yabancı posta pulu verdim, buna çok sevindi. Koleksiyonundaki pulların değerlerini hatasız bilir, hepsini bir bir sayar.

Babam gazetesini okur gibi yapıyor ama bir yandan onu dinliyordu. Kıs kıs güldüğünü gördüm, herhalde o da çok eğleniyordu. Garoffi'nin gene ceplerinde taşıdığı kara bir zarfta ticaret malları ile doludur. Bütün tüccarlar gibi hep dalgın ve düşünceli görünür. Ama onun, en büyük hazinesi o pul koleksiyonudur. Günün birinde bununla bir servet kazanacağına içten inanır. Arkadaşları ona pinti ve tefeci derler, ama ben bu görüşleri paylaşmıyorum, o bana çok şey öğretti. Tam bir erkek izlenimi uyandırıyor bende.

Oduncunun oğlu Coretti, annesinin yaşamını kurtarmak pahasına bile olsa onun pullarını asla feda etmeyeceğini söyler. Oysa babam daha başka düşünüyor: «Bekle, peşin hüküm verme.» diyor. Aslında ben de babam gibi, düşünüyorum.

GURUR

5, Pazartesi

Bugün Votini ve babasıyla gezmeye gitmiştik. Dorra Grossa Caddesi'nden geçerken, kendisini rahatsız eden arkadaşlarını tekmeleyen Stardi'yi gördük. Bir kitapçı vitrini önünde durmuş, gözlerini dikkatle bir haritaya dikmişti (aslında o sokakta bile çalışır), selamımıza zorla karşılık verdi. Kaba çocuk, gene de onu severim. Votini çok şık giyinmişti, hatta onun yaşındaki bir çocuk için fazla süslenmişti diyebilirim. Kırmızı benekli keçi derisi potinleri, ipek harçlarla işlenmiş bir ceketi vardı. Bir tavuskuşu gibi çalımlı ve kurumlu yürüyordu, ne var ki bu kez, o çalımı pek işe yaramadı. Ağır ağır yürüyen Bay Votini'yi arkamızda bırakmıştık. Taş bir sıra üstünde oturan küçük bir erkek çocuğunun yanında durduk. Sade giyimli çocuk yorgun görünüyordu, başını önüne eğmiş çevresine bakmadan dinleniyordu sanki. Bir adam - babası olmalı - bir yandan gazetesini okuyor, aynı zamanda ağaçlar altında bir aşağı bir yukarı geziniyordu. Biz de sıraya, çocuğun yanına oturduk. Votini, çocukla benim arama ilişmişti. Komşusunun dikkatini güzel giysileri üzerine çekmenin yollarını aradı. Ayağını kaldırarak bana sordu:

«Şu benim subay çizmelerime ne dersin?»

Herhalde, bu soruyu çocuğun ilgisini çekmek için sormuştu ama o hiç oralı değildi.

O zaman Votini bacağını indirdi ve ipek işlemelerini göstererek bu sırmalı süslerden hoşlanmadığını, bunun yerine gümüş düğmeler koydurtmak istediğini açıkladı. Küçük oğlan başını bile kaldırmamıştı.

Votini, bu kez de parmağının ucunda beyaz fötr şapkasını çevirmeye başladı. Ama boşuna. Çocuk hiç aldırmıyordu.

Votini bayağı bozulmuştu, bu kez de saatini açarak içindeki mekanizmayı gösterdi, ama gene boşuna, çocukta en ufak bir tepki görülmemişti.

Ona yardımcı olmak amacıyla:

«Altın kaplama mı, yoksa gümüş mü?» diye sordum.

«Yoo, som altından.» dedi.

«Ama saatin tümü altın olamaz, gümüş karışımı vardır.» diyecek oldum.

«Yoo, yemin ederim hepsi altın.» Bu sefer çocuğu bakmaya zorlayarak ve saati onun ta burnuna sokarak, «Bakın has altın değil mi?» diye sordu.

Çocuk donuk bir sesle «Bilemeyeceğim,» yanıtını verdi.

Votini iyice kızmıştı:

«Bu ne kibir böyle?» diye bağırdı.

Tam o anda yanımıza yaklaşan Bay Votini, oğlunun kulağına eğilerek «Zavallı yavrucak kör, görmüyor musun?» diye fısıldadı.

İşte o zaman Votini çok bozuldu, gözlerini çocuğun o boş bakışlarına dikerek bir süre ne yapacağını bilmez gibi perişan durdu, sonra nefes gibi bir sesle: «Bağışla bilmiyordum.» diye fısıldadı.

Durumu anlayan çocuk tatlı bir sesle: «Üzülmeyin, önemli değil.» dedi.

Votini kendini beğenmiş olabilir ama kalpsiz değildir; yol boyu üzgün durdu.

İLK KAR

10, Cumartesi

Elveda gezintiler... Çocukların sevgili dostu olan kar başladı. Dünden bu yana yasemin çiçekleri gibi kocaman beneklerle gökten düşüyorlar. Bu sabah okulda, bu beyaz kelebeklerin camlara çarparak, saçaklarda birikmesini seyretmek çok hoş oldu. Öğretmenimiz de ellerini uğuşturarak dışarıya bakıyordu. Hepimiz yapacağımız kartoplarını, daha sonra tutacak buzu ve evlerimizde yanacak ateşleri düşünerek seviniyorduk. Yumruklarını şakaklarına dayamış, kendisini dersine veren Stardi'den başka hepimiz sevinçliydik.

Çıkışta ne güzel bir bayram yaptık!

Sevinçten haykırarak sokaklara dağıldık, karlarda suya atılan köpek yavruları gibi yuvarlandık. Bizi okul kapısında bekleyen anne babalarımızın şemsiyeleri de kardan bembeyaz kesilmişti. Hele belediye bekçisinin kasketi kardan görülmüyordu. Bütün öğrenciler neşe içindeydiler, hatta o hiç gülmeyen çilinginin soluk yüzlü oğlu Precossi bile. Bir küçüğü, otobüsün altından kurtarırken bacağı kırılan Robetti bile, koltuk değneklerinin üzerinde zıp zıp zıplıyordu. Şimdiye kadar hiç kar görmeyen Küçük Kalabriyalı, kardan bir yumak yaparak bunu bir elma gibi yedi. Manav kadının oğlu Crossi, karı çantasına doldurdu ve babam kendisini yarın için eve davet edince, Küçük Duvarcı buna kahkahayla güldü. O arada ağzı karla dolu idi, ne yutabiliyor, ne de tükürebiliyordu, orada öyle, kalakalmış cevap vermeden, bize bakıyordu. Bayan öğretmenler de dışarı çıktıklarında gülüyorlardı. Hatta öksürerek acele evine koşan birinci sınıf öğretmenim bile güldüğünü göstermemek için yüzünü şapkasının yeşil tülüyle örtmüştü.

E.NARDI

Bu arada bitişik okulun öğrencileri de gülerek o tertemiz beyaz halı üzerinde koşmaya başlamışlardı. Öğretmenler, kapıcılar ve bekçiler bizi:

«Haydi artık evinize dönün, evinize dönün!» diye uyarıyorlardı. Ama onlar da bayram yapan bu neşeli çocuklarla birlikte gülüyorlardı.

Babam, «Kar yağdı diye bayram ediyorsunuz,» dedi. «Ancak giysileri, pabuçları, ateşleri olmayan çocukları da düşünün. Bunlar dağ köylerinden uzun yolu yaya aşarak okula giderler ve moraran elleri ile okulu ısıtacak odunları taşırlar. Yüzlerce okul kar altına gömülü ve birer mağara gibi loş ve soğuktur. Dumandan nefesleri kesilen çocuklar, soğuktan titreşirler. Onlar hiç ara vermeden gökten düşen bu beyaz yumaklara dehşetle bakarlar. Uzaklardaki kulübelerinin çığ altında ezilmesi tehdidiyle hep korkarak yaşarlar. Evet çocuklarım siz gülün eğlenin, gelen kışı kutlayın ancak, kışın acı getirdiği binlerce çocuğu da düşünün.»

KÜÇÜK DUVARCI

11, Pazar

Bugün Küçük Duvarcı bize geldi. Sırtında babasının ceketinden bozulup dikilmiş ve kireç lekeleriyle yer yer beyazlanmış bir yelek vardı. Babam da en azından benim kadar onun gelmesini istiyordu. Çocuk içeri girince, kardan ıslanan kasketini çıkartıp cebine soktu, daha sonra yorgun bir işçi gibi yalpalayarak içeri girdi. Bir elma gibi yuvarlak yüzü, basık burnu ile sağı solu kolaçan ediyordu. Yemek odasına girdiği zaman eşyalara bir göz attı ve duvarlardan birini süsleyen «Rigoletto.(*) tablosundaki kambur soytarıya bakarak, burnunu bir tavşan gibi kıvırdı.

(*) **Rigoletto:** İtalyan besteci Verdi'nin bir operasının kambur kahramanı. Aslında Fransa Kralı 1. François'nin soytarısıdır.

Onunla inşaat oyununa başladık. Küçük Duvarcı bu konuda, çok yetenekli. Yaptığı kale, kule ve köprüler hiç yıkılmıyor. Oyun arasında bana ailesinden söz etti. Bir çatı katında yaşıyorlarmış, babası okuma yazma öğrenmek için gece kurslarına devam ediyormuş. Çocuk, ailesi tarafından çok seviliyor olmalı ki eskimiş ama temiz giysileri, fanila bir kumaşla astarlanmış. Kravatını da annesi bağlamış olmalı. Bana, babasının çok iri yapılı ve hemen hemen bir dev gibi uzun boylu olduğunu anlattı. Kapıların altından başını eğerek geçen babasının, kendisini çok sevdiğini ve onu "tavşan burunlu" diye çağırdığını da ekledi. Oysa kendisi kısa boylu ve narin yapılı bir çocuktu.

Saat tam dörtte bize kahvaltı getirdiler. Masadan kalktığımızda Küçük Duvarcı'nın ceketinden bulaşan beyaz lekeyi iskemleden silecektim ki, babam bir baş işaretiyle bunu önledi. Daha sonra, bunu gizlice sildi. Oynarken arkadaşım bir düğmesini düşürmüştü. Birden kıpkırmızı kesildi ve annem düğmeyi dikerken, o, verdiği zahmetten utanmış gibi çekingen durdu. Bakması için kendisine karikatür albümünü vermiştim, oysa o kendisi bile fark etmeden, gördüğü karikatürlerin taklidini yapıyordu. Hem de öylesine başarıyla taklit ediyordu ki, babam bile gülmekten kendini alamadı.

Küçük Duvarcı yaşamından çok hoşnuttu. Giderken kasketini bile başına geçirmeyi unuttu. Merdiven başında, bana sevincini belirtmek için başını çevirdi ve son kez bana «tavşan burnu» yaptı. Onun gerçek adı Antonio Rabucco ve tam sekiz yaşında.

Daha sonra yalnız kaldığımız zaman, babam:

«O alçı lekesini silmeni istemedim, çünkü arkadaşın bunu hakaret sanabilirdi. Babasının giysilerinden bulaşmıştı bu kireç. Aslında bu kir sayılmaz, çünkü çalışmak hiçbir zaman pis olamaz. İşinden dönen bir işçiye asla 'pis' denemez, ancak şöyle diyebilirsin: 'giysilerinde çalışma izleri taşıyor.' Bunu asla unutma Enrico, Küçük Duvarcı'yı hep sev, o, hem senin arkadaşın, hem de aynı zamanda çalışkan bir işçinin oğlu.» dedi.

KARTOPU

16, Cuma

Kar devam ediyor.

Kar yüzünden bu sabah acı bir olay oldu. Okuldan çıkan çocuklar ıslak kardan yaptıkları taş gibi katı topları atmaya başladılar. Kaldırımlar oldukça kalabalıktı. Bir bey haykırdı:

«Haydi artık bitirin, yaramaz çocuklar!»

Tam o anda sokağın öbür kıyısından acı bir çığlık duyuldu. Elleriyle yüzünü örten bir ihtiyarın sendelediğini gördük. Yanındaki çocuk:

«Yardım, yardım edin,» diye sesleniyordu.

O zaman herkes koşuştu. Zavallı adam, tam gözünün üstüne bir kartopu yemişti. Bütün öğrenciler çil yavrusu gibi dağıldı. Ben, babamın girdiği bir kitapçı dükkânının önünde bekliyordum. Vitrinlere bakar gibi yapan birkaç arkadaşımı gördüm. Bunlar arasında ekmek çiğneyen Garrone, Coretti, Küçük Duvarcı ve küçük işadamı Garoffi bulunuyordu.

Bu arada kalabalık yaralının çevresine toplanmıştı. Bir bekçi ve yayalar sağa sola koşuyor, tehdit ediyor ve soruyorlardı:

«Ne oldu? - Bunu kim yaptı? - Ne oldu söylesenize?»

Islak olup olmadığını anlamak için çocukların ellerine bakıyorlardı. Garoffi benim yanımdaydı. Onun titrediğini ve bir çarşaf kadar bembeyaz kesildiğini gördüm.

Etraftan bağrışmalar devam ediyordu:

«Bu kartopunu kim attı? Bu kimin marifeti?»

Bu ara Garrone'nin Garoffi'ye:

«Haydi git, sen olduğunu söyle. Senin yerine başkasını suçlarlarsa alçaklık etmiş olursun.»

Yaprak gibi titreyen Garoffi:

«Evet ama, ben bilerek yapmadım ki!» diye sızlandı.

«Olabilir, sen gene de gerekeni yap,» diye yineledi Garrone.

«Ama cesaret edemiyorum!»

«Tasalanma ben de seninle geliyorum.»

Bekçiler ve yanındakiler daha da ısrarla bağırıyorlardı:

«Kim yaptı bunu? Haydutlar adamcağızın gözlük camını kırarak onun bir gözünü kör etmişler.»

Garoffi'nin yere düşmesinden korktum.

Garrone, kararlı bir tonla:

«Gel,» dedi, «ben seni savunurum.» Ve onu kolundan tutarak bir hasta gibi taşıdı.

Garoffi'yi görür görmez onun suçlu olduğunu anladılar ve birkaç kişi yumruklarını sıkarak onun üstüne yürüdüler.

Ama Garrone arkadaşına siper olarak:

«Bir çocuğu dövmeye on kişi birleştiniz?»

Yumruklar indi, bir bekçi Garoffi'yi kolundan çekerek yaralıyı götürdükleri dükkâna sürükledi.

Onu görür görmez tanıdım. Bizim apartmanın dördüncü katında oturan ihtiyar posta memuru idi. Küçük yeğeni de ona eşlik ediyordu. Yaralı, mendilini yüzüne örtmüş bir iskemleye çökmüştü.

Korkudan neredeyse ölecek olan Garoffi:

«İsteyerek yapmadım!» diye hıçkırdı. «Bilerek yapmadım!»

Birkaç kişi hızla onu içeri ittiler.

«Diz çök ve af dile!»

Ama tam o anda iki güçlü kol, Garoffi'yi kaldırdı ve kararlı bir ses «Hayır baylar!» diye gürledi. «Mademki gelip suçunu itiraf etmek cesaretini gösterdi. Kimse ona hakaret edemez!»

Bu her şeyi görüp duyan bizim müdürümüzdü.

Garoffi hıçkırarak ihtiyarın ellerini öptü, zavallı adam el yordamıyla çocuğun başını buldu ve saçlarını okşadı.

Bu kez hava değişmişti, oradakiler Garoffi'ye: «Haydi çocuğum evinize gidin.» dediler.

Babam beni kalabalıktan çekip çıkardı. Eve giderken yolda:

«Enrico, böyle bir durumda sen de görevini yapar, suçunu itiraf eder miydin?» diye sordu.

Kendisine «evet» yanıtını verdim.

«Bana namus sözü veriyor musun?»

«Evet babacığım, namus ve onurum üzerine söz veriyorum!»

BAYAN ÖĞRETMENLER

17, Cumartesi

Öğretmenden azar işitmek korkusuyla Garoffi bütün günü korku içinde geçirdi. Ama Bay Perboni gelmedi. Yardımcı öğretmen de görünmediği için bize ders vermeye Bayan Cromi geldi. O öğretmenlerin en yaşlısıdır. Oğlu hasta olduğu için bugün çok üzüntülüydü, sınıfımıza girer girmez, bütün öğrenciler gürültüye başladılar. O zaman o bize kederli sesiyle şöyle dedi:

«Beyaz saçlarıma saygı gösterin, ben yalnızca öğretmen değil aynı zamanda bir anayım!»

Kimse konuşmaya cesaret edemedi. Arsız Franti bile onunla gizli gizli alay etmekle yetindi.

Bayan Cromi'nin sınıfına da küçük erkek kardeşimin öğretmeni olan genç Bayan Delcati'yi yollamışlardı. Onun yerine de daima koyu renkli giysiler giydiği için «Küçük Rahibe» lakabını taşıyan öğretmeni verdiler. Onun beyaz yüzü ince, saçları düz, gözleri parlaktır. Tatlı sesiyle sanki dua eder gibi konuşur. Ne var ki bu tatlı sesine karşın o hepimize istediğini yaptırır ve en yaramaz çocuklar bile onun karşısında hizaya gelirler.

Benim çok beğendiğim bir başka bayan öğretmen var. O da ilkokulun üçüncü sınıfını okutuyor. Pembe yüzlü bu genç kadının yanaklarında iki küçük gamze vardır ve devamlı kırmızı tüylü bir şapka giyer. Her zaman neşelidir, sınıfında da herkesin güler yüzlü olmasını ister. Cetvelini devamlı kürsüye vurur veya ellerini çırpar. Çocuklar akşam çıktıklarında onları sıraya koyar. Birinin yakasını düzeltir, ötekinin paltosunu ilikler. Öğrencileri sokakta dövüşmemeleri için izler, ailelere çocuklara ceza vermemeleri için yalvarır. Öksürenlere hap veya boğaz pastilleri götürür, üşüyenlere kendi mantosunu verir. Devamlı kendisini öpmek veya okşamak isteyen küçüklerin saldırısına uğrar. Kimi onun mantosunu, kimi şapkasının tülünü çekiştirir. O da bunları memnunlukla karşılar, hatta onları okşar, öper. Güzel gülümseyişiyle yanaklarındaki gamzeler de belirir. Bu sevimli öğretmen aynı zamanda resim dersleri de vererek annesiyle erkek kardeşine bakar.

YARALININ EVİNDE

18, Pazar

Kartopundan yaralanan o ihtiyarın yeğeni de az önce söz ettiğim o sevimli öğretmenin sınıfında okuyor. Onu bugün gördüm, kendisini evlat gibi büyüten amcasının evinde oturuyor.

Gelecek hafta, okunacak aylık öykü olan «Floransalı Küçük Yazıcı»yı henüz temize çekmiştim ki, babam bana seslendi:

«Haydi yavrum, gel dördüncü kata çıkıp şu yaralı komşumuzun hatırını bir soralım.»

Hemen hemen karanlık denecek kadar loş bir odaya girdik. İhtiyar adam yatağındaydı. Yastıklarına dayanmış oturuyordu, kendisi gibi yaşlı eşi de hemen yanı başındaydı. Küçük yeğenleri bir köşede oynuyordu. İhtiyarın gözü bağlı idi. Babamı görünce çok sevindi, bizi oturttu ve çok daha iyi olduğunu söyledi. Gözü fazla zarar görmemiş, birkaç güne kadar iyileşecekmiş.

Çok iyi bir adamdı:

«Bu çok saçma bir kaza oldu.» diye ekledi. «Şu zavallı çocuğun ne kadar korktuğunu düşünmek bile beni üzdü...» Daha sonra kendisini görmeye gelen doktordan söz etti.

Birden kapının zili çalındı.

«Oh işte hemen adının üstüne geldi.» dedi, hasta.

Kapı açıldı. Ama hasta tahmininde yanılmıştı, gelen doktor değildi. Uzun paltosunun içinde Garoffi eşikte dikilmiş, öylece duruyordu. Sanki içeri girmeye cesareti yoktu. İhtiyar yaralı: «Gelen kim?» diye sordu.

Babam: «Kartopunu atan çocuk» dedi.

İhtiyar, Garoffi'ye elini uzattı:

«Gel zavallı yavrum,» dedi. «Sen biçare yaralıdan haber almaya geldin. Meraklanma çok daha iyiyim, hatta hemen hemen iyileştim bile diyebilirim, içini ferah tut.»

Garoffi utanç içinde, ağlamamak için kendisini zorlayarak, yatağa yaklaştı. İhtiyar adam onun başını okşadı ama Garoffi hiçbir şey söyleyemedi; çok heyecanlı olduğu anlaşılıyordu.

Yaralı konuştu:

«Haydi yavrum evindekilere söyle, boşuna meraklanmasınlar, ben gerçekten iyiyim. Üzülecek bir şey yok.»

Garoffi, sanki bir şey söylemek ister gibi, kımıltısız duruyordu.

İhtiyar yeniden sordu:

«Nen var, bana bir şey mi söylemek istiyorsun?»

«Ben mi? Yoo hayır...»

«Peki o zaman güle güle git yavrum, huzur içinde git. Her şey yolunda.»

Garoffi sokak kapısına kadar yürüdü ama orda peşinden gelen küçük yeğene dönerek paltosunun altından çıkardığı bir paketi onun eline sıkıştırdı, ve ona:

«İşte bu senin için.» dedikten sonra bir şimşek hızıyla yok oldu.

Çocuk amcasına paketi getirdi, adam kâğıdı çözdü. Dudaklarımdan fışkıran şaşkınlık çığlığına engel olamadım. Bu o ünlü albüm, posta pulları koleksiyonu idi. Zavallı Garoffi, daima övündüğü, tüm umutlarını bağladığı ve kendisine bunca zahmete mal olan hazinesini getirmişti. Bağışlanmasının bedelini kanının yarısıyla ödemişti.

FLORANSALI KÜÇÜK YAZICI

(Aylık Öykü)

İlkokulun dördüncü sınıfına gidiyordu. On iki yaşlarında, zarif, simsiyah saçlı, beyaz ince yüzlü bir çocuktu. Bir demiryolu memurunun en büyük oğluydu. Babası kalabalık ailesini geçindirmek için çok sıkıntı çekerdi. Kıt kazançları nedeniyle çok yoksul bir yaşamları vardı. Babası çocukları içinde en çok büyük oğlunu sever, ona karşı çok hoşgörülü davranırdı ancak tek bir konuda sertti, bu da okul durumu. Okula gitmemesini asla bağışlamazdı. Çünkü en büyük çocuğu olması nedeniyle iyi bir öğrenim görüp aileye katkıda bulunma görevi ona düşüyordu. Bunun için de çok çalışması, asla zaman yitirmemesi gerekiyordu.

Gerçi çocuk çalışkandı ama baba gene de onu devamlı çalışmaya zorluyordu. Oldukça yaşlı olan baba fazla çalıştığı için daha da yorgun ve bitkin görünüyordu. Üstelik evin devamlı artan gereksinmelerini karşılamak için gündüzün yaptığı o ağır çalışma dışında geceleri de eve yazı işleri alıyor ve geç saatlere kadar yazıları temize çekiyordu.

Son olarak bir yayıncı ile anlaşmış ve gazete ile dergilerin üzerine abonelerin adlarını yazıyordu. Beş yüz adres için üç yüz liret alıyordu, ancak bu çalışma onu çok yoruyordu. Akşam yemeklerinde devamlı sızlanırdı. «Bu gece çalışmaları beni çok yoruyor, yakında yorgunluktan öleceğim.»

Oğlu bir gün ona: «Baba bırak senin yerine ben yazayım, yazım senin yazına çok benzer,» demiş ama babası buna şiddetle karşı çıkmıştı.

«Daha neler, sen derslerine çalışmalısın. Okul ödevlerin benim bu adres yazılarımdan çok daha önemli. Sana bir saat bile ziyan ettirmek istemem. Sağol yavrum, ama yardımını istemiyorum...»

Çocuk babasının bu konuda kararlı olduğunu bildiğinden daha fazla direnmedi. Ama bakın ne yaptı: Babasının her gece yarısı yazmasını bitirdiğini ve yatmaya gittiğini biliyordu.

Kaç kez gece saat on ikiyi çaldığında babasının iskemlesini yerine yerleştirerek uyumaya gittiğini duymuştu.

Bir gece gene onun yatmasını bekledi, daha sonra kalktı, sessizce giyindi ve el yordamıyla çalışma odasına geçti. Lambayı yaktı ve adreslerle beyaz kâğıt bantlarının bulunduğu masanın önüne oturdu. Yazmaya başladı. Babasının yazısını aynen taklit ediyordu. Heyecanla yazıyordu, ama içinden de azıcık korkuyor, babasına yakalanmak istemiyordu.

Çabucak yazıyor, kâğıtlar önünde birikiyordu. Arada bir etrafı dinlemek için kalemi bırakıp ellerini oğuşturuyor, sonra daha büyük bir çabayla yazılarına devam ediyordu. Böylece tam yüz altmış adres yazdı ya, demek yüz liret kazanmıştı. Durdu kalemi aldığı yere bıraktı. Lambayı söndürdü ve yavaşça yatağına döndü.

O gün baba, akşam sofrasına neşeyle oturdu. Hiçbir şeyin farkına varmamıştı, o bu çalışmayı mekanik bir şekilde sürdürüyordu. Baba, gülerek elini oğlunun omuzuna koydu ve: «Hey Julio,» dedi, «baban sandığından daha iyi çalışıyor. Dün gece iki saatte oldukça iyi iş çıkardım. Öteki akşamların iki misli çalışmışım. Elim hâlâ işliyor ve gözlerim bana henüz ihanet etmedi.»

Buna çok sevinen Julio, kendi kendisine: «Zavallı babam!» diye söylendi, «ona para kazandırmak yetmez gibi onun moralini de yükselttim. Haydi gayret!»

Başarısından cesaretlenen çocuk, ertesi gece de babasının yatmasını bekledi ve geceyarısı kalkarak çalışmaya başladı. Bunu birkaç gece üst üste yaptı. Babası hiçbir şeyden kuşkulanmıyordu. Yalnızca, bir gece yemek saatinde birden haykırdı: «Ne tuhaf, bir süreden beri gazyağı daha çok harcanır oldu. Lambaları erken yakmayın.» Julio, birden titredi ama babası daha ileri gitmedi ve çocuk da gece çalışmalarını sürdürdü.

Ancak geceleri geç yatan ve sürekli çalışan çocuğun sağlığı giderek bozuluyordu. Sabahları kalktığında, kendisini yorgun hissediyordu, akşamleyin okul ödevlerini yaparken gözleri kapanıyordu.

Bir akşam ilk kez olarak defteri başında uyuya kaldı. Babası onun omuz başında ellerini çırparak: «Cesaret cesaret!» diye seslendi. «Haydi ödevine devam et!»

Julio hemen uyandı ve gözlerini oğuşturarak, önündeki yazısını bitirdi. Fakat ertesi akşam aynı durum tekrarlandı ve her gün yorgunluğu daha da arttı. O artık kitaplarının üzerinde uyukluyor, sabahları geç kalkıyor, derslerine acele çalışıyor ve sanki çalışmaktan bıkmış görünüyordu.

Babası ilkin kendisine bazı uyarılarda bulundu ama günün birinde ilk kez olarak onunla sert konuştu:

«Julio dinle oğlum, sen korkunç değişiyorsun, artık o eski çalışkan oğlum değilsin. Ailemizin bütün umutlarının sana bağlı olduğunu unutma senden hiç hoşnut değilim, çok yazık!..»

Bu azarlamadan sonra çocuk da artık bu şekilde devam edemeyeceğini anladı ve bu aldatmacaya bir son vermenin zamanı geldiğini kendi kendisine itiraf etti.

Ama aynı günün akşamı babası eve çok sevinçli döndü ve gece yazılarından fazladan bin liret kazandığını gülerek anlattı. Bu sözlerle cebinden çıkardığı bir külah şekeri çocuklarına uzattı. Bu başarısını onlarla kutlamak istemişti. Çocuklar çoktandır hasret kaldıkları şekerleri sevinçle kapıştılar. Julio bu durumdan daha da cesaretlendi ve kendi kendisine bir karar aldı. Gündüzleri iki misli çalışacak ve geceleri bu yazı çalışmalarına bir süre daha devam edecekti. Babasının mutluluğu onun yorulmasına değerdi.

Baba hâlâ anlatıyordu: «Evet fazladan bin liret... Çok sevinçliyim, ama ne yazık ki, şu çocuk (eliyle Julio'yu işaret etti) beni çok üzüyor.»

Julio babasının sitemlerini başını eğerek karşıladı, kendisini savunmak için tek söz söylemedi, gözlerinde biriken yaşları içine attı. Aslında için için seviniyordu.

Tüm gücüyle çalışmalarını sürdürdü. Ancak yorgunluğu öylesine artıyordu ki, artık okulda bile uyukluyordu. Bu tam iki ay devam etti.

Babası oğlunun bu gevşekliğine anlam veremiyor, ona çok kızıyordu. Günün birinde okula giderek oğlunun öğretmeniyle görüştü.

«Evet,» dedi, öğretmen, «aslında ben de endişeliyim. Çok akıllı olduğu için henüz zayıf not almadı, ama o artık eski dikkatli öğrenci değil. Ben ders anlatırken devamlı esniyor, gözlerini oğuşturuyor ve dalgın görünüyor. Ödevleri de acele yazılmış ve çok kısa. O çok daha iyi yapabilecek nitelikte bir çocuk.»

O akşam baba oğlunu bir köşeye çekti ve onunla oldukça ağır konuştu:

«Julio hepinizi rahat yaşatmak için, ne kadar çalıştığımı görüyorsun. Oysa sen bana hiç yardımcı olmuyorsun. Demek bana ve kardeşlerine hiç sevgin yok. Anneni de sevdiğinden kuşkum var.»

Çocuk hıçkırıklarla sarsılarak:

«Böyle konuşmayın baba,» dedi. Tam itiraf edecekti ki babasının şu sözleri üzerine vazgeçti.

«Ailemizin ne zor durumda olduğunu benden iyi biliyorsun. Hepimizin özveri göstermesi gerekiyor. Ben de artık geceleri iki kat çalışmak zorunda kalacağım. Bu ay, ikramiye bekliyordum ama demiryolu şirketinden hiçbir şey verilmeyeceğini öğrendim.»

Bu haberi duyunca Julio, dudaklarındaki fışkırmaya hazır itirafı gene yuttu. Şöyle düşündü. «Yoo baba, sana bir şey söylemeyeceğim. Çünkü senin için çalışmak istiyorum. Okula gelince sınıfta kalmayacak kadar çalışırım. Asıl önemlisi senin kazanmana ve seni öldüren bu yükün bir kısmını taşımana yardım etmek.»

İki ay daha sürdü bu gece çalışmaları. Ancak en kötüsü babanın yavaş yavaş oğlundan soğuması olmuştu. Onu artık hayırsız bir evlat, bir nankör olarak görüyordu.

Babasının durumunu farkeden Julio, bundan çok acı çekiyordu. Babası ona sırt çevirdiğinde zavallı çocuk, ona eliyle bir öpücük yolluyor ve yüzü acısını ve sevgisini yansıtıyordu. Üzüntü ve yorgunluk çocuğu harap etmişti artık. Yüzü solmuş ve görülecek şekilde zayıflamıştı. Derslerini giderek ihmal ediyordu, buna bir son verme zamanının geldiğini biliyor ve her akşam kendi kendisine: «Bu gece artık kalkmayacağım» sözünü veriyor ama bitişik kilisenin saatinde, geceyarısının çaldığını duyar duymaz yatakta kalmanın bir ödevi ihmal etmek olduğunu düşünerek, kalkıp masa başına geçiyordu.

Ve bu böylece günlerce, haftalarca sürüp gitti.

Ancak bir akşam babası yemek masasında öylesine acı konuştu ki, Julio artık kesin bir karar almak zorunda olduğunu anladı. Annesi oğluna baktı ve onu çok zayıflamış ve soluk görerek birden kederli bir sesle:

«Ama Julio, sen hastasın.» dedi, sonra eşine dönerek ekledi: «Baksana o ne kadar solgun, eyvah Julio hasta, sevgili yavrum nen var?»

İşte o zaman babası ona sert gözlerini çevirdi ve:

«Vicdanı rahat olmadığından hasta görünüyor. Çalışkan bir öğrenci olduğu günlerde Julio böylesine solgun değildi.»

Anne devam ediyordu:

«Evet ama o hasta.»

Baba acımasız bir sesle «Bana ne!» yanıtını verdi.

Bu söz bir hançer gibi Julio'nun kalbine girdi.

Ya, demek artık onun hastalığı bile babasının umurunda değildi. Oysa eskiden öksürecek olsa babası, telaşlanırdı. Artık hiç kuşkusu kalmamıştı, babası artık onu sevmiyordu. Babasının kalbindeki yerini yitirmişti.

Çocuk bu kez kesin karar aldı «Artık bitti baba!» diye düşündü, «Artık bundan böyle bir daha geceleri çalışmayacağım. Senin sevgin olmadan yaşayamam, eski sevgini kazanmak istiyorum. Sana her şeyi anlatacağım, seni bir daha aldatmayacağım. Eskisi gibi çalışacağım, ne olursa olsun. Tek amacım beni yeniden eskisi kadar sevmen. Evet bu kez kararımda ciddiyim.»

Ama gene alışkanlık nedeniyle, o gece de her zamanki gibi saat on ikide kalktı, lambayı yakarak masa başına geçti ve artık bir daha yazamayacağı adres listesi karşısında kalbi burkuldu ve ne yaptığını düşünmeden kaleme sarılarak yazmaya koyuldu. Ancak eliyle bir kitaba çarparak yere düşürdü. Birden dehşetle irkildi. Gürültüden babasının uyanmasından korkmuştu, gerçi kötü bir şey yapmıyordu, aslında durumu babasına kendisi itiraf edecekti. Ama bu yoğun sessizlik içinde onun ayak seslerini duymak, babasının kendi karşısında küçük düşeceğini düşünmek çocuğu sarstı. Titriyordu.

Julio kulak kabartı, soluk almaya bile korkuyordu. En ufak bir gürültü bile duymadı. Ses seda yoktu. Tüm ev derin bir uykudaydı. Rahatladı ve son kez olarak önündeki adresleri yazmaya devam etti. Kendisini işine veren Julio, devamlı yazıyordu.

Oysa babası, onun arkasında duruyordu. O kitabın çıkardığı gürültüden uyanmış ve odaya girebilmek için uygun bir zaman beklemişti. Yalınayak oğlunun omuz başında duruyordu. Kalemin kâğıt üzerinde hızla koşmasını derin bir heyecanla seyretti. Ak saçlı başını oğlunun genç parlak, siyah saçlı başına eğmişti. Yaşlı adam, kalbinin sevgiden kopacak gibi çarptığını hissetti, derin bir coşkuyla sanki olduğu yere çivilenmişti.

Birden Julio acı bir çığlık attı, omzuna dayanan iki el, onu sıkıca kavramıştı.

«Baba, baba ne olur beni bağışlayın!» diye haykırarak hıçkırmaya başladı.

«Sen beni bağışla sevgili Julio!» dedi, babası ve oğlunun yüzünü, alnını, saçlarını öptü, öptü. «Her şeyi anladım, aslında senden af dilemek bana düşer yavrum, sevgili evladım benim haydi gel benimle.»

Adam onu iskemleden kaldırdı, daha doğrusu kollarına alarak odasına taşıdı ve annesinin kucağına koyarak:

«Şu harika evladını kucakla,» dedi. «Dört aydan bu yana, o geceleri uyumuyor benim yerime çalışıyordu. Ben onu tembellikle suçlarken o evin ekmeğini kazanıyordu.»

Annesi onu şefkatle bağrına bastı, heyecandan konuşamıyordu. Onu uzun süre okşadıktan sonra:

«Haydi yavrum artık odana git ve yat.» dedi.

Baba oğlunu kucaklayarak odasına götürdü, onu yatırdı, saçlarını derin bir şefkatle okşayarak üzerini örttü.

Çocuk, «Sağol baba sağol, ama artık sen de git yat» diyordu. «Çok mutluyum, iyi geceler baba.»

Oysa babası onun uyumasını bekliyordu. Çocuğun başucuna oturdu:

«Uyu meleğim uyu!»

Ayların yorgunluğundan bitkin düşen Julio, hemen derin bir uykuya daldı. Mutlu düşlerden yüzü aydınlanmıştı.

Gözlerini açtığı zaman güneş odasını dolduruyordu. Sabah epey ilerlemişti. Yastığına dayalı babasının ak saçlı başını gördü, o da oğlunun dinlenmesinden mutlu, onunla birlikte uyumuştu.

İRADE

28, Çarşamba

Sınıf arkadaşım Stardi'nin Küçük Floransalı gibi davranacağından kesinlikle eminim. Bugün okulumuzda iki mutlu çocuk var. Biri Garoffi, sevinçten sanki uçuyor, çünkü ona pul albümü geri verildi hem de Guatemala Cumhuriyeti'nin üç pulu ile birlikte (O tam üç aydır bu pulları arıyordu). İkinci mutlu çocuksa ikincilik madalyasını alan Stardi'ydi. Derossi'den sonra sınıfın birincisi sayılıyor. Herkes buna şaşırdı. Kimse bunu ummuyordu. Ekim ayında babası yeşil ceketli çocuğunu okula getirdiğinde öğretmene şöyle demişti:

«Tanrı'dan sabırlar dilerim, çünkü oğlumun anlayışı kıttır, kolay kolay öğrenemez.»

O günden beri bütün öğrenciler ona «Odun kafa» adını takmışlardı. Ancak Stardi, şöyle direndi «Ya başarırım ya da ölürüm» ve gece gündüz, evde, okulda, sokakta çalıştı. Bir öküz gibi, inatçı bir katır gibi yılmadan çalıştı. Ve irade gücüyle çalıştı, alaycılara önem vermedi, kendisini şaşırtmak isteyenlere tekmeler atarak isteğine kavuştu.

Matematikten hiç anlamıyor, kompozisyon ödevlerini deli saçmalarıyla dolduruyor, tarihleri aklında tutamıyordu. Oysa şimdi problemleri çözüyor, yanlışsız yazıyor, düzgün cümleler kuruyor ve derslerini hiç hatasız ezberliyor. Onun o kısık boynu, dört köşe kafası, kısa küt ellerine bakan onda nasıl demirden bir irade olduğunu anlamakta gecikmez. Eline para geçer geçmez gidip bir kitap satın alır. Kendisine güzel bir kitaplık kurdu. Sevinçli bir gününde evine gittiğimde kitaplığını bana göstereceğini ağzından kaçırdı. Kimseyle konuşmaz, kimseyle oynamaz. Daima sırasında çenesi yumruklarına dayalı öğretmeni dikkatle dinler.

Şu zavallı Stardi kimbilir ne denli yoğun çalıştı. Bu sabah öğretmenimiz gene sinirli bir gününde olmasına karşın ona ödülünü verirken şunları söyledi:

«Aferin Stardi, inat ve çaba her şeyin üstesinden gelir.»

Oysa Stardi başarısından gururlu görünmüyordu. Gülümsemeden yerine döndü ve oturur oturmaz gene çenesini elleri arasına alarak dikkatini öğretmenin anlattıklarına verdi.

İşin en güzel tarafı çıkışta oldu. Babası onu almaya gelmişti. Tıpkı oğlu gibi tıknaz yapılı ve gür sesli bir adam. Oğlunun ödül kazanmasını hiç ummadığı için, ilkin inanmak istemedi. Öğretmenin kendisini bu konuda aydınlatması gerekti. İşte o zaman adam sevincini belirtti, kahkahalarla güldü ve oğlunun ensesine bir tokat atarak:

«Aferin sana benim kabak kafalı oğlum.» dedi. Şaşkın şaşkın oğluna bakıyordu. Orada bulunanların hepsi de gülümsüyorlardı. İçlerinde en sakin olan Stardi'ydi ve dişleri arasında bir şeyler mırıldanıyordu. Herhalde ertesi günün dersini kendi kendisine tekrarlıyordu.

ŞÜKRAN

31, Cumartesi

Enrico'ya,

Arkadaşın Stardi'nin hiçbir zaman öğretmeninden şikâyet edeceğini sanmam. Oysa sen «gene sinirli bir gününde olmasına karşın» sözlerini söyledin. Hem de bunu öfkeli bir sesle söyledin. Ya sen, sen hiç kızmaz mısın? Hem de kimlere kızarsın. Hiç hakkın olmadığı halde annen ve babanla kaç kez sabırsız bir tonla konuştuğunu unuttun mu? Öğretmeniniz arada bir sinirlenmekte haklı değil mi? Uzun yıllardan bu yana çoğu kez değerini bilmeyen çocuklar için didinip duruyor. Evet öğrencileri arasında sevimli, uslu çocuklar da var... Ama nankörlere ne demeli! Onun iyiliğine karşılık vermeyen onu üzen öğrencilerine! Ne yazık ki çoğunuz öğretmeninizin yüzünü güldürmüyorsunuz.

Onun yerinde olsa dünyanın en tatlı huylu adamı bile arada bir sabırsızlanırdı. Hasta olmasına karşın öğretmenin gene de okula gelmek zorunda olduğunu biliyor musun? Eğer bazen sabırsız ve sinirli görünüyorsa herhangi bir acısı var demektir. Bunu hiç düşünmedin mi? Oysa o sizlerin bunu farketmemenize de üzülmektedir. Öğretmenini saygı dolu bir sevgiyle sev. Yaşamını çocukların mutluluğuna adayan böyle üstün bir kişi derin bir saygıya layıktır. Senin zekânı geliştirmeye ve ruhunu yükseltmeye çalışan öğretmenini daima sev.

Günün birinde sen yetişkin bir erkek olduğunda, ne o, ne de ben artık dünyada olmayacağız. Beni andığın gibi onu da sevgiyle anmanı isterim. İşte o zaman aşağı yukarı otuz kırk yıl sonra, bu sözlerimde ne kadar haklı olduğumu anla-

yacaksın. İşte o zaman onu yeterince sevmediğini ve anlamadığını düşünerek vicdanın sızlayacak.

Öğretmenini sev çünkü o bütün dünyada el ele vermiş olan o yüce öğretim ailesinin oluşturduğu zincirin bir halkası. Şunu da bil ki öğretmen sevgisi hemen aile sevgisinin ardından gelmeli. Babanı sevdiğin gibi sev onu. Seni okşadığında, seni azarladığında sev onu. Adil olduğu zaman sevdiğin gibi eğer haksızlık yapacak olursa gene sev. Neşeli olduğunda onu nasıl seversen hüzünlü olduğunda da sev onu. «Öğretmenim!» sözcüğünü büyük bir saygıyla söyle çünkü «baba» sözcüğünden sonra bu birinin bir başkasına söyleyeceği en güzel sözcüktür.

Baban

OCAK

YARDIMCI ÖĞRETMEN

4, Çarşamba

Babam haksız değilmiş. Bay Perboni hasta olduğu için sabırsız ve sinirli görünüyormuş. Üç günden beri sınıfımıza çok genç görünen ve henüz bıyığı bile terlememiş bir yardımcı öğretmen geliyor. Ama bu sabah oldukça tatsız bir olay oldu.

Genç yardımcı öğretmenin yumuşaklığından yararlanan yaramaz öğrenciler çok gürültü yapmışlar ve o, onlara «Rica ederim sesinizi kesin!» demekle yetinmiş ve ceza bile vermemişti. Ama öğrenciler bu sabah fazla ileri gittiler. O kadar gürültü yapıyorlardı ki, artık öğretmenin sesini bile duyamıyorduk. Öğretmen boşu boşuna rica ediyor, bize sanki yalvarıyordu.

Müdür iki kez kapıdan içeri baktı. O gider gitmez gene bir şamata koptu.

Garrone ve Derossi, arkadaşlarına yaptıklarının çok çirkin olduğunu söylemeyi denediler, ama bu da para etmedi. Dirseklerini masasına dayayan Stardi ile, hazırlayacağı piyango biletlerini yazmakla uğraşan Garoffi'den başka sınıfta sessiz duran yoktu.

Öğrenciler bağrışıyor, gülüyor, birbirlerine bir şeyler atıyorlardı.

Öğretmen çocuklardan birinin kolunu yakalıyor, bir başkasını duvar dibine götürerek cezaya kaldırıyordu, ama artık sınıfla başa çıkamaz hale gelmişti. Ne yapacağını bilemez bir durumdaydı, bir ara coştu:

«Neden böyle yapıyorsunuz? Müdürümüzün beni yeteneksiz bularak azarlamasını mı istiyorsunuz?» diye yalvardı. Daha sonra yumruğunu masaya indirdi ve ağlamaklı bir sesle:

«Susunuz! Susunuz!» diye bağırdı. Onun bu yalvarışından kalbim burkulmuştu ama ne yazık ki kargaşalık devam ediyordu.

Franti ona kâğıttan yaptığı bir oku fırlattı. Çocukların kimi kedi gibi miyavlıyor, kimi kendi yüzüne tokatlar atıyordu. Her şey öylesine karman çorman olmuştu ki. Bu ara kapıcı içeri daldı ve yardımcı öğretmene:

«Müdür Bey sizi istiyor,» dedi.

Öğretmen sarsılmıştı, yerinden kalktı ve üzgün üzgün dışarı çıktı.

Sınıfta gürültü daha da artmıştı, birden Garrone yumruklarını sıkarak yerinden fırladı. Sapsarı bir yüz ve heyecandan titreyen bir sesle şöyle bağırdı:

«Alçaklar! Artık bu şamatayı kesin. Öğretmenin iyiliğinden yararlanarak onu sömürdünüz. Eğer size birkaç tokat patlatmış olsaydı köpekler gibi yerlerinize sinerdiniz. Siz hepiniz alçaksınız! Bakın yemin ederim ki öğretmen geldiğinde, gene bir ses çıkaran veya onunla alay eden olursa dişlerini dağıtırım. Babasının gözü önünde bile olsa, söylediğimi yapacağım!»

Herkes sustu. Gözleri ateş gibi parlayan Garrone şu anda ne kadar yakışıklı olmuştu. Kükremiş bir arslan yavrusuna benziyordu tıpkı. Gözleriyle en azgınları bile sindirdi. Herkes başını eğmişti.

Yardımcı öğretmen içeri girdiğinde, perişan görünüyordu. Gözleri kızarmıştı, dudakları titriyordu. Ama sınıfta çıt çıkmadığını görünce, çevresine şaşkın şaşkın bakındı. Sonra gözleri Garrone'nin üzerinde durdu, onun coşkulu halini görünce her şeyi anladı ve yumuşacık bir sesle:

«Sağol Garrone, çok teşekkür ederim,» diye fısıldadı.

Küçük kardeşiyle konuşuyormuş gibi ona tatlı tatlı gülümsedi.

İşte o zaman ben de iyi kalpli bir kişinin ne kadar etkili olabileceğini anladım.

STARDİ'NİN KİTAPLIĞI

Stardi'nin hemen okulun karşısındaki evine gittim. Onun kitaplığını görünce benim de hevesim çoğalmıştı.

Gerçi Stardi zengin değil, pek fazla kitap alacak kadar parası yok ama okul kitaplarını büyük bir özenle saklamış ve aldığı tüm harçlığı kitaplara yatırmış. Böylece ufak bir kitaplık oluşturmuş. Babası onun kitaplara olan tutkusunu anlayınca, ona bir etajer satın almış. Yeşil perdelerle kaplı bu ceviz etajerde sıralı kitapları renk renk kâğıtlarla kaplamış. Perde açıldığında, çeşitli renkte kapakları olan, adları yaldızlı harflerle yazılı üç sıra kitap görünüyor. Çocuk öykü kitapları, gezi kitapları, şiir kitapları. Hepsi de ciltlenmiş. Stardi renkleri de çok uyumlu bir şekilde ayarlamış. İlkin kırmızı kitaplar, hemen yanına beyazlar, siyahlardan sonra sarılar ve beyazların yanına maviler. Böylece kitapların görünümü de gözleri okşuyor. Arada bir bu renk dizisini değiştirmekten zevk alıyor. Bir kitapçı gibi ufak bir deftere bir liste yapmış, kitaplarının adlarını yazmış sırayla. Kitaplarıyla hemen her gün uğraşıp, onların tozlarını alır, sayfaları açar, ciltlerin bozulup bozulmadıklarını denetlermiş. O kısa elleri küt parmaklarıyla sayfaları nasıl okşar gibi çevirdiğini görmek bile insanın hoşuna gidiyor. Kitapları sanki yepyeni - oysa benimkiler ne kadar bakımsız...

Aldığı her kitabı önce okşuyor, öbürlerinin yanına yerleştiriyor, daha sonra yeniden bakmak için tekrar eline alıyor ve bir hazineyi korur gibi koruyor kitaplarını. Tam bir saat Stardi bana kitaplarını gösterdi.

Arada bir babası bulunduğumuz odadan geçti ve her seferinde kocaman elini oğlunun başında gezdirerek:

«Şu taş kafalıya ne dersiniz?» dedi. «Bu koca kafa başarılı olacak, bundan eminim!»

Babasının bu okşamalarından gurur duyan Stardi gözlerini yumuyordu. Neden bilmem onunla şakalaşmaktan bile çekiniyordum.

Benden yalnız bir yaş büyük olmasına bile inanasım gelmiyordu. O sanki yetişkin, olgun birisiydi. Kapıda bana «Güle güle!» dediği zaman, neredeyse ona «saygılarımı kabullen.» diyecektim. Bu düşüncemi eve döndüğümde babama açıkladım. Şunları da ekledim.

«Hiçbir şey anlamıyorum. Stardi yakışıklı değil, hatta çirkin bile sayılır ama gene de ona saygı duyuyorum.»

Babam bana şu karşılığı verdi:

«Evet, çünkü o kişilik sahibi.»

«Birlikte geçirdiğimiz o bir saat içinde Stardi elli sözcük bile söylemedi, bana ne bir oyuncak gösterdi, ne de gülüp şakalaştı, ama gene de onunla birlikte olmaktan haz duydum, neden acaba baba?» diye ekledim.

Babam bana şöyle dedi:

«Çünkü Stardi'nin güçlü kişiliğine saygı duydun da ondan.»

DEMİRCİNİN OĞLU

Evet Precossi'ye derin saygım var. Precossi, şu soluk yüzlü narin çocuk. Çok tatlı bakan gözleri, her zaman üzgün ve çekingen bir huyu vardır. Herkese «özür dilerim» der. Devamlı rahatsız olmasına karşın gene de çok çalışır. Babasının, evine her gece sarhoş döndüğü söyleniyor. Bir hiç için oğlunu döver, masa üzerinde bulduğu kitap ve defterleri yere fırlatırmış. Zavallı yavrucak, çok zaman okula morarmış bir gözle gelir. Kimi zaman da ağlamaktan gözleri şiş ve kırmızıdır.

Ancak, hiçbir zaman babasından dayak yediğini söylemez. Bir sabah öğretmenimiz, ona defterindeki yanık sayfayı göstererek:

«Bunu da sen yakmadın ya Precossi?» dedi.

Oysa o titrek bir sesle:

«Bağışlayın öğretmenim, ben yaktım» yanıtını verdi.

Oysa gerçeği hepimiz biliyorduk, gene eve içkili dönen baba, çocuğun çalıştığı masaya çarpmış ve lambayı defterin üzerine düşürmüş. Precossi bizim dairenin bulunduğu apartmanı çeviren avludaki binalardan birinin çatı katında oturduğundan, kapıcı kadın, tüm bu olanları bizim hizmetçi kıza anlatmış, o da anneme aktarmış.

Gene bir gün ablam Silvia, Precossi'nin acı acı ağlayarak merdivenleri dörder dörder indiğini görmüş. O gün de, zavallı çocuk, dilbilgisi kitabı almak için babasından para isteyecek olmuş, bir güzel pataklanmış. Precossi'nin babası sürekli içtiğinden pek düzenli çalışmaz ve aile çok zaman aç kalır. Kaç kere zavallı Precossi, okula aç gelmiş ve Garrone'nin verdiği bir dilim ekmeği bir köşede yemişti. Kimi zaman da, kırmızı tüylü şapka giyen öğretmen, bir zamanlar öğrencisi olduğu için onun eline bir çörek veya elma sıkıştırır. Ama o hiçbir zaman açlığını belli etmez.

Bazı akşam babası onu okuldan almaya gelir; yüzü solgun, saçları perişan, kasketini ters giymiş, korkunç yüzlü baba. Titrek bacakları üzerinde sanki sendeler gibi yürür, çünkü gene içkilidir. Çocuk babasını daha uzaktan görünce korkudan titremeye başlar ama gene de kendisini toplar ve onu gülümseyerek karşılar. Oysa baba bunun farkına bile varmaz. Kimbilir o içkili kafada gene neler vardı? Zavallı Precossi, babasının yırttığı defterleri kendi diker ve eksik kitabını bir arkadaşından ödünç alarak aceleyle dersine çalışır.

Yırtık gömleğini toplu iğnelerle tutturur. Ayaklarından fırlayan o kocaman kunduraları, lime lime pantolonu, kendisine uzun gelen o yamalı ceketiyle onun spor yaptığını görmek insanın içini parçalıyor.

Oysa o çok çalışkandı, öğrenmek için çok çaba harcardı, eğer rahat çalışabilse sınıfın birincileri arasına geçerdi rahatlıkla.

Bir sabah yanağında bir tırnak iziyle geldi. Arkadaşları:

«Bunu baban yaptı değil mi? Müdür beye söyle, babanı karakola şikâyet etsin.» dediler.

Ama Precossi kıpkırmızı kesildi, gene de istifini bozmadı:

«Yoo hayır, babam beni hiç dövmez» diye inkâr etti. «Kucağıma okşamak için kediyi almıştım, o beni tırmaladı.»

Ama ders boyunca ağladı durdu, gözyaşları defterini ıslatıyordu. Ama gene de kendisine baktıklarını farkettiğinde, ağladığını gizlemek için gülümsemeye çalışıyordu. Acısını herkesten gizliyordu.

Zavallı Precossi!

Yarın Derossi, Coretti ve Nelli bize gelecekler. Precossi'yi çağırmak istiyorum. Hiç değilse bizimle kahvaltı eder, ona kitaplarımı da veririm ve onu eğlendirmek için elimden geleni yaparım. Ceplerini kuru yemişlerle doldurmak istiyorum. Şu iyi yürekli çocuğun bir kez olsun mutlu olmasını istiyorum. O öylesine iyi yürekli ki!

GÜZEL BİR ZİYAFET

12, Perşembe

Bu Perşembe benim için yılın en güzel günlerinden biri oldu.

Saat tam ikide Derossi, Coretti ve Nelli, o küçük kambur geldiler. Precossi ne yazık ki gelemedi, babası bırakmamış.

Derossi ve Coretti, sokakta manav kadının oğlu Crossi'ye rastlamışlar. Çocuk o felçli kolunun altına sıkıştırdığı kocaman bir lahanayı satmaya gidiyormuş. Lahanadan alacağı para ile kendisine mürekkepli kalem alacakmış. Çocuk çok neşeli görünüyormuş, Amerika'dan mektup aldıklarını, babasının birkaç güne kadar döneceğini müjdelemiş.

Sevgili arkadaşlarımla geçirdiğim o sevinç dolu saatler... Derossi ve Coretti sınıfın en güler yüzlü ve neşeli çocuklarıdır. Babam bile onlardan çok hoşlandı. Sırtına lutr postundan ceketini ve kedi derisi başlığını giyen Coretti binbir çeşit maskaralık yaptı. Sabahın erken saatlerinde bir araba dolusu odunu boşaltmıştı. Yorgun olmasına karşın, evin her köşesinde koştu sıçradı. Devamlı konuşuyor, bir sincap gibi ordan oraya atlıyordu.

Mutfağın önünden geçerken aşçı kadına, odun ve kömür için kaç para harcadığını sordu. Bu fiyatları babasının fiyatlarıyla kıyaslamak istemişti. Aslında bir oduncu dükkânında doğmasına ve büyümesine karşın Coretti, nazik bir çocuktu.

Derossi de bizi epeyce eğlendirdi. Coğrafyayı hemen hemen öğretmen kadar bilir. Gözlerini yumarak şöyle söyleniyordu:

«İşte bakın bütün İtalya'yı görüyorum. İyonya denizine kadar uzanan Apenin Dağları, şurada burada süratle akan nehirler, bembeyaz kentlerimiz, körfezler, masmavi koylar ve yeşil adalar. En ufak bir yanlışlık yapmadan hepsinin adlarını sıralıyordu. Sanki bir haritayı okur gibi, bizi eğlendirdi. Sarı ve kıvırcık saçlarının süslediği o güzel başı, zekâ fışkıran gözleriyle Derossi gerçekten çok yakışıklı bir çocuk. Hepimiz ona hayran hayran bakıyorduk. Yarım saatten daha az bir zamanda tam iki sayfa şiir ezberlemişti. Bu şiirleri ertesi gün bir toplantıda söyleyecekti. Nelli de, siyah önlüğünün eteğini eliyle evirip çevirerek ona hayran hayran bakıyordu, bu arada gülümsüyor, iri ve parlak gözleri bu gülümseyişle aydınlanıyordu.

Bana gelince bu ziyaret beni çok mutlu kıldı, sanki kafamda ve kalbimde kıvılcımlar ışıldattı.

İki uzun boylu arkadaşının kolunda giden küçük Nelli de tatlı bir çocuk. Yemek odasına girdiğimde RİGOLETTO'nun tablosunun duvardan kaldırılmış olduğunu gördüm. Çocukları görünce babam bu kambur soytarının tablosunu Nelli'den kaçırmak için kaldırmıştı.

VİTTORİO EMANUELE'NİN CENAZE TÖRENİ

17 Salı

Bugün öğleden sonra sınıfa girdiğimizde öğretmen Derossi'yi çağırdı. Derossi de gidip kürsünün yanında durdu ve yüzü bize dönük, heyecanlı, yavaş yavaş yükselen duru sesiyle, yüzü kızararak:

«Dört yıl önce, bugün, bu saatte, İtalya'nın ilk kralı II. Vittorio Emanuele'nin cenazesini taşıyan araba Roma'da, Panteon'un önüne gelmişti. II. Vittorio Emanuele yirmi dokuz yıl tahtta kaldı. Bu yirmi dokuz yıl boyunca da, üstünde yedi ayrı devlet bulunan kutsal İtalya toprağını, yabancıların, zorbaların baskısına karşın özgür, bağımsız tek bir devlet haline getirdi. Değeri, doğruluğu, tehlike karşısındaki cesareti, kazandığı zaferlerdeki zekâsı, felaketler karşısında gösterdiği direnç, onun bu yirmi dokuz yıllık saltanatına ün kazandırdı, ülkesine büyük yararlar sağladı.

Cenaze arabası, çiçek yağmuru altında bütün Roma'yı dolaştıktan sonra, İtalya'nın dört bir yanından koşup gelen kederli halk kalabalığının sessizliği içinde ilerliyordu. Bakanlar kurulunun, prenslerin, generallerin, muharip gazilerin, üçyüz şehrin yolladığı bir bayrak denizinin, bir ulusun güçlülüğünü, şan ve şöhretini simgeleyen her şeyin izlediği cenaze arabası üzerindeki değerli yükünü bırakacağı gömütün bulunduğu Avgustos tapınağına ulaştı. Tam bu anda on iki zırhlı süvari tabutu arabadan aldı. Bu anda bütün İtalya ölen kralına, ülkesini ve halkını çok sevmiş olan yaşlı kralına, askerine, babasına, tarihinin en mutlu, en şanlı yirmi dokuz yılına son bir kez veda etti. Bu muhteşem bir an oldu. İtalyan ordusunun, matem örtüsüne bürünmüş seksen alay bayrağını, cenaze arabasının geçtiği yola dizilen seksen subay taşıyordu. Yaşlı gözlerle bu manzarayı seyreden halkın üzüntüden sıkışan yüreği tabutla matem bayrakları arasında titriyordu. Bu seksen bayrak tüm İtalya'yı simgeliyordu; böylece de binlerce ölü, sel gibi akmış olan kan, en kutsal şanlarımız, en büyük özverilerimiz, en derin acılarımız o an bir kez daha anımsandı. Zırhlı süvarilerin taşıdığı tabut önlerinden geçerken, onu son bir kez daha selamlamak için orada bulunanların tümü birden başlarını eğdiler. Yeni kurulan alayların bayrakları, Goito, Pastrengo, Santa Lucia, Novara, Kırım, Palestro, San Martino, Castelfidardo savaşlarının eskimiş, solmuş bayrakları, seksen siyah matem örtüsünü eğdiler, yüz madalya tabuta çarptı ve herkesin kanını donduran bu boğuk, madeni ses sanki hep bir ağızdan seslenen ve:

«Elveda, iyi kalpli kral, kahraman kral, doğruluktan ayrılmayan kral! Güneş İtalya üzerinde doğdukça sen de bizim kalbimizde kalacaksın» diyen binlerce insanın çığlığıydı.

«Bayraklar yeniden göğe doğru yükseldikten sonra kral Vittorio mezarın ölümsüz şanına ulaştı.»

FRANTİ OKULDAN KOVULUYOR

21, Cumartesi

Aramızda çok kötü bir çocuk var, bu da Franti. Ondan nefret ediyorum. Çok kötü yaradılışlı biri. Bir baba oğlunu şikâyete okula geldiğinde Franti bayram eder. Biri ağladığında o güler. Garrone'nin önünde titremesine karşın kendisini savunamayan Küçük Duvarcı'yı döver. Kolu felçli olan kızıl saçlı Crossi'ye de eziyet eder. Herkesin saygı duyduğu Precossi ile alay eder. Hatta bir çocuğu araba altından kurtarırken ayağını kıran ve o günden bu yana koltuk değnekleriyle yürüyen küçük Robetti'yle bile alay eder. En zayıf çocuklara meydan okur ve dövüştüğünde sanki yabani bir hayvanı andırarak karşısındakini yaralamak için elinden geleni ardına koymaz.

Onun o dar alnında, o kötü bakışlı gözlerinde kişiyi tiksindiren bir şey var. Franti kimseden korkmaz, öğretmenle bile açıkça alay eder. Becerebildiğinde hırsızlık bile yapar, yakalandığında da bunu yadsır. Daima birisiyle çatışır. Sınıfa, arkadaşlarına batırmak için büyük çuvaldızlar getirir, kendi ceketinin düğmelerini kopardığı gibi öteki çocukların da ceketlerinin düğmelerini koparır. Defter ve kitapları eski ve lekelidir; cetveli çentiklenmiş, kalemleri kırıktır. Devamlı tırnaklarını kemirir. Dövüşmekten ceketi yırtık içindedir.

Annesinin üzüntüden hasta olduğunu söylüyorlar. Babası üç kez onu evden kovmuş. Annesi arada bir öğretmenle görüşmek için okula gelir ve hep ağlayarak geri döner. Franti bizim öğretmenden nefret ettiği gibi tüm öğretim üyelerini de hor görür. Öğretmenimiz kimi zaman Franti'-

nin kabalıklarını duymazlıktan gelir ve işte o zaman o da bunu kötüye kullanır. Kendisini azarladıklarında Franti ağlar gibi yaparak elleriyle yüzünü örter ama aslında için için güler.

O üç günlüğüne okuldan kovuldu, ama daha beter bir durumda geri döndü.

Günün birinde Derossi ona:

«Yeter artık, öğretmenimizin iyiliğini kötüye kullanıyorsun!» dedi.

Franti karşılık olarak karnına bir çivi saplayacağını söyleyerek onu tehdit etti.

Sonunda bu sabah bir köpek gibi kovuldu.

Öğretmenimiz temize çekmesi için Garrone'ye *«Sardunyalı Küçük Trampetçi»* adındaki aylık öyküyü vermişti. Franti, yere bir fişek attı. Patlayan fişek sınıfın duvarlarını sarstı. Bütün öğrenciler yerlerinden sıçradılar. Öğretmen yerinden fırlayarak haykırdı:

«Defol Franti!»

Oysa o sırıtarak yanıtladı:

«Ben yapmadım öğretmenim!»

Bay Perboni yineledi:

«Çık diyorum!»

«Yerimden bile kıpırdamam!»

Onun bu küstahlığı öğretmenimizin sabrını taşırdı. Soğukkanlılığını yitirerek Franti'nin üzerine atıldı ve onu kolundan yakalayarak kapıya sürükledi. Oysa kötü çocuk tepiniyor, dişlerini gıcırdatarak karşı koyuyordu.

Öğretmenimiz onu zorla müdürün odasına kadar sürükledi. Bay Perboni geri döndüğü zaman yüzü sapsarı kesilmişti. Başını ellerinin arasına aldı, soluk soluğaydı, çok da üzgün görünüyordu, titrek bir sesle:

«Otuz yıldan beri öğretmenlik yapıyorum. İlk kez başıma böyle bir şey geldi» diye sızlandı.

Kimseden çıt çıkmadı. Öğretmenimizin elleri titriyordu ve alnındaki o derin çizgi sanki daha da belirginleşmişti. Zavallı öğretmenimiz! Hepimiz ona acıyorduk. Derken Derossi hepimizin duygularını dile getirdi, sırasından kalkarak Bay Perboni'ye:

«Üzülmeyin efendim,» dedi. «Biz hepimiz sizi çok severiz!»

Bu tatlı sözler öğretmenimizi ferahlattı. Titrek bir gülümseyişle:

«Haydi yavrularım, dersimize devam edelim.» dedi.

SARDUNYALI KÜÇÜK TRAMPETÇİ

(Aylık Öykü)

1848 yılının temmuz ayında, Custozza (*) savaşının ilk günü. 21 temmuz gününde bir piyade alayına ait altmış kadar asker bir ıssız evi işgal etmek için bir tepeye gönderilmişlerdi. Birden Avusturyalı bir taburun saldırısına uğradılar. Düşman onları çepeçevre sarmıştı ve şiddetle ateş ediyordu. Öyle ki piyadeler ancak eve girip kapıyı üzerlerine kilitleme zamanını bulabildiler. Arkalarında birkaç ölü ve yaralı da bırakmışlardı.

İtalyan askerleri, evin kapılarını kapattıktan sonra pencerelerden düşmana ateş etmeye başladılar, oysa düşman yarım halka şeklinde ağır ağır ilerlemekte devam ediyordu.

Altmış İtalyan askeri, iki teğmen ve bir de ak saçlı kara kuru bir yüzbaşının emrinde savaşıyorlardı. Onlarla birlikte bir de Sardunyalı trampetçi çocuk vardı. On dört yaşında olmasına karşın, on iki yaşında görünen bu ufak yapılı çocuğun ateş gibi ışıldayan kapkara gözleri vardı. Ak

(*) Custozza Verona kentine üç kilometre uzaklıktaki bir kasaba.

sakallı yüzbaşı, birinci kattaki bir odadan, gür sesiyle emirler yağdırıyordu.

Yüzü sararmış ama kararlı görünen küçük trampetçi, bir sandalye üzerine çıkmış, dışarıya bakıyor ve dumanlar arasında ağır ağır ilerleyen düşmanı gözlüyordu. Ev dik bir tepe üzerinde yükseliyordu. Evin bu taraftaki tek penceresi çatıya açılan bir yuvarlak delikti. İşte bu nedenle Avusturyalılar saldırılarını ve kurşunlarını evin pencerelerinin bulunduğu cephesine yöneltmişlerdi. İçeriye yağan kurşunlar eşyaları parçalıyor ve alçı ve toz yığınlarını uçuruyordu.

Arada bir pencere önünde ateş eden İtalyan askerlerinden biri vurularak yere yığılıyor, yerini hemen bir başkası alıyordu. Kimileri de yaralandıkları halde gene de dövüşmeye devam ediyorlardı.

Oysa düşman giderek yaklaşıyordu.

Bir ara o zamana kadar soğukkanlılığını koruyan, yüzbaşının üzüntüyle omuzlarını kaldırdığı görüldü. Peşine çavuşu takarak odadan acele çıktı. Çocuk da onların peşlerinden gitti. Ak saçlı ve aksakallı yüzbaşının bir kâğıda bir şeyler karaladığını gördü. Yerde tahta üzerinde bir ip duruyordu. Yüzbaşı kağıdı katladı ve gözlerini çocuğun yüzüne dikerek ona ciddi ciddi sordu:

«Yeterince cesaretin var mı?»

Çocuğun gözleri ışıldadı:

«Evet yüzbaşım!» diye yanıtladı.

Yüzbaşı onu tepedeki deliğe götürerek:

«Bak!» diye anlattı. «Aşağıdaki ovada, şu görünen evlerin yanı başında süngülerin ışıldadığı yerde bizim birliğimiz bulunuyor. Şu pusulayı al, bu ipe tutunarak aşağı in. Tarlalardan kestirme olarak koş ve birlikteki subaya bu pusulayı ver ki, yardımımıza gelsinler. Haydi kemerini ve çantanı çıkar, burada bırak.»

Trampetçi söyleneni yaptı ve pusulayı cebine sokarak, ipe sarılıp bir maymun çevikliğiyle aşağıya indi. Yüzbaşı çocuğun inmesine yardım ediyordu.

«Dikkatli ol, çocuk!» dedi.

«Bana güvenebilirsiniz yüzbaşım.» karşılığını verdi trampetçi.

Birkaç saniye sonra aşağıdaydı. Yüzbaşı pencereden baktı ve çocuğun görünmemek için, otlar arasında sürünerek dik yamaçtan aşağı indiğini gördü.

Küçük trampetçinin görülmediğini sanıyordu, ancak yerden yükselen toz bulutlarını ve vızlayan kurşun seslerini duyunca birden ürperdi. Düşman çocuğu görmüştü. Ancak çocuk da, bir tavşan gibi koşuyordu. Birden yere yığıldı.

«Tüh vuruldu!» diye bağırdı yüzbaşı.

Ama birden gene umutlandı, çünkü küçük trampetçi yerinden kalkmıştı.

O zaman rahat bir nefes alarak:

«Hele şükür, demek yalnızca ayağı takıldı.» diye söylendi.

Ancak çocuk çok zor koşuyor, topallıyordu.

Yüzbaşı onun bileğini burkmuş olacağını düşündü. Ta uzaklarda çocuğun çevresinde toz bulutları yükseliyordu. Dakikaların sayılı olduğunu bilen deneyimli yüzbaşı, çocuğun zamanında yetişmesi için dua ediyordu. Aksi halde ya ölecekler, ya da hep birden teslim olmak zorunda kalacaklardı. Çocuk hızla koşuyor ama giderek daha da fazla topallıyordu.

Yüzbaşı artık çocuğun serseri bir kurşunla yaralanmış olduğunu anladı. Bu arada kurşunlar kulaklarında vızıldıyor ve düşman giderek daha da yaklaşıyordu küçük eve. Çavuşların öfkeyle emirlerini haykırmaları ve yaralıların iniltileri duyuluyordu.

Yüzbaşı gözleriyle çocuğu uzaktan izleyerek:

«Haydi cesaret kahraman çocuk!» diyordu. «Eyvah gene durdu! Lanet olsun düştü! Yoo, hayır gene kalktı, yeniden koşuyor!»

Astsubaylardan biri, yüzbaşıya yaklaşarak, düşmanın beyaz bayrak çektiğini, görüşmek istediğini bildirdi. Herhalde teslim olmalarını isteyeceklerdi. Yüzbaşı, gözleri hâlâ uzaklarda sürüklenen çocukta, «Onlara henüz karşılık vermeyin, bekleyin.» dedi. Bu arada sanki çocuk bulunduğu yerden kendisini duyacakmış gibi, haykırıyordu:

«Haydi! Koş koş! Gerekirse öl, ama hedefine yetiş! Yetiş!»

Birden korkunç bir küfür savurdu:

«Ah alçak, dinlenmek için oturdu!»

Gerçekten altın başaklar arasında yok olmuştu çocuğun başı. Ama kısa bir süre sonra yeniden göründü, daha sonra çalılar arkasında yok oldu.

Yüzbaşı, artık çocuğu görmüyordu.

Evin alt katına indi. Kurşunlar dolu gibi yağıyordu. Askerlerin çoğu yaralanmış, yerde acıyla kıvranıyorlardı. Cesetler yere yığılmış, her yer kan ve duman içinde kalmıştı. Bir teğmen kolundan bir kurşun yemiş, boynundaki mendille yarasını gelişi güzel sarmış, gene de düşmana karşı koymaya çalışıyordu.

Yüzbaşı onlara moral vermek istedi:

«Cesaret! Yerlerinizden kıpırdamayın, yardım geliyor, biraz daha cesaret!»

Ne yazık ki Avusturyalılar bu arada daha da yaklaşmışlardı, duman arasında onların da perişan yüzleri seçiliyordu. Düşmanın öfkeyle dolu çığlıkları ve «teslim olun!» diye bağırışları duyuldu.

Askerlerden bazıları korkarak pencerelerden çekildiler. Ama çavuşlar onları yeniden pencerelere ittiler. Yüzlerde derin bir korku ve üzüntü okunuyordu. Birden Avusturyalılar ateşi kestiler ve gök gürültüsünü andıran bir sesten bir emir duyuldu:

«Teslim olun!»

Pencerelerden birinden görünen yüzbaşı:

«Hayır, hayır!» diye gürledi.

Ateş yeniden daha yoğun olarak başladı. Ne yazık ki artık pencerelerin bazılarının önünde ateş edecek asker kalmamıştı.

Yüzbaşı dişleri arasından «Gelmiyorlar, hâlâ gelemediler!» diye mırıldanıyor ve pencereden pencereye koşuyordu. Birden elini hançerine götürdü, kendisini öldürmeye karar vermişti ki, yukarı kattaki gözcülük eden çavuşlardan biri koşarak indi:

«Geliyorlar!» diye sevinçle haykırdı, «Bizimkiler geliyor!»

Bu müjdeyle güçlenen yaralılar bile, sürüklenerek pencerelere koştular ve savaş daha şiddetle devam etti.

Az sonra, düşman saflarında bir duraklama, bir gerileme göründü. İşte o zaman yüzbaşı bir elinde süngü, bir elinde bayrak kapıya koştu. Tam çıkacaktı ki birden «Yaşa!» sesleri duyuldu ve pencereden İtalyan binicilerinin püsküllü şapkalarını seçti.

Düşman şaşırmıştı, kaçmaya hazırlanıyordu. Az sonra savaş alanı boşaldı ve ev kurtuldu. Yüzbaşı ve henüz yaralanmayan askerler, dışarıda yeni gelen arkadaşlarına katılarak kaçan Avusturyalıların arkalarından ateş ettiler.

Gün İtalyanların zaferiyle sona erdi.

Ne yazık ki, ertesi gün savaş sürerken bütün cesaretlerine karşın İtalyanlar ezildiler. Avusturyalıların asker sayısı öylesine yüksekti ki karşı koyamadılar ve 23 Temmuz günü kederli bir şekilde Minicio Gerilemesi başladı.

Yüzbaşı yaralı olmasına karşın yolu gene kendi gibi hafif yaralı askerleriyle yaya olarak aştı. Goitio'ya varınca kolundan yaralanan teğmenini aramaya koyuldu. Acele bir gezici hastane kurulmuştu. Kiliseye yaralıları yatırmışlardı. Yerler şiltelerle dolu idi. İki doktor ve hemşireler yaralılara yetişmek için hiç durmadan koşuşuyorlardı. Her yerden bağırtılar, iniltiler yükseliyordu. Yüzbaşı girer girmez gözlerini çevresinde gezdirdi. Birden hafif bir ses duydu:

«Yüzbaşım, yüzbaşım!»

Başını çevirdiğinde acele kurulan bir kamp yatağına serili Küçük Trampetçi'yi gördü. Çocuğun yüzünde bir damla kan kalmamıştı, gözleri yıldızlar gibi parlıyordu.

Yüzbaşı şaşkınlıkla:

«Burada ne işin var?» diye sordu. «Aferin görevini yaptın!»

«Elimden geleni yaptım.» diye yanıtladı çocuk.

Yüzbaşı gözleriyle teğmenini ararken çocuğa sordu:

«Yoksa yaralandın mı?»

İlk kez yaralanmaktan gurur duyan çocuk anlattı:

«Ne yapabilirdim. Gerçi elimden geldiği kadar hızla koştum ama gene de Avusturyalılar beni görmüşlerdi. Eğer yaralanmasaydım yirmi dakika daha önce hedefe varacaktım. Bereket hemen bir subay görüp pusulanızı ona verdim. Ancak Avusturyalılar tarafından okşandıktan sonra koşmak pek kolay olmadı. Susuzluktan ölüyor, zamanında yetişemeyeceğimi düşünerek korkuyordum. Her dakika gecikmenin bizimkilerden birinin yaşamına mal olacağını düşünerek kahroluyordum. Elimden geleni yaptım. Memnunum ama Yüzbaşı izninizle, siz kan kaybediyorsunuz, bakın, sargınızı düzelteyim.»

Yüzbaşının gelişigüzel yaptığı sargı açılmış ve yaralı omuzundan kan damlıyordu. Sol elini uzattı ve çocuğun yardımıyla düğümü sıkılaştırdı. Ama çocuk doğrulur doğrulmaz sapsarı kesilerek yeniden başını yastığa dayadı.

Yüzbaşı onun elini tutarak:

«Tamam, tamam,» dedi. «Sen beni bırak da kendine bak, çünkü kimi zaman ufak bir yara kötü sonuçlar doğurabilir.»

Trampetçi başını salladı.

Yüzbaşı bu kez ona daha dikkatle baktı:

«Aman Tanrım! Sen bu kadar zayıf düşmek için çok kan kaybetmiş olmalısın!»

Çocuk hazin bir gülümseyişle yanıtladı:

«Evet çok kan yitirdim, kanımla birlikte bir başka şey de yitirdim, bakın.»

Ani bir hareketle üzerindeki örtüyü açtı.

Yüzbaşı dehşetle irkildi ve birkaç adım geriledi.

Küçük Trampetçi'nin artık yalnız bir bacağı kalmıştı. Öbür bacağı dizinin hizasından kesilmişti. Kesilen dize sarılı bezler kan içindeydi.

Tam o sıra oradan koşarak geçen şişman ve kısa boylu bir askeri doktor, eliyle yaralıyı işaretleyerek:

«Evet yüzbaşı,» dedi. «Acıklı bir durum. Eğer çocuk zorlanmasaydı bu bacağı iyileştirmek işten bile değildi. Ama o yaralandıktan sonra koşmasını sürdürmüş. İltihabı önleyemedik. Eğer hemen kesmeseydik, bacak kangren olabilirdi. Ama inanın bana o çok yürekli bir çocuk. Bacağını keserken gık bile demedi, o bir kahraman!»

Gene koşarak geçip gitti.

Yüzbaşı bembeyaz kaşlarını çatarak küçük yaralıya gözlerini kırpmadan baktı ve sonra sanki okşarcasına örtüyü kesik bacağın üzerine örttü.

Daha sonra ağır ağır, sanki bir törendeymiş gibi elini şapkasına götürdü ve küçük yaralıyı saygıyla selamladı.

Çocuk şaşırmıştı, heyecanla haykırdı:

«Ama yüzbaşım, ne yapıyorsunuz? Yüzbaşım, beni mi selamladınız?»

İşte o zaman kendisinden daha alt rütbedeki birine hiçbir zaman tatlı bir söz söylememiş bu sert asker, sevgi dolu bir sesle:

«Evet yavrum,» dedi. «Ben yalnız bir yüzbaşıyım, ama sen, sen bir kahramansın!»

Ve kollarını açarak küçük trampetçiyi saygıyla kucakladı ve onu üç kez alnından öptü.

YURT SEVGİSİ

24, Salı

(Babamın Mektubu)

Sevgili Enrico, **«Sardunyalı Küçük Trampetçi»** *öyküsünden çok heyecanlandığını biliyorum. Bu yüzden, konusu* **«Yurt Sevgisi»** *olan kompozisyonundan yararlanarak, sana bu konudaki düşüncelerimi açıklamak istedim.*

Yurdunu niçin seversin sorusu, senin aklına neler getiriyor? Annem babam ve bütün atalarımın doğduğu yer olduğu için, yurdumu severim. Damarlarımızda akan kanı yurduma borçlu olduğum için severim onu. Annem ve babamın daha hâlâ yas tutup ağladıkları, sevgili büyüklerimizin ölülerini bağrında uyuttuğu için severim yurdumu. Doğduğum yer, konuştuğum dil onun olduğundan severim. Benim zekâmı aydınlatan kitapların yayınlandığı yer, erkek kardeşimi, ablamı, arkadaşlarımı ve evimi barındırdığı için severim ben yurdumu. Sevdiğim ve hayran olduğum pek çok şey yurdumdan birer parça oldukları için severim...

Ah Enrico, gerçi senin yurdunu sevdiğini biliyorum, ama yaşın henüz bu sevgiyi tam anlamıyla tadacak kadar olgun değil.

Büyüdüğün zaman bu sevginin değerini çok daha iyi anlayacaksın. Uzun bir geziden döndüğün zaman, geminin güvertesinde küpeşteye dayanarak, ufuklarda yurdunun mor dağlarını seçebildiğin zaman kalbini saran duygulardan gözlerine sevinç yaşları dolacak...

Başka bir ülkede, uzak bir kentte, sokakta giderken ana dilini konuşan birinin sesini duyunca, kalbinin atışları hızlanacak ve ruhun seni ona itecek. Bir yabancının yurdunu kötülediğini duyduğunda, onun o kaba sözleriyle yaralanacak ve onu şiddetle cezalandırmak isteyeceksin.

Düşman saldırdığı zaman, oğullarını savaş alanına cesaretle yollayan anaları ve babaları gördüğün zaman, yurt aşkının her sevgiden daha da üstün olduğunu bir kez daha algılayacaksın. Savaş sonrası üstleri lime lime olmuş yaralı ve yorgun askerlerimizin kente girdiğini gördüğünde, gözlerinde sevinç yaşlarıyla onları karşılayacak, yollarına çiçekler serpeceksin.

Bayrağımızın dalgalandığını görmenin nasıl bir mutluluk olduğunu bilemezsin Enrico. O şanlı bayrağın, her zaman onurla dalgalanmasını sağlayabilmek için kanımızı son damlasına kadar akıtmaya hazır olmalıyız.

Evet Enrico yurt sevgisi işte böylesine kutsal bir sevgidir; bence, aşkların en büyüğüdür. Eğer günün birinde bir savaş alanından kaçtığını duymak felaketine ulaşacak olursam, o anda seni ölü görmeyi yeğleyeceğimi de hiç unutma oğlum. Evet ben, okul dönüşünü bile merakla bekleyen sevecen baban, seni yurduna ihanet etmiş görmektense ölmeni yeğlerim.

Evet Enrico, yurt sevgisi işte budur...

Baban

KISKANÇLIK

25, Çarşamba

Derossi, her zamanki gibi kompozisyonda birinci oldu. Oysa bu kez birincilik ödülünü Votini bekliyordu. Kendini beğenmiş ve süse düşkün olmasına karşın, ben gene de Votini'yi severim. Ama ne yazık ki o Derossi'yi çok kıskanıyor. Bu kıskançlığından ötürü artık onu eskisi kadar sevmiyorum. Votini her konuda Derossi'yle yarışmak ister, ama hiçbir zaman bunu başaramaz. Gerçi Carlo Nobis de Derossi'yi kıskanır ama o kadar kibirlidir ki, bu duygusunu açığa vurmaz. Oysa Votini kendisini ele verir. Kırık not aldığı zaman öğretmenimizin Derossi'yi kayırdığını iddia eder. Derossi her zamanki gibi sorulara yerinde yanıtlar verdiğinde, Votini hırsını belli etmemek için, yapmacıklı bir gülme tutturur, ama onun bu zoraki neşesi kimseyi kandırmaz. Öğretmenimiz Derossi'yi övdüğü zaman herkes Votini'nin yüzündeki anlamı yakalamak için başını ondan yana çevirir ve Küçük Duvarcı ona tavşan burnu yapar.

Örneğin gene bu sabah öğretmenimiz sınav sonuçlarını açıklamıştı:

«Ernesto Derossi, on aldınız ve birincilik ödülü.»

Votini sanki aniden nezleye tutulmuş gibi, şiddetle aksırmaya başladı. Öğretmenimiz durumu anladı ve ona dönerek:

«Votini, kıskançlık bir yılan gibi insan ruhunu kemirir, bu duygudan kendinizi kurtarın,» dedi.

Derossi dışında öğrencilerin hepsi, gözlerini Votini'ye dikmişlerdi. O yanıtlamak istedi, ama sesi çıkmadı. Yüzü sararmıştı, az sonra Bay Perboni derse başlar başlamaz, önüne bir kâğıt çekti ve kocaman harflerle:

«KAYIRMAYLA KAZANILAN ÖDÜLLERİ BEN KISKANMAM!» yazdı.

Votini bu pusulayı Derossi'ye yollamak istiyordu, ama ben Derossi'nin sıra arkadaşlarının aralarında fısıldaştıklarını gördüm. Derken içlerinden biri çakısıyla kocaman bir kâğıt kesti ve üzerine kara bir yılan resmi çizdi. Bay Perboni birkaç dakika için dışarı çıkmıştı, bundan yararlanan öğrenciler yılanlı kâğıdı Votini'ye yollamaya hazırlandılar. Bütün sınıf eğlenceli bir sahneye hazırlanıyordu. Votini'nin yüzü bembeyaz kesilmişti. Derken birden Derossi:

«Kâğıdı bana verin!» diye haykırdı.

Arkadaşları:

«Oldu, aslında senin vermen daha uygundur.» diyerek kâğıdı ona uzattılar. Derossi yılanlı kâğıdı aldı ve paramparça etti.

Tam o anda öğretmenimiz sınıfa girmişti, derse bıraktığı yerden devam etti. Ben gözlerimi Votini'ye dikmiştim, o, utancından kıpkırmızı kesilmiş, sanki oynar gibi az önce yazdığı kâğıdı almış yuvarlayarak ağzına götürmüştü. Bir süre çiğnedikten sonra, bunu sıranın altına tükürdü.

Çıkış zili çaldığında Derossi'nin önünden geçen Votini şaşkınlıkla kurutma kâğıdını düşürdü. Derossi eğildi ve zarif bir hareketle bunu Votini'nin çantasına koydu, sonra onun çantasını kapamasına yardım etti. Votini perişan olmuştu, başını kaldırmaya cesaret edemedi.

FRANTİ'NİN ANNESİ

28, Cumartesi

Bu sabah, Franti'nin annesi birden sınıfa girdi. Gümüş telli saçları sanki karlarla kaplanmıştı. Sekiz günden bu yana görmediğimiz oğlunu önünde itiyordu.

Çok acıklı bir sahne seyrettik. Zavallı kadın müdürün hemen hemen dizlerine sarıldı, ellerini kavuşturarak ona yalvardı.

«Müdür bey, çok yalvarırım, ne olur oğlumu yeniden okulunuza kabul etmek iyiliğini benden esirgemeyin. Üç günden bu yana, onu evde nereye saklayacağımı bilemiyorum. Babası gerçeği öğrenirse onu öldürür. Ne olur acıyın, ne yapacağımı bilemiyorum, rica ederim...»

Müdür onu dışarı çıkarmaya çalışıyordu ama o ağlayarak konuşmasını sürdürdü. Gözlerinden sel gibi akan yaşları silmeden titrek bir sesle yalvarıyordu:

«Bu çocuğun bana ne kadar acı verdiğini bilseniz acırdınız bana... Ne olur, bana bu iyiliği yapın, bilinmez, belki değişir. Müdür bey, ben çok yaşayacak değilim. Kalbimdeki bu hançerle daha fazla yaşayamam. Ölmeden önce oğlumun ıslah olduğunu görmek isterim, çünkü, - zavallı kadın hıçkırıklarla sarsılarak devam etti - çünkü kötü olsa bile o benim evladım, onu seviyorum. Üzüntü içinde ölmeme izin vermeyin, onu okulunuza geri alın, müdür bey, çaresiz bir annenin bu ricasını geri çevirmeyin...»

Kadın elleriyle yüzünü örtmüştü. Franti hiç kıpırdamadan duruyordu.

Müdür bir süre düşünceli durdu, sonra:

«Haydi Franti yerine geç!» dedi.

Zavallı kadının yüzü güldü ve müdüre teşekkür etti, gitmeden önce gözyaşlarını silerek:

«Sağolun müdür bey, büyük bir iyilikte bulundunuz.» dedi. «Oğlum ne olur uslu ol. Size gelince çocuklarım ona karşı sabırlı davranmanızı rica ederim... Hoşçakalın çocuklarım, zavallı bir anneyi bağışlayın müdür bey...»

Kadın oğluna son bir kez yalvaran bakışlarını dikti ve iki büklüm sapsarı bir yüzle çekip gitti. Ta aşağıdan onun boğuk öksürüklerini duyabiliyorduk.

Müdür, Franti'ye sert sert baktı, sonra hepimizi etkileyen derin bir sesle:

«Franti anneni öldüreceksin!» dedi.

Başımızı Franti'ye çevirdik, o alçak sırıtıyordu...

ÜMİT

29, Pazar

Okuldan döndükten sonra koşup annenin boynuna sarılman çok güzeldi. Evet, öğretmen size oldukça yararlı, güzel sözler söylemiş. Bizi birbirimizin kollarına atan Tanrı hiçbir zaman da ayırmayacak. Ben ve baban ölünce bu acıklı, ümitsiz sözleri söylemeyeceğiz: Enrico, annen, baban artık seni göremeyecek! Başka bir dünyada birbirimizi gene göreceğiz. Bu dünyada acı çekmiş olanlar orada Tanrı tarafından ödüllendirilecektir. Bu dünyada çok sevmiş olanlar orada sevdikleri ruhlara yeniden kavuşacaklar. O dünyada günah, gözyaşı, ölüm diye bir şey yok. Ama, hepimiz bu dünyaya layık olmaya çalışmalıyız. Dinle oğlum: Her iyi davranış, seni sevenlere karşı gösterdiğin sevgi, arkadaşlarına karşı gösterdiğin nezaket, iyi kalplilik, her iyiniyetli düşünce seni o dünyaya doğru yükselten birer basamaktır. O dünyaya doğru dertlerini, sıkıntılarını da yükseltmelisin, çünkü her acı bir günahın bağışlanması, her gözyaşı bir lekenin silinmesidir, bir gün öncekinden daha iyi kalpli daha merhametli olmaya çalış. Her sabah kendi kendine: bugün vicdanımı rahatlatacak, babamı hoşnut edecek bir şey yapacağım; beni arkadaşlarıma, öğretmenime, kardeşime ve ötekilere sevdirecek bir şeyler yapmaya çalışacağım, de. Bütün bunları yerine getirip, gerçekleştirebilmek için de Tanrı'nın sana yardım etmesini iste. Tanrım, iyi, terbiyeli, yürekli, temiz ve açık yürekli olmak istiyorum, bana yardım et. Her akşam uyumadan önce annem beni son bir kez öperken ona: Bu akşam dün gecekinden daha iyi kalpli daha terbiyeli bir çocuğu öpüyorsun, diyebileyim. Öteki dünyada vicdan azabı çekmeyen, mutlu olabilecek Enrico'yu hiçbir zaman aklından çıkarma. Ve dua et. Çocuğunu, ellerini açmış dua ederken gören bir annenin ne denli mutlu olabileceğini düşünemezsin. Seni dua ederken gördüğüm de bunun içinden geldiğine bütün kalbimle inanıyorum. Gerçekten iyi ve açık yürekli olduğuna inanıyorum ve seni daha çok seviyorum, daha büyük bir güçle çalışıyorum, acılarım diniyor, seni bütün yüreğimle bağışlıyorum ve ölümü hiç korkmadan düşünüyorum. Tanrı yüce ve bağışlayıcıdır! Öldükten sonra annemin sesini duymak, çocuklarıma kavuşmak, Enrico'cuğumu yeniden görebilmek, ölümsüz ve kutsallaşmış Enrico'cuğumu, onu gene kollarımın arasında bağrıma basıp öpebilmek ve artık ondan hiç ayrılmamak! Ah, dua et, dua edelim, birbirimizi sevelim, iyi yürekli olalım, bu tanrısal ümidi içimizde taşıyalım, benim sevgili yavrum.

ANNEN

ŞUBAT

YERİNDE VERİLEN BİR ÖDÜL

4, Cumartesi

Bu sabah ilköğretim müfettişi ödül vermeye gelmişti. Müfettiş hep siyah giysiler giyen, ak sakallı, nazik biriydi. Dersimiz henüz bitmişti ki, müdür sınıfımıza girdi. Müfettiş birkaç öğrenciye sorular sordu. Birincilik ödülünü gene Derossi almıştı. İkincilik ödülü henüz verilmemişti. Müdür ve öğretmenimiz bir süre fısıldaştılar. Biz hep kendi kendimize «Acaba, ikincilik ödülünü kim alacak?» diye soruyorduk.

Derken müfettiş, yüksek sesle:

«Bu hafta ikincilik ödülünü, öğrenci Pietro Precossi kazandı. Gerek çalışkanlığı, gerekse evinde ve okuldaki davranışı, kusursuz öğrendiği dersleri ve güzel yazısından ötürü onu bu ödüle layık gördük.» dedi.

Bütün başlar Precossi'ye döndü. Herkes onun bu şekilde ödüllenmesine sevinmişti. Precossi yerinden fırladı, ama öylesine utanmıştı ki, ne yapacağını bilmez gibi bir süre öyle kararsız durdu.

Müfettiş kendisine:

«Buraya geliniz!» dedi.

Precossi o zaman öğretmenin yanına gitti. Müfettiş onun o ince, balmumu rengindeki solgun yüzüne, yamalı giysilerine, aydınlık bakışlı ve mor halkalarla çevrili gözlerine baktı, onun ne kadar acı çekmiş olduğunu anlamakta gecikmedi. Ödülü çocuğun göğsüne iliştirirken:

«Pietro Precossi, sana bu ödülü vermekten mutluyum. Çünkü sen yalnızca iyi niyetin için değil, aynı zamanda çok iyi yürekli, cesur ve sevecen bir çocuk olduğun için de buna hak kazandın.» dedi. Sonra sınıfa dönerek sordu:

«O, çok iyi bir çocuk, değil mi?»

Bütün sınıf hep bir ağızdan: «Evet!» diye yanıtladık.

Bu kez Precossi, minnet dolu gözlerle bizlere baktı. Müfettiş onu alnından öptü ve sonra:

«Sevgili oğlum, her zaman mutlu olmanı dilerim.» dedi.

Sınıfımız öbür sınıflardan önce dağılmıştı. Kapı önünde Precossi'nin babasını gördük. Her zamanki gibi, yüzü solgun, saçı sakalına karışmıştı. Şapkasını o korkunç gözlerinin üzerine indirmiş, titreyen bacakları üzerinde ayakta zor duruyordu. Her zamanki gibi sarhoştu. Öğretmenimiz, adamı görünce müfettişin kulağına eğildi. Müfettiş Precossi'nin elinden tuttu, içkili babaya yaklaştı. Öğretmenimiz, müdürümüz ve bütün sınıf bu sahneyi seyrediyorduk.

Müfettiş demirciye:

«Siz bu çocuğun babasısınız, değil mi?» diye sordu. Daha sonra ondan yanıt beklemeden şunları ekledi: «Ben de sizinle birlikte seviniyorum, çünkü oğlunuz ikincilik ödülünü kazandı. Hem de elli dört öğrencinin arasında. Dersleri, ödevleri ve özellikle matematikteki başarısı yüzünden bunu haketti. Oğlunuz iyi niyetli, temiz kalpli ve çok akıllı bir çocuk. Yaşamda çok başarılı olacağını biliyorum. Herkesin beğeni ve sevgisini kazanan böyle hayırlı bir evlat sahibi olduğunuz için sizi kutlarım. Onunla gurur duymalısınız.»

Demirci bütün bu sözleri ağzı bir karış açık, derin bir şaşkınlıkla dinlemişti. Müfettişe, müdüre uzun uzun baktı, daha sonra gözlerini, önünde duran ve titreyen oğluna çevirdi. Sanki ilk kez olarak bu yavruya çektirdiklerini anlamış gibi duygulanmış, oğlunun cesaret ve iyi niyeti karşısında kendi kendisinden utanmıştı. Demircinin yüzünde şaşkınlıkla karışık bir hayranlık belirdi, derken yüzü acı ile burkuldu ve sevecenlik dolu coşkulu bir hareketle oğlunu kollarına alarak onu göğsüne bastırdı.

Hepimiz önlerinden geçtik. Perşembe günü için Precossi'yi yemeye davet ettim; Garrone ve Crossi ile birlikte. Bütün çocuklar onu selamladılar. Çoğu onun saçlarını okşuyor, kimisi de ödülüne el değdirerek sevgilerini açıklıyorlar, onu kutluyorlardı. Babası hepimize şaşkın şaşkın bakıyor, hıçkırıklarla ağlayan oğlunun başını titreyen elleriyle okşuyordu.

OLUMLU KARARLAR

5, Pazar

Precossi'nin ödülü gerçi beni çok sevindirdi, ama aynı zamanda düşündürdü. Şimdiye kadar, hiç ödül kazanmadım.

Birkaç zamandan bu yana derslerime çalışmıyorum, kendimden de hiç memnun değilim. Öğretmen, babam, annem de memnun değiller. Oysa düzenli çalıştığımda, oynarken içim daha rahat olurdu. Ödevlerimi özenle bitirdikten sonra oyuncaklarıma neşeyle sarılırdım. Oysa şimdi artık yemeklerimi bile aynı iştahla yemiyorum. Sanki ruhumun üzerine bir gölge düştü. İçimde bir ses, bana devamlı; «Bu artık böyle devam edemez!» diyor.

Akşamları işçilerle birlikte günlük çalışmalarından dönen çocukları görüyorum. Hepsi yorgun, ama hepsinin de yüzleri gülüyor. Aceleyle evlerine gitmek için koşarcasına yürüyorlar. Yüksek sesle konuşuyor ve gülüyorlar. Kömür isinden kararmış ellerini sallayarak gidiyorlar.

Sabahın çok erken bir saatinden ta akşamlara kadar çalışmış olduklarından hiç kuşkum yok ve onlar arasında benim yaşımda bile çocuklar bulunuyor.

Bu çocuklar damlarda fırın karşısında, kızgın ateş önünde makineler arasında ya da dizlerine kadar suda veya yeraltında, azıcık ekmekle yetinerek saatlerden beri çalıştılar. Kendimi onlarla kıyasladığımda, bayağı utanıyorum. Oysa ben bütün bu sürede yalnızca dört sayfa karalamakla yetindim.

Babam da durumdan pek memnun değil, biliyorum. Bana sitem etmek istediğinin, ama bunu devamlı ertelediğinin de farkındayım. Hâlâ belki de benim eski durumuma döneceğimi düşünerek, umutla bekliyor.

Ah sevgili babacığım, oysa sen ne kadar çok çalışıyorsun. Her şeyi bize sen sağlıyorsun. Beni giydiren, doyuran, benim öğrenimimi sağlayan, bana eğlence sağlayan, hep sensin. Her şey senden kaynaklanıyor. Senin çalışman sonucunda ben rahat bir evde oturuyor, istediğimi yiyor, güzel giyiniyorum. Ama ne yazık ki, ben sana layık değilim baba; çünkü artık eskisi kadar çalışmıyorum.

Bugünden tezi yok Stardi gibi, sarsılmaz bir sabırla çalışmaya başlayacağım. Tüm irademi kullanarak çalışacağım. Sabah uykularımdan vazgeçerek erken kalkacak, geç yatacak ama tembelliğimi yeneceğim.

Evet artık bu yararsız ve miskin yaşamdan vazgeçmeye kesin kararlıyım.

Beni kendi gözümde küçük düşüren ve ailemi üzen bu miskinliklere paydos! Haydi cesaret! Tüm gücümle, tüm kalbimle çalışmaya başlayalım. Bana huzur ve mutluluk sağlayacak, oyunlarımı daha neşelendirecek, dinlenmemde bana ferahlık verecek çalışmaya. Öğretmenimin saygısını ve babamın mutluluğunu sağlayacak, ciddi bir çalışma dönemi başlıyor artık.

OYUNCAK TREN

10, Cuma

Precossi ile Garrone, dün bize geldiler. Çok güzel karşılandılar. Garrone ilk kez geliyordu. Çünkü aslında o biraz yabanidir. Üstelik yaşı bizlerden büyük olduğu için, üçüncü sınıfta olmaktan utanır. Kimsenin bunu bilmesini istemez. Kapı çalındığı zaman onları karşılamaya gittim. Altı yıllık ayrılıktan sonra babası Amerika'dan döndüğü için Crossi gelememişti. Annem Precossi'yi kucakladı. Babam, Garrone'yi anneme tanıştırırken, şöyle dedi:

«Bak işte yalnızca iyi bir çocuk olmakla yetinmeyen, altın kalpli bir çocuk.»

Garrone bana yan bakarak gülümsüyor, utancından o kocaman başını önüne eğiyordu.

Precossi ödülünü takmıştı, artık çok mutlu görünüyordu. Babası içkiyi bırakıp yeniden çalışmaya başlamıştı. Okul dönüşü, oğlunu atölyesinde hep yanında görmek istiyormuş. O artık, sanki yepyeni bir adam olmuştu.

Oynamaya başladık, bütün oyuncaklarımı önlerine serdim. Precossi benim oyuncak trenime hayran oldu. O şimdiye kadar böyle bir şeyi hiç görmemiş. Sarı ve kırmızı vagonlara yiyecek gibi bakıyordu. Treni kurması için, ona küçük anahtarı uzattım. Oynamak için yere diz çöktü ve bir daha başını kaldırmadı, devamlı «özür dilerim» diyordu.

Trenin yürümesine engel olduğumuzdan ötürü bizi kenara itiyor ve «Beni bağışlayın, beni bağışlayın» diyordu. Daha sonra küçük vagonlar sanki camdan yapılmış gibi onları kırmaktan korkarak özenle tuttu ve nefesinden lekeleneceklermiş gibi soluğunu bile almadı. Hepimiz Precossi'ye bakıyorduk.

O incecik boynuna, bir gün kan içinde gördüğüm küçük kulaklarına, kendini tokatlardan korumak için kaç kez siper ettiği o sıska kollarına baktım. Uzun ceketi yamalı, ama temizdi... Tanrım, o anda, bütün oyuncak ve kitaplarımı ona seve seve verebilirdim. Ona vermek için, ağzımdaki son lokma ekmeği çıkartır, onu soğuktan korumak için, giysilerimi feda ederdim. Onu kucaklamamak için kendimi zor tuttum - zavallı küçük Precossi - ona şu trenleri armağan etmeyi düşündüm ancak bunun için babamdan izin istemeyi tasarlıyordum. Tam o anda Babam, elime bir kâğıt sıkıştırdı. Kurşun kalemle şunları yazmıştı:

«Oyuncak trenlerin Precossi'nin çok hoşuna gitti, onun hiç oyuncağı yok. Kalbin sana bir şeyler söylemiyor mu?»

Hemen lokomotif ve vagonları kaptım ve Precossi'ye uzatarak:

«Bunlar senin, al,» dedim.

O bana anlamamış gibi baktı, yineledim:

«Bunlar senin, sana armağan ediyorum.»

Precossi bu kez, şaşkın şaşkın gözlerini annemle babamın üzerinde dolaştırdı:

«Peki ama ne için, neden?»

Babam anlattı:

«Enrico arkadaşın olduğu ve seni sevdiği için veriyor. Üstelik ödülünü de kutlamak istedi bu armağanla...»

Precossi çekinerek sordu:

«Yani, şey, bunları eve götürebilir miyim?»

«Elbette artık senin. Evine götüreceksin tabii.»

Kapı önünde Precossi hazinesini götürmeye hâlâ cesaret edemiyordu. Çok mutluydu. Titrek dudaklarla «Özür dilerim, özür dilerim,» diye mırıldanırken tatlı tatlı gülümsüyordu.

Garrone onun vagonları mendiline sarmasına yardım etti. Eğilirken annemin ceplerine doldurduğu o küçük kuru çörekleri çıtırdatıyordu. Precossi bana gülerek:

«Sen de bir gün atölyeye gel, sana pırıl pırıl çiviler veririm.» dedi.

Annem Garrone'nin ceket yakasına annesine götürmesi için minik bir demet çiçek ilikledi.

Garrone o kalın sesiyle, «Teşekkür ederim» dedi.

Gözlerinde temiz ve iyi yüreğin iyilik duyguları ışıldıyordu.

KİBİR

11, Cumartesi

Precossi yanından geçerken ona süründü diye Carlo Nobis, eliyle kolunu siler. Babasının zengin olmasından gururlanıyor. Oysa Derossi'nin ailesi de zengin. Şu Nobis, tek başına bir sırada oturmayı ister. Sözüm ona sıra komşularının kendisini kirletmelerinden korkuyor. Bize tepeden bakarak, alaylı alaylı gülümsüyor. İkişer sıra sıralanarak dışarı çıktığımızda, onun ayağına ayağını değdirenin vay haline! Bir hiç için arkadaşlarına acı sözler söyler ve babasını çağırmakla tehdit eder.

Oysa kömürcünün oğluna hakaret ettiği gün, babası ona güzel bir ders vermişti.

Öğrencilerden hiçbiri onu sevmez. Kimse konuşmaz, onunla giderken de hiçbirimiz ona güle güle demeyiz. Dersini bilmediğinde hiçbir çocuk ona yardım etmez. Ona gelince, onun hiçbirimize tahammülü yoktur. Sınıf birincisi Derossi'yi bile hor görür. Herkesin sevdiği Garrone'ye tepeden bakar. Derossi ona önem vermez, bilmemezlikten gelir. Garrone'ye gelince Nobis'in kendisiyle alay ettiğini söylediklerinde, o şu karşılığı verir:

«Bu çocukta öyle sınırsız bir kibir var ki, onunla meşgul olmaya bile değmez.»

Coretti, kedi derisi başlığına alaylı gözlerle bakan Nobis'e:

«Git de Derossi'den kibarlığı öğren!» demişti.

Dün gene kıyamet koptu. Nobis, küçük Kalabriyalı'yı öğretmene şikâyet etti. Sözde çocuğun ayağı ayağına değmiş. Bay Perboni, Kalabriyalı'ya sordu:

«Bilerek mi yaptınız?»

«Hayır öğretmenim farkında bile değilim.»

Nobis öfkeli bir sesle:

«Babama söyleyeceğim!» dedi.

Öğretmen artık bu kadarına dayanamadı ve sert bir sesle:

«Geçen kez olduğu gibi baban da gene seni kınayacaktır. Üstelik burada emir veren benim!» Daha sonra daha yumuşak bir sesle ekledi:

«Haydi Nobis biraz nazik olamaz mısın? Burada her sınıftan öğrenci var, işçi çocukları, kentsoyluların oğulları, soylu çocukları, zengin ve yoksullar hep birlikte okuyor ve kardeş gibi sevişiyorlar. Neden sen de onlar gibi davranmıyorsun? Daha iyi yürekli olsan, daha mutlu olurdun... Bana verecek bir yanıtınız yok mu?»

Öğretmeni o hor gören alaylı gülümseyişiyle dinleyen Nobis, buz gibi bir sesle:

«Hayır efendim,» diye yanıtladı.

«Yerinize oturunuz Nobis,» dedi hocamız, «siz kötü bir çocuksunuz, size acıyorum!»

Olay kapanmış görünüyordu ama, ön sırada oturan Küçük Duvarcı, başını çevirip Nobis'e, burnunu oynatarak tavşan burnu yaptı. Bütün sınıf kahkahalara boğuldu. Öğretmenimiz âdet olsun diye Küçük Duvarcı'yı azarladı, ama gülmemek için onun da eliyle ağzını kapadığını farkettik. Nobis de kızdığını maskelemek için sinirli sinirli, zorla gülüyordu.

BİR KAZA

13, Pazartesi

Aslında Nobis'in de Franti'den aşağı kalır yanı yok. Her ikisi de hiçbir şeyden duygulanmıyorlardı. Bu akşam okuldan çıktığımızda gördüğümüz o üzücü görüntü bile onları etkilemedi.

Babamın elini tutmuş, ikinci sınıf öğrencilerinin buzda kayabilmek için paltolarıyla buz üzerindeki karları kayganlaştırmalarını seyrediyorduk ki, birden sokak başında ilerleyen bir kalabalık göründü. Ürkmüş bir şekilde yaklaşıyorlardı. Kalabalığın ortasında üç belediye memuru ve bir sedye taşıyan iki adam vardı. Öğrenciler daha yakından görmek için koşarak geldiler. Kalabalık bize yaklaşıyordu, ölü gibi soluk yüzlü biri sedyeye uzatılmıştı. Alnı ve saçları kan içinde kalmıştı. Ağzından ve kulaklarından sel gibi kan boşanıyordu. Korkunç kötü görünüyordu. Sedyenin yanında yürüyen, kucağında çocuğunu taşıyan saçı başı perişan bir kadın. «Öldü o öldü, değil mi?» diye haykırıyordu.

Kadının hemen yanında yürüyen kolunun altında okul çantası olan küçük çocuk, yürek paralayıcı hıçkırıklarla ağlıyordu.

Babam ne olduğunu sordu.

Yoldan geçen biri, duvarcının dördüncü kattan düştüğünü anlattı. Sedye taşıyanlar bir ara soluk almak için, durmuşlardı. Çoğumuz üzüntüyle yere baktık. Kırmızı tüylü şapka giyen o güzel bayan öğretmen, gene öksürük krizi tutan, birinci sınıftaki bayan öğretmenimin koluna girdi onu güçlendirmek için. Birden biri koluma çarptı, bu bizim Küçük Duvarcı idi. Sapsarı kesilmiş tepeden tırnağa titriyordu. Herhalde o da babasını düşünüyordu. Bense şöyle düşünüyordum: «Hele şükür bu konuda şanslı sayılırım. Okulda olduğum süre babamın evde masa başında çalıştığını bilmek içimi rahatlatır. Ama ne yazık ki arkadaşlarımızdan çoğunun işçi babaları her an kazalarla karşı karşıya kalmaktalar. Yüksek bir köprüde, bir makinenin tekerleklerinin yanı başında çalışan bir işçinin oğlu en ufak bir tedbirsizliğin böyle bir felakete yol açacağını bilerek devamlı korku içindelerdir. Tıpkı savaşta babaları dövüşenlerin çocukları gibi.»

Küçük Duvarcı titriyor ve sendeliyordu. Babam bunu gördü ve ona:

«Haydi yavrum, evine dön.» dedi. «Baban sağ ve sağlıklı olacak, rahatla!»

Küçük Duvarcı gözü arkasında evinin yolunu tuttu. Kalabalık yoluna devam ediyordu. Zavallı kadın iç paralayıcı bir sesle; «Öldü, o öldü!» diye bağırmasını sürdürüyordu. Her yandan onu avutmaya çalıştılar.

«Yoo, hayır, içini ferah tut! O ölmedi! Tanrı büyüktür!» diyenler vardı. Ancak kadın onları duymuyordu bile ve ağlamasına devam ediyordu.

Birden öfkeli bir ses duyduk.

«Gülüyorsun ha!.. Alçak! Gülüyorsun!»

Başımı çevirdiğimde Franti'yi kolundan tutarak sarsan şapkalı ve kara sakallı birini gördüm. Franti hâlâ sırıtıyordu. Adam onun şapkasını başından alıp yere atarak:

«Bir iş kazası kurbanının geçtiğini gördüğünde hiç değilse onu selamla, sefil çocuk!» diye çıkıştı.

TUTUKLU

17, Cuma

Dün sabah babamla birlikte Moncalieri kasabasına gittik. Babam yaz ayları için orada bize bir villa kiralamak istemişti. Evin anahtarları okul öğretmenindeydi. O aynı zamanda ev sahibine sekreterlik de yapıyordu.

Bize villayı gezdirdi ve daha sonra bizi odasında oturtarak içecek ikram etti.

Çalışma masasının üzerinde bardaklarımızın hemen yanında konik biçimde tahtadan bir hokka bulunuyordu. Babamın hokkaya dikkatle baktığını gören öğretmen, bize:

«Bu hokka dikkatinizi çekti değil mi? Bu benim için çok değerli. Hikâyeyi bilseniz siz de benim gibi düşünürdünüz.»

Babam ona:

«Anlatın,» dedi.

Ve o bize anlattı.

Birkaç yıl önce Torino'da bulunan bu öğretmen, bir kış, cezaevindeki tutuklulara ders vermekle görevlendirilmiş. Bu dersleri verdiği yuvarlak bir toplantı odası varmış. Odanın çıplak duvarlarında demir kafesli pencereler varmış. Her pencere bir hücreye açılırmış. Öğretmen salonda dolaşarak dersini verir ve pencere önünde defter ve kitaplarını açan tutuklular onu dikkatle dinlerlermiş. Bunlardan çoğu saçı sakalına karışmış korkunç gözlü, kanlı katillermiş.

Ancak içlerinde 78 Numara diye tanınan biri varmış ki, o hepsinden daha dikkatle dersleri dinlermiş ve öğretmene saygıyla bakar, minnetini belirtirmiş. Bu kara sakallı genç adam, aslında çok mutsuz biri sayılırmış, bir marangoz. Bir an öfkesini yenemeyerek, patronunun kafasına elindeki keseri atmış ve istemeyerek adamın ölümüne neden olmuş. Birkaç yıl ceza yemiş.

Bu tutuklu üç ayda okuyup yazmayı öğrenmiş, üstelik çok da zeki olduğundan bilgisini artırmak için devamlı okuyormuş. Yaptığı hataya çok pişman görünüyormuş.

Günün birinde ders sona ererken adam, öğretmene işaret etmiş ve üzüntülü bir tonla ertesi gün kendisini Venedik cezaevine yollayacaklarını bildirmiş. Öğretmenine veda ettikten sonra, tutuklu heyecan dolu bir sesle ondan, kendisiyle tokalaşmasını rica etmiş. Öğretmenin uzattığı eli saygıyla öptükten sonra, «Teşekkür ederim» diyerek pencereden çekilmiş. Öğretmen elini, çektiği zaman gözyaşlarıyla sırılsıklam bulmuş.

O günden sonra tam altı yıl adamı bir daha görmemiş.

Öğretmen sözlerine şöyle devam etti:

«Artık onu tamamen kafamdan silmiştim ki, dün, hiç tanımadığım siyah sakallı biri, kapımı çaldı.» Kır tellerin süslediği bu kara sakallı adam kendisine: «Siz Profesör ... siniz değil mi?» diye sormuş. Öğretmen de kendisinden kim olduğunu sorduğu zaman şöyle demiş: «Ben 78 numaralı tutukluyum. Okuma ve yazma öğrettiğiniz tutuklu. Tam altı yıl oldu. Son gün bana elinizi uzatmak iyiliğinde bulunmuştunuz. Artık cezamı tamamladım ve serbest bırakıldım. Cezaevinde sizin için yaptığım ufak bir armağanı kabul etmenizi rica edecektim. Bunu minnetimin bir belirtisi olarak kabul edin!»

Öğretmen anlatmasını şöyle sürdürdü:

«Donakalmıştım. Zavallı adam, armağanını kabul etmek istemediğimi sandı. Bana yürek parçalayıcı bir ifadeyle baktı. Sanki altı yıllık günahının kefaretini ödediğini anlatmak istemişti. Ona acıdım ve uzattığı paketi aldım.»

Öğretmen sustu, sözlerini bitirmişti.

Babam ve ben, tahta hokkaya dikkatle baktık. Bu sanki bir çiviyle oyulmuş, çok özenle yapılmıştı, marangozun aynı zamanda bir sanatçı olduğu anlaşılıyordu. Hokkanın üstüne bir defter ve bir kalem oyulmuştu. Kalemin hemen altına şu sözler yazılmıştı: «Sayın Öğretmene - 78 Numaradan bir anı. Altı yıl. - » En altta ufak harflerle: «Çalış ve umut et.» yazılıydı.

Öğretmene veda ederek ordan ayrıldık. Ama Torino'ya dönünceye kadar başka bir şey düşünemedim. Zavallı tutuklu ve onun altı yıl çektikleri kafamı karıştırmıştı. O gece rüyamda hep bunu gördüm ve ertesi sabah okulda gene düşünüyordum. Beni bekleyen sürprizden, haberim yoktu. Derossi'nin yanındaki yeni yerime geçtim ve matematik problemini tamamladıktan sonra, Derossi'ye dünkü olayı ve hokkanın acıklı öyküsünü anlattım.

Derossi birden heyecanlandı ve kaçamak bir bakışla Crossi'ye bakarak bana yavaş sesle, «sus!» dedi. «Crossi geçen gün babasının Amerika'dan çok değişik tahta bir hokka getirdiğini anlatmıştı. Konik biçimli bu hokkanın üstünde bir kalemle bir defter varmış... Tam altı yıl... Ceza süresi! Zavallı adam! Demek bütün bu süre Amerika'da değil cezaevindeymiş. Crossi o zamanlar çok küçük olduğu için gerçeği ondan gizlemiş olacaklar. Herhalde annesi, bunu ayarlamıştır. O hiçbir şey bilmiyor. Sakın ağzından laf kaçırma. Zavallı çocuk! Adamın evlat sevgisine saygı göstermeliyiz.»

Donakalmıştım. Gözlerimi Crossi'den ayıramıyordum. Derossi hemen problemi çözdü ve bir kâğıda yazarak onu Crossi'ye uzattı. Daha sonra öğretmenin Crossi'ye temize çekmesi için verdiği aylık öykümüz olan *«Tata'nın Hastabakıcısı»* adındaki yazıyı da kendi önüne çekerek yazmaya başladı. Ona yepyeni kalemler armağan etti, bu arada saçlarını okşuyordu onun. Derossi bu konuda ağzımdan bir söz kaçırmamam için bana yemin ettirdi.

Okuldan çıktığımız zaman bana fısıldadı:

«Crossi'nin babası, oğlunu almaya gelmişti dün, herhalde gene gelir. Benim yaptıklarımı sen de yap.»

Okul önünde Crossi'nin babasını gördük. Siyah sakallı, üzgün ve solgun yüzlü birisiydi. Herkesten uzakta durmuştu.

Crossi'nin yanına yaklaşan Derossi onun elini sıktı ve onun saçlarını okşayarak ona: «Güle güle Crossi!» dedi. Ben de aynı onun gibi yaptım. Crossi'nin babası bize dikkatle baktı, gözlerinden iyilik ama sonsuz bir hüzün ve endişe okur gibi oldum. Birden kalbim burkuldu.

TATA'NIN HASTABAKICISI

(Aylık Öykü)

Mart ayının yağışlı bir sabahında, köylü giyimli bir çocuk kolunun altında bir çıkın, Napoli Belediye Hastanesi önünde durdu ve kapıcıya bir mektup uzatarak, babasını görmeye geldiğini bildirdi.

Çocuğun ince güzel bir yüzü, ışıl ışıl kara gözleri vardı. Konuştuğu zaman, inci gibi düzgün ve beyaz dişleri görünüyordu.

Çocuk, Napoli dolaylarındaki bir köyden geliyordu. Bir yıl önce babası iş bulmak için Fransa'ya gitmiş, sonra birden apar topar dönmüştü.

Ancak henüz Napoli'ye ayak basar basmaz, ansızın ateşlenerek yatağa düşmüş, ailesine iki satırlık bir pusulayla durumu bildirmeye ancak zaman bulmuştu. Hastanede yattığını onlara yazmıştı. Eşinin hastanede olmasına çok üzülen genç kadın, sakat annesini ve minicik bebeğini bırakamadığından Napoli'ye büyük oğlu Fransisco'yu yollamıştı. Çocuk babasını, köyünde dedikleri gibi "tata"sını iyileştikten sonra köye getirecekti.

Kapıcı çocuğa tepeden tırnağa bir baktı ve sonra koğuş hademelerinden birini çağırarak, onu babasına götürmesini söyledi.

Hademe:

«Baban kim?» diye sordu.

Çocuk kötü haber almaktan korkarak, titreye titreye yanıtladı, babasının adını verdi. Hademe bu adı şimdiye kadar duymamıştı, ama gene sordu:

«Baban yabancı ülkeden gelen yaşlı biri mi? Bir işçi?»

Çocuk daha da meraklanmıştı:

«Evet kendisi işçilik için Fransa'ya gitmişti, ama yaşlı sayılmaz.»

«Hastaneye ne zaman geldi?»

Çocuk elindeki mektuba bakarak, üzerindeki tarihi okudu:

«Beş gün oluyor.» dedi.

Hademe bir süre düşünceli durdu, sonra anımsamış gibi:

«Tamam, dördüncü kattaki koğuşta, en dipteki yatak.»

Çocuk babasını çok merak ediyordu, heyecanla sordu:

«Babamın nesi var ki? Hastalığı çok ağır mı?»

Hademe bu konuda onu aydınlatamazdı, bu nedenle:

«Bunu doktora sormalısın, sen şimdi benim peşimden gel» diyerek önden yürüdü.

Dört kat çıktılar, sonra geniş bir koridora açılan koğuşa girdiler.

Çocuk bir gölge gibi hademeyi izliyordu. İki sıra beyaz karyolalar, içlerinde solgun yüzlü, acı bakışlı hastalar. Kimi hiç kıpırdamadan yatıyor, kimisi de inim inim inliyordu. Koğuş, yoğun bir ilaç kokusuyla doluydu. İki hemşire ellerinde ilaç şişeleriyle yataklar arasında dolaşıyorlardı.

Koğuşun en dibine geldiklerinde, hademe bir karyolanın perdelerini aralayarak çocuğa:

«İşte baban,» dedi.

Çocuk kendisini tutamadan hıçkırmaya başladı ve elindeki paketi yere bırakarak, başını hastanın omuzuna dayadı. Onun elini tuttu, ama hasta en ufak bir tepki bile göstermedi.

Çocuk kalktı ve ağlamaya başladı. O zaman hasta ona uzun uzun baktı ve sanki tanır gibi bir harekette bulundu ama gene de dudaklarını kıpırdatmadı. Zavallı tata, ne kadar da değişmişti. Hademe söylemese onu asla tanıyamazdı. Saçları beyazlanmış, yüzü kırışmıştı. Bir iki yıl içinde, öylesine yaşlanmıştı ki! Yüzü mor, kırmızı ve şişti. Gözleri ufalmış, dudakları şişmişti. Yüzü öylesine değişmişti ki, çocuk onu yalnızca kara kaşlarından tanıdı. Adam zorlukla nefes alıyordu.

Çocuk onunla konuşmayı denedi:

«Tata benim, ben oğlun Fransisco. Beni tanımadın mı? Ben köyden geliyorum, beni annem gönderdi. Ne olur konuş benimle!»

Ama hasta ona uzun uzun baktıktan sonra, yeniden gözlerini yumdu.

«Tata, tata, nen var? Ben senin oğlunum! Bana bir şeyler söyle!» Ama hasta kıpırdamıyor ve çok zorlukla nefes alıyordu.

Çocuk hıçkırarak bir iskemleye oturdu ve gözlerini babasından ayırmadan beklemeye koyuldu.

«Elbette doktor gelir, babamın hastalığını ondan öğrenirim,» diye düşündü.

Kederli düşüncelerin pençesinde bunalan çocuk, babasının Fransa'ya gidişini, gemiden kendilerine veda etmesini anımsadı. Aile bu yolculuk üzerine ne umutlar kurmuştu. Birden annesinin mektubu aldığındaki kederini anımsadı. Ölümü, yoksul ailesini düşündü. Bir süre böyle kaldı.

Derken bir el omuzuna değdi. Bu bir hemşireydi. Kadın sordu:

«Bu senin baban mı?»

«Evet babam, ben de onu görmeye gelmiştim. Nesi var?»

«Metin ol yavrum, az sonra doktor gelir,» diyerek hemşire uzaklaştı. Yarım saat sonra bir çan sesi duyuldu ve doktor yanında yardımcılarıyla göründü. Her yatağın önünde birkaç dakika durarak, viziteye başladılar. Bu bekleyiş çocuğu daha da korkutuyordu.

Sonunda doktor yatağa yaklaştı. Bu uzun boylu ciddi yüzlü yaşlı bir adamdı. Doktor yaklaştığında, Fransisco, ağlamaya başladı.

Hemşire doktora: «Bu hastanın oğlu, bu sabah köyden geldi.» dedi.

Doktor sevecenlik dolu bir hareketle, elini çocuğun omuzuna koydu, daha sonra hastanın ilkin kalbini dinledikten sonra nabzını tuttu ve alnına dokundu. Hemşireye bazı sorular sordu. Hemşire, «Hiçbir değişiklik yok.» diye yanıtladı. Doktor bir süre düşündükten sonra, «İlaçlara devam edin.» dedi.

Çocuk meraktan ölecekti:

«Doktor bey, babamın nesi var ki? Çok mu ağır?»

Doktor altın kalpli bir adamdı, yumuşak bir sesle:

«Cesur ol yavrum,» dedi. «Babanın hastalığı gerçi ciddi. Onda yılancık var, yüz yılancığı. Ancak belli olmaz umudunu yitirme, seni görmek ona iyi gelebilir.»

Çocuk keder dolu bir sesle haykırdı:

«Evet ama o beni tanımadı bile!»

«Belki yarın tanır, haydi cesaretini yitirme... Tanrı büyüktür!»

Çocuk daha başka şeyler de sormak istemişti ama doktor başka hastalara bakmak için yoluna devam etti.

İşte artık Fransisco için hastabakıcılık yaşamı başlamıştı. Gerçi fazla bir şey yapamıyordu. Ama hastanın örtülerini düzeltiyor, arada bir elini elleri arasına alarak sanki onu güçlendirmek istiyor, hastanın yüzüne konan sinekleri kovuyor, her inlediğinde onun üzerine eğilerek, alnını okşuyordu. Hemşire, ona çorba getirdiği zaman kadının elinden kâseyi alarak hastayı kaşıkla besliyordu. Hasta arada bir, çocuğa bakıyor ama ifadesiz yüzünden onu tanıdığını belirtmiyordu.

Birinci gün böyle geçti.

Gece çocuk iki sandalyeyi birleştirerek uyudu ve ertesi sabah gene bakıcılık görevini sürdürdü.

Çocuğun tatlı sesi hastanın yüzünde bir minnet ifadesi belirtiyor ama dudaklarını oynatmasına karşın hiç sesi çıkmıyordu. Her uyuklamadan sonra, gözlerini hastaya çeviren çocuk, onun dudaklarında hafif bir gülümseme sezer gibi oldu. Hasta dudaklarını kıpırdattı, ama hiçbir söz çıkmadı ağzından. İşte o zaman hastasını güçlendirmek isteyen çocuk, onunla konuştu. Tatlı bir sesle ona köylerinden, annesinden, küçük kız kardeşlerinden söz etti. Babasına moral vermeye çalışıyordu. İkinci ve üçüncü gün de, bu şekilde gelip geçti. Dördüncü gün çocuk, hastada hafif bir iyileşme görür gibi oldu. Ama sonra aniden hasta daha da ağırlaştı. Çocuk kendisini bakıcılık rolüne öylesine kaptırmıştı ki yemek bile yemiyor, günde azıcık ekmek peynirle yetiniyordu. Çevresindeki ağır hastaların, ölenlerin, geceleyin koşuşan hemşirelerin ve bir hastaneye özgü o acıklı yaşamın sanki farkında bile değildi. Saatler günler geçiyor, çocuk tata'sının yanı başında oturmaya devam ediyordu.

Sonra beşinci günü, hasta daha da ağırlaştı. Doktor çocuğun sorularına başını eğerek karşılık verdi. Artık umut olmadığını belirtmek istemişti. Fransisco derin bir keder içinde olmasına karşın bir tek şeyle avunuyordu. Hasta sanki kendisine geliyordu. Ancak Fransisco'nun elinden çorbasını ve ilacını içiyor, gözünü ondan ayırmıyordu. Sanki bir şeyler söylemek ister gibi devamlı dudaklarını oynatıyor ancak sesi çıkmıyordu. Çocuk onun bu davranışından güçlenir gibi, sanki neşeli bir tonla:

«Cesaret tata,» diyordu, «Cesaret! İyileşeceksin. Buradan gideceğiz annemi ve küçük kız kardeşlerimi göreceğiz!..»

Saat ikindinin dördüne gelmişti, yorgunluktan bitkin çocuk bir an için gözlerini yummuştu ki, birden yaklaşan ayak seslerini duydu ve bir sesin:

«Allahaısmarladık hemşire» demesiyle birden kalbi kopacak gibi çarpmaya başladı. Hemen yerinden fırladı.

Tam o anda bir hemşirenin peşinden kolunun altında paket bulunan esmer biri göründü.

Onu gören çocuk çivilenmiş gibi olduğu yerde kaldı ve bir çığlık attı.

Yabancı adam da, başını çevirdi ve çocuğu görünce o da:

«Fransisco!» diye haykırdı.

Çocuğa kollarını açtı ve onu hasretle kucakladı.

Hemşireler ve hademeler bu sahneyi derin bir şaşkınlıkla seyrediyorlardı.

Çocuk öylesine heyecanlanmıştı ki, bir süre konuşamadı. Baba oğluna dikkatle baktıktan sonra:

«Ama Fransisco, sevgili yavrum,» dedi. «Oysa ben senin gelmemenden ne kadar acı çekmiştim. Annen bana yazdığı mektupta seni hemen yolladığını bildiriyordu. Başına bir kaza geldi sanarak kahroldum. Zavallı yavrum, kaç günden beri buradasın? Aman Tanrım nasıl böyle bir hata yapıldı? Tanrı'ya şükür benim hastalığım ciddi değilmiş, bir sıtma nöbeti. İyileştim. Artık taburcu edildim, haydi gel birlikte köyümüze gidelim. Böyle bir yanlışlık yapılacağını dünyada ummazdım.»

Kendisini toparlayan çocuk, birkaç sözcükle babasına köy haberlerini verdi, daha sonra ekledi:

«Oh seni bulduğuma ne kadar sevindim tata, bilsen ne kötü günler geçirdim!»

Çocuk bir türlü doyamıyor gibi babasına sarılıyor, onu öpüyordu.

Babası onun elini tuttu:

«Haydi gel, acele edersek akşama eve varırız.»

Çocuk başını çevirerek günlerden beri baktığı hastaya bir göz attı. Babası şaşırmıştı:

«Nasıl? Gelmiyor musun?» diye sordu.

Fransisco tam o anda gözlerini açarak kendilerine şaşkın şaşkın bakan ihtiyar hastaya bir göz attı. Daha sonra heyecandan titreyen bir sesle:

«Dinle tata,» dedi. «Bak işte, tam beş günden bu yana şu ihtiyarı sen sanarak hep ona baktım. O gözlerini benden ayırmıyor, ama bir türlü konuşamıyor. Ben onu sen sanarak ona bayağı alışmıştım. Benden başka kimsenin elinden ilacını ve çorbasını içmiyor, o çok ağır, tata. Bağışla beni ama onu bırakmaya içim elvermiyor. Bak sanki gözleriyle yalvarıyor bana, onun benden başka kimsesi yok, onun kim olduğunu bilmiyorum ama mutsuz ve kimsesiz olması yetmez mi? Sevgili tata, ne olur bırak da, biraz daha onun yanında kalayım!»

Bu sahneyi dinleyen nöbetçi doktor: «Altın kalpli çocuk!» diye mırıldandı.

Baba ne diyeceğini bilemedi. Bir oğluna, bir de yaşlı hastaya bakarak sordu:

«Peki kim bu adam?»

Nöbetçi doktor anlattı:

«Sizin gibi işçi, yabancı bir ülkeden geldi ve sizinle aynı günde hastaneye alındı. Buraya komada geldi, hiç konuşamadı. Herhalde uzaklarda onun da bir ailesi olmalı... Kimbilir belki oğlunuzu çocuklarından biri sanıyor.»

Hasta Fransisco'ya ısrarla bakıyordu.

Babası ona «Kal,» dedi. «Sen merhametli bir çocuksun. Ben gidip annene durumu anlatırım. Haydi sevgili yavrum, şimdilik hoşçakal.»

Oğlunu alnından öptükten sonra gitti.

Çocuk hastanın başucuna döndü, o sanki ferahlamış göründü. Fransisco, ona bakmakta devam etti. Gerçi artık ağlamıyordu ama hastaya aynı sevecenliği göstermeye devam ediyordu. O gün ve o gece ona aynı sevecenlikle baktı. Ama hasta giderek ağırlaşıyordu. Yüzü daha da morarıyor, nefesi daha kesiliyordu. Ağzından anlamsız haykırışlar çıkıyordu, giderek yüzündeki şiş de artmıştı. Nöbetçi doktor akşam vizitesinde hastanın sabaha çıkmayacağını bildirdi.

Bu kederli haberi alan Fransisco, ona daha da sevecenlikle bakmayı sürdürdü. Hasta ona dikkatle bakıyordu, sanki bir şeyler anlatmak ister gibi dudaklarını kıpırdatıyordu. Gözlerinde çok tatlı bir ifade belirmişti. O gece gün doğuncaya kadar çocuk gözünü kırpmadı. Hemşire göründü, hastaya bir baktıktan sonra acele çıktı.

Birkaç dakika sonra nöbetçi doktorla geri dönmüştü, doktor:

«O ölecek!» dedi.

Çocuk hastanın elini tuttu. O gözlerini son kez açtı, çocuğa uzun uzun baktı, sonra yeniden göz kapaklarını indirdi.

Fransisco son dakikada hastanın elini hafifçe sıktığını farketti.

«Elimi sıktı!» diye haykırdı.

Doktor bir an, ölecek hastaya eğildi ve sonra başını kaldırdı.

Çocuk:

«O öldü!» diye bağırdı.

Nöbetçi doktor:

«Haydi yavrum artık evine dön.» dedi. «Çünkü görevini sonuna kadar yaptın. Aslında bu görev bile değildi, yüce kalbinden kopan bir heyecandı. Git ve mutlu ol, çünkü sen çok iyi bir çocuksun.»

Kısa bir an için uzaklaşan hemşire, elinde bir demet menekşeyle geri döndü ve bunu çocuğa uzattı.

«Sana verecek başka bir şeyim yok, bu çiçekleri hastaneden bir anı olarak kabul et.» dedi.

Fransisco, «Teşekkür ederim.» diyerek çiçekleri aldı ve sonra şu sözleri ekledi:

«Yolum öylesine uzak ki, bunları soldurmaktan korkarım.»

Sonra menekşeleri bir bir ölünün üzerine serpti ve:

«Bu çiçekleri şu zavallı adamcağıza bırakıyorum. Sağolun hemşire, sağolun doktor...»

Yeniden ölüye son bir kez baktı:

«Elveda!» Birden dudaklarına günlerden beri kullandığı o tatlı sözcük geldi: «Elveda tata, rahat uyu!»

Bunu söyledikten sonra, Fransisco kolunda paketi, yorgun ve bitkin bir durumda yollara koyuldu!

Gökyüzünde güneş yükseliyordu...

DEMİRCİ DÜKKÂNI

18, Cumartesi

Precossi, dün akşam bize uğrayarak kendisine verdiğim sözü hatırlattı. Atölyelerini gezeceğime söz vermiştim. Bu sabah da beni oraya götürmeyi kabul etti.

Kapı eşiğinde Precossi'yi bir tuğla yığını üzerinde oturmuş ders çalışır bulduk. Bizi görür görmez, gözleri parladı ve dizlerindeki kitabı bir yana bırakarak yerinden fırladı. Bizi kömür tozuyla dolu bir odaya soktu. Çekiçler, kerpeten ve çiviler duvarlara asılmıştı. Bir köşede devamlı yanan ateşi, bir çocuk elindeki körükle canlandırıyordu. Precossi'nin babası, önünde meşin önlük, ateşin önünde duruyor ve gene bir çırağın yardımıyla kızgın bir demiri ateşte tutuyordu.

Demirci bizi görür görmez:

«Vay vay kimler gelmiş?» diye sevinçle haykırdı. «Benim oğluma o güzel treni veren o iyi yürekli çocuk. Demek çalışmamızı görmeye geldiniz, öyle mi?»

Bizimle gülerek konuşuyordu. Artık yüzündeki o korkunç ifadenin yerini tatlı bir anlam almıştı. Çırak bir ucu ateşte kızarmış çubuğu, getirdi. Demirci bunu kapıp örsün üzerine koydu. - Herhalde balkon parmaklıklarından birinin yapıyordu - Kocaman bir çekici havada sallayarak vurmaya başladı. Kırmızı ucu bir bu yana, bir öbür yana itiyordu. Çekiç vuruşlarıyla demir çubuk bükülüp, dalgalanıyor ve yavaş yavaş sanki elle yapılmış gibi bir yaprak şeklini alıyordu. Bunu seyretmek çok hoşumuza gitti. Bu süre içinde Precossi bize gururla bakıyor ve sanki «İşte benim babam böyle çalışır!» demek istiyordu.

Demirci'nin işi bitmişti, şekillenmiş demir çubuğu, bana uzattı:

«İşte küçük beyimiz, biz de böyle çalışıyoruz,» dedi.

Daha sonra bir piskopos asasına benzemiş çubuğu, bir yana bıraktı ve başka bir demiri ateşe daldırdı.

Babam da gördüklerini beğenmişti:

«Gerçekten çok güzel, çok da ilginç» dedi. «Demek çalışma hevesine yeniden kavuştunuz?»

Demirci terden ıslanmış alnını, elinin tersiyle kuruladı ve kıpkırmızı kesilerek:

«Evet,» dedi, «artık zevkle çalışıyorum. İrademi yeniden kazanmama kim sebep oldu biliyor musunuz?»

Babam sanki anlamamış gibi davrandı. Demirci eliyle oğlunu gösterdi:

«İşte bu harika çocuk. Bu yürekli çocuk, devamlı çalışıyor ve derslerinde başarılı oluyordu, ama o zaman babası... bir domuz gibi keyfine bakıp tembel tembel dolaşıyordu. Devamlı içtiğinden, oğluna da çok kötü davranıyordu... Ama bu madalyayı görür görmez... Sanki kalbim uyandı... Ah sevgili yavrum, gel de sana biraz daha yakından bakayım.»

Çocuk babasına koştu, Demirci onu kollarına alıp örsün üzerine kaldırdı:

«Haydi yavrum, gel de şu hayvan babanın alnını temizle bakalım.» Precossi, yüzü babasınınki gibi simsiyah oluncaya kadar onu öpücüklere boğdu.

Demirci:

«İşte oldu.» diyerek oğlunu yere bıraktı.

Babam da bu sahneden heyecanlanmıştı:

«Aferin Precossi!» diye haykırdı.

Demirci ve oğluna veda ederek gitmeye hazırlandık.

Henüz kapıdan çıkıyorduk ki, küçük Precossi bana:

«Kusura bakma!» diyerek cebime bir paket çivi soktu...

Ona teşekkür ettim ve pencerelerimizden karnaval alaylarını seyredebilmesi için onu bizim eve davet ettim.

Yolda babam anlattı:

«Sen ona trenini verdin, ama şunu bil ki, o tren altından yapılı ve içleri incilerle dolu olsaydı bile o harika evlat için yeterli bir armağan sayılmazdı. Babasına çalışma gücünü yeniden kazandıran bu iyi evlat için her şey azdır!»

KÜÇÜK PALYAÇO

20, Pazartesi

Bütün kent canlandı. Karnaval bitmek üzere. Meydanlarda kurulan oyuncakçı barakaları ve çadırlar, kentimize çok hareketli bir görüntü verdi.

Tam pencerelerimizin önünde, sirk çadırı bulunuyor. Venedikli bu sirk, her akşam oyunlar sergiliyor. Tam beş tane atları var.

Sirk, alanın tam ortasında ve bir köşede sirkte çalışanların uyudukları üç tane araba var. Minik pencereleri olan tekerlekli küçük evler, hepsinin de devamlı tüten birer ocakları var. Çamaşırları kurutmak için, pencerelerin arasına ipler geriyorlar, kadınlardan biri bir bebeği emziriyor, kumpanyanın yemeklerini pişiriyor ve ip üzerinde dans ediyor. Zavallı insanlar! «Palyaço» sözcüğünü sanki bir küfür gibi kullananlar vardır. Oysa onlar ekmeklerini alınlarının teriyle kazanıyorlar. Başkalarını eğlendirmek pahasına, kendileri harap oluncaya kadar yorgun düşüyorlar. Hem de nasıl yorulmak!.. Bütün gün arabadan arabaya koşuyorlar. Çok soğuk olmasına karşın, sırtlarında pembe bir faniladan başka bir şey yok. Acele bir lokma, bir şey atıştırıyor ve devamlı gösteriler sergiliyorlar.

Bu mutsuz kişiler, hiçbir zaman masaya oturarak rahat rahat yemek yiyemezler. Çok zaman da, çadır seyircilerle dolu olup da, tam oyun başlayacağı sırada birden esen rüzgâr çadır bezlerini dağıtır, lambalarını söndürür ve işte o zaman oyuna veda...

Bu sirkte iki çocuk çalışıyor.

Babam bunlardan küçüğünü tanıyordu. Bu sirk sahibinin oğluydu. Hatta geçen yıl bir akşam, onu at sırtında taklalar atarken görmüştük. O günden bu yana, biraz daha büyümüş. Aşağı yukarı sekiz yaşında olmalı. Yuvarlak yüzlü güzel bir çocuk, yüzü esmer, sivri şapkasının altından bukleli siyah saçları görülür.

O daima bir palyaço gibi giyinir. Siyah işlemelerle süslü mavi bol kollu bir çeşit çuvala benzeyen bir giysi giyer, pabuçları da ketendendir. Sabah, erken saatlerde bir atkıya bürünerek, evine süt taşır, daha sonra ahırdaki atları getirir. Bebeği kucağında gezdirir. Çemberleri, arkalıksız tahta iskemleleri, çitleri ve ipleri taşır. Arabaları yıkar, ateşi yakar ve işini bitirdiğinde annesinin yanından ayrılmaz. Babam devamlı onu pencereden gözlüyor ve hep onu övüyordu. Geçenlerde bir gece sirke gittik. Hava soğuktu ve hemen hemen kimsecikler yoktu. Ama gene de birkaç seyirci için, Küçük Palyaço neler yapmadı. Halkın ilgisini çekmek için, tehlikeli sıçrayışlar yaptı, dörtnala koşan atların kuyruklarına yapıştı, elleri üzerinde yürüdü, ayakları havada, baş aşağı şarkılar okudu ve güzel esmer yüzüyle herkesin sempatisini kazandı.

Küçük Palyaço'nun babası kırmızılar giymiş, beyaz şortu, çizmeleri ve elinde kamçısı, oğluna üzgün üzgün bakıyordu.

Babam bu zavallılara çok acımıştı. Ertesi günü bizi görmeye gelen Ressam Délis'e durumu anlattı.

«Şu zavallılar kendilerini perişan ettikleri halde, o kadar az para kazanıyorlar ki, hele o küçük ne kadar sevimli onlar için ne yapabiliriz?»

Ressamın aklına parlak bir düşünce geldi, babama:

«Sen gazeteci değil misin, *«Gazete»* de bir makale yazıp, onların yeteneklerini anlatırsın, Küçük Palyaço'yu översin, ben de çocuğun resmini yaparım. Hiç değilse bundan sonra belki seyirciler daha kalabalık gelir.»

Babam da onun bu düşüncesini beğenmişti, çok ilginç bir makale yazdı. Pencerelerden gördüklerimizi ve bu şirin kişilerin yaşamlarını eğlenceli bir şekilde anlattı. Bunu okuyanlar Küçük Palyaço'yu görmeye can atacaklardı. Ressam Délis de, çocuğa çok benzeyen bir portresini çizdi. Cumartesi akşamı yazı ve resim gazetede yayınlandı. İşte, pazar akşamının gösterisinde halk sirke koşarak geldi. «Küçük Palyaço'nun yararına bir oyun» ilan etmişlerdi.

Babam bizi sirke götürdü. Sirkin kapısına *«Gazete»*yi iliştirmişlerdi. Sirk tıklım tıklım dolmuştu, iğne atsan yere düşmezdi. Seyircilerden çoğu, ellerinde *«Gazete»*, Küçük Palyaço'yu parmakla gösteriyorlardı. Patron da çok sevinçliydi. Şimdiye kadar hiçbir gazete kendisine böyle bir reklâm yapmamıştı. Kasa paralarla dolup taşmıştı.

Babam yanıma oturdu. Seyirciler arasında tanıdıklarımız da vardı. Garibaldi'nin ordusunda askerlik yapan beden eğitimi öğretmenimiz hemen karşımızda duruyordu. Küçük Duvarcı babasıyla birlikte gelmişti. Beni görür görmez, «bir tavşan burnu» yaptı. Daha uzakta Garoffi, seyircileri sayıyor ve sirkin kazancını parmaklarıyla hesaplıyordu. Gene yakınımızdaki iskemlelerin birinde şu zavallı Robetti var (araba altından bir küçüğü kurtaran kahraman çocuk). Topçu yüzbaşısı olan babası, eli oğlunun omuzunda, yanında oturuyordu.

Oyun başladı. Küçük Palyaço atının üzerinde harikalar yarattı. Her marifeti coşkun alkışlar alıyordu. Sonra başka soytarılar ip ve at cambazları sıra ile hünerlerini gösterdiler.

Ama oyunun yıldızı Küçük Palyaço idi, o olmadığı zaman sanki halkın canı sıkılıyordu.

Bir ara sirkin kapısında beden eğitimi öğretmeninin sirk sahibinin kulağına bir şeyler fısıldadığını gördüm. Adam bakışlarını seyircilere çevirerek birisini arar gibi yaptı. Derken gözlerini bize dikti. Bunu farkeden babam, öğretmenin patrona makaleyi yazanı gösterdiğini anlamakta gecikmedi ve onların minnetlerinden kaçınmak için çekip gitti. Bana:

«Sonuna kadar kal Enrico, seni çıkışta bekliyorum,» dedi.

Küçük Palyaço babasıyla azıcık konuştuktan sonra birkaç oyun daha gösterdi.

Dört nala koşan bir atın üzerinde dört kez kılık değiştirdi. Sırayla rahip, denizci, asker ve cambaz kılıklarına girdi. Önümden her geçtiğinde bana bakıyordu.

Numarası bittiğinde elinde palyaço şapkasıyla seyircilerin önünden geçti. Herkes ona metelikler ve şekerlemeler atıyordu. Ancak çocuk tam önüme geldiği zaman bana şapkasını uzatacağı yerde, hemen geri çekti. Oysa ben avucumda ona, birkaç liret hazırlamıştım. Onun bu davranışı beni çok üzdü, neden sanki bana böyle bir kabalıkta bulunmuştu.

Temsil bitmişti, patron seyircilere teşekkür etti ve çıkışa yürüdü. Ben de dağılan kalabalığa karışmıştım. Tam kapıya yaklaşmıştım ki bir elin elime değdiğini duyarak, başımı çevirdim, Küçük Palyaço tatlı bir gülüşle bana bakıyordu. Elleri şekerlemelerle dolu idi. İşte o zaman anladım.

«Küçük Palyaço'dan bu şekerleri kabul eder misin?» dedi.

Başımı eğerek, birkaç şekerleme aldım.

İşte o zaman:

«Şu öpücüğü de al!» dedi.

Ona yanağımı uzatarak:

«Bana bir öpücük ver!» dedim.

Elinin tersiyle pudralanmış yüzünü sildi ve kolunu boynuma dolayarak yanağıma iki öpücük kondurdu:

«Bunlardan birini de, babana ver» diye ekledi.

KARNAVAL'IN SON GÜNÜ

21, Salı

Bugün maskelerin geçiş töreninde, çok acıklı bir sahne seyrettik. Bereket, iyi sonuçlandı ama çok büyük bir felaketle bitebilirdi.

San Carlo Alanı, baştan başa, sarı, pembe ve beyaz çiçek çelenklerle donanmıştı. Kalabalığın ortasında, her çeşit maskeler geçiyordu. Renkli flamalarla süslenmiş, yaldızlı arabaların kimi tiyatro, kimi gondol, kimi de kulübe görüntüsünde olup, bunlar soytarılar, savaşçılar, aşçılar, denizci-

ler ve çoban kızlarıyla dolmuştu. Öyle bir kargaşalık vardı ki, insan nereye bakacağını bilemiyordu. Trampet, av borazanları ve zillerin gürültüsü, kulakları tırmalıyordu. Arabalardaki maskeli kişiler, bir yandan bardak bardak şarap içerlerken, bir yandan da şarkı söylüyorlardı.

Yaya yürüyenlere laf atıyor, pencerelerden dışarıyı seyredenleri el işaretleriyle selamlıyorlardı. Onlar da arabadan geçenlere çiçek, portakal ve şekerlemeler atıyorlardı. Arabaların üzerinde, uçuşan flamalar, ışıldayan miğferler, dalgalanan tüyler, dev şapkaların altında sallanan koca kafalar veya acayip görünümlü şapkalar görünüyordu.

Sanki bir deliler ordusu toplanmıştı.

Bizim bulunduğumuz araba, San Carlo Alanı'na girdiğinde, bizim hemen önümüzde şahane süslü bir araba bulunuyordu. Altın yaldızlı işlemeli koşumlarla süslü dört yağız atın çektiği bu şahane araba, güllerle yüklüydü. Eski Fransa senyörleri gibi giyinmiş bu gençler, kentin yüksek sosyetesindendi. Başlarındaki beyaz perukları, üç köşeli şapkaları, bellerindeki kılıçları ve omuzlarındaki simli şeritlerle, On sekizinci yüzyıl Fransası'ndan bir aşk şarkısı okuyor, kendilerini alkışlayan kalabalığa şekerler, karamelalar dağıtarak ağır ağır ilerliyorlardı.

Birden solumuzda adamın birinin, dört, beş yaşlarında bir kız çocuğunu havaya kaldırdığını gördük. Çocuk hıçkırıklarla ağlıyor, kaçmak istercesine çırpınıyordu. Adam, Fransız senyörlerinin bulunduğu arabaya yaklaştı. Gençlerden biri, bir şey sormak istercesine ona eğilmişti. Adam:

«Hayırlı bir iş yapmak isterseniz ne olur şu yavrucağı arabanıza alın. Annesini kalabalıkta kaybetmiş, kadın da yakınlarda olmalı, kızını görebilir, birbirlerini bulmaları için, başka yol yok.»

On beşinci Louis devrinin senyörü, çocuğu kucağına aldı. Arkadaşları birden susmuşlardı. Çocuk kaçmak için devamlı debeleniyordu, korkmuştu. Araba yoğun bir sessizlik içinde yoluna devam etti.

Bu arada alanın öbür köşesinde, perişan bir kadın oradan oraya koşuyor, kalabalıkta kendisine yol açmaya çalışarak, içler paralayıcı bir sesle:

«Maria, Maria neredesin Maria?.. Kızımı kaybettim, onu gören var mı?» diye bağırıyordu. On beş dakikadır, böyle telaşla oradan oraya koşuyordu.

Beri yandan senyör, ağlayan çocuğu sakinleştirmek için, ona şekerlemeler uzatarak, saçlarını okşuyordu. Derken, birden kalabalığa seslendi:

«Bu yavrucak anasını kaybetmiş, kadını gören var mı? Anneyi arayın.»

Herkes sağa sola bakındı, ama kimse, anneyi bulamadı. Sonunda Roma Caddesi'ne birkaç adım kala, arabaya bir kadın atıldı.

İnsan kılığından çıkmıştı, saçı başı dağılmış, giysileri lime lime olmuştu. Sevinç çığlığına benzeyen bir çığlık atarak kollarını uzattı. Araba durdu. Senyör:

«İşte kayıp çocuk!» diyerek kızcağızı öptükten sonra, annesine teslim etti. Kadın evladını hırsla bağrına bastı. Ama kızcağızın minik ellerinin biri, senyörün elinin arasında kalmıştı. Soylu genç, parmağındaki elmas yüzüğü çıkartarak, küçük kıza uzattı:

«Al bu senin çeyizin olsun.» dedi.

Anne şaşakalmıştı, kalabalık, bu olayı çılgıncasına alkışladı. Senyör, yeniden maskesini taktı, arkadaşları Fransız şarkısını bıraktıkları yerden sürdürdüler ve araba «yaşa! Bravo!» bağırışları arasında ortadan yok oldu.

KÖR ÇOCUKLAR

24, Perşembe

Öğretmenimiz ağır hastaydı. Onun yerine bize dördüncü sınıfın öğretmenini yolladılar. Öğretmenlerin en yaşlısı sayılan bu öğretmen, bir zamanlar körler okulunda çalışmıştı. Saçları beyazdı. Çok kimse onun peruk taktığını sanırdı. Konuşması da çok değişikti, ama çok iyi konuşur ve çok şey bilirdi. Sınıfa girer girmez; gözü bağlı bir çocuk görerek onun sırasına yaklaştı ve ona nesi olduğunu sordu.

Sonra çocuğa yumuşacık bir sesle:

«Gözlerinize çok dikkat edin yavrum.» dedi.

Derossi, kendisine hemen sordu:

«Kör çocukları okuttuğunuz doğru mu, efendim?»

«Evet birkaç yıl orada öğretmenlik yaptım.»

Derossi, kısık bir sesle:

«Onlarla ilgili bize bilgi verirsiniz, değil mi efendim?»

Öğretmen, yazı masasına oturdu. Coretti yüksek sesle konuştu:

«Körler Enstitüsü, Nice Sokağı'nda bulunuyor.»

Öğretmen ona şu karşılığı verdi:

«Sanki hasta veya yoksul der gibi körlerden söz ediyorsunuz. Oysa bu kör sözcüğünün anlamını biliyor musunuz? Azıcık düşünsenize. Hiçbir şey görmemek! Geceyi gündüzden ayırt etmemek! Ne gökyüzünü, ne güneşi, ne ana babayı, görememek! Bizi çevreleyen sevdiğimiz şeylerin hiçbirini görememek! Bir an için, gözlerinizi kapatın. Bu durumda kalacak olsanız, ne kadar mutsuz olacağınızı düşünün. Eminim ki, korkunç bir üzüntüye düşerdiniz. Herhalde acı acı bağırırdınız. Oysa, ilk olarak Körler Enstitüsü'ne giren biri, teneffüs zamanında keman ve flüt sesleri, yüksek sesle konuşmalar ve kahkahalar duyar. Çocukların koşarak koridorları aşmasını, merdivenlerden ikişer dörder çıkıp inmelerini şaşkınlıkla izler. İçlerinde, körlüklerini büyük bir sabırla kabullenen on altı, on sekiz yaşında gençler bulunur. Ancak buna alışamadan önce çok, pek çok acı çektiklerini onların hüzünlü yüzlerinden anlarsınız. Gene aralarında soluk ve tatlı yüzlüler de vardır ki, onların da bu büyük felakete alışıncaya kadar ne kadar acı çekmiş olduklarını hemen anlarsınız. Arada bir gizli gizli ağladıklarından hiç kuşkum yok. Evet çocuklarım düşünün ki, bu zavallıların çoğu, birkaç gün içinde gözlerini yitirdiler. Kimi yıllarca acı çektikten sonra kör oldu. Kimi de başarısız ameliyatlar sonunda, bu duruma düştüler. Çoğu kör olarak dünyaya geldi. Hiçbir zaman aydınlanmayacak sonsuz bir gece içindeler, sanki karanlık bir mezara girer gibi dünyaya girdiler. Hiçbir şekil, hiçbir renk farketmezler. Görenlerin yaşamlarıyla, kendi karanlık yaşamlarını kıyasladıkları zaman kimbilir ne kadar acı çektiklerini hiç düşündünüz mü? Neden biz böyle dünyaya geldik, bunu haketmek için nasıl bir suç işlemiştik?..»

Öğretmen anlatmasını sürdürdü:

«Ben ki onların arasında uzun yıllar kaldım, gene de tüm gözlerin sonsuza değin kapalı ve gözbebeklerinin cansız olduğu bu insanları düşündükçe hâlâ içim sızlar. Sonra sizleri, pırıl pırıl gözlü öğrencilerimi görünce, hepinizin ne denli mutlu olmanız gerektiğini kendi kendime söylerim. Yalnızca İtalya'da yirmi altı bin körün bulunduğunu biliyor muydunuz? Evet, duydunuz mu, yirmi altı bin!..»

Öğretmen sustu. Sınıfı derin bir sessizlik kaplamıştı. Derken Derossi dokunma duyusunun körlerde çok gelişmiş olduğunun doğru olup olmadığını sordu.

«Evet doğrudur. Görme duyusunu yitirdikleri için diğer duyuları çok daha güçlenmiştir. Sabahleyin yatakhanede bir öğrenci ötekisine: «Bugün güneş var mı?» diye sorar, ötekisi acele giyinip avluya iner ve ellerini havaya kaldırarak güneşin ısısını elleriyle duymaya çalışır. Daha sonra koşa koşa arkadaşına müjdeyi getirir:

«Evet, güneş var.»

Körler birinin sesini duymakla, onun kişiliği hakkında bir düşünce edinebilirler. Biz karşımızdakinin karakterini gözlerinin anlamından okuruz, oysa onlar bunu sesinden anlarlar. Yıllarca, bir sesin titreşimlerini anımsarlar. Bir odada kaç kişinin bulunduğunu da farkederler. İçlerinden biri konuşsa, diğerleri hareketsiz kalır. Gene dokunma duyusu yoluyla kör biri, bir kaşığın temiz olup olmadığını hemen anlar.

Küçük kızlar boyalı bir yünü, boyasız bir yünden ayırırlar. İkişer ikişer sıralı bir sokaktan geçerlerken, koklayarak dükkânları da birbirinden ayırt ederler. Topaç çevirirler ve çıkardığı gürültüye dönerek hiç şaşırmadan onu yerden kaparlar. Gören çocuklar kadar, hatta onlardan daha iyi ip atlarlar. Sanki görüyormuş gibi kırlarda menekşeler toplarlar. Çakıl taşları ile kutuları süslerler, çeşitli renkli hasırları örerek, sepetler yaparlar. Dokunum onların sanki gözlerinin yerine geçer. Bir şeyi elleyerek onun biçimini kavramak, onların en büyük zevklerinden biridir.

Endüstri Müzesi'ne götürüldükleri zaman, onları seyretmeye değer. Büyük bir coşkuyla ev modellerini ellerler. Aletlere dokunarak onların yapımını görürler. Evet görmek, onlar kendilerini böyle anlatır.»

Garoffi öğretmenin sözünü keserek: «Körlerin herkesten iyi hesap yaptıklarının doğru olup olmadığı»nı sordu.

«Doğrudur.» diye yanıtladı öğretmen. «Hesap yapmayı ve okumayı öğrenirler. Kitapları kabartma harflerden yapılmıştır. Parmaklarını bu kabartmalar üzerinde gezdirerek harfleri tanır ve kolaylıkla okurlar. En ufak bir hata yaptıklarında bu küçüklerin nasıl üzüldüklerini görmek insanı çok etkiler. Mürekkep kullanmadan yazarlar. Kalın ve sert bir kâğıt üzerine metal bir kalemle delikler delerek kendi özel alfabelerine göre yazarlar. Bu minik delikler kâğıdın öbür tarafında ortaya çıkar, böylece öğrenci kâğıdı ters çevirir ve parmaklarını üzerinde gezdirerek bir başkasının yazdığını ve kendi yazdığını okur. Körler başkalarının yazılarını da tanırlar. Böylece kompozisyonlar yazıp, aralarında mektuplaşırlar. Rakamlarını da bu şekilde yazıp daha sonra hesaplarlar. Üstelik kafadan, toplama ve çıkarmayı da büyük bir ustalıkla başarırlar. Çevrelerindekileri görerek dikkatleri dağılmadığından hesap yapmakta güçlüdürler. Bilseniz birisi okuduğu zaman, ne büyük bir zevkle dinlerler. En ufak bir sözcüğü bile kaçırmazlar, her şeyi anımsarlar, dört beş kişi, aynı sıra üzerinde oturur, birbirlerine dönmeden aralarında konuşurlar. Kimi zaman, birinci üçüncü ile, ikinci dördüncü ile konuşur. Ama hepsi de, ötekilerin söylediklerini duyar çünkü kulakları çok keskindir.

İnanın bana, sınavlara sizden çok daha fazla önem verirler ve öğretmenlerini de gene sizden fazla severler. Öğretmenlerini yürüyüşünden ve kokusundan tanırlar. Onun neşeli veya üzgün olduğunu hemen sezerler. Ses tonundan onun sağlık durumunu da anlamakta gecikmezler. Öğretmenleri kendilerini kutladığında ona dokunmak isterler ve onunla tokalaşarak minnetlerini açıklarlar.

Kör öğrenciler birbirlerini çok severler. Teneffüslerde hep aynı gruplar oluşur. Kızlarda bu arkadaş grupları genellikle aynı müzik enstrümanlarını çalanlardan oluşur. Kemancılar kemancılarla, flüt çalanlar kendileri gibi flüt çalanlarla ve piyanistler de kendi aralarında buluşurlar. Körler dostluğa çok önem verir ve çok vefalıdırlar. Tüm teselliyi dostlukta bulurlar. Aralarında birbirlerini büyük bir sağduyu ile takdir ederler... İyi ve kötü hakkında, çok derin düşünceleri vardır. Güzel bir davranış bir kahramanlık öyküsü onları çok heyecanlandırır. Kimse bu tür öykülerden onlar kadar etkilenmez.»

Votini, «Körlerin iyi müzisyen olup olmadıkları»nı sordu. Öğretmen gene anlattı:

«Onlar müziği derin bir tutku ile severler. Müzik, onların yaşamı ve mutluluğu sayılır. Enstitüye yazılan bir küçük kör hemen bir enstrüman çalmayı öğrenir.

Öğretmen, körlerden birine 'müziğe eğilimi olmadığını' söylerse, bu onun için büyük bir dert olur ve çocuk bütün gücüyle müzik öğrenimini sürdürür. Ah siz, onların verdikleri bir konserde, bulunsanız, onların nasıl tatlı tatlı gülümseyerek, çaldıklarını görseniz, o zaman onların müziği ne kadar sevdiklerini anlardınız. Müzik dinlerken de aynı heyecanı duyarlar.

Öğretmen, çocuklardan birine: 'Sen bir sanatçı olursun,' dediği zaman, onun mutluluğu tanımlanamaz. Onlar için müzikte birinci olan, kral sayılır: Onu hem sever hem de sayarlar. Eğer arkadaşları arasında bir çatışma çıkarsa hemen müzikte birinci olana koşarak ondan hakemlik yap-

masını isterler. O dargınları barıştırır, ders verdiği küçükler ona saygı besler, gece yatmadan ona iyi geceler dilerler.

Körler, aralarında müzikten çok söz ederler, hatta gece yataklarında çalışmaktan yorgun oldukları anda bile uyumadan önce operalardan, enstrümanlardan ve orkestradan söz açarlar. Okumayı dinleme ve müzikten yoksun kılmak, onlar için en büyük ceza sayılır. Bundan öylesine derin bir acı duyarlar ki, hiçbir öğretmen onları bu şekilde cezalandırmaya kıyamaz. Aslında, bizim gözlerimiz için ışık ne ise, müzik de onların kalbi için öyledir.»

Derossi, «körleri görmek için, onları ziyaretin mümkün olup olmadığı»nı sordu.

Öğretmen, buna pek yanaşmıyordu:

«Elbette gidebilirsiniz, ama beni dinlerseniz daha gitmeyin, çok daha sonra büyüdüğünüzde, erkek olduğunuzda gidersiniz. O zaman onların acılarının derinliğini çok daha iyi anlamış olursunuz.

Ah çocuklarım, çoğu zaman çocukların açık pencere önünde hava almak için oturduklarını görürsünüz. Onlar sanki yemyeşil çayırları ve mavi dağları sizler gibi görürcesine yüzlerini dışarı çevirmişlerdir. Ama onların hiçbir şey görmediklerini ve bu şahane güzellikten en ufak bir pay bile almadıklarını düşünmek insanı kahreder.

Doğuştan kör olanlar, hiçbir şey görmemiş olanlar, o kadar acınacak durumda sayılmazlar gene de; çünkü hiç değilse nelerden yoksun olduklarını tam anlamıyla bilmemektedirler. Ama içlerinde yalnızca birkaç aydan bu yana gözleri kapananlar bulunuyor. İşte bence bunlar, çok daha fazla acınacak durumdalar.

Belleklerinde yavaş yavaş sevdiklerinin yüzlerinin silindiğini farketmeleri, ne kadar iç paralayıcıdır. Bunlardan biri, bir gün bana çok kederli bir sesle: 'Bir an için olsun anneciğimin yüzünü görebilsem!' dedi. 'Ne yazık ki artık onun yüzünü de anımsamıyorum!'

Anneleri hafta sonlarında onları almaya geldiklerinde bu zavallı yavrucaklar sanki daha iyi anımsamak ister gibi, elleriyle annelerinin yüzlerini yoklarlar.

Onları ziyarete gidenlerin çoğu, binadan ağlayarak çıkarlar. İşte o zaman dünyayı, evleri ve gökyüzünü görmenin ne büyük bir mutluluk olduğunu algılayarak, Tanrı'ya şükürler ederler. Evet çocuklarım, bu zavallılara bütün kalbinizle acıyın. Güneşi ve annelerinin yüzünü göremeyen bu zavallıcıklara, Tanrı'dan sabır dilemek için, onlar için dua edin!»

HASTA ÖĞRETMEN

25, Cumartesi

Dün akşam okuldan çıktığımız zaman, çok çalışmaktan hasta düşen öğretmenimizi ziyarete gittim. Günde beş saat dersi var, üstelik bir saat de spor yaptırıyor, bir de geceleri iki saatlik kurs. Ama artık o, çok az uyuyor, acele bir şeyler yiyor ve sabahtan akşama kadar bitkin düşüyor. Annem onun bu yaşamının sağlığına çok zararlı olduğunu söylüyor.

Bay Perboni'yi görmeye gittiğimde, annem beni binanın alt katında bekledi. Merdivende şu herkesi korkutan ama kimseyi cezalandırmayan o kara sakallı Bay Coatti'yi gördüm. Şakalaşmak ister gibi, bana gözlerini açarak baktı ve arslan kükremesini taklit eden sesler çıkardı. Dördüncü kata tırmandığımda hâlâ gülüyordum. Öğretmenimin kapısını çaldığım zaman, hizmetçi kadın beni az aydınlanmış bir odaya soktu. Zavallı öğretmenimiz demir bir karyolada yatıyordu. Beni daha iyi görebilmek için, elini gözlerine siper ettikten sonra sevinçle haykırdı:

«Hele hele, Enrico beni görmeye gelmiş. İyi ettin yavrum, pek berbat bir durumdayım. Görüyorsun ya Enrico? Peki sınıfım ve öğrenciler nasıl? Uslu durduğunuzu ve derslerinizi ihmal etmediğinizi umarım. Demek yaşlı öğretmeniniz olmadan da işler yürüyor?»

Bunun doğru olmadığını söylemek için, ağzımı açmıştım ki, Bay Perboni sözümü kesti:

«Şaka,» dedi, «şaka yaptım, beni sevdiğinizi bilirim.»

Duvara asılı resimlere baktığımı görerek anlattı:

«Bak bütün bunlar, eski öğrencilerimin fotoğrafları. Bana vereli yirmi yıldan fazla oldu. Hepsi de çok mert çocuklardı. Ölürken bile, son davranışım bunlara bakmak olacak. Sen de ilkokulunu bitirdikten sonra, bana resmini ver olmaz mı Enrico?»

Başucundaki gece masasından aldığı bir portakalı bana uzattı:

«Sana, başka verecek bir şeyim yok, bunu bir hasta armağanı olarak al.»

Kendisine üzgün üzgün baktığımı görerek, sözlerine şöyle devam etti:

«Dikkat... İyileşeceğimi sanıyorum, ama bilinmez, eğer ki iyileşmeyecek olursam matematiğe dikkat et. Matematikte zayıfsın. Bir çaba göster yeter. Çünkü çok zaman yetenekten noksan olmayanlar bile, saplandıkları yanlış yargı yüzünden kendilerini başarısız sanırlar. Bu da ihmale yol açar.»

Bay Perboni konuşurken, nefes nefese kalmıştı, acısı olduğu anlaşılıyordu, içini çekerek ekledi:

«Ateşim çok yüksek biliyorum evet Enrico, beni duydun değil mi? Matematiğe boş verme çalış, çok çalış. İlkin belki zor gelir ama, sonra birden her şeyin ne kadar basit olduğunu anlarsın! Evet ileri, ama acele etme ağır ağır hiç yılmadan çalış. Haydi yavrum tarafımdan annene selam söyle. Buraya kadar geldiğin için teşekkür ederim. Bir daha bu merdivenleri çıkma. Okulda buluşuruz. Eğer herhangi bir aksilik olur da buluşamayacak olursak, seni çok seven yaşlı öğretmenini arada bir anımsa...»

Bu sözler gözlerimin yaşarmasına neden oldu.

Öğretmenim elini uzattı ve beni alnımdan öperek:

«Haydi, şimdi git!» dedikten sonra başını duvara çevirdi.

Merdivenleri dörder dörder indim annemi kucaklamaya gereksinimim vardı.

SOKAKTA

25, Cumartesi

(Babamın Mektubu)

Bu akşam öğretmeninden dönerken sokakta seni gözlüyordum. Bir hanıma çarptın sokakta, daha dikkatli ol. Orada da görevler vardır. Evde olduğu gibi davranışlarına, sokakta da dikkat etmen gerekir. Evet Enrico, bunları unutma. Sokakta bir ihtiyara, bir yoksula, çocuğunu taşıyan bir anneye, koltuk değnekleriyle yürüyen bir sakata rastladığında, dur ve saygıyla onlara yol ver.

Yaşlı bir aileye de aynı şekilde davran. İhtiyarlık, yoksulluk, anne sevgisi, sakatlıklar, yorgunluklar ve ölüm karşısında devamlı saygı duymak zorunda olduğumuz şeyler.

Birisi, araba altında kalma tehlikesiyle karşılaştığında eğer bu bir erkek ise, ona bağır, bir çocuk ise onu kurtar. Yalnız bir çocuğun ağladığını gördüğünde ona gözyaşlarının nedenini sor ve onu avut.

Yolun üzerinde, bir ihtiyar bastonunu düşürürse, eğil ve bastonunu ona uzat. Dövüşen iki çocuk gördüğünde, onları ayır. Eğer erkekler dövüşüyorlarsa bu şiddet gösterisini seyretmemek için, oradan uzaklaş. Jandarmaların götürdüğü elleri kelepçeli biri geçtiğinde, sen de kalabalığa karışıp onu seyre dalma. Kimbilir, belki de bu haksız yere suçlanan bir günahsızdır. Bir sedye veya bir cenaze geçerken, arkadaşlarınla gülüp konuşmayı kes. Yarın senin de evinden bir ölü çıkabilir. İkişer ikişer geçen yetimhane çocuklarına saygıyla bak. Körlere, sağırlara, dilsizlere, hastalara, kimsesizlere daima saygı göster. Önünden geçenlerin mutsuz olduklarını düşün. Bir sakat karşısında yüz buruşturma.

Senden yolunu soran bir kişiye, terbiyeli bir şekilde yanıt ver. Kimsenin yüzüne alayla gülme, koşma, kimseyi iteleme, bağırma, sokağa saygı göster. Kimseye zarar vermemesi için yerde yanan bir kibriti hemen söndür.

Kişinin terbiyesi ve görgüsü sokaktaki davranışlarından ölçülür. Sokakta göreceğin kaba davranışları o kentin evlerinde göreceğinden hiç kuşkun olmasın. Günün birinde uzaklara göçmek zorunda kalırsan, anayurdunu çocukluğunda büyüdüğün kenti anımsamak her zaman seni mutlu edecektir.

Sen ilk adımlarını o kentte attın, annenin elini tutarak orada okula başladın. Öğrenmeyi arkadaş edinmeyi orada sürdürdün. Bundan böyle o kentin sokaklarını ve halkını sev ve günün birinde aleyhinde bir söz duyacak olursan bütün gücünle orasını savun.

Baban

MART

AKŞAM KURSLARI

2, Perşembe

Akşam kurslarına girebilmem için, babam beni okulumuzun Baretti gece okuluna götürdü. Geldiğimizde, sınıflar aydınlanmış ve öğrenciler derse başlamışlardı.

Camlardan birini taşla kırdıkları için müdür çok öfkelenmişti. Kapıcı suçlu diye o sırada sokaktan geçen birini yakalamıştı. Oysa yavrucak ağlayarak, suçsuz olduğunu söylüyordu.

Tam o anda okulun karşısında oturan Stardi göründü, küçük çocuğu göstererek:

«Çocuk doğru söylüyor!» dedi. «Taşı atan Franti'ydi. Gözlerimle gördüm. Konuşursam beni döveceğini söyleyerek tehdit etti, ama ben gerçeği söyleyeceğim. Franti'den korkmuyorum!»

O zaman çocuk serbest bırakıldı ve müdür ertesi gün Franti'nin okuldan kovulacağını bildirdi.

Çok sinsi ve kötü olan Franti'yi hiç sevmem, ama gene de bu tehdit içimin burkulmasına yol açtı.

Şimdiye kadar gece kurslarını hiç görmemiştim, aslında onlar çok eğitici ve çok da ilginçti.

Devam edenler arasında on iki on üç yaşında çocuklardan tutun da, sakallı erkeklere kadar iki yüze yakın işçi vardı. Bütün gün ağır işlerde çalıştıktan sonra, geceleri de bilgilerini artırmaya gelen makinistler, marangozlar, elleri alçıdan beyazlaşmış duvarcılar saçları undan görünmeyen fırıncı çırakları...

Bir onbaşının ardından üniformalı topçu erleri de geldi. Bu kocaman öğrencilerin sıralarımıza kurulmaları ve hevesle defter ve kitaplarını açmaları doğrusu görülecek şeydi. İçlerinden çoğu ellerinde defterleri hocaya soru sormak için kürsüye yaklaşmışlardı. «Küçük Avukat» adıyla çağırdığımız o gencecik öğretmenin birkaç kişinin ödevlerini düzelttiğini gördüm. Defterini lekelemiş bir boyacı çırağına lekeleri göstererek gülüyordu.

Bir aralık artık iyileşen Bay Perboni'yi gördüm.

Sınıfların kapıları açılmıştı, dersler başladı.

Bütün bu koskocaman adamların... bu öğrencilerin öğretmeni nasıl derin bir dikkatle dinlediklerini görerek hayran oldum.

İçlerinden çoğu yemek yemek için evlerine dönme zamanını bile bulamamışlardı, bütün gün çalıştıktan sonra, kimbilir ne kadar acıkmışlardı!

Yarım saatlik dersten sonra küçükler başlarını masaya dayayarak, derin bir uykuya dalıyorlardı. Öğretmen kaleminin ucundaki kaz tüyüyle onların alınlarını okşayarak yavaşça uyandırıyordu.

Ama yetişkinler, gözleri öğretmene dikili, dikkatle ders dinliyorlardı. Kocaman sınıfta, çıt çıkmıyordu.

Sıralarımızın, yerlerimizin, bu kocaman erkekler tarafından kullanılması beni çok etkilemişti. Bundan gurur duymuştum. Ah keşke bizler de çalışmakta onlar kadar hevesli olabilseydik.

Benim yazı masamda bıyıklı bir genç bulunuyordu. O bir makinist olacaktı, çünkü sağ elinin baş parmağı sargı beziyle bağlanmıştı. Oysa gene de ötekiler gibi yazmak için çok dikkat ediyordu.

Bizim için ne güzel bir dersti.

En hoşuma giden durum, Küçük Duvarcı'nın yerinde babasının oturması oldu. Bu dev yapılı adam, o daracık yerde dirseklerini yanına yapıştırmıştı, çok rahatsız görünüyordu. Oğlunun yerine oturma iznini müdürden kendisi istemiş.

Kursun sonuna kadar babamla orada kaldım. Bu benim için de bir ders oldu, bir dikkat ve davranış dersi.

Ders bittiğinde dışarıda eşlerini almaya gelen işçi kadınları gördük. Çoğu kucaklarında çocuklarıyla gelmişlerdi. Kapıda biri göründüğünde, çocuk kollarını babasına uzatıyordu. Adam onu kucaklıyor, alnından öpüyordu. Eşi de onun kitaplarını ve defterlerini yükleniyordu. İçlerinden birinin:

«Acele edelim, çorba soğuyacak,» dediğini duydum.

Grup halinde evlerine gidiyorlardı. Sokak bir süre gürültü ile doldu, daha sonra herkes kendi yoluna gitti. Çevreme son bakındığımda, yorgun adımlarla köşeyi dönen müdürümüzün, gölgesini seçtim.

Okula ilk gelen ve en son ayrılan sevgili müdürümüzü!

Dün gördüğüm gece öğrencileri gibi olmak için tüm gücümle çalışacağım.

DÖVÜŞ

5, Pazar

Müdür tarafından kovulan Franti'nin, kendisini ele veren Stardi'den öç alması aslında beklenilen bir olaydı. Stardi'yi sokak başında bekliyordu Franti. Stardi Dora Grossa

Sokağı'ndaki okuldan küçük kız kardeşini almaya gitmişti. Ablam Silvia da okulundan çıkarken olayı görmüştü ve ürkek bir şekilde eve dönmüştü. Olay şöyle olmuş:

Franti şapkasını gözlerinin üzerine indirerek Stardi'yi köşede bekliyormuş. Onu kışkırtmak için kız kardeşinin saç örgüsünden şiddetle çekmiş. Küçük kızın canı öylesine yanmış ki, nerdeyse yere yuvarlanıyormuş. Acı acı bağırmış, bunu duyan ağabeyi hemen dönmüş. Stardi'den çok daha boylu ve yapılı olan Franti, herhalde onu kolayca pataklayacağını sanıyormuş. Ama Stardi, bir an bile duraksamadan tüm gücüyle Franti'nin üzerine atılmış ve onu yumruklamaya başlamış. Dövüşmeye başlamışlar. Sokakta onları ayıracak hiç kimse yokmuş. Yere yuvarlanan Stardi hemen doğrulmuş ve yeniden Franti'nin üzerine abanmış. Franti Stardi'nin kulağının hemen hemen yarısını koparmış. Stardi'nin üstelik burnu da kanıyormuş ama hiç vazgeçmeden Franti'ye karşı koyuyormuş. Bir ara aslan gibi kükremiş:

«Belki beni öldürebilirsin, ama sana bunu pahalıya ödeteceğim!»

Pencereden sahneyi seyreden bir kadın:

«Aferin küçük» diye seslenmiş.

Başkaları şöyle diyorlarmış:

«Küçük kız kardeşini savunmak için dövüşen mert bir çocuk. Haydi yavrum cesaret, vur şu canavara!..»

Kadınlar bir ağızdan Franti'ye küfürler savurmuşlar.

«Zalim! Aşağılık! Alçak!»

Ama artık kendisini kaybeden Franti, bir çelme atarak Stardi'yi yere düşürmüş.

Franti onu yumrukluyor, tekmeliyormuş. Onun altında ezilen Stardi koç gibi tosluyor ve tekmeler atıyormuş.

Birden Stardi, ayağa fırlamış ve Franti'yi belinden kavrayarak onu kaldırımın üzerine fırlatmış, yere yatırarak dizini onun göğsüne dayamış.

«Aman dikkat! Alçak bıçak çekiyor!» diyerek oradan geçen bir adam koşarak bıçağını almak için Franti'nin üzerine atılmış. Franti gerçekten belindeki bıçağı çekmiş ve Stardi'yi yaralamaya hazırlanıyormuş.

Ama Stardi, Franti'nin elini öylesine ısırmış ki, sefil yaratık bıçağını düşürmüş.

Çevrelerini büyük bir kalabalık sarmış. Çocukları yerden kaldırmışlar. Halk tarafından hırpalanan Franti, hemen kirişi kırmak zorunda kalmış.

Savaş alanında Stardi tek başına kalmış. Yüzü gözü kan içinde, gözü morarmış ama gene de zafer kazanmış. Küçük kız kardeşi korkudan yanı başında ağlıyormuş.

Öteki kızlar yere serpilen defter ve kitapların tozlarını alarak yerden toplamışlar.

Herkes Stardi'yi kutluyormuş:

«Kardeşini savunan küçüğe, bravo!»

Oysa Stardi'nin aklı başka yerdeymiş. O zaferinden çok okul çantasını düşünüyormuş. Yırtılmadıklarını denetlemek için defter ve kitaplarını bir bir ellemiş, bir mendille tozlarını silmiş. Hepsini özenle çantasına yerleştirdikten sonra, kalem kutusuna yere dökülen kalemlerini koymuş ve sonra her zamanki ağırbaşlılığıyla kız kardeşine:

«Haydi oyalanma,» demiş. «Çabuk eve dönelim, dört işlemli bir problemim var, onu yapacağım.»

ANNE VE BABALAR

6, Pazartesi

Bu sabah Franti'yle yeni bir karşılaşmayı önlemek için o şişman Bay Stardi oğlunu okula getirdi. Ama biz haberi almıştık, artık bir daha o kötü çocuğu görmeyeceğiz, onun bir cezaevine konulacağını duyduk.

Bu sabah okul kapısında pek çok anne baba bulunuyordu. İçlerinde uzun boylu ve çevik yapılı odun tüccarı da vardı. Yakasında zafer madalyası, ak düşen bıyıklarıyla oldukça yakışıklı sayılırdı Coretti'nin babası. Onları hep gördüğüm için artık içlerinden pek çoğunu yakından tanıyorum. Hava yağmur veya kar olsun hiç aldırmadan torununu okula getirip götüren beyaz başlıklı bir büyük nine var. Yaşlı hanım, çocuğu derin bir şefkatle sever, onun paltosunu giydirir, boyun atkısını bağlar, kravatını düzeltir, saçlarını okşar. Onun torunundan başka kimsesi olmadığı kolayca anlaşılıyor.

Bir çocuğu kurtarma pahasına bacağı kırılan ve koltuk değnekleriyle dolaşan Robetti'nin babası topçu yüzbaşı da oğlunu okuldan almaya gelir. Yanından geçerken arkadaşlarının hemen hemen hepsi bu kahraman çocuğa sevgilerini gösterirler. Bundan gururlanan baba da oğlunun arkadaşlarının selamlarına karşılık verir.

Arada bir üzücü sahneler de görülür. İçlerinden bir hanım, küçük çocuğunu yitirdiği için bir aydan bu yana büyük oğlunu almaya gelmiyordu ve dadıyı yolluyordu. Dün geldi, ama ölen çocuğunun sınıf arkadaşlarını görünce, gözyaşlarını tutamadı. Kendisi de oğlunu yitiren müdür, koluna girerek onu çalışma odasına soktu.

Anne babaların çoğu oğullarının arkadaşlarının adlarını bilir. Bitişik kızlar okulundan genç kızlar, komşu liselerden öğrenciler küçük kardeşlerini almaya gelirler. Gene çok candan bir emekli albay var ki ne zaman bir çocuk kalemini veya kitabını düşürse, hemen yerden alıp ona gülümseyerek uzatır.

Çok zaman çok şık giyimli anneler, atkılı ve başlıklı işçi hanımlarla oğullarının derslerini tartışırlar.

«Ah bugün problem çok zordu, doğrusu!»

«Bu sabah dilbilgisi dersi, bir türlü bitmedi!»

Okulda bir hasta olduğunda herkes bunu bilir, hasta iyileştiğinde hep birlikte sevinirler. Bu sabah Crossi'nin annesinin çevresinde toplanan dört beş işçi kadın onların apartmanında oturan ve ölmek üzere bulunan bir çocuğun durumunu tartışıyorlardı. Sanki okul, tüm sınıf farklarını ortadan kaldırarak herkesi eşitleştiriyor!..

78 NUMARA

8, Çarşamba

Geçen akşam çok acıklı bir sahne gördüm. Manav Kadın ne zaman Derossi'nin yanından geçecek olsa ona şefkat ve minnetle bakar. Doğrusunu söylemek gerekirse, 78 numaralı tutuklu ile, o tahta hokkanın sırrı çözüldüğünden bu yana, Derossi küçük Crossi'ye bir ağabey gibi davranıyor, ona büyük sevgi gösteriyordu.

Kızıl saçlı çocuğun ev ödevlerine yardım ediyor, derste ona soruların yanıtlarını fısıldıyor, yorulmaması için gene yardımcı oluyordu. İyi kalpli Derossi sanki çocuğun bilmediği o büyük acıdan dolayı ona kalemler, defterler armağan eder ve onu mutlu görmek için hiçbir şeyden çekinmezdi.

Ama uzun zamandan bu yana Manav Kadın, sanki bir şeylerden kuşkulanır gibi bakışlarını Derossi'den ayırmıyordu. Derossi varlıklı, yakışıklı, çok da akıllı bir öğrenci, zavallı kadın için o çok üstün biri. Manav Kadın oğlunu o kadar çok sever ki sanki onun için yaşar, bundan ötürü sakat oğluna devamlı yardımcı olan Derossi'ye sanki bir şeyler söylemek istiyor ama buna bir türlü cesaret edemiyordu.

Dün akşam kadın okul kapısında Derossi'yi durdurdu:

«Küçük Bey, oğluma o kadar yardımcı oldunuz ki, ne olur bir zavallı annenin şu değersiz armağanını kabul edin!»

Sepetten yaldızlı bir kutu çıkardı. Derossi kızarmıştı:

«Teşekkürler ama asla kabul edemem, bunu oğlunuza verin!» dedi.

Kadın bayağı bozulmuştu, bir süre sessiz durdu, sonra:

«Size hakaret etmek istememiştim bağışlayın.» dedi. «Bunlar sadece karamela idi.»

Ama Derossi, gene eliyle ret işaretini yapınca, o zaman kadın sepetinden bir demet beyaz turp çıkardı:

«Hiç değilse şunları annenize götürün, çok taze turplar, az önce elimle kopardım.»

Derossi gülümsedi:

«Sağolun hiçbir şey istemem. Crossi için daima elimden geleni yapacağım, ama karşılığında hiçbir şey almam!»

Manav kadın, endişeli bir sesle:

«Sizi kırmadım ya?» diye sordu.

Derossi gülümseyerek:

«Yoo, daha neler...» diyerek uzaklaştı, oysa kadın onun ardından heyecandan titreyen bir sesle:

«Oh ne güzel ve ne kadar iyi bir çocuk!» diye söyleniyordu.

Olay kapandı sanmıştım ama öyle olmadı. Akşam oğlunu almaya baba Crossi geldi. Her zamanki gibi üzgün duruyordu. Derossi'nin önünde durdu, onun bir şeylerden kuşkulandığını sezdim. O kederli bir sesle:

«Demek oğlumu seviyorsunuz, peki ama neden?» diye sordu.

Derossi kıpkırmızı kesildi. Ona şu yanıtı vermeyi isterdi:

«Mutsuz olduğu için onu seviyorum, babası olan sizin de suçlu olmadığınızı çok mutsuz olduğunuzu, hatanızdan büyük pişmanlık ve acı duyduğunuzu bildiğim için Crossi'yi seviyorum. Topluma borcunuzu ödediğiniz ve iyi kalpli biri olduğunuz için oğlunuzu seviyorum!»

Evet bütün bunları söylemek isterdi, ama buna cesaret edemedi.

Kimbilir belki de ta içinde bir çeşit korku uyanmıştı. Bir öfke anında bir başkasının kanını döken bu adamdan ve tam altı yıl cezaevinde kalan bu adamdan korkuyordu.

Ama öteki adam sanki her şeyi anlamıştı, sesini daha da alçattı ve Derossi'nin kulağına eğilerek, titrek bir sesle:

«Oğlumu seviyorsunuz, ama babasından nefret etmiyor, onu hor görmüyorsunuz, değil mi?»

Derossi kalbinden birden kopan bir çığlığı önleyemedi:

«Yoo daha neler, tam tersine!» diye haykırdı.

İşte o zaman adam sanki Derossi'yi kucaklamak ister gibi ileriye atıldı. Ama buna cesaret edemedi, sadece eliyle çocuğun altın renkli saçlarını okşamakla yetindi. Daha sonra elini dudaklarına götürüp öperek, nemli gözlerle Derossi'ye baktı. Böylece sanki bu öpücüğün kendisi için olduğunu söylemek istemişti, daha sonra oğlunun elini tuttu ve aceleyle oradan uzaklaştı.

KÜÇÜK ÖLÜ

13, Pazartesi

Manav Kadın'ın oturduğu binanın avlusunda oturan ve birinci sınıftaki küçük erkek kardeşimin arkadaşı olan öğrenci öldü. Öğretmen Bayan Delcati geçen cumartesi üzgün bir halde gelip, acı haberi bizim Bay Perboni'ye verdi ve hemen Garrone ve Coretti, tabutu taşımak için gönüllü oldular.

Bu zavallı ölü aslında çok iyi bir çocuk idi. Geçen hafta da birincilik ödülünü kazanmıştı. Kardeşimi çok severdi ve ona kırık bir kumbara armağan etmişti. Annem her gördüğünde onun başını okşardı. İki kırmızı şeritle süslü bir şapka giyerdi hep. Babası demiryolunda hamallık yapardı. Dün akşam, pazar günü ikindinin dördünde ona son görevimizi yapmak için evlerine uğradık. Avlu birinci sınıftaki öğrencilerle doluydu, hepsi de anneleriyle gelmişlerdi. Öğretmenleri iyi yürekli Bayan Delcati de eve girmişti. Açık pencereden onun ağladığını gördük. Ölünün annesi de iç paralayıcı hıçkırıklarla ağlıyordu. İki bayan öğrencinin anneleri iki güzel çelenk getirmişlerdi. Saat tam beşte yola koyulduk. Tabut çiçeklerle donanmış siyah bir örtüyle kaplanmıştı.

Örtü üzerine çocuğun birincilik ödülü ve yıl içinde gene çocuğun kazandığı üç takdir belgesini iliştirmişlerdi. Garrone, Coretti ve mahalleden iki çocuk daha tabutu taşıyorlardı. Bayan Delcati hemen peşlerinden geliyor ve sanki kendi oğlunu yitirmiş gibi, ağlıyordu. Daha arkadan, diğer öğrenciler de öğretmenleriyle tabutu izliyordu. En küçük çocuklar bir ellerini annelerine uzatmış öbür ellerinde menekşe demetleri tutuyorlardı.

Küçükler şaşkın şaşkın tabuta baktılar ve sonra annelerine:

«Peki artık o bir daha okula gelemeyecek mi?» diye sordular.

Tabut evden çıktığında acı acı bağırmalar duyuldu, bu zavallı anneydi, onu zorla içeri soktular.

Sokakta bir başka okulun öğrencilerine rastladık, ikişer sıra olmuş pazar gezintisine çıkmışlardı. Tabutu görünce hepsi de şapkalarını çıkartarak küçük ölüyü saygıyla selamladılar.

Zavallı küçük ölü, madalyası göğsünde sonsuz uykusuna yattı. Artık onu kırmızı şeritli şapkasıyla bir daha göremeyeceğiz. Oysa hiçbir şeyi yoktu, dört gün içinde göçüp gitti. Son gününe kadar yatakta doğrulup ödevini yapmak istemişti ve birisi alacak diye korktuğundan madalyasını hep yastığına iliştirmişti. Zavallı yavru, tasalanma artık, onu kimse senden alamaz! Elveda! Seni asla unutmayacağız! Baretta Okulu'nun öğrencileri seni daima anacaklar. Huzur içinde uyu, sevgili küçük!..

ON DÖRT MART ÖNCESİ

Bugün çok güzel bir gün oldu. Bugün 13 mart, ödül dağıtımının bir gün öncesi. Her yıl bu tören Victor-Emmanuel Tiyatrosu'nda yapılır ve yılın en güzel bayramı sayılır. Bu kez ödül dağıtan görevlilere öğrencilerin listelerini sunacak çocuklar gelişigüzel seçilmedi.

Müdür bu sabah sınıfımıza gelerek bize:

«Çocuklar size bir müjdem var,» dedi.

Sonra seslendi:

«Coraci!»

Kalabriyalı çocuk yerinden kalktı.

«Yarın tiyatroda görevlilere liste götürmek isteyenler arasında bulunmak ister misin?»

Kalabriyalı bundan gurur duyacağını söyledi.

Müdür:

«Tamam.» dedi. «İşte demek Kalabriya'yı da temsil edecek bir öğrencimiz olacak. Belediye bu yıl listeyi götürecek çocukların İtalya'nın değişik illerinden olmalarını istedi. Bizim kentimizde yirmi kadar okul ve bunların da beş şubesi bulunuyor, aşağı yukarı yedi bin öğrenci. Bu kalabalık arasında her ilden bir temsilci bulmak pek zor değil.»

Torquato Tasso Okulu'ndan bir Sardunyalı ve bir Sicilyalı bulundu. Buoncompagnia Okulu bir Floransalı çocuk verdi. O, tahta üzerinde oymalar işleyen bir sanatçının oğlu, Venediklileri Lombradiyalıları ve Romalıları bulmak pek zor olmadı. Monvisa Okulu'ndan bir Napolili çıktı ve biz Barretti Okulu bir Cenevizli ve bir Kalabriyalı veriyoruz. Ne güzel değil mi? Böylece İtalya'nın her köşesinden bir kardeş, doğduğu ili temsil edecek. On iki temsilci çocuk sahneye çıkar çıkmaz, onları 'Yaşa!' sesleri ve alkışlarla karşılayın. Gerçi bunların hepsi de çocuk ama birer erkek gibi ülkelerini temsil ediyorlar. Küçük bile olsa, üç renkli bir küçük flama da kocaman bir bayrak gibi İtalya'nın sembolü sayılmaz mı? Hepinizin canı gönülden alkışlamanızı istiyorum. Böylece henüz on yaşlarında çocuklar olmanıza karşın, gene de yüreklerinizin yurt sevgisi ile dolu olduğunu herkes görsün!»

Müdür bu sözlerden sonra çıktı. Bay Perboni gülümseyerek:

«Evet Coraci,» dedi. «Demek sen Kalabriya'yı temsil ediyorsun?»

Hepimiz gülerek küçük arkadaşımızı alkışladık, sokağa çıktığımızda hepimiz Coraci'nin çevresini sardık, onu omuzlarımızda taşıdık ve «Yaşa! Yaşasın Kalabriya'nın temsilcisi!» diye haykırdık. Bu sevincimizdendi. Hiçbirimiz onunla dalga geçmeyi düşünmedik, hepimiz Coraci'yi kutladık.

Aslında o hepimizin sevdiği iyi bir arkadaştır, o da zaferinden memnun, sokak başına kadar taşınmasına razı oldu. Derken kara sakallı bir beyle karşılaştık, bizi böyle görünce gülmeye başladı. Kalabriyalı:

«Çocuklar bu benim babam!» dedi.

O zaman arkadaşlar, küçük Kalabriyalı'yı babasının kucağına bıraktılar ve hepimiz çil yavrusu gibi dağıldık.

ÖDÜL DAĞITIMI

14, Salı

Öğleden sonra saat 2'de büyük tiyatro hıncahınç dolmuştu, koltuklar, balkonlar, localar ve sahne doluydu. Binlerce baş görünüyordu. Çocuklar, anneleri babaları, öğretmenler ve minikler. Başlar sallanıyor, tüyler, kurdeleler, saç bukleleri dalgalanıyor ve herkes birbirini selamlıyordu. Neşeli bir cıvıltı hepimizin içini açtı.

Tiyatro milli renklerimizi simgeleyen çiçeklerle donatılmıştı. Orkestranın hemen ardındaki sahneye iki merdiven kurulmuştu. Ödül alacaklar sağdaki birinci merdivenden çıkacak, soldakinden ise ödüllerini aldıktan sonra ineceklerdi. Sahnenin hemen önünde, kırmızı kadife koltuklar görülüyordu. Yeşil bir seccadeyle örtülü, masa üzerinde ciltlenmiş kitaplar, çocukların hevesini çeken, renk renk kurdelelerle bağlanmıştı.

Orkestra çalmaya hazır bekliyordu. Öğretmenler kendilerine ayrılan balkonun hemen hemen yarısını doldurmuşlardı.

Koltukların yanına konulan sıralarda yüzlerce çocuk, ellerinde notaları şarkı söylemeye hazırlanmışlardı. Ta dipte ve tiyatronun öbür kısmında, öğretmenler koşuşturuyor, ödül adaylarını düzene sokuyorlardı. Öğrencilerin saçlarının ve kravatlarının düzgün olmasını bir kez daha kontrol ediyorlardı.

Ailemle birlikte, henüz balkona yerleşmiştim ki, karşıdaki balkonda o güleç yüzlü ve kırmızı tüylü şapka giyen genç bayan öğretmeni gördüm, onun yanında küçük kardeşimin öğretmeni ve Küçük Rahibe denilen siyahlar giyinmiş bayan öğretmen bulunuyordu. Onların hemen yanında benim birinci sınıf öğretmenim o iyi kalpli bayan vardı. Öyle şiddetle öksürüyordu ki, tiyatronun öbür ucundan bile onu duymak mümkündü. Yüzü de çok solgundu zavallının.

Parterde sevgili Garrone'nin sevimli başını gördüm, hemen yanında Nelli sarışın başını onun omuzuna dayamıştı. Daha ötede karga burunlu Garoffi'yi gördüm. Basılı listeleri toplamaya çalışıyordu, oysa elinde bir deste vardı, herhalde bunları satmayı ve kâr etmeyi düşünüyordu.

Kapının yanında oduncu ve eşi duruyordu, pazarlık giysilerini giymişlerdi. Coretti de onların hemen yanında duruyordu, bugün o da bir ödül madalyası alacak. Coretti küçük bir bey gibi, çok şık giyinmişti. Balkonlardan birinde, dantelden bir yaka takmış Votini'yi görür gibi oldum, ama hemen sonra yok oldu. Ön koltuklarda birinde yüzbaşı Robetti ve oğlu vardı. Küçük Julio koltuk değneklerini yanına koymuştu.

Saat tam ikide, müzik başladı. Aynı zamanda, sağdaki merdivenden sahneye vali, belediye reisi, yargıç, genel müfettiş ile birlikte siyahlar giyinmiş birkaç bey göründü. Hepsi de kırmızı koltuklara oturdular. Müzik artık susmuştu. Müzik öğretmeni elinde değneği ilerledi, çocuk korosu ayağa kalktı, şefin bir hareketiyle hep birden klasik bir şarkıya başladılar. Yedi yüz kadar çocuk vardı ve hep birden söylüyorlardı. Herkes onları dinlemek için dikkat kesilmişti. Onların ağır tempolu klasik şarkısı hepimizi çok etkilemişti. Şarkı bitince, hepimiz alkışladık, daha sonra gene bir sessizlik başladı.

Ödül dağıtımı başlıyordu. Kızıl saçlı ve parlak gözlü ikinci sınıf öğretmeni (benim de öğretmenim olmuştu), adayların adlarını okumak için sahneye çıktı. Ödülleri getirecek on iki çocuğun girişini bekliyorduk. Gazeteler İtalya'nın çeşitli illerinden seçilen bu küçük delegelerden söz etmişti. Herkesin gözü onların geleceği kapıya çevrilmişti. Öğretmenin kendisi ve diğer görevliler de çok etkilenmiş görünüyorlardı.

Derken delegelerin girdiklerini gördük. Sahne ortasına kadar ilerlediler ve sonra gülümseyerek durdular. Aşağı yukarı üç bin kişiden fazla olan seyirciler hep birden ayağa kalkarak, onları coşkuyla alkışladı. Çocuklar hiç de etkilenmiş görünmediler.

Her zamanki gibi siyahlar giyinmiş Coracio'yu gördüm. Yanımızda oturan ve çocukları yakından tanıyan belediyeden biri, onları bir bir anneme gösterdi:

«Şu küçük sarışın Venedik temsilcisi, Romalı çocuk şu boylu ve kıvırcık saçlı olan.»

İçlerinden birkaç tanesi çok şık giyinmişti, diğerleriyse işçi çocuklarıydılar ama onlar da bayramlık giysilerini giymişlerdi. İçlerinde en küçüğü Floransalı olacaktı. Belinde mavi bir kuşak bulunuyordu. Bir bir valinin önünden geçtiler, vali onları alınlarından öptü. Bu arada birisi, onlar geçerken geldikleri ilin adını söylüyordu. «Floransa, Napoli, Polonya, Palermo...»

Her çocuk geçtiğinde, seyirciler çılgınca alkışlıyordu. Derken küçük temsilciler ödüllerin bulunduğu yeşil çuha kaplı masanın önünde durdular ve öğretmen listeyi eline alarak okulların ve sınıfların adlarını okumaya başladı. Ödül adayları sahneye çıktılar ve çok güzel bir yürüyüş başladı.

Sahneye henüz birkaç kişi çıkmıştı ki, kulislerden çok tatlı bir müzik duyuldu. Bu sadece kemanların çaldığı bir ezgiydi. Bu tatlı müzikte sanki anne babaların ve öğretmenlerin çocuklarına öğüt veren sesleri bir fısıltı gibi duyuluyordu.

Bu arada adaylar da bir bir kurul üyelerinin önünden geçtiler. Kurul üyeleri bir yandan onlara ödüllerini verirken, bir yandan da birkaç tatlı sözle kutluyorlardı. Koltuk ve balkonlardan alkışlar duyuluyordu. Ödül alanlar arasında yaşları çok küçükler ve çok yoksul aile çocukları da vardı. Çocuklar bu seçkin kalabalığın önünde nasıl davranacaklarını bilmez gibi şaşırıyorlardı. İçlerinden birinci sınıftan bir minik çocuk, ayağı halıya takılınca sahnenin ortasına yuvarlandı. Vali onu kaldırdı ve seyirciler gülerek alkışladılar. Saçlarında pembe bir kurdele olan küçücük bir kız merdivenden inerken yuvarlandı. Çığlıklar duyuldu, ama çocuk bir yanını acıtmamıştı. Her çeşit çocuk vardı, kırmızı, şişman yanaklı çocuklardan, herkese gülümseyen ışıl ışıl gözlü çocuklara kadar. Sahneden iner inmez babaları bu minik yavruları kucaklayarak dışarı çekiyorlardı.

Sonunda bizim okula sıra geldi. Tanıdığım öğrencilerden birçoğu çok çok alkışlandı. Tepeden tırnağa yepyeni giysili Coretti, bembeyaz dişlerini meydana koyan o parlak gülüşüyle herkesin beğenisini kazandı. Kimbilir, bu sabah gene kaç çeki odun taşımıştı? Vali ona ödülünü verirken omuzundan okşadı ve alnındaki kırmızı çizginin nedenini sordu. Gözlerimi yakınımızda oturan ana babasına çevirdim, onlar güldüklerini göstermemek için, elleriyle ağızlarını kapatmışlardı.

Derossi de gene birincilik ödülünü almak için ilerledi, gene her zamanki gibi altın yaldızlı düğmeli koyu mavi yeni bir giysi giymişti.

Her zamanki gibi rahat, her zamanki gibi yakışıklıydı. Bukleli sarı saçları, beyaz alnında dalgalanıyordu. O kadar yakışıklı ve sevimli görünüyordu ki, elimle ona bir öpücük yollamamak için kendimi zor tuttum.

Kurul üyeleri onunla bir bir konuşup tokalaştılar. Derken vali seslendi:

«Julio Robetti.»

Topçu yüzbaşısının oğlu, koltuk değnekleriyle göründü. Yüzlerce seyirci onun kazasının nedenini biliyorlardı. Bilenler bilmeyenlere fısıldadılar ve tiyatroyu yerinden sarsan müthiş bir alkış koptu. Erkekler yerlerinden kalkıyor, hanımlar mendillerini sallıyorlardı.

Bu gösteriden şaşıran Julio Robetti, sahnenin ortasında kalakaldı.

Vali onu kucakladı ve koltuğunun arkasındaki defne yapraklarından yapılı çelengi alıp, onun koltuk değneklerinden birine geçirdi, daha sonra çocuğu kucağında taşıyarak ön koltuklardan birinde oturan babasına teslim etti. Adam oğlunu kucakladı ve seyircilerin alkışları arasında yerine kadar taşıdı.

O tatlı ve büyüleyici müzik devam ediyor ve çocuklar da ödüllerini almak için bir bir sahneden geçiyorlardı. Consolata Okulu'nun öğrencilerinin tümü esnaf çocuklarıydı, Vaughlia okulundakiler de işçi çocukları. Buoncompaghia Okulu'nda okuyanlar çiftçilerin çocuklarıydı. Sonunda korodaki o yedi yüz çocuk, gene çok etkileyici bir parça okudular.

Vali birkaç sözle, ödül kazananları kutladı ve ondan sonra yargıç toplantıyı şu son sözlerle bitirdi:

«Çocuklarım, sizin için o kadar yorulan, zekâ ve kalplerinin tüm gücüyle, sizi okutan, sizin için yaşayan ve gene sizler için ölen öğretmenlerinize minnetinizi belirtmeden buradan ayrılmayın!»

Ve yargıç bu sözlerden sonra eliyle tiyatrodaki öğretmenleri bir bir gösterdi.

Çocuklar kendi duygularını dile getiren bu dokunaklı çağrı üzerine hep birden yerlerinden fırladılar ve kollarını öğretmenlerine uzatarak minnetlerini açıklamak istediler. Öğretmenler de ayağa kalkmışlardı, kimi şapkasını kimi mendilini sallayarak öğrencilerinin bu sevgi gösterisine karşılık verdiler. Öğretmenler kendilerine gösterilen bu yakınlıktan çok duygulanmışlardı. Birçoğu gözlerinden süzülen sevinç yaşlarını silmek için, mendillerini yüzlerine götürdüler.

Orkestra bu kez daha neşeli bir parçaya başladı ve seyirciler son kez, on iki bölgeden gelen o on iki delegeyi selamladı. Çocuklar da el ele sahnenin ta önüne kadar ilerlediler ve kendilerine serpilen çiçeklerin altında eğilerek halkı selamladılar.

KAVGA

20, Pazartesi

Çok iyi biliyorum ki bu sabah Coretti ile kavga etmemin nedeni ben almadığım halde, onun ödül alması değildi. Çekişmemizin nedeni kıskançlık değildi kesinlikle ama gene de haksızlık ettiğimi itiraf ederim.

Öğretmen onu benim yanıma oturtmuştu. Oysa ben *«Romalı Kanı»* adını taşıyan öyküyü hasta olan Küçük Duvarcı için temize çekiyordum. Coretti dirseğiyle bana çarptı ve sayfanın mürekkeple lekelenmesine yol açtı. Çok öfkelendim ve ona kötü bir söz söyledim. Coretti gülerek:

«Ama ben isteyerek yapmadım ki» dedi.

Onu iyi tanırım, ona inanmam gerekirdi, ama o gülüşü sinirime dokundu ve ödül kazandığı için kibirlendiğini düşündüm.

Bu kez ondan öç almak için, onu öylesine şiddetle ittim ki önümdeki sayfa mürekkepten görünmez oldu. O zaman öfkeden kıpkırmızı kesildi ve bana:

«Evet ama işte şimdi sen bunu bilerek yaptın!» dedi ve bana vurmak için el kaldırdı. Tam o anda öğretmenin bizim tarafa baktığını görerek:

«Okul çıkışında seni bekliyorum!» dedi.

Canım sıkılmıştı, ama öfkem de geçmişti, yaptığımdan pişmanlık duyuyordum. Coretti isteyerek, bilerek beni itmezdi, çünkü o çok iyi bir çocuktu. Birden onun dükkânına gittiğim günü anımsadım. Onun saatlerce odun taşımasını, bir yandan dersine çalışırken, bir yandan hasta annesine şefkatle baktığını düşündüm. Sonra onu bize çağırdığım günü de anımsadım, o gün ne güzel eğlenmiştik, babam da onu çok sevimli bulmuştu.

Az önceki densizliğimden ne kadar üzülüyordum. Ah keşke o kaba sözü söylemeseydim!.. Hele öç almak için ona dirsek vurmam! Kendi kendimi bağışlayamıyordum.

Babamın böyle bir durumda bana vereceği öğüdü düşündüm. Hiç kuşkusuz o bana: «Haksızsın Enrico, ondan özür dile!» derdi.

Oysa ben özür dilemeye cesaret edemiyordum. Daha doğrusu ondan af dileyerek aşağılanmak istemiyordum. Yan gözle Coretti'ye bakıyor, gömleğinin sol omuzundaki söküğün odun taşımaktan meydana geldiğini bildiğim halde ve kendi kendimi güçlendirmek istememe karşın gene de o «Özür dilerim!» sözcüğü bir yumru gibi boğazıma tıkanıyor bir türlü söyleyemiyordum.

O da arada bir yan yan bana bakıyordu, öfkeli görünmüyor, üzgün duruyordu. Ama ben korkmadığımı açıklamak ister gibi ona dik dik baktım.

Coretti, tekrarladı:

«Dışarıda görüşürüz!»

Sonra birdenbire, babamın sözlerini anımsadım, o bana her zaman şöyle derdi:

«Enrico, suç sende olduğunda, kendini savun, ama sakın karşındakine vurma!»

Ben de aynı öyle yapmayı tasarladım, ben de kendimi savunacak, ama Coretti'ye el kaldırmayacaktım.

Üzgün ve sinirliydim, dersi dinlemiyordum bile. Paydos zilinin çalmasını sabırsızlıkla bekliyordum. Sonunda çıkış zamanı geldi.

Okul dağılmıştı sokakta yalnız kaldığımda Coretti'nin de peşimden geldiğini gördüm. Durdum ve bekledim. Elimde cetvelimi tutuyordum. O ilerledi ben cetvelimi kaldırdım.

Coretti o her zamanki içten gülümseyişiyle:

«Yoo hayır Enrico,» dedi, «dövüşten vazgeçip her zamanki gibi iyi arkadaş olalım. Tıpkı eskisi gibi.» ve eliyle cetvelimi itti.

Birden şaşakalmıştım, sanki birisi tarafından itilmiş gibi Coretti'nin kollarına atıldım. O da beni kucaklarken:

«Bir daha hiç kavga etmeyelim, olur mu?» diyordu gülerek.

«Asla, asla, seni çok severim Coretti.»

İkimiz de memnun kalmıştık, ayrıldık. Ancak eve döndüğümde durumu babama anlattığımda o, sandığım gibi sevinmedi. Tam tersine beni kınadı diyebilirim, sert bir sesle:

«Yanlış davrandın Enrico!» diye çıkıştı. «Suçlu olduğuna göre, ona ilk el uzatan sen olmalıydın.»

Sonra beni etkileyen şu sözleri ekledi:

«Senden kat kat üstün, üstelik yurdu uğruna savaşan bir askerin oğluna cetvel kaldırmak sana yakışmaz!»

Ve babam elinde tuttuğum cetveli alarak ikiye böldü.

KIZ KARDEŞİM

24, Cuma

Enrico, arkadaşına karşı davranışını doğru bulmayan babam seni azarladığı halde neden aynı şeyi bana da yaptın? Bunun beni ne kadar üzdüğünü bilemezsin. Sen bebekken, arkadaşlarımla oynamayıp, beşiğinin yanından ayrılmadığımı, hastalandığın zaman da her gece yatağımdan inip ateşli olup olmadığını kontrol ettiğimi bilmiyor musun? Kız kardeşini inciten sen, başımıza korkunç bir felaket gelse, sana annelik edeceğimi ve seni oğlum gibi seveceğimi de bilmiyor musun? Bir gün annemizle babamız öbür dünyaya göçtüklerinde çocukluğumuzdan, ölülerimizden söz edebileceğin tek yakın dostunun ben olacağımı bilmiyor musun? Eğer bir gün gerekirse senin beslenmeni, öğrenimini sürdürmeni sağlamak için ben çalışacağım. Büyüdüğün zaman da seni seveceğim, uzaklara gittiğin zaman da seni düşüncemle izleyeceğim. Her zaman, her zaman seni sevip düşüneceğim, çünkü ikimiz birlikte büyüdük, aynı kanı taşıyoruz! Ah Enrico, inan, büyüdüğünde, başına bir felaket gelirse, yalnız başına kalırsan, beni arayacaksın ve: «Silvia, kardeşim, izin ver yanında kalayım, mutlu olduğumuz günlerden konuşalım, anımsıyor musun? Annemizden, evimizden, şimdi çok uzaklarda kalan o günlerden söz edelim» demek için bana geleceksin. Enrico, kız kardeşin her zaman seni kollarını açıp karşılayacak. Evet, sevgili Enrico, şimdi seni böyle azarladığım için beni bağışla. Senin yaptığın hiçbir kötülüğü, haksızlığı anımsamayacağım, bana başka kederler de versen, ne önemi var? Sen her zaman benim sevgili kardeşim olarak kalacaksın. Yalnız, seni bebekken kollarımda taşıdığım, annem ve babamla birlikte seni sevdiğim, büyüdüğünü gördüğüm, uzun zaman can yoldaşın olduğum yılları anımsayacağım. Ama, şu deftere tatlı birkaç söz yaz, gece uyumadan önce okumak istiyorum onları. Bu arada, sana kırgın olmadığımı da göstermek için, seni çok yorgun gördüğümden senin yerine aylık hikâyeyi *Romalı Kanı*'nı ben temize çektim, hani senin hasta küçük duvarcı ustası için yazman gereken o hikâyeyi. Yazı masanın sol çekmesine koydum: Bütün gece sen uyurken ben de onu yazdım. Lütfen Enrico, bana güzel bir şeyler yaz.

KIZ KARDEŞİN SİLVİA

Senin ellerini bile öpmeye layık değilim.

ENRICO

ROMALI KANI

(Aylık Öykü)

Ferrucciolar'ın evi, o akşam her zamankinden daha da, sessizdi. Bir tuhafiye dükkânı işleten babası, alışveriş için Forli'ye gitmiş yanında eşini ve küçük kızları Luiginia'yı götürmüştü. Luiginia'yı ameliyat için göz doktoruna götüreceklerdi. Ancak ertesi sabah döneceklerdi.

Saat neredeyse gece yarısını çalacaktı. Akşam yemeğini hazırladıktan sonra, gündelikçi kadın gitmişti. Evde kötürüm babaanne ile, on üç yaşındaki torunu Ferruccio vardı.

Tek katlı ev, Forli kentine bağlı bir köye birkaç yüz metre uzaklıktaydı. Yakınlarda iki ay önceki yangında yanan eski bir lokantanın harabelerinden başka yapı yoktu.

Evin hemen ardında bir sebze bahçesi, tahta bir kapıyla kırlara açılıyordu. Eve bitişik dükkân kapısı da, ana yola açılırdı. Çevrelerinde kırlar ve dutluklar göz alabildiğine uzar giderdi.

Saat gece yarısını çalacaktı, bir yandan yağmur, beri yandan şiddetle esen rüzgâr, insanı ürpertiyordu. Henüz yatak odalarına geçmeyen ihtiyar babaanne ve Ferruccio, yemek odasında oturuyordu. Kullanılmayan eşyalarla dolu bir sandık odası, yemek odasını sebze bahçesinden ayırıyordu.

Ferruccio eve çok geç dönmüştü. Saat on bire kadar zavallı ninesi onu heyecanla beklemişti. Zavallı kadın, günün ve gecenin birçok saatini hep aynı koltukta geçirirdi.

Yağmur aynı şiddetle yağıyor, rüzgâr camları titretiyordu. Gece karanlık ve ürkütücü idi. Ferruccio üstü başı çamur içinde, ceketi yırtılmış ve yüzü gözü kan içinde eve dönmüştü. Herhalde, gene arkadaşlarıyla dövüşmüş olacaktı. İlkin şakayla başlayan bu dövüşler, çok zaman yaralanmakla sona ererdi.

Üstelik Ferruccio, bütün bozuk parasını da yitirmişti. Arkadaşlarıyla zar atarak kumar oynamışlar ve o kaybetmişti. Başlığını da bir hendekte unutmuştu.

Oda kısık bir lambayla aydınlanıyordu, ama zavallı yaşlı nine torununun durumunu bir bakışta farketmişti ve onun yarı itiraflarından gerçeği tüm açıklığıyla anlamıştı. Ferruccio'yu bütün kalbiyle sevdiği için ihtiyar kadın ağlamaya başladı. Uzun bir sessizlikten sonra:

«Yoo hayır yavrum,» dedi «sen zavallı nineni hiç sevmiyorsun, aksi halde böyle yapmazdın. Üstelik annenle babanın yokluğundan yararlanarak beni saatlerce bekletmezdin. Demek bana, hiç sevgin yok. Dikkat et Ferruccio, senin davranışlarını hiç beğenmiyorum. Kötü bir yolun başındasın yavrum. Senin gibi başlayan çok genç gördüm, hepsi de kendilerini cezaevinde buldular. Evden kaçmak, arkadaşlarla dövüşmek, kumarda para yitirmekle başlanır, daha sonra taş yerine bıçak kullanırlar. Kumardan daha başka kötülükler ve sonra hırsızlık...»

Ferruccio dolaba dayanmış, başı önünde, öfkeden kaşları çatık ninesini dinliyordu. Az önceki kavganın öfkesini hâlâ üzerinden atamamıştı.

Kıvırcık saçları, geniş alnına düşüyor, iri mavi gözleri şimşekler gibi ışıldıyordu.

Nine bir yandan ağlıyor bir yandan konuşmasını sürdürüyordu:

«Evet yavrum, kumarın sonu hırsızlık, hırsızlıktan sonra da cinayet! Ferruccio köyün kabadayısı Victor Mozzoni'yi anımsa. Daha henüz yirmi dört yaşında, iki kez cezaevine girdi. Zavallı annesini tanırdım, kadıncağız kahrından öldü. Babası utancından köyden ayrıldı. İsviçre'ye kaçtı. Babanın selam bile vermediği bu serseriyi düşün, gününbirinde, onu asarlarsa hiç şaşmam. Oysa ben şu Mozzoni'nin çocukluğunu bilirim, o da senin gibi başladı. Kimbilir, belki sen de anne ve babanın felaketlerine neden olursun!»

Ferruccio hiç karşılık vermeden dinliyordu. Aslında o kötü bir çocuk değildi, kaçamaklarının nedeni, çok canlı, hareketli olmasıydı. Tek erkek çocuk olduğundan, babası onu çok şımartmıştı, çünkü o oğlunun yaradılışına güveniyor, sırasında onun çok yüce davranışlarda bulunacağına inanıyordu.

Evet Ferruccio iyi yürekli bir çocuktu ama inatçı sayılırdı. Yaptıklarından pişman olmasına karşın, bir türlü ninesinden özür dilemiyordu. Çok gururlu olduğundan, yüreğindeki gururla şefkat çatışırdı çok zaman.

Torunun hâlâ suskun durduğunu gören ihtiyar nine, devam etti:

«Ah yavrum hâlâ pişmanlığını belirtecek bir söz söylemedin. Oysa ne kadar acı çektiğimi görüyorsun, iki ayağım çukurda, ölümüme çok az bir zaman kaldı. Aslında, seni o kadar çok seven nineni üzmemelisin. O nine ki sen bebekken seni kollarında uyutur ve güldürmek için ne kadar yorulurdu. Ben sürekli 'Bu çocuk benim yaşlılık günlerimi aydınlatacak bir ışık olacak!' diye düşünürdüm, oysa sen beni kederden öldürüyorsun. Senin uslu ve iyi olduğunu görmek için şu dünyada kalan birkaç günümü de seve seve feda ederdim. Eski günleri unuttun mu Ferruccio? Küçüklüğünde seni gezmeye götürdüğümde, sen ceplerimi çakıl taşları ve otlarla doldururdun. Ben de seni uyutur ve kucağımda eve taşırdım. O zamanlar, nineni çok severdin. Oysa şimdi artık felçliyim, oturduğum yerden yardımsız kalkamıyorum, şimdi senin sevgine daha fazla gereksinmem var. Düşün ki, ben bir yarı ölü sayılırım.»

Ferruccio çok duygulanmıştı, tam ninesinin kollarına atılacaktı ki birden bitişik odadan bir çıtırtı duydu. Ama bu belki rüzgârın sarstığı pancurların gıcırtısı olabilirdi.

Kulak kabarttı.

Yağmur giderek şiddetlenmişti.

Gürültü yeniden başladı. Bu kez nine de duydu.

Korkmuştu, sordu:

«Bir gürültü mü var?»

Çocuk:

«Yağmur!» dedi.

İhtiyar nine, gözlerini boynundaki örtüyle silerek:

«Ferruccio,» dedi. «İyi çocuk olacağına ve ihtiyar nineni üzmeyeceğine söz ver.»

Yeniden o aynı çıtırtı duyuldu.

Kadın sararmıştı:

«Evet ama bu yağmur değil ki!» diyecek oldu. «Git bak.» Sonra hemen pişman olarak, çocuğu kolundan yakaladı:

«Yoo yanımda kal Ferruccio!»

Her ikisi de soluk almaktan çekinerek yeniden dinlediler. Suyun sesinden başka şey duyulmadı. Sonra birden ürperdiler, çünkü bitişik odadan ayak sesleri gelmişti. Ferruccio nefesini tutarak:

«Kim o?» diye seslendi.

Kimse yanıtlamadı.

Korkudan titreyen çocuk tekrarladı:

«Orada kim var?»

Ancak bu sözleri henüz söylemişti ki, nine ve torun dehşetle haykırdılar. İçeriye iki yabancı dalmıştı.

Biri çocuğu yakalayarak eliyle ağzını kapattı, diğeri ihtiyarın boğazına sarıldı.

Birinci adam Ferruccio'ya:

«Ölmek istemiyorsan ses etme» dedi. Sonra bıçağını havaya kaldırdı. Adamların yüzlerinde siyah maske vardı. Bir süre odadakilerin soluklarından başka çıt çıkmadı. Dışarıda yağmur aynı hızla yağıyordu.

Ninenin gözleri yuvalarından uğramış, nefes nefese kalmıştı. Çocuğu tutan adam onun kulağına eğildi:

«Baban parasını nerede saklar?» diye sordu.

Çocuğun korkudan dişleri birbirine çarpıyordu, titrek bir sesle:

«Şu dolapta saklar,» dedi.

Adam onu sürükledi:

«Benimle gel!»

Ferruccio'yu odada sürükledi. Yerde bir fener duruyordu.

«Dolap nerede?» diye sordu adam.

Çocuk eliyle gösterdi.

O zaman haydut işi sağlama almak için, çocuğu yere attı ve onu bacakları arasında sıkıca tutarak, bıçağını dişlerinin arasına koydu ve cebinden çıkardığı bir kıskacı kilide soktu. Kilidi kırdıktan sonra, dolaptaki paralarla ceplerini doldurdu. Sonra çocuğu yine boğazından sıkarak, bitişik odaya sürükledi. Öbür haydut, bitik bir haldeki ihtiyar kadının üzerine eğilmiş, bekliyordu. Yavaş sesle:

«Buldun mu?» diye sordu. Arkadaşı:

«Evet buldum, sen kapıyı kolla!» emrini verdi.

İhtiyarın bekçiliğini yapan adam, dışarıda kimsenin olup olmadığını kontrol için bahçe kapısına koştu.

Tam o anda caddeden uzaklaşan ayak sesleri ve bir kabare şarkısının ezgileri duyuldu. Haydut, seslerin iyice uzaklaşmasını bekledi ve sonra tıslar gibi, «Gel,» dedi.

Ferruccio'yu tutan haydut, onları bıçağıyla tehdit ederek:

«Sakın ses etmeyin, yoksa döner sizi gebertirim.» tehdidini savurdu.

Hırsız aceleyle başını kapıya çarpınca yüzündeki maske düştü. Nine onu tanımıştı: «Mozzoni!» diye bağırdı.

Tanındığını anlayan hırsız köpürdü:

«Öleceksin acuze!» diye kükreyerek o anda bayılan kadına bıçağı ile saldırdı ve olanca gücüyle vurdu ama tam o anda acı acı haykıran Ferruccio ninesinin üzerine atılmıştı.

Haydut masayı devirdi ve lambayı söndürdükten sonra kaçtı. Çocuk diz üstü geldi, kollarını yaşlı ninesinin beline doladı, başını onun dizlerine dayadı.

Birkaç dakika böylece geçti. Çevrelerini zifiri bir karanlık kaplamıştı. Ta uzaktan içkili köylülerin şarkılarının son sözleri duyuluyordu. Yaşlı kadın, kendine gelmişti, nefes gibi bir sesle:

«Ferruccio,» diye sordu. «Gittiler mi?»

Çocuk:

«Evet nineciğim,» yanıtını verdi.

Kadın boğuk bir sesle:

«Beni öldürmediler,» diyebildi.

«Hayır kurtuldun, sevgili nineciğim. Paraları aldılar, ama babam paranın büyük kısmını yanında götürmüştü.»

İhtiyar kadın, derin bir soluk aldı.

Ferruccio dizleri üzerinde, ninesine daha sıkı sarıldı:

«Nineciğim,» diye sordu, «beni seversin değil mi?»

İhtiyar kadın, onun başını titrek ellerinin arasına aldı:

«Zavallı yavrum sen de çok korktun, haydi şu lambayı yak. Ben hâlâ korkuyorum. Şu karanlıkta kalmayalım!»

«Nineciğim, ben seni her zaman üzdüm.»

«Hayır böyle konuşma Ferruccio, sen benim sevgili torunumsun, ben her şeyi unuttum. Seni öylesine çok seviyorum ki.»

Çocuk giderek zayıflayan bir sesle, zorla konuşur gibi devam etti:

«Gerçi sizi çok üzdüm nineciğim, ama her zaman çok sevdim. Ne olur, beni affedin, beni bağışlayın nineciğim...»

«Elbette çocuğum seni çoktan bağışladım bile. Bundan asla kuşkulanma. Sen çok iyi ve yürekli bir çocuksun haydi kalk, şu lambayı yak. Bu karanlık beni ürkütüyor.»

Çocuk daha da zayıf bir sesle:

«Teşekkür ederim nineciğim,» dedi. «...Artık memnunum... Siz de beni hiç unutmayacaksınız değil mi... Ferruccio'yu hep anımsayacaksınız, değil mi?»

İhtiyar kadın birden kuşkulanmıştı, heyecanla ellerini çocuğun omuzlarında ve başında dolaştırdı.

«Ferruccio sevgili yavrum!» diye seslendi.

Çocuk artık soluk gibi bir sesle konuşmasını sürdürdü:

«Beni hiç unutmayın nineciğim. Annemi, babamı ve kız kardeşim Luigia'yı da benim yerime kucaklayın, olur mu?»

Nine, dizlerine düşen başı elleriyle okşayarak, acı acı haykırmaya başladı:

«Ferruccio, benim canım evladım, nen var senin?» Sonra birden sıcak bir sıvıyla ellerinin ıslandığını hissedince, üzüntü dolu bir sesle:

«Aman Tanrım, Ferruccio, Ferruccio sevgili yavrum! İmdat! İmdat!» diye acı acı bağırmaya başladı.

Ama artık Ferruccio yanıt vermiyordu. Küçük kahraman sırtına yediği bıçak darbesi nedeniyle az önce son nefesini vermiş ve ninesini kurtardığı için mutlu ölmüştü.

KÜÇÜK DUVARCI AĞIR HASTA

18, Salı

Küçük Duvarcı çok hasta. Öğretmen ona evine gitme iznini verdi. Garrone, Derossi ve ben de onu ziyarete gitmeye karar verdik. Şu kibirli Nobis'e de bizimle gelmesini söyledik, tepkisini merak etmiştik, ama o kuru sesiyle reddetti. Votini de gelemeyeceği için özür diledi, herhalde şık giysisini kireç tozuyla lekelemek istememişti.

Öğleden sonra saat dörtte Duvarcı'nın evine gittik. Şiddetli bir yağmur yağıyordu. Eve yaklaştığımızda Garrone durdu ve bize sordu:

«Ona ne götürelim?»

Cebindeki metal paraları çınlattı. Üçümüz de paralarımızı birleştirerek hastaya üç kocaman portakal satın aldık. Küçük Duvarcı'nın yaşadığı çatı katına ağır ağır tırmandık.

Kapının önünde ince düşünceli Derossi madalyasını çıkartıp cebine koydu. Nedenini kendisine sorduğum zaman:

«Bilemeyeceğim» diye yanıtladı. «İçimden öyle geldi. Ne de olsa bu bir hasta ziyareti. Övünmüş gibi olmak istemedim.»

Kapıyı bize Antonio'nun babası açtı. Dev yapılı adam, birkaç gün içinde sanki çökmüştü. Perişandı, donuk gözlerinden kederinin derinliği okunuyordu. Bize kim olduğumuzu sordu.

Garrone, adımıza yanıtladı:

«Bizler Antonio'nun sınıf arkadaşlarıyız, ona portakal getirdik.»

Duvarcı kederle başını salladı:

«Ah benim zavallı Tonio'cuğum, korkarım portakallarınızdan yiyemeyecek, kendini bilmeden öylece yatıyor.»

Gömleğiyle gözlerini sildi:

Bizi önünden geçirdi. Küçük Duvarcı'nın bulunduğu çatı katı odasına girdik. Çocuk demir bir karyolada yatıyordu. Annesi yatağın başucuna diz çökmüştü, bize bakmak için başını kaldırdı.

Duvarlarda fırçalar, bir kürek ve bir de kireç eleği asılıydı. Hastanın ayakları üzerine, babasının kireçten beyazlaşmış ceketini sermişlerdi.

Zavallı çocuk, sapsarı bir yüzle, sırt üstü yatıyordu. Zor nefes alıyordu. Tatlı Tonio, sevimli, neşeli, küçük arkadaşım, onun yeniden iyileşmesi için ve burnunu gene bir tavşan gibi oynatması için neler feda etmezdim!

Zavallı Tonio...

Garrone portakallardan birini, çocuğun yastığının üstüne onun burnunun yanına koydu. Kokudan gözlerini açan hasta, portakalı tutmak istedi ama elinden düşürdü. Gözlerini Garrone'nin yüzüne dikti ve uzun uzun baktı.

Garrone sordu:

«Benim Tonio, ben Garrone, beni tanıdın mı Antonio?»

Hastanın soluk dudaklarında solgun bir gülümseyiş çiçeklendi, elini güçlükle Garrone'ye uzattı. Garrone onun ateşli minik elini kendi koca elleri arasına aldı ve:

«Cesaret, Antonio cesaret! İyileşeceksin. Okula döndüğünde benim yanıma oturman için Bay Perboni'den izin isteyeceğim, sevindin mi?»

Küçük Duvarcı konuşmadı.

Annesi başucunda hıçkırıyordu:

«Vah benim sevgili küçük Tonio'cuğum. O ne kadar iyi, ne kadar sevimli bir çocuktu. Yoksa ölecek mi?»

Duvarcı üzüntü dolu bir sesle, eşine çıkıştı:

«Sus kadın, sus. Yoksa sen kederden çıldırdın mı?»

Daha sonra perişan yüzlü o koca adam, bize döndü:

«Sağolun yavrularım, artık evlerinize dönün burası keder ve acı dolu bir yer!» dedi.

Çocuk, gözleri kapalı, ölü gibi yatıyordu.

Garrone sordu:

«Sizin için bir şey yapabilir miyiz?»

Duvarcı baba:

«Hayır sevgili yavrum,» dedi.

Ama henüz merdivenin yarısını inmiştik ki, birden çağrıldığımızı duyduk.

«Garrone, Garrone...»

Üçümüz birden yukarı koştuk.

Duvarcının yüzü gülüyordu:

«Garrone, Tonio seni çağırdı, oysa tam üç gündür hiç konuşmamıştı. İki kere senin adını söyledi. Aman Tanrım, inşallah bu iyi bir belirtidir!»

Garrone bize döndü:

«Haydi siz gidin, ben kalıyorum.» dedi.

Derossi'nin gözlerinden yaşlar süzüldü.

«Tonio için ağlama.» dedim. «O artık tehlikeyi atlattı, konuştu, artık iyileşir.»

Derossi titrek bir sesle:

«Biliyorum. Ben Garrone için ağlıyorum, o ne iyi kalpli, ne üstün bir çocuk. Onun davranışından ötürü duygulandım.»

KONT CAVOUR

29, Çarşamba

Kont Cavour anıtının betimlemesini yapman gerekiyor. Yapabilirsin bunu. Ama, Kont Cavour'un kim olduğunu anlayamazsın henüz. Şimdilik yalnız şunu bil yeter: Kont Cavour uzun yıllar Piemonte'nin başbakanlığını yaptı. Piemonte ordusunu Kırım'a yolladı. Cernaia zaferiyle de Novara bozgunundan beri düşmekte olan askeri gücümüzü toparladı. Yüz elli bin Fransızı Alp'lerden indirdi, Avusturyalıları Lombardiya'dan o çıkardı. Devrimimizin en güçlü yıllarında İtalya'yı yönetti. Vatanın bir bütün haline getirilmesi için en büyük desteği o verdi. Bütün bunları parlak zekâsı, insanüstü çalışması, yenilmez azmiyle gerçekleştirebildi. Pek çok general savaş alanlarında korkunç saatler geçirmişlerdir ama, o çalışma odasında daha korkunç saatler yaşadı. Ortaya çıkarmaya çalıştığı eser, her an, en küçük bir deprem sonucunda çökebilirdi. Geceler boyunca sıkıldı, yoruldu, didindi ve bizi içinde bulunduğumuz karanlıktan sağ salim çıkardı. Bu insanüstü çalışma onun hayatından yirmi yıl aldı. Ölümüne neden olan ateş kendisini kemirdiği halde, o vatanı için bir şeyler daha yapabilmek için hastalıkla ümitsizce boğuşuyordu. Ölüm döşeğinde, acıyla: «Garip şey, okumayı unuttum, artık okuyamıyorum» diyordu. Bir yandan kan alırlar, bir yandan ateşi yükselirken o vatanını düşünüyor ve emredercesine: «Beni iyileştirin, zihnim bulanıyor, önemli konuları tartışabilmek için zihnimin açık, aklımın başında olması gerek» diyordu. Son günlerinin yaklaştığı, bütün kent çalkalandığı sırada Kral başucundan ayrılmıyordu. O Krala nefes nefese: «Haşmetmeap, size söyleyecek, gösterecek çok şey var ama, hastayım, hiçbir şey yapamıyorum, hiçbir şey yapamıyorum» diyor ve içi içini yiyordu. Zayıflayan düşüncesi sürekli devlete, İtalya'ya yeni katılan bölgelere, daha yapılması gereken şeylere dönüyordu. Bazen de sayıklıyordu: «Çocukları eğitin» diye haykırıyordu, iki soluk arasında. «Çocukları ve gençliği eğitin... ülkeyi özgürlüklerle yönetin.» Ateşi yükseliyor, sayıklaması artıyordu. Son anı yaklaşmıştı, o övgü dolu sözlerle bazen aralarında anlaşmazlıklar çıkan general Garibaldi'den söz ediyordu. O günlerde henüz özgürlüklerine kavuşmamış olan Venedik'ten, Roma'dan söz ediyordu. İtalya ve Avrupa'nın geleceği hakkında bazı ileri görüşleri vardı. Yabancı orduların ülkesine saldırdığını hayal ediyordu. İtalya ordusunun, generallerin nerede olduğunu soruyor, hâlâ bizler için, kendi ulusu için titriyordu. Öleceğine üzülmüyordu, anlıyor musun, daha ona ihtiyacı olan vatanının ondan uzaklaştığını gördüğü için üzülüyordu. Kısa sürede büyük bir güç harcayarak yükseltmeye çalıştığı vatanının uzaklaştığını gördükçe. Boğazında düğümlenen savaş narasıyla öldü. Ölümü de hayatı gibi görkemli oldu. Evet, Enrico, şimdi biraz düşün. Bütün bir ülkenin sorumluluğunu yüklenen bu insanların yorgunluklarının, insanüstü güçlerinin, acı veren can çekişmelerinin yanında bize ağır gelen çalışma, sıkıntılar, hatta ölüm bile ne kadar önemsiz, ne kadar anlamsız kalıyor! O büyük mermer anıtın önünden geçerken bütün bunları düşün ve kalbinin derinliklerinden ona: «Zafer sana!» diye seslen.

BABAN

N İ S A N

İLKBAHAR

1, Cumartesi

Nisanın birinci günü... Üç ay sonra yaz tatili başlıyor. Gün çok güzel başladı. Coretti, öbür gün için, beni gezmeye davet etti. Buna çok sevindim. Daha sonra annem de beni Valdocco Yetimler Yurdu'na götüreceğine söz verdi... Ama en büyük müjde Küçük Duvarcı'nın iyileştiğini duymak oldu. Bay Perboni bu sabah babama Küçük Duvarcı'nın tehlikeyi atlattığını ve birkaç gün sonra okula döneceğini söylemiş.

Ne güzel bir bahar sabahı...

Sınıfın açık pencerelerinden mavi gökyüzü, çiçeklenmiş ağaçlar ve çevredeki evlerin açık pencereleri görülüyordu. Pencere önleri çiçek saksılarıyla süslenmişti.

Öğretmenimiz gülmüyordu, çünkü o hiçbir zaman gülmez. Ama onun bile sevinçli olduğu anlaşılıyordu. Çünkü alnındaki, o derin çizgi artık farkedilmiyordu. Kara tahtada bize bir problem anlatırken dışarıdan gelen o nemli toprak ve taze yaprak kokularını zevkle içine çekiyordu.

Bu güzel hava yakında başlayacak kır gezilerini müjdeliyordu. Öğretmen dersi anlatırken bir demircinin örsüne vuruşu ve karşıki evde bebeğini uyutan bir annenin ninnisi duyuluyordu. Ta uzaklarda Tchernaia kışlasında borazanlar ötüyordu. Herkes memnun ve neşeli görünüyordu; hatta o somurtkan Stardi bile. Bir ara demirci daha hızlı vurdu, kadın daha yüksek sesle ninni söyledi, öğretmenimiz kulak kabarttı. Daha sonra ağır ağır pencerelere bakarak:

«Gökler mavi, bir ana ninni söylüyor, bir işçi çalışıyor, çocuklar ders yapıyorlar... İşte birleşmiş güzel şeyler...»

Sınıftan çıktığımız zaman öteki öğrencilerin de en azından bizim kadar neşeli olduklarını farkettik. Onlar da sıra olmuş yere ayaklarını neşeyle vurarak yürüyorlar, bir bayram arifesinde gibi hep bir ağızdan marş söylüyorlardı. Anne ve babalar da kendi aralarında gülüşerek konuşuyorlardı.

Crossi'nin annesi Manav Kadın sepetini menekşelerle öylesine doldurmuştu ki, o güzel koku tüm avluyu sarmıştı.

Beni almaya gelen annemin kollarına şimdiye kadar duymadığım bir mutlulukla atıldım:

«Sevinçliyim,» dedim. «Neden sanki bu sabah bu kadar sevinçliyim ki?»

Annem gülümseyerek, bu mutluluğun havanın güneşli ve vicdanımın rahat olmasından kaynaklandığını söyledi.

KRAL UMBERTO

3, Pazartesi

Babam pencereden bakıyordu saat tam onda Coretti'yle odun satıcısının ve babasının alanda beklediklerini gördü ve bana:

«İşte, geldiler, Enrico. Git de kralını gör!» dedi.

Bir solukta yıldırımlar gibi aşağı indim. Baba oğul her zamankinden daha canlı görünüyordu. Birbirlerine bu kadar benzediklerini şimdiye dek fark etmemiştim. Bu sabah iyice belli oluyordu bu. Baba ceketinin yakasına onun için hatırası çok büyük olan o madalyasını takmıştı. Kıvırcık ve sivri bıyıkları iki iğne gibiydi.

Tren istasyonuna doğru hızlı adımlarla ilerlemeye başladık. Kral saat on otuzda gelecekti oraya. Baba Coretti pipo içiyor ve ellerini oğuşturuyordu. Bizlere:

«Biliyor msunuz?» dedi, «onu altmış altı savaşından bu yana görmedim? On beş yıl altı aylık bir ara. Önce üç yıl Fransa'da, sonra Mandovi'de. Kente her gelişinde ne yapar yapar beni arar bulurdu.»

Krala, bir arkadaşından söz ediyormuş gibi, yalnız Umberto diyordu. -Umberto 16. bölüğü yönetiyordu. Umberto yirmi iki yaşındaydı, Umberto ata şöyle böyle biniyordu.-

Adımlarını sıklaştırarak, yüksek sesle:

«On beş yıl!» diyordu. «Onu yeniden görmeyi çok istiyorum. Onu bıraktığımda prensti, şimdi kral olarak göreceğim. Ben de değiştim: Askerden odun satıcısı oldum!» diyor ve gülüyordu.

Oğlu babasına sordu:

«Birbirinizi görseniz, tanıyabilir misiniz?»

Baba gülmeye başladı ve:

«Sen delisin» dedi. «Aramızdaki fark o kadar büyük ki. O, Umberto, bir taneydi; bizlerse karınca sürüsü gibi kalabalıktık.»

Vittorio Emanuele caddesine saptık. İstasyona doğru büyük bir kalabalık ilerliyordu. Alpli askerler boru çalarak geçtiler. İki atlı jandarma dört nala geçip gitti. Hava çok güzeldi.

Baba Coretti heyecanlanarak:

«Evet!» diye haykırdı, «bölük komutanımı görmek beni çok sevindirecek. Ah! Ne çabuk yaşlandım! O 24 Haziran sabahını dün gibi anımsıyorum: Sırtımda asker çantam, elimde tüfek, bir heykel gibi hareketsiz bekliyordum, birazdan çarpışma başlayacaktı. Umberto subaylarıyla gidiyor, geliyordu. Bu sırada uzaktan gümbürdeyen topun sesi duyuluyordu. Herkes ona bakıyor ve:

«Allah vere de ona bir top güllesi isabet etmese!» diyordu.

O sırada ben, kısa bir süre sonra Avusturyalı mızraklı süvarilerin mızrakları önünde birbirimize o kadar yakın olabileceğimizi düşünmekten öyle uzaktım ki. İnanın çocuklar, aramızdaki uzaklık dört adımı geçmezdi. Çok güzel bir gündü, gökyüzü ayna gibiydi ama, hava öyle sıcaktı ki! Bakalım içeri girebilecek miyiz?»

İstasyona varmıştık. Halk, arabalar, nöbetçiler, jandarmalar, ellerinde bayraklarıyla gelen çeşitli kuruluşlar orada büyük bir kalabalık oluşturuyordu. Bir alay bandosu marşlar çalıyordu. Baba Coretti büyük kapıdan içeri girmeyi denedi, ama onu engellediler. Kapının önünde birikmiş olan halkı yararak en ön sıraya geçmeyi düşündü. Sağa, sola dirsek vurup, bizi de önünde iteleyerek en ön sıraya vardı; ama, sürekli dalgalanan halk bizi zaman zaman oraya buraya sürüklüyordu. Odun satıcısı çıkış kapısının yanındaki ilk sütunu fark etmişti, nöbetçiler kimsenin orada durmasına izin vermiyorlardı.

Ellerimizden çekiştirerek, birden:

«Çocuklar, benimle gelin,» dedi ve iki hamlede boşluğu geçti, omuzlarını duvara dayadı ve orada durdu.

Hemen bir polis memuru geldi ve ona:

«Burada durmak yasaktır,» dedi.

Baba Coretti, madalyasını göstererek:

«Ben 49'un dördüncü bölüğündenim» dedi.

Polis memuru ona baktı ve:

«Peki öyleyse, kalın,» dedi.

Baba Coretti zafer kazanmış bir insan tavrıyla:

«Bunu ben söylersem, elbette!» dedi. «Bu kırk dokuzun dördüncü bölüğü sihirli bir sözdür!» diye ekledi. «Generalimi istediğim gibi görmeye hakkım değil mi benim? Ben onun komutasındaki dördüncü bölükte çarpıştım! O zaman onu o kadar yakından görebildiğime göre şimdi de görebilirim. Ona generalim diyorum! Yarım saat kadar benim bölük komutanım o oldu, çünkü o anlarda bölüğe o komuta ediyordu, daha o uğursuz büyük Ulrich karşımıza çıkmamıştı!»

Bu sırada giriş salonunda ve dışarıda subaylar, beyler birikmeye başlıyordu. Yanında kırmızı giysili uşakların bulunduğu arabalar da kapının önüne diziliyordu.

Coretti babasına prens Umberto bölüğü yönetirken elinde kılıç olup olmadığını sordu.

Babası:

«Elbette kılıcı elindeydi,» dedi. «Mızraklıların saldırısından korunabilmek için kılıcı elindeydi. Ah! İpten kurtulmuş şeytanlar! Tanrı'nın öfkesi gibi arkadan saldırdılar, arkadan. Askerlerin, bölüklerin, topların arasında dolanıp duruyorlardı. Bir fırtına gibi her şeyi deviriyor, kırıp döküyorlardı. Alessandria süvarileri, Fogogia mızraklıları, piyadeler, mızraklı süvariler, topçular hepsi birbirine girdi. Ortalık cehenneme dönmüştü, kimse ne olup bittiğinin farkında değildi. «Altes! Altes!» diye bağırıldığını duydum, atışa hazır mızraklıların yaklaştığını gördüm, silahlarımızı düşmanın üstüne boşalttık, bir toz bulutu kapladı her yanı... Sonra toz dağıldı... Yer yaralı, ölü at ve mızraklı süvarilerle kaplıydı. Arkama döndüm ve atının üstünde aramızda duran Umberto'yu gördüm. Sanki: «Çocuklarımın arasında ölen, yaralanan var mı?» der gibi bir havayla, sakin sakin çevresine göz gezdiriyordu. Biz onun yüzüne karşı, çılgınlar gibi: «Yaşa, varol!» diye bağırıyorduk. Tanrım, o ne andı!.. A, işte tren geldi.»

Bando marşlar çalmayı sürdürdü, subaylar koşuştular, topluluk parmaklarının ucunda kalktı.

Bir nöbetçi:

«Hemen çıkamaz ki, onuruna bir söylev hazırladılar,» dedi.

Baba Coretti heyecandan yerinde duramıyordu.

«Ah! O günleri düşündükçe» diyordu, «onu hep orada görüyorum. Gök gürlüyor, yer sarsılıyordu ama, o bir heykel gibi dimdik, kımıltısızdı. Ben onu hep o gün gördüğüm gibi anımsıyorum: O sakin yüzüyle aramızda duruyordu. Eminim ki 49'un dördüncü bölüğünü hâlâ o da anımsıyordur ve öyle sanıyorum ki, şimdi kral olduğu halde o zaman arasında bulunduğu arkadaşlarını bir masanın çevresinde toplamak onu da mutlu edecektir. Şimdi çevresinde, süslü üniformaları olan generaller, şık beyler dolanıyor; o zamanlar çevresinde yalnız zavallı askercikler vardı. Başbaşa kalıp onunla biraz konuşabilsem! Bizim silahlarımıza güvenen yirmi iki yaşındaki generalimiz, prensimiz... Onu görmeyeli tam on beş yıl oldu... Gel bakalım, bizim sevgili Umberto'muz. Ah! İnanın, bu müzik kanımı kaynatıyor.»

O anda yükselen bir sevinç çığlığı eski askerin sözlerini yarıda bıraktı. Binlerce şapka kralı selamlamak üzere yükseldi. İstasyondan ayrılan ilk arabada siyahlar giymiş dört bey oturuyordu.

Baba Coretti:

«O!» diye haykırdı ve heyecandan olduğu yerde kalakaldı. Sonra, alçak sesle: «Tanrım, saçları ne kadar kırlaşmış!» dedi.

Her üçümüz de şapkalarımızı çıkardık. İçinde kralın bulunduğu araba şapkalarını sallayan, çılgınlar gibi haykıran halkın arasında bize doğru ilerliyordu. Ben Baba Coretti'ye bakıyordum. Birden değişivermiş sanki: Boyu biraz daha uzamış, ciddileşmişti, biraz rengi atmıştı, dimdik arkasındaki sütuna yaslanmıştı.

Kralın arabası tam önümüze geldi, sütunun bir adım kadar uzağından geçiyordu. Pek çok ses:

«Yaşa! Varol!» diye bağırdı.

Baba Coretti ötekilerden sonra «Yaşa! Varol!» diye bağırdı.

Kral yüzüne baktı ve bakışları bir süre yakasındaki o üç madalyaya takılı kaldı.

Bunu gören Baba Coretti kendini kaybetti ve haykırdı:

«Kırk dokuzun dördüncü bölüğü!»

Başını çevirmiş olan kral bize döndü ve gözlerini Baba Coretti'den ayırmadan arabanın penceresinden elini uzattı.

Baba Coretti ona doğru atıldı ve bu uzanan eli var gücüyle sıktı. Araba ilerledi, topluluk araya girdi ve bizi birbirimizden ayırdı. Baba Coretti'yi gözden kaybettik. Ama, çok kısa sürdü bu. Onu hemen bulduk, soluk soluğaydı, gözleri yaşlıydı, adıyla oğlunu çağırıyor, elini de havada tutmaya çalışıyordu. Çocuk babasına doğru atıldı, babası da ona:

«Buraya gel, yumurcak, elim hâlâ sıcak!» dedi ve elini oğlunun yüzüne sürdü. «Bu bir kralın okşayışı! diye de ekledi.

Baba Coretti bir düşteymiş gibi, gözleri uzaklaşan arabaya takılı, gülümseyerek, ellerinde piposu, ona bakan kalabalık bir meraklı topluluğunun arasında duruyordu. «49'un dördüncü bölüğünden biri» diyorlardı. «Kralı tanıyan bir eski asker. Kral da onu tanıdı. Hatta kral ona elini bile uzattı.» Kalabalığın içinden biri yüksek sesle: «Kraldan bir şey istedi.» dedi.

Baba Coretti, hızla dönerek:

«Hayır,» diye karşılık verdi, «ondan hiçbir şey istemedim, ben ondan hiçbir şey istemedim, anlıyor musunuz? Eğer benden isteyecek olsa... ona başka bir şey de verirdim...»

Herkes ona bakıyordu.

O sakin bir sesle:

«Ona kanımı bile verirdim...» dedi.

YETİMLER YURDU

4, Salı

Annem sözünü tuttu. Dün öğleden sonra beni Yetimler Yurdu'na götürdü. Bu arada tanıdığı müdireye Precossi'nin küçük kız kardeşini tavsiye edecekti. O güne dek ben hiç yurt görmemiştim, bu çok hoşuma gitti.

Orada iki yüz kadar kız ve erkek çocuk vardı. Öylesine küçükler ki bizim ana sınıfındaki yumurcaklar bile, bunların yanında bayağı yetişkin sayılırlar.

Girdiğimizde çocuklar yemekhaneye giriyorlardı. Yuvarlak delikler bulunan iki uzun masa var her deliğe pirinç ve fasulye dolu birer küçük sahan oturtulmuş ve sahanın yanında da bir teneke kaşık duruyor.

Henüz yeni yeni yürüyen bu bebeklerin çoğu oldukları yere düşüyor, bir bayan öğretmen gelip kaldırıncaya kadar öyle kalıyorlardı. Birçoğu da kendi sahanları sanarak bir sahanın önünde durup bir kaşık pilav alıyorlar, derken öğretmen gelip onu ileri itiyordu. Dört adım sonra gene yerlerine geldiklerini sanarak bir tabağın önünde duruyorlar, ve böylece kendi numaralarının bulunduğu sahanların önüne gelinceye kadar çorbanın yarısını yemiş oluyorlardı.

Sonunda öğretmen «İleri!» diyerek hepsini yerlerine oturtmayı başardı. Yemeğe başladılar. Aman Tanrım bu ne güzel bir görüntü idi. Kimi iki kaşık kullanıyor, kimisi elleriyle yemeye çalışıyor. Çoğu fasulyeleri bir bir alıp ceplerine koyuyor, bazıları da tam tersine, onları önlüklerine sararak ellerini bastırarak eziyorlardı. Çocukların çoğu, yemeği bırakarak çevrelerinde uçuşan sinekleri seyre dalıyorlardı, kimisi de öksürerek ağızlarındaki pirinçleri sağa sola saçıyorlardı. Tıpkı civcivlerin bulunduğu bir kümes gibi.

Ancak uzun saçları, kırmızı, mavi ve yeşil kurdelelerle bağlı pembe yanaklı, ışıltılı gözlü küçük kızlar çok güzeldi.

Öğretmenlerden biri, en büyük görünen kızların kümesine sordu:

«Pirincin nerede doğduğunu biliyor musunuz?»

Hepsi de yemek dolu ağızlarını açarak, şarkı söyler gibi seslendiler:

«Pirinç... Suda... Doğar...»

Herhalde bunu yeni öğrenmiş olacaklardı.

Daha sonra öğretmen emir verdi:

«Eller yukarı!»

Birkaç ay önce daha kundakta sarılı olan bu pespembe minik kollar havaya kalktı. Minicik eller, pembe beyaz kelebekleri andırıyordu.

Daha sonra, oynamak için bahçeye çıkıldı ve her biri sepetteki yiyeceklerini çıkarmak için bir yana dağıldı. Ekmek, kuru erik, küçük bir parça peynir, katı bir yumurta, bir avuç haşlanmış mercimek ve minik bir tavuk budu.

Bir dakika içinde bahçe ekmek kırıntılarıyla doldu. Bu da kuşları oraya çekti. Küçükler çok değişik pozlarda yemeklerini yiyorlardı, onları tavşan, fare ve kedilere benzettim. Kimi kemiriyor, kimi yalıyor, kimi de emiyordu. Henüz bebek denecek kadar küçük bir yumurcak, bir kutu pastayı eliyle göğsüne sürtüyordu. Küçük kızlar minicik ve tombul bacaklarıyla koşarken, tıpkı köpekler gibi sepetlerini dişlerinin arasına almışlardı. İçlerinden üç tanesi, ellerindeki katı yumurtayı sanki içinde hazine bulacak gibi bir minicik değnekle kazmaya çalışıyorlar, yarısını yere döküyorlardı. Sonra sanki inci toplar gibi en minik parçalara kadar büyük bir sabırla toplamaya çalışıyorlardı. Yiyecek değişik bir yemişi olan çocuğun çevresini birkaç minik sarıyor ve üzgün üzgün kendi boş sepetlerine bakıyorlardı. Bir külah şekerlemesi olan minik bir oğlan çocuğun çevresini en azından yirmi çocuk sarmıştı. Ekmeklerini şekere sürme iznini ondan binbir maskaralıklarla rica ediyor, o da kiminin isteğini yerine getiriyor, kimisine de emmeleri için kendi parmaklarını uzatıyordu.

Annem de bu şirin yavruları okşamak için bahçeye geldi. Birden bebeklerin saldırısına uğradı. Öpülmek için hepsi de yüzlerini anneme uzattılar. Biri ona bir dilim portakal uzattı, bir başkası bir ekmek kabuğu verdi. Küçücük bir kız, annemin eline bir yaprak tutuşturdu.

Bu arada öğretmenlerin koşuşmalarına neden olan, bir sürü kazalar da oluyordu. Mendillerindeki düğümü açamadıkları için ağlayan küçük kızlar, ötekilerle saç saça baş başa elma çekirdekleri için çekişiyorlardı. Bir mini mini de düştüğü sıranın altından kalkamadığı için avaz avaz ağlıyordu.

Gitmeden önce annem birkaç tanesini kucağına aldı. İşte o zaman dört bir yandan miniklerin saldırısına uğradı. Hepsi de annem tarafından kucaklanmak için kollarını uzatıyorlar, yumurta sarısı veya portakal suyuna bulanmış yüzlerini onun eteklerine yapıştırıyorlardı. Kimisi yüzüklerine yakından bakmak için parmaklarını çekiştiriyor, kimi boynundaki altın köstеği yakalayıp saatini koparmaya çalışıyor, kimisi de saç örgülerini okşuyordu.

Bayan öğretmenler anneme:

«Dikkat edin giysinizi kirletecekler!» diyorlardı.

Oysa annem miniklerin bu sevgisinden öylesine duygulanmıştı ki hiçbir şeye aldırmıyor, onları okşamaya devam ediyordu.

Çocukların hepsi kollarını uzatarak ona koşuyor ve ilk ona yetişmek için aralarında sanki yarışıyorlardı, hep bir ağızdan:

«Allahaısmarladık! Allahaısmarladık!» diye haykırışıyorlardı.

Sonunda bahçeden kaçabildik ama bu sefer minikler o sevimli yüzlerini demir parmaklıklara yapıştırarak bizim geçişimizi seyretmek istemişlerdi.

Hep bir ağızdan:

«Güle güle madam, yarın gene gel!» diye haykırdılar.

Annem de sanki bir türlü onlardan ayrılmak istemez gibi, parmaklıklara dayalı minicik elleri bir kez daha okşadı. Canlı ve renkli güller gibi kendisine uzanmıştı bu minik eller. Annem, üstü başı leke içinde, sanki bir şenlikten döner gibi gözleri ışıl ışıl, oradan uzaklaştı.

Arkamızdan bebeklerin seslenişlerini duyuyorduk. Kuş cıvıltılarını andıran bu sesler:

«Güle güle, gene gel, yarın gene gel madam!» diye sesleniyordu.

JİMNASTİK DERSİ

5, Çarşamba

Hava güzelliğini koruyordu. Bu nedenle spor salonunda yapacağımız jimnastik dersini açık havada yaptık bugün.

Garrone müdürün odasındayken Nelli'nin annesi oğlunun derse girmemesini ricaya gelmişti. Kadıncağız, zor konuşuyor ve narin eliyle oğlunun sarı saçlarını okşuyordu:

«Ama o yapamaz ki!» diyordu.

Oysa Nelli annesinin bu tutumundan çok üzgün görünüyordu, başkalarından farklı tutulduğu için üzülüyordu.

«Anne göreceksin bak nasıl yapacağım,» diye direniyordu.

Annesi şefkat dolu gözlerini ona dikiyor, sonra çekinerek:

«Şey... Arkadaşlarının onunla...» alay etmelerinden korkarım diyeceğini Nelli sezmişti ki, hemen atıldı:

«Hiç farketmez anne. Garrone var ya o benim tarafımı tutar. Onun benimle alay etmemesi bana yeter.»

Sonunda onun da derse girmesine karar verildi. Öğretmen ilkin bizi çok yüksek olan o dikey direklere götürdü.

Bunların tepesine tırmanmak ve sonra yatay duran bir kalas üzerine tırmanıp orada ayakta durmak gerekiyordu.

Derossi ve Coretti, iki çevik çocuk maymunlar gibi tırmandılar. Küçük Precossi de güzel tırmandı. Aslında dizlerine kadar inen ceketi onu rahatsız ediyordu. Arkadaşları onu güldürmek için o çıkarken devamlı «Bağışlayın beni, kusura bakmayın!» diye mırıldanıyorlardı. Bir hindi gibi kıpkırmızı kesilen Stardi, dişlerini sıktı ve ölümü bile göze alarak tepeye çıktı. Nobis de tepedeki kalasa çıkınca çok görkemli bir poz aldı. Sırtındaki mavi çizgili yeni spor şortuna karşın Votini iki kez kaydı. Daha rahat tırmanmak için avuçlarımızı reçine tozuna bulamıştık. Bu tozu da bize işini bilen Garoffi sağlamış, külahı iki metelik karşılığında hepimize bol bol satmıştı.

Sıra Garrone'ye geldiğinde o bir yandan ekmeğini yiyerek rahatlıkla tırmandı. Aslında o küçük bir boğa gibi güçlü olduğundan sırtında birisini taşıyarak da tırmanabilirdi.

Garrone'den sonra sıra Nelli'ye geldi. Onun o incecik kollarıyla direği yakalamasını görenler gülmeye başladılar.

Ancak Garrone kollarını göğsünde kavuşturarak bu alaycı çocukların hepsine meydan okudu. Bu hareketiyle amacını öylesine iyi açıklamıştı ki, derin bir sessizlik çevreyi kapladı. Nelli büyük çabayla tırmanmaya çalışıyordu. Yüzü kızarmış, alnından terler damlıyordu. Herkes gülmeyi kesmiş merakla onu izliyordu.

Öğretmen kendisine:

«İnin Nelli,» dedi.

Ancak o direndi... Her an onun aşağı yuvarlanmasını bekleyerek, kalbim çarparak onu izledim. Onun yerinde olsam beni bu durumda izleyecek annemin kimbilir ne kadar acı çekeceğini düşündüm. Şu anda o zavallı çocuğa karşı derin bir şefkat duyuyordum. Onun tepeye çıkmasını ben de canı gönülden istiyordum, ah kimse görmeden onu yukarı itebilsem ne iyi olurdu! Bütün bu sürede Derossi, Coretti ve Garrone onu güçlendirmeye çalışıyorlar, ona moral veriyorlardı.

«Haydi Nelli daha yukarı, azıcık cesaret!»

Nelli bir çabada bulundu, derin derin içini çekti ve kalasa iki parmak yaklaştı her yönden ona sesleniyorlardı:

«Aferin Nelli, cesaret!»

Birden Nelli'nin kalası yakaladığını gördük.

Herkes, bütün sınıf el çırptı.

Öğretmen de etkilenmişti:

«Aferin Nelli!» dedi. «Ama artık ininiz.»

Ama Nelli onu dinlemedi, o da ötekiler gibi tepeye çıkmayı istiyordu. İlkin dirseklerini daha sonra dizlerini ve sonunda da ayaklarını kalasın üzerine koydu ve orda ayakta durdu. Nefes nefese kalmıştı, ama zaferinden yüzü ışıldıyordu.

Hepimiz onu yeniden alkışladık. O zaman o sokağa baktı. Ben de başımı o yöne çevirdim ve bahçenin yapraklarla kaplı parmaklıklarının arasından başını kaldırmaya cesaret edemeden bir aşağı bir yukarı yürüyen annesini gördüm.

Nelli indi, artık kimse onunla alay etmiyordu, herkes onu candan kutladı. Cesaretiyle herkesin saygısını kazanmıştı. O da gözleri ışıl ışıl, sanki başka bir çocuk olmuştu.

Okuldan çıktığımız zaman annesi, onu karşılamaya geldiğinde heyecanla sordu:

«Yavrucuğum ders nasıl geçti?»

Arkadaşları onun yerine hep bir ağızdan yanıtladılar.

«Nelli çok iyi tırmandı. Bizler gibi yaptı, o güçlü hem de çevik. Bizim yaptığımızı o da yaptı.»

Zavallı kadının sevinci görülecek şeydi. Bizlere teşekkür etmek istedi. İçimizden dört beşimizin ellerini sıktı, Garrone'nin saçlarını okşadı ve omzuna sarılarak oğlunu götürdü. Onların el ve kol hareketleriyle neşeli konuşmalarını görmek hepimizi sevindirdi. Şimdiye kadar onları hiç bu kadar mutlu görmemiştik.

BABAMIN ÖĞRETMENİ

11, Salı

Dün akşam yemekten sonra babam gazetesini okurken, birden sevinçle haykırarak, bize şunları söyledi:

«Oysa ben onu yirmi yıldan beri öldü sanıyordum. Ne güzel bir sürpriz. Benim birinci sınıf öğretmenim Vincenzo Crosetti demek hâlâ yaşıyor. Eğitim Bakanı kendisine 'Onur Madalyası' vermiş; altmış yıllık hizmetinin karşılığında. Tam altmış yıl anladınız mı? Bu dile kolay. Emekli olalı yalnız iki yıl geçmiş. Zavallı Crosetti. Trenle buraya bir saatlik uzaklıkta. Şu bizim Chirei'deki bahçıvanın köyü olan Condovea'ya yerleşmiş.»

Sonra şunları ekledi:

«Onu görmeye gideceğiz Enrico.»

Bütün gece yatıncaya kadar, babam bize öğretmenini anlattı. İlk öğretmeninin adı onda binbir anı canlandırmıştı. Çocukluk yıllarını, ilk arkadaşlarını, çok sevdiği annesinin anılarıyla doluydu. «Şu sevgili Bay Crosetti,» diyordu. «Sanki onu görür gibi oluyorum. Onun öğrencisi olduğum günden bu yana, tam kırk yıl geçti. O zamanlar bile sırtı eğik ufak tefek birisiydi, aydınlık gözleri vardı. Ne sakalı vardı, ne de bıyığı. Sert görünmesine rağmen, çok sevecendi. Ama hiçbir suçu bağışlamazdı. O bir köyde doğmuş ve kendi çabasıyla okuyup öğretmen olmuştu. Annem onu çok sever, babam ona arkadaşı gibi davranırdı. Nasıl oldu da son günlerini Condovea'da geçirmeye karar verdi? Beni tanımayacağına yemin edebilirim, ama ben onu tanırım ya!.. Kolay değil aradan tam kırk dört yıl geçti. Evet Enrico kırk dört yıl, yarın onu görmeye gideriz.»

Böylece dün sabah dokuzda, istasyondaydık. Garrone'nin de bizimle gelmesini istemiştik ama o annesi hasta olduğundan gelemeyeceğini bildirdi.

Çok güzel bir bahar günüydü. Yemyeşil çayırlardan, mis gibi kokan çiçeklerle süslü çitlerle sınırlanmış tarlaların önünden geçtik. Babam da memnun görünüyordu, trenin penceresinden dışarıyı seyrederken, kolunu boynuma dolayarak benimle bir arkadaşıyla konuşur gibi konuşuyordu:

«Zavallı sevgili öğretmenim. Babamdan sonra, beni en fazla seven ve benim için didinen o oldu. Onun o yerinde öğütlerinden hiçbirini asla unutmadım. Hatta arada bir, azarladığı da olurdu. O zaman boğazımda bir yumruyla eve üzgün dönerdim. Onun sınıfa girişini bastonu bir köşeye bırakışını, paltosunu portmantoya asışını görür gibi oluyorum. O hep yumuşak başlı, dürüst vicdanlı bir öğretmendi. İyi niyetle dolu olduğu gibi, çok da dikkatliydi. Her gün sanki ilk kez ders veriyormuş gibi dikkat ederdi. Bana kalem tutmasını o öğretmişti, hâlâ sesini duyar gibiyim.

'Bottini hey Bottini, işaret parmağını kalemin üzerine daya!' derdi.»

Condovea kasabasında trenden iner inmez bizim şu eski bahçıvanı aramaya koyulduk. O bir çıkmazda, bir dükkân işletiyordu.

Bahçıvanın hanımını bulduk çocuklarının yanındaydı. Bize eşinin üç yıldan bu yana çalışmak için Cenova'da bulunduğunu ama yakında döneceğini anlattı. Torino'da Sağır-Dilsizler Enstitüsü'nde yatılı olan sakat sağır dilsiz kızından söz etti. Daha sonra isteğimiz üzerine bize öğretmen Crosetti'nin adresini verdi.

Kasabadan çıktık ve dağa giden bir patikaya saptık. Anılarına dalan babam, konuşmuyor arada bir gülümsüyor ve üzgün üzgün başını sallıyordu. Birden haykırdı:

«İşte o, bahse girerim ki bu benim sevgili öğretmenim!»

Beyaz sakallı, ufak yapılı, ihtiyar, nur yüzlü biri, geniş kenarlı bir şapka başında, bastonuna dayanarak yokuştan iniyordu. Adımları düzensiz olduğu gibi, elleri de titriyordu.

Babam adımlarını sıklaştırdı:

«Evet bu o!» dedi.

Yaşlı beyin hizasında durduk, o da durdu ve babama dikkatle baktı.

Yüzü hâlâ genç, gözleri pırıl pırıldı.

Babam şapkasını çıkararak:

«Öğretmen Vincenzo Crosetti'yle mi görüşmek onuruna sahibim?» diye sordu.

İhtiyar selam verdi ve titrek bir sesle:

«Ta kendisi!» diye yanıtladı.

O zaman babam yaşlı beyin ellerinden birini yakaladı ve:

«İşte o zaman, eski öğrencilerinizden birinin elinizi öpmesine izin veriniz!» diyerek onun buruşuk elini sevgiyle dudaklarına götürdü. «Sizi görmek için ta Torino'dan geldim!»

«Beni onurlandırdınız yavrum... Çok memnun oldum... Ama sizi henüz tanıyamadım, ne zaman öğrencim olmuştunuz. Bana adınızı söyler misiniz?»

Babam adını ve okula giriş tarihlerini açıkladıktan sonra:

«Aradan uzun yıllar geçti beni anımsamamanızı anlıyorum, ama ben sizi hiçbir zaman unutmadım.» dedi.

Öğretmen başını eğdi ve kendi kendine konuşur gibi birkaç kez babamın adını tekrarladı, bu arada babam şefkat dolu gözlerini öğretmenine dikerek, hüzünle gülümsüyordu.

Ama birden ihtiyar öğretmen başını kaldırdı ve kısık bir sesle «Alberto Bottini, mühendis Bottini'nin oğlu. Corsolata alanında otururdunuz, değil mi?»

Babam tekrar ellerini uzatarak:

«Evet işte tanıdınız,» dedi.

«O zaman izin verin yavrum,» diyerek yaşlı öğretmen babamı kucakladı. Bembeyaz başı ancak babamın omuzuna geliyordu. Babam dudaklarını onun temiz alnına dayadı. Öğretmen:

«O zaman, benimle birlikte geliniz.» dedi ve az önce yarısını indiği yokuşu birlikte tırmandık. Birkaç dakika sonra ufak bir bahçenin ortasında yükselen küçük bir evin önünde durduk. Öğretmen kapıyı açtı ve bizi içeri aldı. Duvarları yeni boyanmış bir odaya girdik. Bir köşede küçük demir bir karyola, mavili beyazlı bir örtüyle örtülmüştü. Daha ötede, küçük bir kitaplık ve bir çalışma masası, dört hasır iskemle ve duvarların birini kaplayan kocaman bir harita vardı.

Oturduk, babamla öğretmeni, bir süre sessizce bakıştılar. Sonunda öğretmen gözlerini yerde oynaşan güneşin bir satranç tahtasına çevirdiği çinilere dikerek:

«Bottini çok iyi hatırlıyorum, anneniz ne mükemmel bir hanımefendiydi. İlk yıl en önde pencere yanındaki sırada oturdunuz. Bak ne güzel anımsadım değil mi? Hâlâ o bukleli başınızı görür gibiyim...»

Bir süre sustu, sonra yeniden devam etti:

«Oldukça canlı bir çocuktunuz, ama ikinci yıl kuşpalazına tutulmuş ve hepimizi meraklandırmıştınız. İyileştiğinizde anneniz sizi bir atkıya sararak getirmişti okula. O günden bu yana kırk yıl geçti, değil mi? Beni anımsayarak ta buralara kadar gelmeniz ne iyi? Bundan önceki yıllarda da eski öğrencilerimden gelenler oldu, tıpkı sizin gibi. İçlerinde rahip, binbaşı olanlar var... Çeşitli mesleklerde çalışanlar bulunuyor...»

Daha sonra öğretmen, babama işini sordu, babamın yanıtları üzerine:

«Güzel, çok iyi» dedi, «memnun oldum.»

Daha sonra:

«Ama uzun zamandan bu yana, kimseyi gördüğüm yok, son ziyaretçim olacağınızdan korkarım, sevgili yavrum...»

«Böyle konuşmayın. Hâlâ güçlü ve sağlıklı görünüyorsunuz!» diye itiraz etti babam.

«Öyle mi dersiniz ama şu ellerimin titremesine bir bakın, bu iyi bir belirti sayılmaz... Üç yıl önce, sınıfta ders verirken başladı. İlkin pek önemsemedim, geçecek diye düşündüm, ama tam tersine gün geçtikçe, daha fazla titriyordum. Günün birinde yazı bile yazamaz oldum. Hele öğrencilerimden birinin defterini mürekkeple lekelediğim gün dünya başıma yıkıldı sandım. Bir süre daha sürüklendim ama sonra, tam altmış yıllık bir çalışmadan sonra okuldan ve öğrencilerimden vazgeçmek zorunda kaldım. Bunun benim için ne kadar acı olduğunu tahmin edemezsiniz. Son dersimi verdiğim gün, bütün öğrencilerim beni evime kadar getirerek kutladılar ama onların bu sevgi gösterilerine karşın artık yaşamımın bittiğini anlamakta gecikmedim... Bir yıl önce eşimi ve tek çocuğum olan oğlumu yitirmiştim, iki yeğenimden başka kimsem yoktu. Şu sırada birkaç bin liretlik emekli maaşımla yaşıyorum. Hiçbir şey yapamadığımdan, günlerim tükenmek bilmiyor. Tek zevkim eski kitaplarımı karıştırmak. Eski dergileri ve bana hediye edilen kitapları okuyorum.»

Yaşlı öğretmen, eliyle kitaplığını göstererek:

«İşte burada bütün anılarım ve bütün geçmişim gizli,» dedi. «Dünyada başka bir şeyim kalmadı.»

Sonra birdenbire neşeli bir ses tonuyla:

«Size bir sürprizim var, sevgili Bottini,» dedi.

Kalkıp masasının çekmecesini açtı ve yığınla ipek kordonlarla kaplı kâğıt destelerini çıkardı. Her birinin üzerinde bir ad ve bir tarih yazılmıştı. Azıcık karıştırdıktan sonra, içinden seçtiği sararmış bir kâğıdı babama uzattı. Kâğıdın üzerinde şunlar okunuyordu:

«Alberto Bottini - 1838 - 3 Nisan - kompozisyon ödevi.»

Babam birden çocukluk yazısını tanımıştı. İlkin gülerek okumaya başladı ama sonra birden gözleri yaşardı. Hemen yerimden kalkarak ona nesi olduğunu sordum.

Babam kolunu omuzuma sardı ve anlattı:

«Şu sayfaya iyi bak, anneciğimin güzel eliyle yapılan düzeltmeler. O benim 'l' ve 't' lerimi hiç beğenmezdi. Yazımı taklit etmeyi öğrenmişti ve yorgun olduğumda ödevimi benim yerime tamamlardı. Ah sevgili anacığım!»

Babam o sayfayı öptü.

Profesör bize kâğıt tomarlarını göstererek:

«İşte bunlar benim anılarım» dedi. «Her yıl öğrencilerimden her birinin bir ödevini sakladım. Onları sıraladım ve numaraladım. Arada bir bunları karıştırır içlerinden birkaç satır okurum ve sanki geçmişime geri dönmüş gibi hissederim kendimi. Gözlerimi kapadığımda, her yüzün ardından başka bir yüz belirir. Yüzlerce, yüzlerce çocuk. Kimbilir içinden kaç tanesi öldü? En iyilerini ve en kötülerini anımsarım. Kimi beni sevindirdi, kimi de çok üzdü, çünkü kuzuların ortasında zehirli yılanlar da vardı. Ama artık şimdi ben sanki başka bir dünyanın adamıyım ve hepsini ayrı şekilde sevmekteyim.»

İhtiyar öğretmen otururken ellerimden birini ellerinin arasına aldı.

Babam gülümseyerek:

«Benim hakkımda herhangi bir anınız var mı öğretmenim, yaramaz mıydım?»

«Şu sırada böyle bir şeyi anımsamıyorum, ama zamanında sizin de her çocuk gibi yaramazlık yaptığınızdan eminim. Ama gene de çok dürüsttünüz ve yaşınıza göre çok da ciddi sayılırdınız... Beni görmeye gelmekle ne kadar çok sevindirdiğinizi tahmin edemezsiniz. İhtiyar öğretmeniniz için bu uzun yolu nasıl göze aldınız?»

Babam heyecanla onu yanıtladı:

«Dinleyin Bay Crosetti, okula girdiğim ilk günü hâlâ unutmadım. Sevgili annem, beni getirmişti. İlk kez, birkaç saat için benden ayrılıyordu ve beni yabancı ellere bırakıyordu. Bu şefkatli ana için, benim okula girmem, topluma atılmam gibi üzücü ayrılıklar zincirinin birinci halkasını oluşturuyordu. Toplum ondan oğlunu artık hiçbir zaman tam olarak geri vermemek için çekip koparıyordu. Annem çok heyecanlıydı, ben de. Titrek bir sesle, beni size emanet etti, giderken kapıdan son bir kere gülümseyerek bana baktığında, siz elinizle, onu güçlendirmek için bir hareket yaptınız. Elinizi kalbinize götürerek ona gülümsediniz ve sanki ona: 'Huzur içinde gidin madam oğlunuz güvencede,' demek istediniz. İşte sizin bu jestiniz, o andaki anlayışlı bakışınız, sizin de annemin heyecanını paylaştığınızı bana anlattı. Bunu hiçbir zaman unutmadım. Size bundan dolayı daima minnet duydum. Bugün de, sizi görmeye gelmemin nedeni bu anıdır. Size 'Teşekkür ederim sevgili öğretmenim.' demek için ta Torino'dan buralara kadar kalkıp geldim.»

Öğretmen, babama karşılık vermedi, o sırada benim saçlarımı okşuyordu. Bu sırada babam gözlerini o yoksul odada gezdirdi, pencerenin önündeki bir şişe zeytinyağını ve bir somun ekmeği gördü. İçinden, «Zavallı öğretmenim altmış yıllık didinmenin ödülü bu mu?» diye düşündüğünden eminim.

Oysa iyi kalpli ihtiyar çok memnundu, gene bizim aileden söz etmeye devam etti. Birden babam onun sözünü kesti ve öğle yemeği için ondan bizimle kasabaya inmesini rica etti.

«Yoo, hayır, sağolun, olamaz,» dedi o, ama babam onun ellerini tuttu ve ısrarını sürdürdü.

«Evet ama devamlı titreyen bu ellerle, nasıl üzerime dökmeden yerim. Sizi utandırmaktan çekiniyorum!» diyerek o hâlâ direniyordu.

Babam ona yardım edeceğimizi söyledi.

İşte o zaman gülümseyerek o da kabul etti.

Bizimle birlikte evinin kapısından çıkarken, kapısını kilitledi.

«İşte benim için güzel bir gün Alberto Bottini,» dedi. «Emin olun ki yaşadığım sürece bunu unutmayacağım.»

Babam öğretmeninin koluna girdi, ben de onun elini tuttum. Birlikte o çiçekli yokuştan indik.

Yolda yalınayak küçük kızlar gördük, bir ineği güdüyorlardı, küçük bir erkek çocuk da omzunda samanlar taşıyordu.

Öğretmen anlattı:

«Bunlar ikinci sınıf öğrencileri, sabah çalışırlar akşamları kunduralarını giyerek, okula gelirler.»

Lokantaya vardığımızda, öğle oluyordu, geniş bir masaya oturduk. Yaşlı öğretmeni ortamıza almıştık ve yemeye başladık.

Lokanta sakindi. Oysa zavallı ihtiyarcık, pek neşeliydi. Heyecandan ellerinin titremesi daha da artmıştı, yemek bile yiyemiyordu. Babam onun etini minik parçalara kesiyor, tabağına tuz koyuyor, bardağına şarap dolduruyordu. O içebilmek için bardağı iki eliyle tutuyordu.

Heyecanla gençliğindeki kitaplardan, üstlerinin kendilerine yağdırdıkları övgülerden söz ederken sanki bir genç gibi gülüyordu.

Babam da derin bir şefkatle ona bakıyor, onun sözlerini dikkatle dinliyordu. Bir ara Bay Crosetti yeleğine şarap döktü, babam hemen yerinden fırlayarak peçetesiyle lekeyi sildi. Oysa o:

«Ama olmaz, izin veremem!» diye babama engel olmak istiyordu.

Sonunda kupasını kaldırdı ve ciddi bir sesle:

«Sağlığınıza sevgili Alberto Bottini, ailenize, çocuklarınıza ve o iyi kalpli annenizin anısına!»

Babam onun elini yakaladı:

«Sizin de sağlığınıza sevgili öğretmenim.»

Salonda hancı ve köylüler yaşlı hocanın böylesine onurlandığını görerek bize memnun memnun baktılar.

İkindi olunca çıktık ve öğretmen bizi istasyona götürmek için ısrar etti. Babam onun koluna girmiş, yolda onu sanki taşıyordu. Ben de Bay Crosetti'nin elini tuttum. Geçenler bize bakarak yaşlı öğretmeni selamlıyorlardı.

Bir ara abece'yi yüksek sesle heceleyen çocuk seslerini duyduk. «Ah, sevgili yavrum,» dedi ihtiyar öğretmen. «İşte beni en çok duygulandıran bu yavruların sesleri. Okulda olamamak, yerimde bir başka öğretmenin olduğunu bilmek. Tam kırk yıl bu tatlı müziği dinledim, kalbim bu seslere öylesine alışmıştı ki... Oysa şimdi, dünyada tek başıma sayılırım; ailem yok, kimsem yok, çocuklarım da yok!»

«Bağışlayın öğretmenim,» dedi babam, «daha yüzlerce binlerce çocuklarınız var. Hepsi de benim gibi sizi düşünüyordur, bundan kesinlikle eminim.»

Oysa o kederli kederli:

«Yoo, yoo, ben artık tükendim, okulum yok, öğrencilerim yok. Çocuklarım olmadan ben artık fazla yaşayamam.»

Babam itiraz etti:

«Böyle söylemeyin, siz öylesine iyilik yaptınız ki, yaşamınızı çok soylu bir ideal uğruna harcadınız.»

İhtiyar öğretmen başını babamın omuzuna dayadı, sonra elimi sıktı. İstasyona geldiğimizde tren kalkmak üzereydi.

Babam, Bay Crosetti'yi yanaklarından öperek:

«Hoşçakalın öğretmenim,» dedi. «Kendinize iyi bakın!»

O babamın ellerinden birini aldı ve kalbine götürerek:

«Güle güle ve tekrar teşekkürler,» dedi. «Silik yaşamımın bir gününü aydınlattınız!»

Kendisini öptüğüm zaman, yanaklarının gözyaşlarından ıslandığını hissettim. Babam beni vagona itti ve tam çıkacağı anda öğretmeninin o aşınmış asasını elinden alarak yerine kendi gümüş saplı ve üzerine adının baş harfleri işlenmiş zarif bastonunu verdi:

«Bunu bir anı olarak saklayın,» dedi.

İhtiyar, bunu geri vermek ve kendi kaba değneğini almak istedi ama babam trene binmiş kapıyı kapamıştı.

«Elveda sevgili öğretmenim!» diye seslendi.

Tren hareket ediyordu:

«Güle güle sevgili yavrum, yaşlı bir zavallıya verdiğiniz bu mutluluk için Tanrı sizden razı olsun.»

«Gene görüşeceğiz!» diye seslendi babam.

Oysa o sanki «bir daha görüşmeyeceğiz,» der gibi başını eğmişti.

«Evet evet görüşeceğiz» diye yineledi babam. «Hoşçakalın.»

İhtiyar yanıt olarak titrek elini kaldırdı ve sonra gözden kayboldu.

İYİLEŞME DÖNEMİ

20, Perşembe

Babamla yaptığım bu küçük geziden sonra tam on gün yataklara serili kalacağımı, gökyüzünü ve güneşi görmeden kendimi bilmeden yatacağımı nasıl bilebilirdim? Ağır bir hastalık geçirdim, günlerce yaşamla ölüm arasında bocaladım. Yaşamla pençeleştiğim o karanlık günlerde sanki bir sis ardındaymış gibi annemin başucumda hıçkırdığını, sapsarı bir yüzle babamın sabahlara kadar beni beklediğini gördüm. Ablam Silvia, küçük kardeşimle fısıltı şeklinde konuşuyorlardı. Evet sevdiğim her şeye veda etmekten sonunda kıl payı kurtuldum.

Ah zavallı anneciğim, şu dört beş günün anıları öylesine silik ki, sanki karmakarışık bir düşten uyanmış gibiyim.

Öksürüklerini mendiliyle boğmaya çalışan birinci sınıf öğretmenim başucumda dua ediyordu.

Beni öpmek için üzerime eğilen iyi kalpli Bay Perboni'yi görür gibi oldum. Sanki bir sis ortasında Crossi'nin kırmızı kafasını, Derossi'nin altın saçlarını, siyahlar giyinmiş Kalabriyalı'yı ve bana yeşil yapraklı bir mandalina getirdikten sonra acele hasta annesinin başucuna dönen Garrone'yi hayal meyal hatırlıyorum. Sonra sanki uzun bir rüyadan uyanır gibi yaşama gözlerimi açtım. Annemle babamın gülümseyerek bana baktıklarını ve ablamın neşeyle güldüğünü görmek, onun şarkısını duymak bana iyileştiğimi müjdeledi.

Evet her gün biraz daha iyiye doğru gidiyorum.

Tümüyle iyileşen Küçük Duvarcı da geldi, «tavşan burnu» yaparak beni güldürmeye çalıştı. Hastalıktan incelen ve uzayan yüzüyle bu mimiği daha da iyi yapıyordu. Coretti de geldi, Garoffi geldi ve beş çeşit yazan bir kalem piyangosundan bana bir adet armağan etti. Dün ben uyurken Precossi gelmiş, beni uyandırmamak için yavaşça dudaklarını elime değdirmiş. Pijamamın kolunda kömür lekesini görmek beni çok mutlu etti.

Şu birkaç gün içinde, bahar daha da hızlı adımlarla yaklaşmış. Ağaçlar yemyeşil yapraklarını bürünmüş. Babam beni pencerenin önüne taşıdığında, kitapları koltuklarındaki çocukların neşeyle okula koşmalarını seyrettim.

Birkaç güne kadar, ben de okuluma dönerim. O sevgili arkadaşlarımı, sınıfımızı, sıradaki yerimi görmeye öylesine sabırsızlanıyorum ki. Kitap ve defterlerimi de özledim.

Zavallı anneciğim ne kadar sararmış ve zayıflamış... Hele babam ne kadar yorgun görünüyor. Beni uyandırmamak için ayak ucuna basarak gelen o sevgili arkadaşlarım! Ah bir yıl sonra onlardan ayrı kalacağımı düşünmek şimdiden beni üzüyor. Gerçi Derossi ve birkaç arkadaşla birlikte öğrenimime devam edeceğim. Ama Garrone, Coretti ve Precossi gibi işçi çocuklarından kader beni ayıracak. Onlar dördüncü sınıftan sonra ailelerine yardım için çalışmak zorunda kalacaklar. Bir daha hasta olduğumda onları artık başucumda göremeyeceğim.

Ah bu dürüst ve altın yürekli arkadaşları görmemek benim kalbimi sızlatıyor!

İŞÇİ DOSTLARIMIZ

26, Perşembe

(Babamın Mektubu)

Neden onları bir daha göremeyeceğini düşünüyorsun, Enrico? Bu sana bağlı bir istek. Evet gerçi ilkokulu bitirdikten sonra, sen ortaokula koleje geçeceksin, ama daha uzun yıllar bütün arkadaşlarınla aynı kentte yaşayacağına göre neden on-

ları görmeyesin? Sen lisede okurken de, gidip eski arkadaşlarını görebilirsin. Kim sana engel olabilir? Onları atölye veya dükkânlarında ziyaret edersin; iş başında erkekler gibi çalışan arkadaşlarının da seni görmekten mutlu olacaklarından kuşkum yok. Onları çalışır görmek, senin için çok yararlı olacak, yaşam konusunda onlardan öğreneceğin o kadar çok şey var ki. Onların sanatı, içinde bulundukları toplum ve ülken hakkında sana çok bilgi verebilir.

Düşün ki, eğer bu çocukluk arkadaşlığını korumayacak olursan gene yeniden böylesine candan arkadaşlar edinmen senin için zor olacak. Böylece tek yönlü bir toplumda yaşamakla, yalnız tek bir kitap okumuş bir bilgine benzeyeceksin. Daha şimdiden bu çocukluk arkadaşlarından ayrılmamaya karar ver ve önceliği işçi çocuklarına ver. Evet yavrum, sosyetenin yüksek sınıfı subaylar yetiştirir ama işçiler de çalışmanın askerleri sayılır. Orduda olduğu kadar toplumda da asker en azından subayı kadar soylu sayılır. Çünkü soyluluk alınan ücretle ölçülmez. O yapılan işte olduğu gibi, rütbede değil, değerdedir. İnan bana, çok zaman devamlı tehlike karşısında bulunan bir er, subayından çok daha değerli sayılır. Evet oğlum, daima iş ve emek ordusunun, erlerini sev ve say. Bu arada onları yetiştirmek için nice sıkıntılara göğüs geren onların ailelerine de saygı göster. Garrone, Coretti, Precossi ve Küçük Duvarcı'yı hiçbir zaman unutma. Bu çocuklar küçük işçi bedenlerinde en yüce nitelikleri toplayan saygın kişilerdir. Bu eski dostluklardan asla vazgeçme. Kırk yıl sonra, bir istasyondan geçerken, isli makinist giysileri içinde Garrone'yi gördüğün zaman, hiç çekinmeden onun boynuna atıl... Aslında bunu söylememin bile gereksiz olduğundan eminim, evet ülkenin en ileri gelenlerinden biri bile olsan, gene perona atlayıp eski arkadaşını sevgiyle kucaklayacağından kesinlikle eminim.

Baban

GARRONE'NİN ANNESİ

29, Cumartesi

Sınıfa ilk girdiğim gün acı bir haber aldım. Birkaç günden bu yana annesi ağır hasta olduğundan Garrone okula gelmiyordu. Garrone'nin annesi dün akşam ölmüş. Okula girdiğimiz zaman öğretmenimiz bize:

«Garrone bir çocuğun başına gelecek en büyük felaketlerden birine uğradı. Annesini yitirdi. Yarın okula gelecek. Onun bu derin acısına saygı göstermenizi sizden rica ediyorum çocuklar. Onu sevgiyle karşılayın. Ağırbaşlı davranın, yarın sınıfta kimse gülmesin ve şakalaşmasın, bunu sizden istiyorum.»

Bu sabah, ötekilerden az sonra Garrone göründü. Onu solgun ve üzgün görünce kalbim burkuldu. Gözleri ağlamaktan şişmiş ve kızarmıştı, sendeler gibi yürüyordu. Sanki ağır bir hastalıktan kurtulmuş gibi perişandı. Tüm siyah giyinmişti. Hepimiz ona çok acıdık.

Kimse ses etmedi, hepimiz ona sevgi ve saygıyla baktık. Garrone içeri girer girmez, annesinin kendisini almak için girdiği bu sınıfı görünce birden gözyaşlarını tutamadı, üzüntü dolu hıçkırıklarla sarsıldı.

Bay Perboni onu kucakladı, bağrına bastı:

«Ağla zavallı yavrum,» dedi, «ağla. Ama beri yandan da kendini üzüntüye kaptırma. Gerçi artık annen bu dünyada değil, ama o bulunduğu yerden, seni korumaya ve sevmeye devam edecek. O seni görüyor ve senin yakınında yaşıyor hâlâ. Tıpkı onun gibi altın bir kalbe sahip olduğun için günün birinde ona kavuşacaksın... Cesaret yavrum!»

Öğretmen Garrone'yi sırasına oturttu, benim yanımı seçmişti. Oysa ben Garrone'ye bakmaya bile cesaret edemiyordum. O kitap ve defterlerini çantasından çıkardı. Ancak okuma kitabını açar açmaz, çocuğunun elinden tutan bir kadın resmini görünce, gene hıçkırmaya başladı.

Öğretmen bize onun kederine saygı göstermemizi işaret etti ve derse başladı.

Garrone'yi avutmak istiyor, ama nasıl başlayacağımı, neler söyleyeceğimi bilemiyordum. Derken elimi onun koluna dayadım, ve:

«Ağlama artık Garrone!» diye fısıldadım.

O başı önünde, bir süre karşılık vermedi, sonra elimi ellerinin arasına aldı.

Akşam çıkışta, kimse ona söz söylemeye cesaret edemiyordu. Herkes onu saygıyla çevrelemişti. Beni bekleyen annemi görünce kucaklamak için ona doğru koştum. Ama o Garrone'yi görmüştü, hemen geri çekildi. İlkin anlayamadım ama sonra Garrone'nin kederle bana baktığını görünce ben de geriledim. O bana «Sen anneni kucaklayabiliyorsun, oysa artık benimki öldü, ama senin annen yaşıyor!» der gibi bakıyordu.

İşte o zaman annemin davranışını anladım ve onun elini bile tutmadan evin yoluna koyuldum.

GIUSEPPE MAZZİNİ

29, Cumartesi

Bu sabah da okula geldiğinde Garrone'nin yüzü solgundu, gözleri de ağlamaktan şişmişti. Onu avutmak için sırasının üstüne bıraktığımız hediyelere şöyle bir göz attı. Ama ona okumak ve biraz da onu avutabilmek için öğretmen bir kitap getirmişti. Önce yarın mutlaka Belediye Sarayına gidip Po ırmağında boğulmakta olan bir çocuğu kurtaran bir erkek çocuğa verilecek madalya merasimine gitmemizi söyledi. Aylık hikâye yerine de, pazartesi günü bizlere merasimi ve çocuğun kahramanlığını yazdıracaktı. Sonra, başı önüne eğik duran Garrone'ye döndü ve ona:

«Garrone, biraz gayret et, söylediklerimi sen de yaz,» dedi.

Hepimiz kalemlerimizi elimize aldık. Öğretmen yazdırmaya başladı:

«1805 yılında Cenova'da doğup 1872 yılında Pisa'da ölen Giuseppe Mazzini büyük bir vatanseverdi. Ünlü bir yazar, İtalyan devriminin başta gelen savunucularındandı. Yalnız vatanı uğruna dört yıl sefalet içinde, sürgünde, oradan oraya gidip durdu ama, gayelerinden, düşüncelerinden bir an olsun uzaklaşmadı. Giuseppe Mazzini de annesini çok severdi, ruhundaki en saf, en asil duyguları da annesinden almıştı. Büyük bir talihsizliğe uğrayan sadık arkadaşlarından birini avutmak için şöyle yazmıştı. Sözleri aşağı yukarı şunlardır: «Dostum, artık bundan böyle anneni bir daha bu dünyada göremeyeceksin. Bu acı gerçeğin ta kendisi. Seni avutmaya çalışmıyorum; çünkü bu çekilmesi ve sonra da kendi kendine yenilmesi gereken büyük, kutsal acılardan biri. Bu sözlerle ne demek istediğimi anlıyorsundur: «Acıyı yenmek mi gerek?» Acının en az saf, en az kutsal olan taraflarını yenmeli, çünkü bu ruhu yükseltecek yerde alçaltır, zayıflatır. Ama, acının diğer yanı, asil yanı, ruhu ululaştıran, yücelten bu yanı seninle kalacak, senden artık hiç ayrılmayacak. Yeryüzünde hiçbir şey bir annenin yerini tutamaz. Bundan sonraki günlerinde hayatın sana verebileceği acılar da, avuntular da bunu hiçbir zaman sana unutturamaz. Ölüm diye bir şey yoktur, ölüm bir yokluk değildir. Ölüm anlaşılamaz da. Hayat hayattır ve hayat kanununu izler, aşamayı. Dün yeraltında yatan bir annen vardı: Şimdi onun yerinde bir melek var. İyi olan her şey, zamanla güçlenir ve yeryüzündeki hayattan sonra da yaşar. Böylece annenin aşkı da hâlâ yaşıyor. O şimdi seni her zamankinden çok seviyor. Şimdi sen yaptığın bütün hareketlerden sorumlusun, o da senden çok. Başka bir dünyada onu yeniden görebilmek, ona kavuşabilmek senin davranışlarına, sana bağlı. Sen, annene karşı olan sevgin, saygın yüzünden, şimdikinden daha üstün olmalısın ve onu sevindirmelisin. Bundan böyle, yapacağın her harekette, kendi kendine: «Annem bunu takdir eder miydi?» diye soracaksın. Onun bu dünyadan yokoluşu yapacağın her şeyde fikrini sorman gereken bir melek yarattı. İyice güçlü ol. Aşağılatıcı, ümitsiz acıya karşı koy, sağlam, güçlü ruhların duyduğu o iç rahatlığını hisset: Zaten bu da annenin istediği tek şey değil mi?»

Öğretmen ekledi:

«Garrone! Güçlü ve sakin ol, annenin senden istediği bu değil mi? Anlıyor musun?»

Garrone başıyla bir evet işareti yaptı, bu sırada gözlerinden sicim gibi yaşlar iniyor, ellerinin, defterinin, sırasının üstüne süzülüyordu.

BİR KAHRAMANLIK ÖYKÜSÜ

(Aylık Öykü)

Öğle zamanı öğretmenimizle birlikte Belediye Sarayı'nın önünde bulunuyorduk. Arkadaşını Po ırmağında boğulmaktan kurtaran bir çocuğa kahramanlık madalyası vereceklerdi.

Belediye Sarayı'nın cephesinde, o üç renkli bayrağımız dalgalanıyordu. Avluya girdik.

Yoğun bir kalabalık çevreyi dolduruyordu. Ta dipte üstü kâğıtlarla dolu, kırmızı örtülü bir masa vardı. Daha önde vali ve belediye görevlilerinin koltukları dizilmişti. Avlunun sağ tarafına, göğüsleri madalyalarla süslü belediye zabıtaları dizilmişti, öbür tarafta itfaiyeciler vardı, hepsi de üniformalarını giyinmişlerdi. Yüksek görevli memurlar, çeşitli subay ve askerler, bayanlar ve çocuklar hep bir araya toplanmışlardı. Biz öğretmenleriyle gelen öğrencilerin bulunduğu kısımda toplandık. Birçok okul gelmişti. Bize yakın bir köşede on, on iki yaş arası çocuklar gülüp şakalaşıyorlardı, bunlar madalya alacak olan küçük kahramanın sınıf arkadaşları olacaktı. Töreni izlemeye gelen memurlar, avluya açılan pencerelere dayanmışlardı. Kütüphane taraçası bile kalabalıktan görünmüyordu ve öbür tarafta giriş kapısının hemen üstündeki balkonda kentin kız okullarının öğrencileri birikmişti. Burası loca ve kalabalık koltuklarıyla bir tiyatro salonunu andırıyordu. Dipte orkestra neşeli bir parça çalıyor, bahar güneşi bu güzel sahneyi altın yaldıza boyuyordu.

Birden avlu ve taraçadan alkış sesleri duyuldu. İyice görebilmek için ayak ucuna basarak başımı uzattım.

Kırmızı örtülü masa önündeki kalabalık, bir erkekle bir kadına yol vermek için açıldı. Erkek, bir çocuğun elini tutuyordu.

İşte bu arkadaşını boğulmaktan kurtaran çocuktu.

Erkek bayramlık giysilerini giymiş bir duvarcı ustasıydı. Eşi narin bir sarışın kadındı ve siyah bir roba giyinmişti. Ufak tefek ve sarışın çocuk da siyahlar giymişti.

Bu kalabalıktan ve bu alkışlardan ürken çocuk çekinmişti, babasına daha da sokuldu. Aslında çocuğun ailesi de, ne yapacaklarını bilemez gibi oldukları yerde durdular. Bir belediye görevlisi onları masa başına götürdü.

Bir süre çevreyi sessizlik kaplamıştı ama sonra alkışlar daha coşkulu bir şekilde koptu. Çocuk şapkası elinde çevresine bakınıyordu.

Onu azıcık Coretti'ye benzettim. Anne ve babası da gözlerini masaya dikmişlerdi.

Çocuğun okul ve mahalle arkadaşları ilerleyerek ona alçak sesle seslendiler ve kendilerini göstermek için el ve kollarıyla işaretler yaptılar. Sonunda onun dikkatini üzerlerine çekmeyi başardılar. Çocuk onları gördü ve gene şapkası elinde onlara gülümsedi.

Tam o anda belediye görevlileri «Hazır ol» durumuna geçtiler. Vali göründü, çevresinde kendisi gibi yüksek görevliler vardı.

Belinde üç renk atkısı bulunan vali masanın önünde durdu. Öteki görevliler onun çevresini sardılar. Müzik sustu, vali bir işaretle sessizlik istediğini anlattı herkes susmuştu.

O zaman konuşmaya başladı. İlk sözcükleri pek iyi duyamadım ama çocuğun cesaretinden söz ettiğini anlamakta gecikmedim.

Giderek sesi daha belirgin ve anlaşılır bir şekle dönüştü. Artık hiçbir sözcüğünü kaçırmadım:

«... Irmakta debelenen arkadaşını görür görmez, bu kahraman çocuk giysilerinden arındı ve dalgaların ortasına atıldı. Çevresindekiler ona:

'Yapma sen de boğulacaksın!' diye bağırıyorlardı. Ama o yılmadı, ona seslenenleri duymadı, suya atılmıştı bile. Irmak çalkantılı; akıntı, değil bir çocuk, yetişkin bir erkek için bile tehlikeli sayılacak kadar şiddetliydi. Ama bu yavru, tüm gücüyle çabaladı. Bu narin vücudu güçlendiren yüce kalbi, ona gereken gücü vermişti. Tam zamanında bir dalganın altında başı yok olan çocuğa yetişti ve onu tutarak kıyıya onunla birlikte yüzdü. Bu arada kurtardığı çocuk onun boynuna asılıyor, onu su altına sürüklüyordu. Bu yüce ruhlu yavru, arkadaşını kurtaran bir çocuk gibi değil, ama çocuğunu kurtaran bir baba gibi soylu bir inatla direndi. Dalgalara ve şiddet-

li akıntıya karşı koydu. Sonunda bitkin bir halde onu kıyıya sürükledi ve arkadaşlarıyla birlikte ilk yardım bakımı da yaptıktan sonra sanki hiçbir şey olmamış gibi sakin ve rahat, olayı ailesine anlatmak için evinin yolunu tuttu.

Dostlarım, bir erkeğin kahramanlığı güzel ve saygıdeğer bir davranıştır, ama hiçbir çıkarı olmayan sırf kalbinin sesini dinleyerek kendisini tehlikeye atan bir çocuğun kahramanlığını övecek sözcükler bulamıyorum. Kendisinden hiçbir şey istenmeyen, bizlerin korunmasına muhtaç çocuğun kahramanlığı çok kutsal bir davranıştır. Evet dostlar daha fazla konuşmayacağım, böyle yüce bir davranışı övecek söz bulamıyorum.

İşte bu yürekli ve kahraman yavru önünüzde. Ey asker kardeşlerim, onu saygıyla selamlayın. Anneler, onu sanki kendi çocuğunuz gibi kutlayın. Çocuklar onun adını asla unutmayın ve onun yüzünü kafanıza ve yüreğinize silinmeyecek bir şekilde kazın. Yaklaş yavrum, İtalya Kralı'nın adına sana «Kahramanlık Madalyası»nı veriyorum.»

Binlerce ağızdan yükselen «Aferin! Bravo!» sesleri çevreyi çınlattı.

Vali masadaki madalyayı aldı, çocuğun göğsüne iliştirdikten sonra onu kolları arasına alarak birkaç kez öptü.

Annesi mendilini gözlerine götürdü, baba başını öne eğmişti. Vali bu mutlu aileyle tokalaştıktan sonra masa üstündeki madalya belgesini alıp genç anneye uzattı, daha sonra çocuğa dönerek:

«Bu yüce günün anısını her zaman canlı tut. Annen ve baban da bunu asla unutmasınlar ve yaşadığın sürece dürüstlük ve onur çizgisinden ayrılma yavrum.»

Vali çıktı, müzik çalmaya devam etti. Her şey bitti sanıyorduk ki, birden itfaiye erlerinin ardından, sekiz, dokuz yaşlarında bir çocuk fırladı. Bu, şenlik kahramanının boğulmaktan kurtardığı çocuktu. Kurtarıcısının kollarına atıldı!

Alkış ve «yaşa!» sesleri gene çevreyi çınlattı. Kurtarıcısına minnetini belirtmek için gelen çocuk da alkışlandı. Kahra-

man çocuk, arkadaşını kucakladıktan sonra onun koluna girdi. Her ikisi önden yürüyor, anne baba arkalarından geliyorlardı. Kahraman çocuğun yakınında olanlar, ona ellerini uzattılar. Öğrencilerin önünden geçtiklerinde öğrenciler başlıklarını salladı. Küçük kahramanın mahalle ve okul arkadaşları sevinç haykırışlarıyla ona sevgi gösterilerinde bulundular. Her yerden aynı bağırmalar yükseliyordu. «Yaşa! Varol! Bravo!»

Göğsünde üç renkli şeritten sarkan madalyasıyla ta yakınımdan geçti. Annesi hem gülüyor, hem de ağlıyordu, babası titrek bir elle bıyığını buruyordu.

Yukarıdan pencere ve balkonlardan alkışlar duyuluyordu. Birden mutlu aile Belediye Sarayı'nın büyük kapısı altından geçerken, küçük kızların toplanmış oldukları balkondan bir çiçek yağmuruna tutuldular. Menekşe, papatya, yasemin ve gül buketleri gökyüzünden yağıyordu sanki. Çocuğun, anne ve babasının başları bu renk renk çiçeklerle örtülmüştü. Herkes yerdeki çiçekleri toplayıp mutlu anneye uzatıyordu ve müzik küçük kahramanın onuruna en kıvrak en tatlı ezgileri çalıyordu.

ÇOCUKLARDA RAŞİTİZM

5, Cuma

Bugün okula gitmedim, çünkü pek iyi hissetmiyordum kendimi. Bu yüzden annem beni raşitik çocuklar yurduna götürdü, kapıcının çocuklarından birinin oraya alınması için müdürle konuşacaktı. Ama, benim okula girmemi istemedi...

«Senin niçin içeri girmeni istemediğimi anlamadın mı, Enrico? Okulun içinde, bu talihsiz çocuklara senin gibi sapasağlam, güçlü kuvvetli bir çocuğu dolaştıramazdım gösteri yapar gibi. Onlara büyük acılar veren böylesi karşılaşmalar olmuyor değil gerçi. Ne üzücü! Okuldan içeri girer girmez içime bir acı çöktü, ağlamak istedim. Bu çocukların sayısı, kız ve erkek olmak üzere altmışı buluyor... Zavallı azap çeken kemikler! Zavallı eller, çarpılmış, yamrulmuş zavallı ayakcıklar! Biçimsiz, şekilsiz zavallı küçük bedenler! İnce çizgili yüzler, sevecenlik, zekâ dolu bakışlar birden dikkatimi çekti. Sivri burunlu, uzun çeneli bir kızcağız vardı, yüzü bir ihtiyarınkini andırıyordu; ama, tanrısal güzellikte bir gülüşü vardı. Bazıları, önden bakılınca, çok güzel, hiçbir sakatlığı yokmuş gibi görünüyor; ama, arkalarını dönünce manzara karşısında insanın içi eziliyor. Doktor onları muayene ediyordu. Onları sıraların üstüne dimdik oturtuyor ve şişmiş karınlarını, kalınlaşmış mafsallarını yoklamak için giysilerini çıkarıyordu. Ama, bu zavallıcıklar hiç utanmıyorlardı. Bu çocukların çoğu, soyulup, muayene edilip, dörtbir yana çevrilerek incelenmeye alışmıştı. Şimdi onların iyileşme devresinde olduklarını, artık çok acı çekmediklerini düşündükçe boğazımda bir şeyler düğümleniyor. Kimbilir bedenleri ilk kez çarpılmaya başladığı zaman ne kadar acı çektiler. Sakatlıkları arttıkça, bu zavallı çocuklar çevrelerindeki sevginin azaldığını görüyorlar. Saatler boyunca bir odanın, ya da bir bahçenin köşesinde bırakılan, iyi beslenmeyen, zaman zaman alay edilen, aylar boyunca hiçbir yararı dokunmayan ortopedik aletlerle, sargılar içinde dolaşan bu çocuklar ne kadar acı çekiyorlardı! Oysa şimdi, yapılan tedaviler, iyi beslenme ve beden eğitimiyle çok daha iyi durumdalar. Öğretmen onlara beden eğitimi yaptırıyor. Sarılı, ince madeni levhalarla sıkıştırılmış, boğumlu, biçimsiz bacaklarının öğretmenin verdiği emirle sıraların altında uzandığını görmek insanın yüreğini paralıyor; Tanrı isteseydi bu bacaklar öpücüklerle de dolabilirdi! Çocuklardan bazıları sıralarından kalkamıyorlardı ve başlarını kollarına dayayıp, elleriyle koltuk değneklerini okşayarak oldukları yerde kalıyorlardı; ötekiler de birtakım kol hareketleri yaparken, solukları kesiliyor ve renksiz, bir yere oturuveriyorlardı; ama, nefes darlıklarını, sıkıntılarını gizlemek için gülümsüyorlardı. Ah, Enrico, sizler sağlığınızın değerini hiç bilmiyorsunuz, sağlam, güçlü olmanın ne büyük bir nimet olduğunu bilmiyorsunuz! Güzel, sevimli, sağlam çocuklarını, güzelliklerinden adeta gurur duyarak gezdiren anneleri düşünüyorum; bütün bu zavallı sevimli başları alıp onları ümitsizce bağrıma basardım; eğer tek başıma olsaydım, onlara: «Buradan hiç bir yere ayrılmıyorum, son günüme kadar sizlere hizmet etmek, her birinizi gerçek bir anne gibi sevmek için yaşamımı sizlere adıyorum...» derdim. Bu sırada onlar şarkı söylüyorlardı; ince, tatlı, üzgün bir sesle şarkı söylüyorlardı. Bu şarkı insanın ruhuna kadar işliyordu. Öğretmen her birini ayrı ayrı övdüğünden hepsi pek mutluydu. Sıraların arasından geçerken ellerini, kollarını öpüyorlardı, çünkü kendileri için didinen ve kendilerini sevenlere karşı müthiş bir yakınlık duyuyorlar. Öğretmenin dediğine göre bu yavru melekler çok da akıllı, çok iyi çalışıyorlarmış. Genç, sevimli bir öğretmenin yüzünden öyle bir iyilik, hüzün okunuyor ki, sanki okşadığı, avutmaya çalıştığı o mutsuzluklar yüzüne yansıyor. Sevgili çocuk! Hayatını çalışarak kazanan bütün insanlar içinde, senden daha kutsal bir biçimde çalışarak hayatını kazanan bir başkası daha yok, kızcağızım.

ANNEN

MAYIS

ÖZVERİ

9, Salı

Annemin altın gibi bir yüreği vardır. Ablam Silvia da tıpkı ona benzer, onun gibi iyi yürekli ve cömerttir. Dün *«Apenin Dağları'ndan And Dağları'na»* adındaki aylık öykümüzü temize çekiyordum. Bu öylesine uzun bir öyküydü ki, öğretmen hepimize birkaç sayfa dağıtmıştı. Tam yazmaya başlamıştım, ablam Silvia ayaklarının ucuna basarak içeri girdi ve bana yavaş sesle:

«Gel annemin odasına gidelim,» dedi. «Bu sabah annemle babamın konuştuklarını istemeyerek duydum. Babam çok önemli bir işinin kötü gittiğini söylüyor ve çok üzgün görünüyordu. Annem de onu avutmaya çalışıyordu. Enrico, anlıyor musun? Artık ekonomik durumumuz sarsıldı, ailemizin parası kalmadı. Bizim de kendimize düşen özverilerde bulunmamız gerekecek. Hazırsın değil mi? Sana söyleyeceklerimi yapacağına yemin et!»

Kendisine söz verdim.

Silvia elimden tutarak, beni annemin odasına götürdü. Annem düşünceli görünüyor ve dikiş dikiyordu. Onun yanı

na gelince sedire iliştim, annemizin soluna oturan Silvia, hemen söze başladı:

«Seninle konuşmak istiyoruz anne. Enrico'nun sana söyleyecekleri var. İkimiz de seninle konuşacağız.»

Annem şaşırmıştı, bize şaşkınca baktı:

Silvia söze başladı:

«Babamız iflas etti, değil mi?»

Annem kızararak:

«Daha neler!» diye onu susturdu. «Bunu da nereden çıkardın? Kimden duydun?»

Silvia kesin bir ses tonuyla:

«Bunu biliyorum» dedi, «bizi dinle anne. Biz de özverilerde bulunacağız. Ay sonu için bana bir yelpaze, Enrico'ya da bir boya takımı alacağına söz vermiştin. Biz bu hediyelerden vazgeçtik, istemiyoruz. Artık bizim için aşırı harcamalarda bulunmanızı istemiyoruz.»

Annem onun sözünü kesmek istedi ama Silvia onu dinlemeden konuşmasını sürdürdü:

«Enrico ile tekrar karar verdik bundan böyle babamız para sıkıntısı çektiği sürece birçok alışkanlığımızdan vazgeçeceğiz. Artık ne meyve istiyoruz, ne de tatlı. Çorba bize yeter de, artar bile. Sabahları ekmek yeriz olur biter. Böylece yiyecek için az para harcarsınız. Bütün bunlardan ötürü, bizi hep güler yüzlü göreceğine de, sana söz veririz. Size yardım bizi mutlu edecek. Doğru değil mi Enrico?»

Ablamın sözlerini onayladım.

Silvia konuşmak isteyen annemin ağzını eliyle kapatarak devam etti:

«Daha başka özverilerde de bulunacağımıza yemin ederim anne. Giysilerimiz için de harcamaları kesin. Benim daha uzun zaman işe yarayacak giysilerim var. Bize verilen hediyeler arasında değerliler bulunuyorsa bunları da satabiliriz. Ben her şeyimi sana veriyorum. Bundan böyle gündelikçi kadını da getirmenin anlamı yok. Ben her işi yapar, sana yardım ederim. Gün boyu dikiş dikeceğim, her istediğini yapmaya hazırız!»

Sözlerini bağlayan Silvia gözyaşlarıyla annemizin boynuna atıldı:

«Sizin mutlu olmanız ve sizler için canlarını verecek Silvia ve Enrico'nun çocuklarınız olmaktan gurur duyduklarını babamın ve senin bilmenizi istiyoruz anne...»

Annemi hiç bu kadar heyecanlı ve mutlu görmemiştim. Dudaklarında titrek bir gülümseyişle ablamı ta sonuna kadar dinledikten sonra gülerek bizi kucaklayıp yanaklarımızdan öptü. Sevinçten ağlıyordu, konuşabildiği zaman ablama, yanıldığına, yanlış duyduğuna, babamızın para sıkıntısı çekmediğine yeminler etti ve bizim ikimize de binlerce kez teşekkür etti. O gün akşama kadar annem çok mutlu ve neşeli göründü. Akşam Silvia ile benim davranışımızdan babama söz etmiş olmalı. Babam ağzını açıp tek söz söylemedi, ama bu sabah kahvaltıya oturduğumuzda Silvia peçetesinin altında yelpazesini, ben de boya takımımı buldum.

YANGIN (*)

11, Perşembe

Bu sabah öğretmenimin bana verdiği aylık öykünün bana düşen kısmını temize çekip bitirmiştim. Gene öğretmenimizin ertesi gün için verdiği ödev olan kompozisyon konusu bulmaya çalışıyordum ki, merdivende ayak sesleri duydum. Daha sonra bizim dairemize giren iki itfaiyeci babamdan sobalara, ocaklara ve borulara bakma iznini istediler. Damdan devamlı çıkan dumanın nedenini öğrenmek istemişler. Babam, kendilerini içeri davet etti ve aramalarını söyledi. İtfaiyeciler denetimlerini yapmak için odalara girip çıktılar. Duvara kulaklarını dayamış bizim daireden geçen borulardan dumanın geçip geçmediğini anlamak istiyorlardı.

Onlar çalışırken babam bana:

«Enrico, işte ödevin için sana ilginç bir konu.» dedi. «Ben tam iki yıl önce bu yürekli itfaiyecileri işbaşında gördüm, bak sana anlatayım:

Bir gece geç saatte Balbo Tiyatrosu'ndan çıkmış, evimize dönerken, Roma Caddesi'ne saptım. Birden yoğun bir kalabalığın oraya toplandığını ve alev alev yanan bir binanın önüne biriktiklerini gördüm. Evlerden biri tutuşmuş, alevler ve dumanlar çevreyi sarmıştı. Balkonlar kaçmak isteyen kadın ve erkeklerle dolmuştu. Bunlar bir görünüyor, daha sonra üzüntü dolu çığlıklarla gene yok oluyorlardı. Giriş kapısı önünde büyük bir kalabalık birikmişti. Herkes bir ağızdan: 'İmdat içeridekiler diri diri yanacaklar!' diye avaz avaz haykırıyordu. 'İtfaiye, itfaiyeciler nerede kaldı?..'

(*) 1880 yılının 27 Ocak gecesinde Torino'da yaşanan gerçek bir yangındır.

Tam o anda görünen dört itfaiyeci içeri atıldılar. Henüz girmişlerdi ki korkunç bir şey gördük. Kadınlardan biri, üçüncü kat penceresinde göründü ve acı bir çığlık atarak, demir parmaklıktan atlamak istedi ama eteği parmaklıklara takılmıştı. Boşlukta öyle sallanıp kaldı. Bu arada alevler saçlarını yalayarak başının üstünden geçiyordu. Kalabalık dehşetle bağırdı. İkinci kata ulaşan itfaiyeciler, bir duvarı yıkmış ve odalardan birine dalmışlardı ki, aşağıdan yüzlerce kişinin gırtlağından aynı ses yükseldi:

'Üçüncü kata! Üçüncü kata!..'

Hep birden üçüncü kata atıldılar orası cehennem gibi bir görünüm almıştı. Kalaslar yanarak devriliyor, koridorlarda alevler ve duman yoğun bir örtü gibi görmeyi bile engelliyordu. Kiracıların bulunduğu odalara ulaşmak için çatıdan geçmekten başka çare kalmamıştı. İtfaiyeciler hemen o yolu denediler ve birkaç saniye sonra dam üzerinde kara bir hayaletin ordan oraya koştuğu görüldü. Bu itfaiyecilerin şefiydi. Kadının eteğinden asılı bulunduğu pencereye ulaşmak için çok dar bir yoldan, bir çatı penceresiyle olukların üzerinden geçmek gerekiyordu. Başka her yer alev alev yanıyordu ve bu küçük geçit de kar ve buzla kaplı idi. Aşağıdan kalabalık:

'Olamaz, oradan geçemez, tutunacak yer yok, daracık geçit kar kaplı,' diye bağırdı.

İtfaiyeci damın kenarına atıldı.

Hepimiz heyecanla gözlerimizi ona diktik, nefes almaya bile çekiniyorduk. İtfaiyeci ağır ve emin adımlarla ilerlemeye başladı. Elindeki balta ile kiremit, lata ve kirişleri kırarak ağır ağır kendisine bir geçiş yolu açmaya çalışıyordu. Buradan üçüncü kata inecekti. Oysa kadın, hâlâ asılı bekliyordu. Alevler başını sarmış saçlarını yalıyordu. Bir dakika sonra, boşluğa yuvarlanacaktı. Birden rahat bir nefes aldık, delik açılmıştı, binlerce 'Bravo!' nidaları gecenin karanlığında çınladı. İtfaiyeci belindeki kemeri çözerek buna tutundu ve inmeye başladı. Öbür itfaiyeciler de onun peşinden geldiler.

Tam o anda itfaiyecilerin kurtarma merdiveni yetişti. Bu uzun merdiveni pencerelerin üzerindeki kirişlerden birine dayadılar. Ancak yanan binadan acı çığlıklar duyuluyordu. Halk, bu yardımın geciktiğine ve evdekilerin diri diri yanacaklarına inanmıştı. 'Kimse kurtulamayacak, itfaiyeciler bile yanacaklar!' diye haykırışlar duyuldu...

Birden balkonun bulunduğu pencere önünde itfaiyecinin siyah gölgesi göründü. Alevler onu aydınlatıyordu, kadın onun boynuna sarıldı, itfaiyeci onu belinden kavradı ve odaya doğru geri çekti.

Halk, bir sevinç çığlığı attı, yangının gürültüsünü bile bastıran bir sevinç çığlığı! Kadın kurtulmuştu ama ötekiler?

Yüksek pencerelerden birine dayalı merdiven itfaiyecilerden uzak kalmıştı.

Halk böyle düşüne dursun, itfaiyecilerden biri, bir ayağını kirişin üzerine öbür ayağını duvara dayalı merdivene bastı ve bu tehlikeli durumda içeriden kendisine uzatılan kiracıları bir bir alarak, kollarını uzatan öbür itfaiyecilere teslim etti. İlkin balkona asılı kadın kurtarıldı, daha sonra bir küçük kız, ak sakallı bir ihtiyar ve sonra bir başka kadın.

Artık hepsi kurtulmuştu, evde kalan itfaiyeciler de, bir bir indiler. En son, inen tehlikeye ilk atılan ve sağa sola emirler veren şef oldu. Halk onu bir kahraman gibi selamladı, omuzlarda taşındı ve onu hep bir ağızdan kutladılar.

Birkaç saniye sonra herkes kahramanın adını birbirine fısıldıyordu: 'GUİSEPPE ROBBİNO!'

İşte Enrico ben buna 'cesaret' derim, bu mantık dinlemeden yüreğinin sesine kulak verenin cesaretidir.

Bir gün seni itfaiyecileri görmeye götüreceğim. Şef Robbino ile tanışmaktan onur ve mutluluk duyacağından eminim. Aman Tanrım dur aldanmıyorum, işte, ta kendisi.»

Arkama baktım. İtfaiyecilerin ikisi denetlemelerini bitirmiş dönüyorlardı. Babam bana kısa boylusunu gösterdi.

«Şef Robbino'nun elini sık Enrico!»

İtfaiye şefi durdu ve gülümseyerek bana elini uzattı. Tokalaştık. Babam:

«Şunu iyi bil, belki ömür boyu binlerce kişiyle tokalaşacaksın, ama inan bana, onun kadar yürekli birisinin elini sıkmak onuruna ulaşacağını sanmam!..»

APENİN DAĞLARINDAN AND DAĞLARINA

(Aylık Öykü)

Birkaç yıl önce Marco adında on üç yaşlarında bir işçi çocuğu annesini aramak için ta Cenova'dan Amerika'ya tek başına gitmişti. Annesi iki yıl önce - bazı felaketlerden sonra yoksul düşen aileye katkıda bulunmak için - Arjantin'e çalışmaya gitmişti.

Ailelerine yardım için böyle uzun bir yolculuğu göze alan kadınların sayıları az değildir. Orada hizmetçi aylıkları oldukça dolgun olduğundan birkaç yıl çalıştıktan sonra, aylıklarını biriktirerek ülkelerine birkaç yüz bin liretle geri dönerlerdi.

Zavallı anne, ailesinden ayrılırken acı acı ağlamıştı. Büyük oğlu on sekiz yaşında yetişkin bir delikanlıydı, ama henüz on bir yaşındaki Marco annesine çok düşkündü. Ancak kadıncağız umutla yola koyuldu ve rahat bir deniz yolculuğundan sonra Buenos Aires'de kocasının yeğeni aracılığıyla bir İspanyol ailesinin yanında iş buldu. Yıllar önce Arjantin'e yerleşen bu yeğen orada bir dükkân işletiyordu.

Bir mühendis ailesi olan yeni patronları kadına çok iyi davranıyor ve kadına oldukça önemli bir maaş veriyordu. Birkaç ay gelip geçti. Kadın eşi ve oğullarıyla Cenovalı yeğenin aracılığıyla mektuplaşıyordu. Eşi ve oğulları da mektuplarını bu akrabalarının adresine yolluyorlardı.

Ayda sekiz bin liret kazanan kadın kendisine hiçbir şey ayırmadan bu parayı olduğu gibi eşine yolluyor, o da borçlarını ödeyerek eski itibarını kazanmaya çalışıyordu. O da canını dişine takarak çalışıyor ve sabırsızlıkla eşinin dönmesini bekliyordu. Çünkü kadınsız ev çok sıkıntılı ve boş olmuştu. Üstelik anasının yokluğuna bir türlü alışamayan küçük Marco, giderek tasalanıyordu.

Böylece bir yıl gelip geçti. Cenovalı kadın, son mektubunda sağlığının pek iyi olmadığını yazmış ve bundan sonra kendisinden hiç ses çıkmamıştı. Endişelenen eşi, dükkân sahibi akrabasına yazdı, ama ondan da yanıt alamadı. Kadının çalıştığı aileye yazdılar ama herhalde adresi tam bilemediklerinden mektup ulaşmamış olacaktı ki, oradan da bir karşılık alamadılar.

Baba, bir felaketten korkmuştu, kentteki İtalya Konsolosu'na yazarak eşi hakkında bilgi istedi ama üç ay sonra konsolos, gazetelerde yayınlanan ilanlara karşın Cenovalı kadından ses çıkmadığını üzülerek bildirdi. Bunun da çok yerinde bir nedeni vardı. Ailenin itibarını düşünen kadın, kendi gerçek adını saklamış, memleketinde hizmetçilik yaptığını bilmelerini istememişti. Böylece birkaç ay daha geçti; baba ve oğulları büyük bir keder içindeydiler, hele Marco yemeden içmeden kesilmişti. Kara kara düşünüyordu.

Ne yapmalı, kime başvurmalıydı? Bir ara baba, kendisi Amerika'ya gitmeyi düşündü, ama o gittiğinde eve kim bakacaktı? Babasına yardım için çalışan büyük oğulun da gitmesi söz konusu olamazdı. Onun da aileye katkısı oluyordu.

Birbirinden kederli ve sıkıntılı günler gelip geçti, zavallıların yaşamları sanki cehenneme dönmüştü.

Bir akşam küçük Marco kararlı bir sesle bildirdi:

«Annemi aramaya Amerika'ya gideceğim!»

Babası hüzünle başını eğdi, bu çocuk için çok yürekli bir atılım sayılırdı, ama olanaksızdı: On üç yaşında bir çocuk, bir ay süren deniz yolculuğuna nasıl dayanacaktı?

Oysa çocuk kararında direniyordu. O gün, ertesi gün ve daha sonraki günler, hep aynı isteği ısrarla tekrarladı. O büyük bir adam gibi tartışıyor, güçlükleri yeneceğinden emin, düşündüğünü açıklıyordu.

«Benden başkaları da bu yolculuğu göze aldılar, hem de benden daha küçükler. Ben de onlardan biri gibi Amerika'ya gidemez miyim? Oraya ayak basar basmaz bizim şu Cenovalı akrabayı arar bulur ve annemin adresini alırım. Orada bizim gibi birçok İtalyan'ın özellikle Cenovalıların bulunduklarını duymuştum. Üstelik orada herkes için iş olduğu da söyleniyor. Çalışır, dönüş masrafımı da böyle çıkartırım.»

Böylelikle yavaş yavaş babasını kandırmayı başardı. Baba çok akıllı ve karakter sahibi olan Marco'yu hem sever, hem sayar, ona güvenirdi. Üstelik çocuk yoksulluklara da alışkındı, çok sevdiği annesini bulmak için onun katlanamayacağı sıkıntı yoktu.

Bu arada tanıdıklarından bir kaptan, Marco'nun anasına beslediği bu aşırı sevgiden etkilenerek ona Arjantin için bedavadan bir üçüncü mevkii bileti sağlamayı önerdi. Azıcık düşündükten sonra baba razı oldu ve yolculuğa karar verildi. Çocuğun giysi ve çamaşırlarını bir valize yerleştirdiler ve cebine de biraz para koyduktan sonra, nisan ayının güzel bir akşamı onu yolcu ettiler.

Baba yaşlı gözlerle oğlunu kucaklarken:

«Sevgili yavrum, iyi bir niyetle yola çıkıyorsun, Tanrı yardımcın olsun. Başaracağından eminim,» dedi.

Zavallı Marco her türlü zorluğa kendisini hazırlamıştı ama gene de ufukta ülkesinin dağlarının yok olduğunu görünce, denizin ortasında hiç tanımadığı kişilerin arasında kendisini çok yalnız buldu. Tam iki gün güverteye bağdaş kurarak yiyip içmeden öylece denize baktı durdu. Kafasından her türlü kederli düşünce gelip geçiyordu. Annesinin ölmüş olması olasılığı da aklına gelmiyor değildi. Geceleri birkaç saat uyukladığında korkulu düşler görüyor, yabancı bir ses kulağına *«Annen öldü!»* diye fısıldıyordu. Kan ter içinde, acı bir çığlıkla uyanıyor bu karabasandan kurtuluyordu.

Ancak İspanya'yı Afrika'dan ayıran Cebelitarık Boğazı'nı aştıktan sonra çocuk yeniden yüreklendi. Umutla yolculuğun sonunu beklemeye koyuldu. Ama bu avuntu da pek uzun sürmedi. Her gün kendisini saran o uçsuz bucaksız deniz, giderek artan o bunaltıcı ısı ve gemideki yol arkadaşlarının acıklı durumları, kendini saran yalnızlık, gene bir bunalıma düşmesine yol açtı. Boş ve birbirinin eşi günler birbirini izliyordu. Hastalarda olduğu gibi artık zaman kavramını yitirmiş, günleri birbirine karıştırmaya başlamıştı Marco.

Sanki bir yıldan beri bu gemide olduğunu düşünüyor, her sabah uyandığında bu sınırsız okyanusun ortasında bulunmaktan büyük bir şaşkınlık ve derin bir üzüntü duyuyordu. Amerika'ya ne zaman ayak basacaktı?

Arada bir güverteye düşen, çevrelerinde yüzen o kanatlı balıklar, tropiklerin o göz kamaştırıcı gün batımları ve geceleri dalgaları ışıklandıran o yakamozlardan bir alev denizine dönen Atlantik, çocuğa gerçek dışı görünüyordu. Tıpkı düşlerde görünen mucizeler gibi gerçekle ilgisi olmayan sanrılardı. Bu arada güverteye çıkılamadığı kötü havalarda, yatakhanede kalınıyor ve gemi bir ceviz kabuğu gibi sallandığında, korku çığlıkları ve çatırtılar arasında Marco, son saatinin geldiğine inanıyordu. Yol bir türlü bitmiyordu. Deniz ve gökyüzü. Bugün dün gibiydi ve ertesi günün de bugüne benzeyeceğinden Marco'nun artık hiç kuşkusu kalmamıştı. Marco saatlerce küpeşteye dayalı, gözleri bu sınırsız denize dikili annesini düşünüyordu. Sonra uykudan ağırlaşan göz kapakları kapanıyor ve o zaman kendisine kederle bakan yabancı bir yüz görüyordu. Bir ses kulağına *«Annen öldü!»* diye fısıldıyordu. Bu sesi duyunca, Marco sıçrayarak uyanıyor ve gözleri ufukta yeniden o sonsuz düşlerine dalıyordu. Böylece tam yirmi yedi gün geçti.

Son günler epeyce zevkliydi. Hava güzel ve serindi. Çocuk, yaşlı ve iyi yürekli bir Lombardiyalı ile tanışmıştı. Adam da Amerika'ya çiftçilik yapan oğlunun yanına gidiyordu. Oğlu Rosario kasabası dolaylarında çalışıyordu. Marco yaşlı dostuna öyküsünü anlatmıştı. Adam onun arada bir ensesini okşayarak:

«Cesaret oğlum! Anneni bulacaksın, onu sağlıklı ve mutlu bulacaksın!» diyordu.

Bu tatlı ihtiyarın yakınlığı Marco'yu güçlendirmişti. O kederli sezilerinden sıyrılmıştı sanki. Piposunu içen yaşlı köylünün dizi dibinde oturarak, İtalyan göçmenlerin özlem dolu türkülerini dinliyordu. Kendisini Buenos Aires'te bir sokakta düşlüyor, yeğenin dükkânı önünde duruyor ve annesini sormak için onun kollarına atılıyordu.

Sonra onunla birlikte bir sokakta koşuyorlar merdivenlerden çıkıyorlardı. Burada Marco'nun düşü birden kopmuş gibi kesiliyordu.

Cenova'dan ayrıldıklarının tam yirmi yedinci günü Buenos Aires'e vardılar. Mayıs ayının kızıl şafağı, gökyüzünü ve denizi şarap rengine boyamıştı. Gemi başkentin kıyılarından birini sulayan Plata ırmağına demir attı.

Bu güzel hava Marco'ya iyi bir belirti gibi göründü. Sevinçten ve sabırsızlıktan deli gibi olmuştu. Annesine artık çok yaklaşmıştı, birkaç saat sonra onu görecek, kucaklayacaktı. Evet artık Amerika'da, Yeni Dünya'daydı. Buralara dek tek başına gelme cesaretini göstermişti. Bu uzun ve sıkıcı yolculuk bir şimşek gibi gelip geçmişti. Sanki uzun bir düş görmüş ve şu anda uyanmıştı. Marco, öylesine mutluydu ki, pelerin ceplerini karıştırdığında para çantasını bulamayınca pek fazla dert etmedi. Bir önlem almış, parasını ikiye ayırmıştı. Gerçi çok az bir parası kalmıştı ama artık annesine kavuşacağına göre, bunun ne önemi vardı ki?

Elinde valizi öbür yolcularla birlikte indi. Diğer İtalyanlar buharlı bir vapura bindiler, kıyıya yaklaşmışlardı. Orada Marco, Andrea Doria adındaki bir kayığa atladı ve limana ayak basar basmaz ihtiyar dostu Lombardiyalı ile tokalaşıp, ona veda etti. Koşar adımlarla kente girdi.

İlk sokakta bir yayayı durdurarak, ondan yeğenin oturduğu sokağın adresini sordu. Rastlantı olarak bir İtalyan olan bu yaya, çocuğa yolu gösterdi.

Birkaç sokak ötesiydi, köşe başında *Los Artes* yazıyordu.

Çocuk ona teşekkür ederek sokakların adlarını dikkatle okuyarak ilerledi. Sonunda uzun ve dar bir yola girdi. Tek katlı beyaz evlerin sıralandığı bu yol bir türlü bitmiyordu.

Yayalar, at ve öküz arabaları gürültüyle gelip geçiyorlardı. Marco her yirmi adımda bir dönüp çevresine bakıyor, göz alabildiğine iki başka sokağın açıldığını şaşkınlıkla görüyordu. Güney Amerika'nın kent yolları sonsuz ovalara açılır ve okyanus ufukları gibi sınırsız görünürdü.

Köşelerde her sokağın adına dikkatle bakan Marco, karşılaştığı tüm kadınlarda annesini arıyordu. Hatta bir ara önünde ilerleyen kadını, arkadan annesine benzeterek heyecanla ürperdi, hemen ona yetişti, bu bir zenci kadındı.

Bir köşe başında, *Los Artes* adını okudu, çivilenmiş gibi olduğu yerde kalan yeğenin dükkânının numarası 175 idi. Adımlarını sıklaştırdı.

Birkaç dakika sonra annesine kavuşacağını, düşünmek onu daha hızlandırmıştı. Sonunda bir tuhafiyeci dükkânı önünde durdu. İçeride gözlüklü, gri saçlı bir kadın yün örüyordu. İsyanyolca:

«Ne istediniz çocuğum?» diye sordu.

Marco kekeledi:

«Şey ... Burası Fransisco Merelli'nin dükkânı, değil mi?»

Yaşlı kadın İtalyanca yanıtladı.

«Fransisco Merelli öldü!»

Çocuk beyninden vurulmuşa döndü:

«Ne zaman, öldü?»

«Birkaç ay oldu. İşleri bozulmuştu, kentten ayrıldı. Onun Bahio Blanca'ya yerleştiğini duyduk, sonra o da uzak kasabada ölmüş. Dükkân artık benim.»

Çocuk ilkin sarardı, sonra aceleyle sordu:

«Merelli annemi tanırdı. Annem burada Senor Mequinez'in yanında çalışıyordu. Sadece Merelli bana annem hakkında bilgi verebilirdi, oysa ben ta İtalya'dan annemi bulmak için geldim. Şimdi ne olacak?»

Kadın da etkilenmişti:

«Zavallı yavrucak,» diye mırıldandı. «Dur, eskiden beri buradan çalışan çırağa soralım, belki o bir şeyler bilir.»

Dükkânın arkasındaki avluya çıkarak genç bir çocukla geri döndü, kadın ona sordu:

«Merelli, Senor Mequinez'in yanında çalışan bir kadına seninle hiç mektup yolladı mı?»

«Evet Madam, Los Artes Sokağı'nın bitiminde oturan Mühendis Mequinez'in evine birçok kere gitmiştim.»

Marco birden umutlandı:

«Oh, sağolun dostum,» dedi, «bana evin numarasını verin, isterseniz benimle gelin, cebimde henüz biraz para var.»

Marco öylesine candan konuşmuştu ki, çırak patronundan izin almadan:

«Haydi gidelim!» diye atıldı.

Koşa koşa, hiç konuşmadan o çok uzun yolun bitimine kadar gittiler. Çiçekli saksılarla dolu bir avlunun çevrelediği küçük beyaz bir evin önünde durdular. Marco kapıdaki çanı çaldı. Genç bir kız göründü:

«Mequinez ailesi, burada oturuyor, değil mi?»

Marco heyecanla konuşmuştu. Yorgun bir İspanyol şivesiyle kız yanıtladı:

«Evet burada yaşıyorlardı, ama artık burada biz oturuyoruz, onlar Cordova'ya geçtiler.»

Marco perişan olmuştu:

«Cordova mı, Aman Tanrım! Cordova'da neresi?» diye söylendi. «Annemi, yanlarındaki hizmetçi kadını da yanlarında götürdüler mi?»

Genç kız, ona bakarak başını salladı.

«Bilemeyeceğim. Babam bilir, ona soralım, bir dakika bekleyin.»

Az sonra babası ile birlikte geri döndü. Babası ak düşen sakalı ile oldukça yapılı bir adamdı. Adam Cenovalı tipi olan Marco'nun sevimli yüzüne sarı saçlarına, iri burnuna dikkatle baktıktan sonra, sordu:

«Annen Cenovalı mıydı?»

«Evet.»

«Tamam, o zaman o Cenovalı kadını da yanlarında götürdüler.»

«Peki ama nereye gittiler?»

«Cordova'ya...»

«O zaman ben oraya giderim!»

«Ah pobre nino (zavallı küçük) Cordova'nın buradan yüzlerce kilometre uzaklıkta olduğunu bilmiyor musun?»

Marco ölü gibi sarardı ve düşmemek için bahçenin demir parmaklığına dayandı.

Yaşlı adamın içi parçalanmıştı:

«Haydi,» dedi, «içeri gel dinlen biraz, belki senin için bir şeyler yapabilirim!»

İyi yürekli yaşlı adam, çocuğu içeri aldı, ona buzlu bir şerbet içirdi ve ondan öyküsünü anlatmasını istedi. Sonunda düşünceli bir sesle sordu:

«Hiç paran kalmadı, değil mi?»

Marco utancından kızarmıştı:

«Pek az, var,» diye kekeledi.

Yaşlı senyor yazı masasının başına oturarak bir şeyler yazdı ve sonra zarfı Marco'ya uzatarak:

«Dinle küçük İtalyan,» diye konuştu. «Bu zarfla Boca'ya git. Orası senin gibi Cenovalılarla doludur. Pek de uzak sayılmaz, iki saatlik uzaklıkta. Herkes sana yol gösterir, oraya varınca, bu mektubun sahibi beyi bul. O kasabada çok tanınmış biridir, seni Rosario'ya yollar ve oradan Cordova'ya geçmeni sağlar. Orada Mequinez ailesiyle, anneni bulursun. Şimdilik şu biraz parayı al; yolda gereksinmen olabilir.»

Çocuğun avcuna biraz para sıkıştırdı:

«Haydi cesaretini yitirme, sana yardım edecek yurttaşlarına her yerde rastlayacaksın. Yolun açık olsun yavrum!»

Marco bu iyi yürekli adama candan teşekkür etti ve valizi elinde, o kalabalık ve gürültülü kentten çıkmaya hazırlandı.

Öylesine üzgün ve perişandı ki, o günü ve ertesi günü korkunç bir karabasan gibi anımsadı.

Ertesi gün akşama doğru geceyi bir han odasında geçirdikten sonra, kendini bir yelkenli içinde oturur buldu. Bu meyve dolu kayık Rosario'ya meyve sandıkları taşıyordu. Üç güçlü Cenovalı, çocuğun ana dilini konuşarak onu yüreklendirmeye çalıştılar.

Yelkenlide üç gün ve dört gece kaldılar. Parana adında bu şahane ırmağın yanında İtalya'daki Po nehri ufacık bir dere sayılırdı. Kocaman yelkenli, portakal ağaçlarıyla süslü adacıkların önünden geçerek ağır ağır yolunu sürdürüyordu. Ara sıra çıkmazı andıran dar kanallara giriyorlar ve birden sakin göllere benzeyen geniş bir suda gene ilerlemelerini sürdürüyorlardı. Sonra gene adalar, tropik bitkilerinin cümbüşünü sergileyen takım adalar. Çevrede çıt çıkmıyordu. Marco, kendisini bir masal dünyasında sanıyor, ilerledikçe bu korkunç büyük ırmağın sonu gelmeyecek diye paniğe kapılıyordu. Annesinin Parana kaynaklarında yaşadığını ve ırmağı geçişinin yıllar süreceğini düşünüp endişeleniyordu. Gemiciler bu yürekli yavruya acımışlardı, ona iyi davranıyorlardı. Çocuk birkaç lokma ekmek ve tuzlanmış etle yetiniyordu. Hemen hemen hiç konuşmuyordu.

Geceleyin sıçrayarak uyanıyor, ay ışığının gümüş simlere boyadığı bu ıssız kıyılara gözlerini dikerek:

«Annem de buralardan geçti, bu ağaçları bu adaları o da gördü.» diye kendini avutmaya çalışıyordu.

Son gece gemicilerden biri bir sıla türküsü söyledi. Marco, birden annesinin de bu şarkıyı hep söylediğini anımsayarak hıçkırmaya başladı. Gemici hemen susarak, çocuğu avutmaya çalıştı:

«Haydi cesaret evlat, evimden uzak kaldım diye ağlayan bir Cenovalı olur mu? Biz Cenovalılar dünyayı dolaşır hiçbir şeye metelik vermeyiz. Unutma, gene bizim gibi bir Cenovalı Yeni Dünya'yı bulmuştu.»

Marco, bu sözlerden yüreklenerek Cenovalı kanının uyandığını hissetti ve elini dümene vurarak:

«Ben de cesur olacağım, dünyayı dolaşmak gerekse de annemi bulmak için hiç sızlanmadan gideceğim. Ah, onu bir kez görebilsem!»

Bu şekilde kendi kendisine moral veriyordu, sonunda bir sabah Rosario kasabası ufuklarda göründü. Her ülkeden binlerce gemi ve yelkenli ırmağın durgun sularında demirlemişti.

Çocuk yol arkadaşlarına veda ettikten sonra, elinde valizi kentte Boca'daki koruyucusunun tavsiye ettiği adamı aramaya koyuldu. Ona bir pusula götürüyordu. Rosario'ya girince, Marco kendisini bildiği bir kentte sandı, burası da tıpkı Buenos Aires'e benziyordu. Bir saat kadar, adresi bulmak için sağa sola koştu. Sonunda evi buldu, zili çaldığında sarışın kaba yapılı biri kendisine kapıyı açtı. Çocuğun sorusuna şu karşılığı verdi:

«Efendi dün sabah ailesiyle birlikte, Buenos Aires'e gitti.»

Zavallı yavru bayılacak gibi olmuştu, kekeleyerek:

«Peki ama o zaman ben ne yapacağım?» diye mırıldandı. «Burada kimseyi tanımıyorum ki!»

Ve adama pusulayı uzattı. Kâhya okuduktan sonra sert bir sesle:

«Ben ne yapayım?» dedi. «Bir ay sonra döner o zaman kendisine veririm.»

Çocuk ağlayarak yalvardı:

«Evet ama ben yalnızım, onun yardımına gereksinmem var!»

Kaba adam onu kolundan itti:

«Haydi defol git, başka yerde dilen, burda senin gibi serseri İtalyanlara yer yok. Haydi defol!»

Kâhya bahçenin demir kapısını çocuğun yüzüne kapadı. Marco orada şaşkın ve perişan kalakaldı. Hiç bu kadar kötü bir duruma düşmemişti. Ne yapacaktı? Rosario'dan Cordova'ya gitmek trenle bile en azından bir gün çekerdi. Ne yapacak, kimden iş isteyecekti? Cebindeki biraz para, ancak iki günlük ekmek parasına yeterdi. Yoksa dilenmek zorunda mı kalacaktı?

Önünde açılan o büyük caddeyi görünce büsbütün cesaretini yitirdi. Valizini kaldırımın üzerine bıraktı ve başını ellerinin arasına alarak oracığa çöküp kaldı. Öylesine bitkin ve üzgündü ki, gözlerinden yaş bile gelmiyordu. Gelip geçenler ona çarpıyor, kimisi durup onun üzgün durumunu seyrediyordu. Yük arabaları tekerlek gıcırtılarıyla ta yanından geçiyorlardı.

Marco bir süre böyle kımıltısız kaldı, derken tanıdığı bir sesle o sersemliğinden sıyrıldı.

«Nen var yavrum?»

Marco başını kaldırdı, birden yerinden fırladı, sevinçle:

«Siz, burada ha?» diye seslendi.

Bu, gemide kendisine ilgi gösteren o yaşlı Lombardiyalı çiftçiydi. Lombardiyalı onu görünce şaşırmıştı. Marco, bir çırpıda başına gelenleri bu babacan köylüye anlattı, sözlerini şöyle bitirdi:

«Meteliksiz kaldım, üstelik burada tanıdığım da yok. Ne olur bana bir iş bulun, her şeyi yaparım, kuru ekmek bile yemeye razıyım, ta ki annemi bulayım. Ne olur, bana bir iş ayarlayın.»

Yaşlı adam sakalını sıvazlayarak:

«Çalışmak, ama bu dile kolay, dur bakalım belki İtalyanlar arasında sana yol parası toplayabiliriz.»

Onu bulduğundan bu yana Marco biraz güçlenmişti, adam ona «Benimle gel,» dedi.

Köylü yürümeye başlayınca, Marco valizini yerden aldı ve onun peşinden yürüdü. Uzun bir süre yürüdüler derken Lombardiyalı bir hanın önünde durdu. Kapıda *«İtalya Yıldızı»* levhası bulunuyordu.

Köylü bir süre içeri baktıktan sonra, Marco'ya döndü ve neşeli bir tonla:

«Tam zamanında geldik!» dedi.

Salona girdiler. Masalar neşeyle konuşan, şakalaşan İtalyanlarla doluydu. Lombardiyalı bir masanın önünde durdu oradakileri selamlamasından onları yakından tanıdığı anlaşılıyordu. Köylü birden konuya girdi:

«Dostlar, işte bir zavallı yavrucak. Bu da bizim gibi İtalyan, Cenovalı bir çocuk. Ta Cenova'dan tek başına Amerika'ya annesini bulmaya geldi. Başkentte ona annesinin Cordova'da olduğunu söylemişler. Rosario'ya yelkenliyle gelmiş, tam üç gün dört gece. Elinde burada hatırı sayılır biri için bir tavsiye mektubu varmış ama, işte şanssızlık, adamı bulamamış, o da dün başkente gitmiş. Bu iyi yürekli çocuk için, bir şeyler yapamaz mıyız? Onun Cordova'ya geçmesini sağlayacak yol parasını aramızda toplayamaz mıyız? Bu çok iyi bir çocuk, hayırlı bir evlat, soylu bir amaç için ta baba ocağından kopmuş, yollara düşmüş.»

Şaraptan kafaları tütsülenen İtalyanlar coşkuyla yumruklarını masaya indirdiler.

«Bir vatandaş!» «Gurbette bizim gibi bir İtalyan - üstelik bir çocuk!» «Haydi eller ceplere dostlar!» «Cesur ol yavrum, biz sana anneni buluruz!»

Göçmenlerden biri onun saçlarını okşuyor, ötekisi onu kucaklıyor, bir üçüncü alnından öpüyordu. Öbür masadaki işçiler gelip durumu öğrendiler. On dakika sonra Lombardiyalı'nın şapkası paralarla dolmuştu.

Çocuğa dönerek konuştu:

«İşte yavrum gördün mü, Amerika'da işler böyle yürür.»

Göçmenlerden biri ona şarap kupasını uzattı: «Annenin sağlığına!»

Marco da yinelemek istedi:

«Annemin sağ...»

Ama sevinçten sesi titredi, ağlamaya başlamıştı, ihtiyar dostunun boynuna atıldı.

Ertesi sabah Marco trene binmiş Cordova yolunda ilerliyordu. Çok sevinçli olmasına karşın kapalı ve sıkıntılı hava neşesini kaçırmıştı.

Çorak yollardan geçiyorlar, mezarlıkları andıran kahverengi otlarla kaplı ovaları aşıyorlardı. Tren istasyonları da keşiş kulübeleri gibi ıssızdı. Marco bu trende, kendisini kaybolmuş gibi yalnız buldu. Her istasyondan sonra bu sonsuz yolculuğun biteceğine inanıyor, ama ne yazık ki, yol bir türlü bitip tükenmiyordu. Buz gibi bir rüzgâr da esmeye başlamıştı. Cenova'dan nisan ayında ayrılmıştı çocuk; babası onun Amerika'da kışla karşılaşacağını düşünemediğinden çocuğu yazlık giysileriyle yollamıştı. Çocuk birkaç saat sonra titremeye başladı ve sonunda uyudu, uyudu, uyudu.

Uyandığında yüreği bir cendere de gibi sıkılıyordu ve kendisini hiç de iyi hissetmedi.

Bütün bu sıkıntılar yetmez gibi çocuğun düş gücü de kendisine kötü oyunlar oynuyordu. Cordova'da bakalım annesini bulacak mıydı? Ya onu orada da bulamazsa? Ya Buenos Aires'te kendisine yardım eden o iyi adam aldandıysa? Ya öldüyse? Çocuk bu kara düşüncelerden kurtulmak için yeniden uyudu. Bir düş gördü. Geceleyin Cordova'ya varmışlardı ama her evin pencere ve kapısından kendisine haykırıyorlardı: «Annen burada değil! Annen buraya hiç gelmedi!»

Birden sıçrayarak uyandı. Vagonun bir ucundan trene yeni binenleri gördü. Bunlar saçlı sakallı üç iri yapılı erkekti. Omuzlarına renkli atkılar atmışlardı. Çocuğa yan gözle bakarak aralarında alçak sesle konuşuyorlardı. Birden Marco onlardan ürktü, kimbilir, belki de bunlar kötü adamlardı, kendisini öldürecek, parasını alacaklardı? Adamlar ona dik dik bakmaya devam ediyorlardı. İçlerinden biri, yerinden kalkıp onun yanına geldi. İşte o zaman Marco ne yaptığını bilmeden kollarını açarak adamın dizlerine sarıldı:

«Hiçbir şeyim yok, ben ta İtalya'dan buralara düşen zavallı bir çocuğum. Annemi aramaya geldim, ne olur bana kötülük yapmayın!»

Yabancılar çocuğun korkusunu anladılar, ellerinden geldiğince onu sakinleştirdiler. İçlerinden biri, onun soğuktan çenesinin titrediğini görerek, omuzundaki atkıya sardı çocuğu ve ona yeniden uyumasını söyledi. Marco uyandığı zaman Cordova'ya varmışlardı.

Birden rahat bir nefes alarak, kendisini vagondan dışarı attı. Demiryolu memuruna Mühendis Mequinez'in adresini sordu. Adam ona bir kilisenin adını verdi, ev bu kiliseye yakındı.

Çocuk yola koyuldu. Gece olmuştu. Marco bu basık beyaz evlerle dizili sokaklarda yürürken kendisini gene Rosario'da sandı. Kalabalık yoktu, köşe başlarındaki fenerlerin ışığında, koyu renkli acayip yüzler görüyordu. Kent karanlık ve sessizdi. Ama trenle geçtiği o sınırsız çölden sonra, bu kent gene de kendisine neşeli göründü.

Bir papazdan yolunu sorarak kiliseyi buldu ve eli titreyerek kapının zilini çaldı. Kalbi kopacak gibi çarpıyor, şakakları zonkluyordu.

Çok ihtiyar bir kadın, elinde fenerle ona kapıyı açtı. Marco öylesine heyecanlanmıştı ki, bir süre konuşamadı. Kadın ona İspanyolca ne istediğini sordu.

«Mühendis Senyor Mequinez» diye yanıtladı Marco.

İhtiyar kadın kollarını göğsünde kavuşturdu:

«Sen de mi onu arıyorsun? Artık buna bir son vermeli. Tam üç aydan bu yana bu adamı arayarak kafamızı şişiriyorlar. Herhalde mühendisin artık Tucuman'a yerleştiğini gazetelerde ilan etmeli.»

Çocuk üzüntüyle irkildi, birden öfkesini yenemedi:

«Aman Tanrım, herhalde lanetlenmiş olacağım. Kara talih burada da beni kovalıyor. Demek annemi bulamadan yollarda ölmek varmış... Neresi dediniz, çok mu uzak?»

İhtiyar kadın çocuğa acımıştı:

«Ah zavallı çocuk!» dedi. «Elbette çok uzak. Aşağı yukarı buradan dört beş yüz mil uzaklıkta...»

Çocuk elleriyle yüzünü örterek:

«Ne yapacağım şimdi? Ben ne yapacağım?» diye inledi.

Kadın:

«Bilemeyeceğim evladım, bilemiyorum.» dedi.

Ama kadın çocuğa çok acımıştı birden eliyle alnına vurdu:

«Dur bak aklıma ne geldi? Bak, bir şey yapabilirsin. Sokakta sağa dön, bir avlu göreceksin, oraya gir, orada bir kervancı var. Öküz arabalarıyla yarın sabah Tucuman'a gidiyor; oraya mal taşır. Belki seni de yanına alır, yolda ona hizmet edeceğini söyle. Belki sana arabalarının birinde bir yer verir. Haydi gecikme, hemen koş...»

Marco yere bıraktığı valizini kaparak, oradan uzaklaştı. Birkaç dakika sonra, fenerlerin aydınlattığı geniş bir avluda buldu kendini. Kaba görünümlü adamlar, buğday dolu çuvalları öküz arabalarına yüklüyorlardı. İri kıyım, kara sakallı bir adam, sırtında beyazlı siyahlı bir palto sağa sola emirler yağdırıyordu. Çocuk, ona yaklaştı, durumunu anlattı ve ondan kervana katılma iznini istedi. Kervanbaşı, ona tepeden tırnağa bakarak:

«Yer yok.» dedi.

Çocuk acıklı bir sesle:

«Birazcık param var hepsini veririm, yol boyu sizin için çalışır, yararlı olmaya çabalarım. Hayvanlara saman ve su taşır, arabaları yıkarım. Ne isterseniz yaparım, bir lokma ekmek karşılığında, en ağır işleri yapmaya hazırım.»

Adam yumuşamıştı, ona yeniden baktı:

«Yerim yok, üstelik biz Tucuman'a gitmiyoruz ki, başka bir kasabaya Santiago del Estero'ya gidiyoruz. Seni, yolun bir köşesinde bırakmak zorunda kalacağız, epeyce yol yaya gitmek zorunda kalacaksın!»

Marco heyecanla:

«Yürürüm!» diye haykırdı, «yol yürümek beni korkutmaz!»

«İyi düşün, yirmi günlük yolumuz var, ağır gidiyoruz, çetin bir yolculuk.»

«Ben her şeye dayanırım, yeter ki sonunda anama kavuşayım.»

«Yalnız başına günlerce yürüyeceksin!»

«Korkmuyorum ne olur, beni yanınıza alın. Acıyın bana.»

Kervanbaşı elindeki feneri çocuğa yaklaştırarak ona daha dikkatle baktı. Herhalde gördüğünü beğenmiş olacak ki birden:

«Peki istediğin olsun.» dedi.

Çocuk minnetle onun elini öptü:

«Bu gece arabalardan birinde uyursun, yarın şafak sökmeden seni uyandırırım. İyi geceler.»

Ertesi sabah henüz dörtte, yıldızların altında, öküz arabaları dizisi ağır ağır yola koyuldu. Her arabayı altı öküz çekiyordu. Peşlerinden bir sürü yedek öküzler de geliyordu. Çocuk yeniden çuvallardan biri üzerine kıvrılarak uyumaya devam etti.

Uyandığı zaman kervan durmuştu. Güneş çevreyi aydınlatıyordu. Issız bir yerde konaklamışlardı. Kervancılar, bir ateşin çevresine toplanmış, bir sırığa geçirdikleri dana budunu kızartıyorlardı. Hep birlikte yedikten sonra, yeniden uyudular ve ertesi sabah gene yola koyuldular. Tıpkı askeri bir birliğin ilerleyişi gibi disiplinli davranıyorlardı. Her sabah saat beşte yola koyuluyorlar, saat dokuzda yemek için mola veriyorlar ve akşam beşte yeniden yola düzülüyorlardı. Gece onda, gene yemek için konaklıyorlardı. Kervancılar ellerinde sivri değnek, at sırtında öküzleri dürtüklüyor, onların durmalarını önlüyorlardı. Marco et kızartmak için ateş yakıyor, hayvanlara yem veriyor suluyor, fenerleri yakıp söndürüyordu.

Çocuk geçtikleri yerlerde çok çeşitli izlenimler ediniyordu. Kahverengi ağaç kümeleri, birkaç kulübenin sıralandığı, ıssız köyler, kurumuş göl yatakları. Hep aynı tekdüzelik, sınırsız uzayıp giden o ova. Yalnızlık, sessizlik. Arada bir yaban atlarının peşinden koşan binicilere rastlıyorlardı. Marco, denizdeki günler gibi bu tekdüze günlerden bayağı sıkılıyor, ama yolculuğun sonunda annesini bulacağı düşüncesi onu kamçılıyordu.

Bu arada kervancılar, çocuğa bir uşak muamelesi yapıyor, onu devamlı hırpalıyorlardı. Ona çok ağır saman demetleri taşıtıyor, yaşının ve gücünün üstündeki ağır işleri ona yüklüyorlardı. Yorgunluktan bitkin düşen Marco, tekerlek gıcırtılarından, geceleri de rahat uyuyamıyordu. Üstelik bir başka dert baş göstermişti. Şiddetle esen rüzgâr, çevreyi kalın bir toz bulutuna bürüyor, bu toz arabalara, giysilerine kadar doluyor, zavallı çocuğun gözlerini yakıyor, ağzını kurutuyordu. Artık yolculuk çekilmez bir hal almıştı.

Yorgunluk ve uykusuzluk bir yana, sabahtan akşama kadar horlanan, azarlanan çocuğun üstü başı lime lime olmuştu, giderek cesaretini yitiriyordu. Ancak kervanbaşı kendisine iyi davranıyor, arada bir, birkaç tatlı sözle onun gönlünü alıyordu. Marco, tek başına kaldığı anlarda devamlı ağlıyordu.

O bitmek bilmeyen ovalara gözlerini dikerek, «Dayanamayacağım, hedefe varmadan bir kenarda öleceğim ve beni bir hendekte bırakacaklar!» diye düşünüyordu. Günün birinde hayvanları zamanında sulamadı diye, kervancılar patronun o an orada bulunmamasından yararlanarak onu epeyce hırpalamışlardı. Kaba adamlardan biri, ona bir tokat atarak: «Al bunu da annene götür!» demiş bir başka kervancı onu kıyasıya tekmelemişti.

Zavallı çocuk, artık dayanamadı hastalandı.

Tam üç gün şiddetli bir ateşin pençesinde arabada serili kaldı. Kendisine iyi davranan kervanbaşı, ona su ve yiyecek getiriyor ve onun nabzını eline alarak ateşini ölçüyordu.

Marco, artık son saatinin geldiğine inanmıştı. Sayıklar gibi annesiyle konuşmaya başladı:

«Ah anne, anneciğim, seni artık göremeyeceğim anne, bana yardım et, ne olur bana elini uzat, galiba yollarda ölüp kalacağım!»

İyi yürekli patronun bakımı sayesinde sonunda iyileşti, ama ne yazık ki, artık yolun sonuna gelmişti, bundan sonra yoluna yaya olarak devam edecekti.

Kavşağa vardıklarında kervanbaşı ona ayrılma zamanı geldiğini bildirdi. Ona yolunu tarif etti. Marco, valizini sırtına bağladı ve sanki heyecanlanmaktan korkar gibi, kısa keserek, ona veda etti. Çocuk ancak onun elini öpebildi.

Kendisine şimdiye kadar o kadar eziyet eden işçiler bile yumuşamış, onu yalnız bırakmaktan üzülmüşlerdi. Çoğu kendisiyle tokalaştı ve uzun süre ona el salladılar. Marco da bir süre onlara elini salladı, ta ki arabalar toz bulutu ardından görünmez oluncaya kadar.

Marco'yu güçlendiren, ufuklarda mavi dağ zincirinin görünmesi oldu. Bu da kendisine Alp Dağları'nı anımsattı, hatta ülkesine yaklaştığı izlenimine kapıldı. Ama aslında bunlar İtalya'nın Apenin Dağları değildi, bunlar Güney Amerika kıtasının belkemiği sayılan o ünlü And Dağlarıydı. Bu arada havanın da yumuşadığını farketmek, çocuğu güçlendirdi, artık tropik bölgelere yaklaşıyordu.

Marco, yoksul bir köyde bakımsız bir dükkân bularak azıcık yiyecek satın aldı. Kervanbaşı yolculuk için, ondan para almadığından, cebinde az buçuk parası kalmıştı. Kapı eşiklerinde, sessiz oturan çocuklara Marco şaşkınlıkla bakıyordu. Bunlar, yüzleri toprak renkli, çıkık elmacık kemikli, çekik gözlü çocuklardı. Kadın ve erkeklerin de tipleri çok değişik sayılırdı. Marco bunların kendisini sessizce süzdükten sonra, başlarını öbür yöne robot gibi çevirmelerine şaşıyordu.

İlk gün Marco, gücü tükeninceye kadar yürüdü. Sonra bir ağaç dibinde büzülerek uyudu. İkinci gün de, epeyce yürüdü ama artık cesareti tükenmişti. Pabuçları delinmiş, ayakları kan revan içinde kalmıştı. Açlıktan midesi zil çalıyordu, hiç değilse, yol boyunca kervanı izlerken iyi gıda almıştı.

Akşam bayağı korktu. İtalya'da bulunduğu zaman bu uzak ülkelerde yılanların olduğunu duymuştu. Sanki onların sürünme hışırtısını duyar gibi oldu ve korkudan titreyerek yoluna devam etti.

Arada bir, kendi kendisine acıyor, yürürken gözlerinden akan yaşları elinin tersiyle kurulayarak:

«Ah anneciğim, günün birinde acaba seni görebilecek miyim?» diye sızlanıyordu.

Ve yürüyor, yürüyor, sık yapraklı ağaçların gölgelendirdiği ovaları aşıyor, şekerkamışı tarlalarının önlerinden geçiyordu. Masmavi ufuklarda sivrilen o mor dağları seyrederken cesaretinin yeniden güçlendiğini duyar gibi oluyordu. Dört, beş gün geçti. Çocuk devamlı yürüyordu. Ama artık gücü de tükenmişti. Sonunda bir akşam yolunu sorduğunda Tucuman'ın yalnız elli mil uzaklıkta olduğunu duyarak sevinçle bağırdı ve koşarcasına yürüyerek yoluna devam etti. Ama birden gücü tükendi, bir hendek kıyısında uzun bir süre dinlenmek zorunda kaldı. Ama gene de, geceleyin gökyüzünü altından çiviler gibi süsleyen o kocaman yıldızlara bakarak, yaklaştığına şükürler ediyordu.

O anda annesinin de aynı yıldızlara baktığını düşünmek, Marco'ya yeni bir güç aşıladı.

Oysa zavallı Marco annesinin şu sırada ne zor durumda olduğunu bilse, insanüstü bir güç kullanarak ona kavuşmak için kendisini daha da zorlardı.

⁂

Cenovalı kadın hastalanmıştı. Mequinez ailesinin sevgisini ve saygısını kazanan kadın, güzel bir evin aydınlık bir odasında yatağa serilmiş yatıyordu. Mühendis Mequinez, aceleyle Buenos Aires'ten ayrıldığı zaman aslında hasta olan kadın, ailesini telaşlandırmamak için onlara yazmaktan çekinmişti. Cordova'nın güzel havası bile ona iyi gelmemişti.

Bu arada yeğeninin öldüğünden habersiz olan kadıncağız da, evinden haber alamamaktan kahroluyordu. Eşinin ve oğullarının başlarına bir şey geldi sanarak için için üzülüyordu. Merak içinde yaşamak, hastalığını daha da ağırlaştırmıştı. Şu son günlerde durumu daha da ciddileşmişti, doktor ancak bir ameliyatla, onun iyileşebileceğini söylüyordu.

Marco uzaklardan onu anar, ona seslenirken, evin hanımı kadının başucunda onu ameliyata razı etmeye çalışıyordu. Oysa kadın, bir yandan ağlıyor, beri yandan bıçak altında ölmekten korktuğunu söyleyerek, ameliyat düşüncesini şiddetle reddediyordu.

Bir hafta önce, Tucuman'dan gelen doktor da iyileştirememişti kadını. Cenovalı kadın, evin beyi ve hanımının ellerine sarılarak:

«Yoo, hayır, iyi yürekli efendilerim, bırakın beni, ölüme terkedin!» diyordu. «Cerrahın bıçağı altında ölmek istemiyorum, bırakın yatağımda rahat rahat öleyim. Hem artık yaşamak da istemiyorum. Uzun süredir evden mektup almadım, onların başına gelenleri öğrenmeden Tanrı canımı alsın!»

Oysa Mequinezler, onu güçlendirmek için ellerinden geleni yapıyor, Cenova Konsolosu'na yazdıklarını, yakında müjdeli bir haber alacağını ona devamlı söylüyorlardı. Eşi ve oğulları için bu ameliyata razı olmasına onu boş yere kandırmaya çalıştılar. Kadın, onların bu avutucu sözlerini hıçkırıklarla karşılıyor, ellerini kavuşturarak:

«Ah zavallı çocuklarım, ah Marco, sevgili küçüğüm!» diye inliyordu. «Kimbilir başınıza neler geldi?.. Evet bırakın öleyim, onların acısını duymak benim için ölümden de beterdir!»

Aile onu avutmaya devam ediyor bitkin düşen hasta, gözlerini yumarak halsiz başını yastığına düşürerek ölümü andıran ağır bir uykuya dalıyordu!

Mequinezler çok iyi insanlardı. Yurdunu bırakıp üç bin kilometre uzaklarda ölümü bekleyen bu cesur kadına, içtenlikle acıyorlardı.

***

Marco, ertesi sabah erken saatte topallayarak, valizi sırtında kente girdi. Tucuman, Arjantin Cumhuriyeti'nin en yeni, ama en gelişmiş kentlerinden biri sayılırdı.

Marco, yolda gördüğü her kadında annesini arıyor, evlere aç gözlerle bakıyordu. Herkes dönüp dönüp bu perişan kılıklı yorgun ve bitkin yavruyu şaşkınlıkla süzüyordu.

Marco her gördüğüne annesini sormamak için kendisini zor tutuyordu. Sonunda İtalyanca tabelalı bir dükkânın önünde durarak, onlara Mequinez ailesinin evlerini sordu.

Dükkâncı:

«Mequinez ailesi mi?» diye tekrarladı.

«Evet, Mühendis Mequinez,» diye yineledi Marco soluk gibi bir sesle.

«Mequinez ailesi artık Tucuman'da oturmuyor.»

Marco ölümcül bir yara alan biri gibi, acı bir çığlıkla yere yığıldı. Dükkâncı ve eşi hemen onu kaldırdılar, adam:

«Nen var yavrum,» dedi, «telaşlanma, evet aile artık burada değil, ama yakınlarda birkaç saatlik bir yerde yaşıyorlar.»

Marco canlandı, gene yerinden fırlayarak:

«Nerede, yolu gösterin hemen gideyim!» diye haykırdı.

«Buraya 15 kilometre uzaklıkta. Saladillo ormanı kıyısında yeni bir şeker fabrikası kuruluyor. İşte Mühendis Mequinez oradaki lojmanların birinde oturuyor.»

Çocuğun çığlığına koşan komşu bir dükkâncı:

«Ben, on beş gün önce oradaydım,» dedi.

Marco gözleri irileşmiş, boğuk bir sesle, ona, hizmetçi kadını görüp görmediğini sordu:

«Cenovalı kadın mı? Evet gördüm onu.»

Marco heyecandan hıçkırmaya başladı:

«Nereden gidilir? Ne olur, bana hemen yolu tarif edin!» diye yalvardı. «Hiç zaman yitirmek istemiyorum!»

Her yandan itirazlar yükseldi. Bir şeyler yemesini, birkaç saat dinlenmesini tavsiye ettiler ama, Marco, yollarda ölse bile hemen gideceğini söyleyerek kimseyi dinlemedi. O zaman artık onun önünde saygıyla eğildiler.

«Peki cesur İtalyan çocuğu, yolun açık olsun ama ormana dikkat et!» dediler.

Birisi kent dışına kadar onu uğurladı, yolu tarif etti. Bir süre, onun gözden yok oluşunu seyretti. Çocuk topallayarak, yolu sıralayan yapraklı ağaçlar ardında görünmez oldu.

⁂

O geceyi, hasta kadın, çok zor geçirdi. Her an, onun son nefesini vereceği sanılıyordu. Korkunç sancılarla iki büklüm olarak sayıklıyordu. Ertesi sabah ameliyata gelecek doktorun, geç kalmasından korkuluyordu. Mühendisin eşi ve hastaya bakan kadınlar da çok telaşlanmışlardı. Ancak hastanın sayıkladıklarını duyanlar onun ruhunun acısının beden acısından çok daha fazla olduğunu anlıyorlardı. Hasta kadın ellerini kavuşturmuş:

«Ah çocuklarım!» diye sayıklıyordu. «Ah benim küçük Marco'cuğum, sen ne kadar sevecen, ne candan bir çocuktun. Sanki beni artık görmeyecek gibi, bir türlü benden ayrılmak istememiştin! Ah yavrum, seni dünya gözüyle bir kez olsun görebilsem! Ah şu doktoru çağırın, evet, ameliyata razıyım, bu sancı beni mahvetti. İyileşmek istiyorum imdat yardım edin, ölmek istemiyorum!..»

Ona bakan kadınlar, ellerini tutuyor, saçlarını okşuyor, ona umut vermeye çalışıyorlardı. İşte o zaman zavallı hasta, derin bir üzüntüyle kendisini oradan oraya atıyor ve:

«Ah doğduğum kent Cenova! Evim, bizi çevreleyen o güzel deniz. Oh! Marco, kim bilir bu saatte zavallı yavrum nerelerde?» diye sayıklıyordu.

***

Tam o sırada Marco saatlerce hendek kıyısında yürüdükten sonra dev ağaçların katedral sütunları gibi göklere yükseldiği bir ormana dalmıştı. Ay ışığı bu ağaçlarda, simli pırıltıları oynaştırıyordu. Derken ay buluta giriyor, Marco karanlıkta eciş bücüş ağaç köklerinin birbirlerini kovaladığı bir yolda düşe kalka ilerliyordu. Kimi yerde, yıkık kuleler gibi yere serili ağaçların üzerlerini renk renk çiçekler kaplıyordu. Marco, şimdiye kadar böylesine bitkilere rastlamamıştı. Tropik ülkelerin çiçek ve yaprakları tüm bitkileri tüm albenisiyle gözlerinin önüne serilmişti. İnsanoğlunun görebileceği, en görkemli, en düzensiz ve en değişik görüntüydü bu.

Arada bir, derin bir şaşkınlığa düşen Marco, olduğu yerde kalıyor, sonra birden kurulmuş bir yay gibi, ileri atılıyordu. Ayakları kan içinde, arada bir kulübelerin uzaklardan seçildiği uzak noktaya adeta sürüklenerek ilerliyordu. Bu dev ağaçların eteğinde yapılmış kulübeler sanki karınca yuvalarını andırıyordu.

Marco, artık ne korku duyuyordu, ne de yorgunluk. Yalnız, ancak kendisini saran bu şahane ormanın güzelliği onu sanki büyülemişti. Annesinin yakınlığı, cesaretini daha da canlandırmıştı. Çektiği tüm sıkıntılar; o bitip tükenmeyen deniz yolculuğu, kervancıların arasında geçirdiği o korkunç günler, şimdiye kadar çektiği ama yendiği zorluklar, onu sanki gururlandırıyordu. Damarlarında akan Cenovalıların o soylu kanı, ona tüm zorlukları yenme gücünü aşılamıştı. İki yıldan bu yana görmediği annesinin unutmuş olduğu yüzünü, birden çok belirgin olarak karşısında görür gibi oldu.

Bu anıların etkisindeki Marco, adımlarını daha da hızlandırdı. Yanaklarından aşağı süzülen o tatlı gözyaşlarını kurulamadan yürüyor, yürüyordu.

«Evet, canım annem! İşte geldim, artık seni buralarda bırakmam. Birlikte ülkemize, evimize döneceğiz, kimse artık, beni senden ayıramaz!»

Bu arada anılarına dalan Marco, ay ışığının solduğunu, doğan güneşin ta uzaklardaki ufukları ışıklarıyla sararttığını farketmiyordu.

Aynı gün sabahın sekizinde, Tucuman'dan acele gelen Arjantinli cerrah hastayı ameliyata razı etmek için yalvarıyordu. Ama geceleyin ameliyata razı olan kadın, gene düşüncesini değiştirmiş, bıçaktan korktuğunu, ölüme hazır olduğunu yinelemeye başlamıştı. Oysa doktor, ona:

«Zaman yitirmeyelim. Ameliyatın başarısı zamana bağlı. Sizi kurtaracağım, ne olur, bana güvenin!» diyerek ellerini okşuyordu. Hasta boğuk bir sesle:

«Sağolun doktor, ama artık ben ölmek istiyorum!» diyor, başını hanımına çevirerek ona son isteklerini söylüyordu.

«Eşyalarımı ve biriktirdiğim paraları ne olur aileme gönderin, iyi kalpli hanımcığım. Ah, inşallah ailemin sağlığı iyidir, umarım onlara bir şeyler olmamıştır. Eşime ve büyük oğluma, o küçük Marco'yu emanet ediyorum, benim acımı ona pek hissettirmesinler, son dakikama kadar onlara dua edeceğim.»

Sonra birden ani bir heyecanla ellerini kaldırarak:

«Marco, ah canım yavrum!» diye haykırdı.

Sonra yaşlı gözlerini hanımına çevirdi ama birden onun orada olmadığını şaşırarak gördü. Onu dışarı çağırmışlardı. Gözleri, patronu Senyor Mequinez'i aradı, o da yok olmuştu. Nereye gitmişlerdi? İki bakıcısı ile doktorun yardımcısından başka kimse yoktu odada.

Birkaç dakika sonra, cerrahın yeniden girdiğini gördü. Adamın yüzünde anlaşılmaz bir anlam belirmişti, daha sonra Senyor ve Senyora Mequinez de çıkageldiler. Ama onlar da çok heyecanlı görünüyorlardı. Birbirleriyle bir şey fısıldaştılar, derken doktorun, evin hanımına:

«En iyisi şimdi söylemek,» dediğini duydu.

Senyora Mequinez, titrek bir sesle:

«Josefa, kendinizi büyük bir sevince hazırlayın. Size çok büyük bir müjdem var!» dedi.

Hasta kadın, ona şaşkın şaşkın baktı. Hanımı devam etti:

«Sizi çok mutlu edecek bir müjde! Çok sevdiğiniz birini görmeye hazırlanın!»

Hizmetçi kadının, gözleri büyüdü ve başını kaldırarak gözlerini kapıya dikti. Hanımı anlatmaya devam ediyordu.

«Beklenmedik bir anda, sizi görmeye gelen biri!»

Kadın, sanki inanmaktan korkar gibi kesik bir sesle:

«Kim o?» diye sordu. Daha sonra büyük bir çığlık attı, yatağında doğrulmuş, elleri şakaklarında, sanki taş kesilmiş gibi, gözlerini kapıya dikmişti.

Marco toz kir içinde, kapının eşiğinde duruyordu. Doktor onu kolundan tuttu. Kadın üç kere haykırdı: «O! O! Aman Tanrım, O, gelmiş!»

Marco ona koştu, kadın zayıf kollarını açtı ve dişi bir kaplan çevikliğiyle yavrusunu yüreğinin üzerine bastırdı. Kuru hıçkırıklarla sarsılarak ağlıyordu. Başı yastıklara düştü, ama hemen sonra kendisini topladı. Sevinçten deli gibi olmuştu. Oğlunun, yüzünü saçlarını öpücüklere boğdu:

«Nasıl oldu da geldin? Ama neden? Tanrım, ne kadar da büyümüşsün. Hasta değilsin ya yavrum? Oh Marco, bu bir düş değil, sensin değil mi?»

Sonra birden:

«Sus sonra anlatırsın, bekle.» dedi.

Hemen doktora döndü ve çabuk çabuk:

«Hiç zaman yitirmeden beni ameliyat edin doktor, hazırım artık yaşamak, iyileşmek istiyorum. Marco'yu dışarı çıkartın. Sevgili yavrum, bir şey değil, meraklanma. Sonra bana her şeyi anlatırsın. Gel seni bir daha öpeyim... Haydi artık, tamam hazırım!»

Marco'yu dışarı çıkardılar. Senyor ve eşi de onunla birlikte çıktılar. Doktor, yardımcısı ve bakıcılar odada kalmışlardı. Çocuk meraklanmıştı.

«Annemin nesi var? Ona ne yapacaklar?»

Mühendis onu yatıştırmaya çalıştı:

«Bir şey değil, sana anlatırım, haydi gel benimle.»

Ama çocuk direniyordu:

«Yoo burada kalacağım, annemi bırakmam!»

Mühendis onu sakinleştirmeye çalışıyor, ama birden korkan Marco, tir tir titriyordu.

Biraz sonra sanki yaralanan birinin çığlığını andıran acı bir çığlık duyuldu. Ev sarsılmıştı.

Çocuk bu çığlığa üzüntü dolu bir haykırışla karşılık verdi:

«Eyvah annem öldü!..»

O anda kapı eşiğinde görünen cerrah, onu rahatlattı:

«Annen kurtuldu!»

Çocuk bir süre ona baktı, sonra hıçkırarak adamın ayaklarına kapandı:

«Sağolun doktor, teşekkür ederim, sağolun...»

Ama cerrah bir el işaretiyle, onu yerinden kaldırarak:

«Bana teşekkür etme yavrum» dedi. «Anneni sen kurtardın, kahraman çocuk!»

YAZ

24, Çarşamba

*«Apenin Dağları'ndan Alp Dağları»*na adlı aylık öykümüzden sonra, tek bir aylık öykümüz kaldı ki, onu da haziran ayında okuyacağız. İki tane aylık sınavımız ve yirmi altı ders günümüz kaldı. Tatil günlerimiz olan altı perşembe ve beş pazar var.

Koca kış çabucak geçti, ders yılı sonuna yaklaştığımız havalardan anlaşılıyor. Bahçenin ağaçları gür, yemyeşil yapraklarla donandı, çiçekli dallar, jimnastik alanında tatlı gölgeler oluşturmaktalar.

Artık omuzlara kadar inen saçlar da yok oldu. Bütün saçlar çok kısa kesik: Kimi başını tıraş bile ettirmiş...

Çıplak kollar bacaklar görülüyor. Kışlık başlıkların yerini hasır şapkalar aldı, renk renk gömlekler giyiyoruz. Küçükler kravat yerine boyunlarına ve kemer yerine bellerine mavi, kırmızı ve yeşil renkte kurdeleler takıyorlar. Bu da annelerinin isteğine bağlı. En zengin anneden tutun, en yoksuluna herkes çocuğunu süslemek çabasında. Çocukların çoğu, okula sanki evden kaçmış gibi, açık başla geliyor. Kimi sırtına, beyaz eşofman giyerek geliyor. Bayan Delcati'nin sınıfından bir çocuk, tepeden tırnağa kırmızılar içinde, pişmiş bir ıstakozu andırıyor. Kimisi denizci kılığında. Ama işin en güzeli, bizim şu Küçük Duvarcı. Okula başında kocaman bir hasır şapka ile geliyor ve şirin suratıyla abajura oturtulmuş bir muma benziyor. Coretti, kedi derisi beresinden vazgeçti, yerine gri ipekten eski bir kasket giyiyor. Votini okula İskoç desenli çok şık bir giysiyle geliyor. Crossi'nin gömleği göğsünü açıkta bırakıyor. Precossi'nin narin vücudu kocaman mavi bir tunik altında sanki yok olmuş gibi, bu bir demirci gömleği. Hele Garoffi, onun hali görülecek şey. Mallarını tıkıştırdığı o kocaman cepli paltodan artık ayrılmak zorunda kaldı, artık ince keten ceketinin cepleri şiş. Piyango listelerinden kâğıt yelpazelere kadar, her türlü ıvır zıvırı o, bu ceplerine yerleştirmiş.

Kız öğrenciler, öğretmenlerine sabahları çiçekler getiriyorlar. Bayan öğretmenler de renkli giysiler giymekteler. Kırmızı şapkalı öğretmen, boynunda pembe bir kurdele ile geliyor. Kendisini öpmek ve okşamak isteyen, minik öğrencilerinin kirli ellerinden rengi kaçmış bu kurdelenin.

Beni üzen Garrone'nin hâlâ siyahlar giymesi, bir de birinci sınıf öğretmeninin acıklı durumu. O çok bitkin görünüyor. Devamlı öksürüyor ve ihtiyarlar gibi iki büklüm yürüyor. Beni gördüğünde öylesine üzgün bir şekilde, selam veriyor ki...

OKULUN ŞİİRİ

(Babamın Mektubu)

Enrico, okulun şiirini daha da yakından anlamaya başlıyorsun! Ama ne yazık ki sen okulun yalnız içini bilmektesin, oysa şöyle bir otuz yıl sonra, kendi oğullarını okula getirdikten sonra dışarıda dolaştığın zaman, benim yaptığım gibi okula dıştan bakacaksın.

Çok zaman, akşam çıkmanı beklerken, okulu çevreleyen o ıssız yollarda dolaşırım ve kimi zaman birinci kat pencerelerine bir göz atarım. Pencerelerin birinden bir öğretmenin sesi duyulur:

«Aman Tanrım! Şu (t) lerin ne kadar da çarpık, olmuyor yavrum!.. Baban buna ne der?»

Bitişik penceredeki bir öğretmenin gür sesi ağır ağır bir problemi yazdırır: «Metresi dört franktan... Elli metre yünlü satın aldım... Bunu metresi... dan satıyorum...»

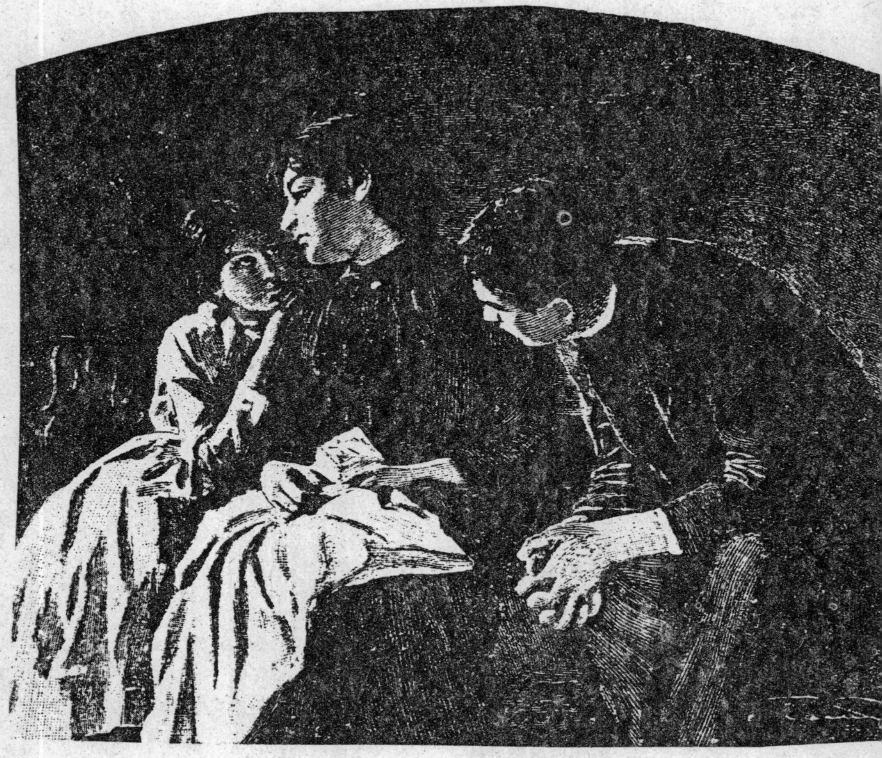

Daha uzaktan bir başka öğretmen yüksek sesle okur:

«İşte o zaman, Pietro Micca, bombanın fitilini ateşledi...»

Yandaki sınıf birden kuş seslerini andıran cıvıltılarla dolar, işte o zaman öğretmenin kısa bir süre için dışarı çıktığı anlaşılır. Ve az sonra gene sınıf sessizleşir. Derken bir çocuk ağlar, öğretmeni onu ya azarlar ya da avutur. Öteki pencerelerden şiir dizeleri, ünlü kişilerin adları, erdem, yurt sevgisi ve yüreklilik hakkında güzel sözler duyulur...

Daha sonra, öylesine yoğun bir sessizlik çevreyi kaplar ki, kişi okulu boş sanır. İçinde yedi yüz çocuğu barındırması olanaksız görünür.

Derken sessizliği yırtan kahkahalar çınlar, bu da o anda keyifli bir öğretmenin yaptığı bir esprinin karşılığıdır...

Yoldan geçenler dinlenmek için oldukları yerde durarak, gençlik ve umut barındıran bu kutsal binaya sevecen bakışlarını dikerler.

Sonra birden kitap ve defter kapanmasının hışırtısı, yerde tepinmeler, bir mırıldanma çevreyi sarar ki, bu da tıpkı müjdeli bir haber gibi kısa zamanda her yeri sarar. İşte bu, hademenin sınıf sınıf dolaşarak paydos zamanının geldiğini haber vermesidir.

Derken kadın, erkek, genç kızlar, delikanlılar, itişerek giriş kapısı önünde, kimi çocuğunu, kimi erkek, kimi kız kardeşini almaya gelirler.

Bu arada manto ve şapkalarını aramaya çıkan küçük çocuklar görülür. Daha sonra iki sıra olmuş öğrenciler, ayaklarını vurarak çıkarlar. Ana babaları onları çeşitli sorularla karşılar:

«Dersin nasıl geçti? - Ödevin için yüksek bir not aldın mı? - Yarına ezberlenecek, çok ders var mı? - Bugünlerde, sınav olacak mı?»

Okuma yazma bilmeyen, en zavallı kadınlar bile, gene heyecanla defterleri karıştırıp problemlere bakar ve notları sorarlar.

«Sadece sekiz mi? - Hem on, hem de bir yıldız mı, bravo - Dilbilgisinden dokuz mu aldın?»

Meraklanırlar ve sevinirler, öğretmenlerle çocukları hakkında konuşurlar, program ve sınavdan söz ederler...

Eğitim ne kadar güzel, ne kadar yüce... Bütün dünya için, sınırsız bir umut kaynağıdır.

Baban

SAĞIR VE DİLSİZ KIZ

28, Pazar

Mayıs ayı bu sabahki ziyaretle çok neşeli bir şekilde sona erdi. Zil sesine koşan babamın sevinçle haykırdığını duydum:

«Ah hoş geldin, sen misin Giorgio?» Giorgio bizim Chieri'deki villamızın bahçıvanı, artık bundan böyle ailesi Condave'de oturuyor.

Daha önce bu aileye babamın öğretmenine gittiğimiz gün rastlamıştık. Giorgio, Cenova'ya çalışmaya gitmiş, eşi ve çocukları Condave'ye yerleşmişlerdi. Dün Cenova'ya ayak basmış Giorgio; tam üç yıl Yunanistan'da demiryollarında çalıştıktan sonra, yurda dönmüş. Kolunun altında kocaman bir paket vardı.

Onu azıcık yaşlanmış ama gene canlı ve sevimli bulduk.

Babam kendisini içeri çağırdı ama o bunu geri çevirdi ve endişeli bir sesle sordu:

«Ailem nasıl? Benim şu küçük Luigia nasıl?»

Annem yanıtladı:

«İyidir ben kendisini birkaç gün önce gördüm.»

Giorgio rahat bir nefes aldı.

«Kızımdan haber almadan Enstitü'ye gitmeyi bir türlü göze alamadım. İzin verirseniz paketimi hemen şuracıkta bırakayım ve kızımı görmeye gideyim. Tam üç yıldır onu görmedim, zavallı yavrucuğumu... Üç yıldan bu yana ailemden kimseyi görmedim ya.»

Babam bana:

«Giorgio ile birlikte git.» dedi.

Ama bahçıvanımız kapı önünde babamı durdurdu:

«Size bir şey sormak istiyordum. İşlerim iyi gitti. Biraz para biriktirdim. Ama beyefendi, size kızım hakkında bir şeyler sormak istemiştim. Acaba durumunda bir gelişme var mı? Onu bıraktığımda, küçücük bir hayvan gibi dünyadan habersiz ve bilgisiz bir yaratıktı. Aslında ben bu enstitülere pek güvenmem ya, acaba işaretle derdini anlatmasını başarabiliyor mu? Gerçi eşim bana yazdığı mektuplarda «Luigia konuşmayı öğreniyor, çok gelişti» diye bir şeyler yazdı ama bütün o işaretlerden bana ne?.. Luigia istediği kadar işaret yapsın ben o işaretleri anlamadıktan sonra!.. Böyle bir durum, ancak o zavallı sağır-dilsizler arasında geçerli. Siz benim Luigia'mı nasıl buldunuz?»

Babam gülümseyerek yanıtladı:

«Size bir şey söyleyecek değilim, haydi gidin, gidin de kendi gözlerinizle görün. Haydi bir dakika bile yitirmeyin.»

Birlikte çıktık «Sağır ve Dilsizler Enstitüsü» bize oldukça yakın sayılır. Yol boyu zavallı bahçıvan, bana dert yanıyordu:

«Ah zavallı Luigia, ne şanssız kızmış, dünyaya böyle bir dertle gelmek için ne suçu vardı o melek yavrunun? Daha bir kez bile bana «Baba» dediğini duymadım; ona «Kızım» dediğimi de, o duyamadı. İsabet, iyiliksever biri, onu o Enstitü'ye koymamızı salık verdi. Ama gene de, tam sekiz yaşını doldurmasını bekledik. Aşağı yukarı üç yıldır orada, neredeyse on bir yaşına girdi, büyüdü mü, güzelleşti mi? Ne olur söyleyin Bay Enrico?»

«Kendiniz görürsünüz» diyerek adımlarımı daha da sıklaştırdım.

«Aman Tanrım! Bu Enstitü nerelerde? Eşim, kızı benim gidişimden sonra oraya götürmüş, ben yolu bile bilmiyorum...»

O böyle konuşa dursun, biz Enstitü'ye varmıştık bile. Bekleme salonunda bir görevli bizi karşıladı. Bahçıvan:

«Ben Luigia Voggi'nin babasıyım,» dedi. «Hemen kızımı görmek istiyorum.»

Görevli:

«Çocuklar bahçede oynuyorlar, ben bayan öğretmene haber vereyim.»

Bahçıvan öyle bir heyecan içindeydi ki, ne konuşabiliyor, ne de rahat durabiliyordu. Duvara asılı tablolara bakıyor ama onları görmüyordu bile.

Kapı açıldı, siyahlar giymiş bir bayan öğretmen elinden tuttuğu küçük bir kızla eşikte göründü.

Baba - kız bir süre bakıştılar, sonra birer çığlık atarak birbirlerinin kollarına atıldılar. Küçük kız, kırmızı çizgili beyaz bir elbise giymiş, beline gri renkli bir önlük bağlamıştı. Benden daha uzun boyluydu, babasının boynuna sarılmış, ağlıyordu.

Bahçıvan, sanki bir yarıştan çıkmış gibi nefes nefese kızına hayran hayran bakıyordu.

«Aman Tanrım, ne kadar da büyümüş, ne de tatlı olmuş? Oh benim zavallı yavrucuğum... Madam, kızımın öğretmeni sizsiniz değil mi? Ne olur kızıma söyleyin de birkaç işaretle bana bir şeyler söylesin. Ne yapalım artık ben de bu işaretleri öğrenir, anlamlarını çözerim.»

Öğretmen gülümsedi ve kısık sesle kendisine bakan küçük kıza sordu:

«Luigia, bu bey de kim?»

İşte o zaman küçük kız sanki dilimizi konuşmayı yeni öğrenmiş birisinin tok sesiyle, anlaşılır bir şekilde:

«O benim babam, madam» dedi.

Bahçıvan kulaklarına inanamıyordu. Birkaç adım geriledi ve bir deli gibi bağırarak:

«Aman Tanrım! Olur şey değil! O konuşuyor, ama kızım sen konuşuyorsun, söyle bana...»

Onu bağrına bastı ve birkaç kere alnından öptü.

«Aman Tanrım! Bir türlü anlayamıyorum. Sağır-dilsizler artık parmak işaretleriyle konuşmuyorlar mı, bu da nasıl oluyor?»

Bayan öğretmen sakin sakin anlattı:

«Hayır Bay Voggi, işaretle dert anlatmak eski yöntemdi. Biz burada onlara yeni yöntemi uyguluyoruz. Konuşma yöntemini bilmiyor muydunuz?»

Bahçıvan sanki utanmış gibi, kıpkırmızı kesildi:

«Nereden bilecektim ki, tam üç yıldan beri İtalya'dan uzaklardaydım. Belki bana yazmış olabilirler ama bir türlü kavrayamadım. Kafam kalındır. Oh kızım demek söylediklerimi duyuyorsun, duyuyorsun söylediklerimi, duyuyorsun!»

Öğretmen adamın hatasını düzeltti:

«Hayır, bayım o sizi duyamaz, çünkü o anadan doğma sağırdır. Söylediklerinizi duymuyor ama dudak hareketlerinden okuyor. O ne sizin söylediklerinizi ne de kendi konuşmasını duyamaz. Ancak kendisine öğrettiğimiz için gereken yanıtları veriyor, ama sesini duymuyor. Bundan ötürü boğuk bir sesle konuşuyor ya. Dudaklarını ve dilini nasıl kıpırdatacağını biz kendisine öğrettik. Bu arada ses çıkarmak için boğazını ve göğsünü nasıl kullanacağını da öğrettik.»

Bahçıvanın ağzı açık kalmıştı. Anlatılanlardan bir sözcük bile anlamıyordu.

Kızı kendisine yaklaştırdı ve ağzını onun kulağına yapıştırarak:

«Söyle Luigia,» dedi. «Babanın döndüğüne sevindin mi?»

Sabırsızlıkla kızından yanıt bekledi. Kızcağız düşünceli düşünceli ona baktı ama karşılık vermedi, babası bayağı bozulmuştu.

Bayan öğretmen gülmeye başladı:

«Bayım tasalanmayın Luigia, sözlerinizi duymadığı için sizi yanıtlamadı, çünkü yanlış davrandınız. Onun kulağına fısıldadınız, oysa onun dudak hareketlerinizi görmesi gerekiyordu. Şimdi aynı soruyu onun karşısında durarak yeniden sorun.»

Baba kızının karşısında durdu ve:

«Babanın döndüğüne sevindin mi? Gene gitmemi istemiyorsun, değil mi?» dedi.

Babasının dudaklarına dikkatle bakan kızcağız, belirgin bir şekilde yanıtladı:

«Evet, dön-düğüne-sevindim - Bir da - ha - bizi bırakıp gitme!»

Bahçıvan onu bir kez daha kucakladı, ama bu anlaşılmaz durumu açığa çıkarmak ister gibi onu bir soru yağmuruna boğdu:

«Annenin adı ne?»

«An-to-nia...»

«Küçük kız kardeşinin adı ne?»

«A-dé-laide.»

«Bu Enstitü'nün adı ne?»

«Sağır - dilsizler okulu.»

«İki kere on, ne eder?»

«Yirmi.»

Biz onun çok sevinçli olduğunu sanıyorduk ama o birden ağlamaya başladı. Ama bunlar sevinç gözyaşlarıydı.

Onun ağlamasının nedenini kestiremeyen bayan öğretmen:

«Sevinmeniz gerekiyor,» dedi, «ağlamayın kızınızı da ağlatacaksınız!»

Bahçıvan, öğretmenin elini kaptı ve derin bir saygıyla öperek:

«Beni bağışlayın!» dedi. «Binlerce kez teşekkür ederim. Size, minnetimi belirtecek söz bulamıyorum.»

Öğretmen anlattı:

«Ama Luigia sadece konuşmayı öğrenmekle kalmadı.» dedi. «O yazıyor ve hesap yapmasını da biliyor. Kullanılan eşyaların tümünün adlarını biliyor. Hatta azıcık tarih ve coğrafya da öğrendi. Şu sırada o normal sınıfta; daha iki yılı var okulumuzda. Buradan çıktığında bir meslek bile edinebilecek. Biz şimdiye kadar müşterilere hizmet etmeleri için sağır - dilsizlere dükkânlarda iş bulduk ve çok da başarılı oluyorlar.»

Bahçıvan daha da şaşırmıştı. Kafası karmakarışık olmuştu. Alnını kaşıyarak kızına bir kere daha baktı, bir açıklama daha bekliyordu.

Öğretmen anlamıştı, sahneyi izleyen okul görevlisine döndü:

«Hazırlık sınıfından bir öğrenci getirin.» dedi.

Hademe az sonra sekiz dokuz yaşlarında bir küçük kızla geri döndü. Bu kız okula birkaç gün önce girmişti. Öğretmen anlattı.

«Bu küçük kıza daha ilk dersleri öğretiyoruz, bakın nasıl yapıyoruz. Ona «e» dedirteceğim, dikkatle izleyin!»

Öğretmen «e» harfini çıkarmak üzere ağzını o şekilde açtı ve kıza da aynı şeyi yapmasını işaretle söyledi. Kız onun dediğini yaptı, o zaman öğretmen ona ses çıkarmasını işaretledi. Kızcağız sesini çıkardı «e» diyeceği yerde «o» dedi.

«Hayır,» dedi öğretmen, «böyle değil.»

Çocuğun ellerini alarak birini boğazına ötekini göğsünün üzerine bastırdı ve «e» harfini yineledi. Çocuk elleriyle gırtlağın ve göğsün hareketlerini sezmişti. O da ağzını açtı ve bu kez çok belirgin olarak «e» dedi.

Öğretmen aynı şekilde ellerini kendi boğazı ve göğsü üzerinde tutarak ona iki harfi daha öğretti. Ona «c» ve «d» dedirtti. Daha sonra, bahçıvana dönerek:

«Artık anladınız mı?» diye sordu.

Bahçıvan anlamıştı, ama anlamadığı zamandan daha büyük bir hayranlığa düşmüştü. Bir süre düşündü ve sonra öğretmene:

«Demek onlara konuşmayı bu şekilde öğretiyorsunuz.» dedi. «Aman Tanrım her gün yüzlerce çocuğa böyle öğretmek ne sonsuz bir sabır ister! Hem de yıllar boyu... Siz bütün ödüllere layıksınız, ancak gene de bu kadar sıkıntı ve çalışmayı karşılayacak bir ödül olduğunu sanmam... Ne söyleyeceğimi bilemiyorum. Ne olur beni kızımla, beş dakika baş başa bırakın...»

Bir köşeye çekildi ve sağır-dilsizi sorguya çekti. Kızın yanıtları babasını güldürüyordu. Adamın gözleri mutluluktan ışıl ışıldı. Elleriyle dizlerine vuruyor ve sevinçten mest olmuş durumda, kızına hayran hayran bakıyordu.

Öğretmene sordu:

«Müdüre teşekkür edebilir miyim?»

«Müdür henüz gelmedi, ama siz bir başkasına teşekkür edebilirsiniz. Geleneklerimize göre yeni gelen küçük kızlar, kendilerine annelik ve ablalık edecek birkaç yaş büyük bir kıza emanet olunur. Sizinkine ablalık eden, on yedi yaşlarında bir genç kız. Luigia da onu çok sever. İki yıldan bu yana genç kız Luigia'nın giyinmesine, saçını taramasına yardım ediyor, ona dikiş dikmesini öğretiyor, arkadaşlık ediyor... Luigia, enstitüdeki ablanın adı ne?

Kızcağız gülümseyerek konuştu:

«Cate-rine Gior-dano, o çok iyidir.»

Öğretmenin bir işareti üzerine, dışarı çıkan hademe az sonra sarışın ve tombulca, sevimli yüzlü bir genç kızla geri döndü. O da kırmızı çizgili beyaz roba giymiş, üzerine gri önlük takmıştı. Kız eşikte durdu sonra gülümseyerek başını eğdi. O bir kadın gibi uzun boylu olmasına karşın, gene de, bir çocuğa benziyordu. Giorgio'nun kızı ona koştu ve elinden tutarak babasına getirdi.

Kalın tok sesiyle:

«Cate-rine Gior-dano.» dedi.

Bahçıvan genç kızın elini yakaladı:

«Ah, iyi yürekli kız. İnşallah sen ve bütün ailen daima mutlu olursunuz. Bunu namuslu bir işçi, zavallı bir aile babası, tüm kalbiyle diliyor.»

Genç kız başı önünde Luigia'nın saçlarını okşuyordu. Bahçıvana gelince, o da genç kıza minnet ve saygı ile bakıyordu. Öğretmen, ona:

«Bu günlük kızınız izinli,» dedi. «Götürebilirsiniz.»

«Oldu, onu Condave'ye götürüyorum, yarın getiririm.»

Kızcağız giyinmek için içeri koştu.

«Ah bana bu izni vermekle ne kadar mutlu ettiniz tam üç yıldır onu görmemiştim, oysa üstelik şimdi o artık konuşuyor. İlkin onu Torino'da gezdirip dostlarıma göstereceğim, hepsi onun konuşmasını duysunlar. Aman Tanrım, sana binlerce şükür! Ne güzel bir gün, ne büyük bir mutluluk! Haydi kızım gel koluma gir.»

Sırtında ince bir ceket ve başında başlıkla görünen Luigia babasının koluna girdi. Bahçıvan kapı eşiğinde:

«Hepinize teşekkürler, binlerce kez teşekkür ederim. Gene gelip sizlere bir kez daha minnetlerimi sunacağım.»

Bir süre düşünceli durdu, sonra kızını orada bırakarak geri döndü ve elini cebine götürdü:

«Gerçi ben yoksul biriyim, ama gene de, minnetimin belirtisi olarak okula bir altın bırakmak isterim. Yepyeni bir altın.»

Masanın üzerine bir altın koydu.

Öğretmen, itiraz etti:

«Yok yok bayım, paranızı geri alın, bunu asla kabul edemem. Hem bu benim işim değil. Siz müdür burada olduğu zaman gelirsiniz, ancak onun da hiçbir şey kabul etmeyeceğinden kesinlikle eminim. Kimbilir bu parayı kazanabilmek için ne kadar çaba harcadınız, ne kadar çalıştınız. Ama gene de bu jestiniz için size minnettarız.»

Ama bahçıvan onu dinlemiyordu:

«Yoo, yoo, ben parayı gene de bırakıyorum - daha sonra görüşürüz.»

Ama öğretmen onun itirazlarına kulak asmadan parayı aldı ve yeniden onun cebine koydu.

Giorgio başını eğerek kabullendi ve öğretmenle, kızına ablalık eden genç kızı saygıyla selamlayarak, kızını koluna taktı ve dışarı çıktı.

«Gel zavallı küçük dilsizim, gel yavrum!»

Küçük kız o boğuk sesiyle:

«Oh - ne - kadar güzel - güneş!» diye haykırdı.

GARİBALDİ

3 Haziran, yarın milli bayram

Bugün ulusal matem günü. Dün akşam Garibaldi öldü. Onun kim olduğunu biliyor musun? On milyon İtalyanı Borboni'lerin zorbalığından o kurtardı. Yetmiş beş yaşında öldü. Nizza'da doğdu, babası kaptandı. Sekiz yaşındayken bir kadının yaşamını kurtardı; on üç yaşındayken boğulmakta olan bir kayık içindeki arkadaşlarını kurtardı; yirmi yedi yaşında Marsilya sularında boğulmakta olan bir delikanlıyı kurtardı; kırk bir yaşında Okyanus'ta bir gemiyi yanmaktan kurtardı. Yabancı bir ulusun özgürlüğü için on yıl Amerika'da çarpıştı; Lombardiya ve Trentino'yu Avusturyalılardan kurtarmak için üç savaşa katıldı; 1849'da Fransızları Roma'dan çıkarmak için mücadele verdi. 1860'da Palermo ve Napoli'yi özgürlüğüne kavuşturdu, '67'de Roma'nın özgürlüğü için yeniden savaştı, 1870'de Fransa'yı korumak için Almanlar'a karşı savaştı. İçinde kahramanlık ateşi ve savaşçı dehası kaynıyordu. Kırk savaşa girdi ve otuz yedisini kazandı. Savaşmadığı zamanlarda da ya yaşayabilmek için çalıştı, ya da ıssız bir adaya çekilip tarımla uğraştı. Öğretmenlik, denizcilik, işçilik, tüccarlık, askerlik, generallik, diktatörlük yaptı. Büyüktü, alçakgönüllüydü, iyilikseverdi. Baskı yapanlardan tiksinirdi, bütün ulusları sever, düşkünleri korurdu. İyilik yapmaktan başka bir şey düşünmezdi, itibara önem vermez, ölümden çekinmezdi, İtalya'yı çok severdi, ona tapardı. Savaş narası attığında erinden generaline kadar herkes İtalya'nın dört bir tarafından koşup, ona gelirdi: Beyler saraylarını, işçiler atölyelerini, delikanlılar okullarını bırakır ve şan, şeref güneşinde çarpışmaya koşarlardı. Savaşta kırmızı bir gömlek giyerdi. Güçlü, sarışın, yakışıklıydı. Savaş alanlarında bir yıldırım gibiydi, bir çocuk gibi sever, bir aziz gibi acı çekerdi. Binlerce İtalyan ölürken onun uzaktan şan, şeref içinde geçtiğini gördüler ve mutlu öldüler. İçlerinden binlercesi gözlerini kırpmadan onun için yaşamlarını feda ederlerdi. Öldü. Bütün dünya onun ölümüne ağladı. Şimdi onu anlayamazsın. Ama, hayatın boyunca yaptıklarını okuyacak, ondan söz edildiğini duyacaksın. Zamanla sen büyüdükçe onun hayali de gözlerinin önünde büyüyecek. İleride onu dev gibi göreceksin. Sen bu dünyadan göçtükten sonra, çocuklarının çocukları, onların çocukları da bu dünyadan gittikten sonra geriye kalanlar da onun zaferlerinin adlarıyla donatılmış, yıldız çemberini andıran bir çelengin onun o ışık saçan başını hep çevrelediğini göreceklerdir. Her İtalyan onun adını andıkça mutlu olacak, gururlanacaktır.

BABAN

ASKERLER

11, Pazar. Milli Bayram. Garibaldi'nin ölümü dolayısıyla bir hafta ertelendi.

Askerlerin geçit törenini görebilmek için Castello alanına gittik. Askerler düzenli sıralar halinde Başkumandanın önünden ve yolun iki yanına dizilmiş halkın arasından geçtiler. Askerler bando eşliğinde sırayla geçerken babam da şanlı bayrakların kazandıkları zaferleri, bölükleri bana gösteriyordu. En önde akademi öğrencileri vardı; üç yüz kişi kadardılar. Bunlar geleceğin topçu, ya da piyade subaylarıydılar. Üniformaları siyahtı. Öğrencilik ve askerlik gururunun karıştığı çekici bir güçle ilerliyorlardı. Onların arkasından piyadeler geçti. Gioto ve San Martino'da çarpışan Aosta birliği, Castelfidardo'da çarpışan Bergamo birliği, dört alay, birbiri ardı sıra bölükler ve binlerce kırmızı küçük püsküller. Bu püskülcükler, iki ucundan gerilen ve sallanan, kan rengi çiçeklerden yapılmış uzun çelenkleri andırıyor ve halkın arasında uzayıp gidiyorlardı. Piyadelerin arkasından başlıklarında siyah tüylü sorguçları, üniformalarında kırmızı şeritleriyle muharebe birliği geliyordu. Topçular sıra halinde önümüzden geçerlerken yüzlerce uzun dik tüy ilgimizi çekti. Bize doğru ilerliyorlardı. Alplilerdi; İtalya kapılarının koruyucuları. Hepsi de güçlü, iri yarı, kırmızı yanaklıydılar. Calabria biçimi şapkaları vardı, üniformaları yeşildi, dağlarında biten otların renginde. Alpliler geçerken, halk arasında bir kımıldanma oldu ve Bersaliyerler göründü; bunlar ünlü on ikinci kıt'ayı oluşturuyordu. Porta Pia'daki bir gedikten Roma'ya ilk girenler bu kıt'anın askerleriydi. Hepsi de esmer, çevik, canlıydılar. Havada dalgalanan sorguçlarıyla kara bir sel gibi geçtiler. Bir yandan da ellerindeki borazanlarla alanı çın çın çınlattılar, bu yüreklerinden taşan bir sevinç çığlığını andırıyordu. Onların boru sesini yaklaşmakta olan topçular bastırdı. Sırma kordonlu topçular,

HAZİRAN

32 DERECE

16, Cuma

Artık yaz tam anlamıyla geldi, havalar giderek ısınmakta. Hepimiz çok çabuk yoruluyoruz. İlkbaharda, pembe pembe olan yanaklarımızın rengi soldu. Boyunlarımız ve bacaklarımız bükülüyor, başlarımız öne düşüyor, gözlerimiz kapanıyor. Zavallı Nelli sıcaktan çok rahatsız oluyor, yüzü sapsarı ve çok zaman derste uyukluyor. Onun koruyucusu Garrone, onun önüne bir kitap koyarak, öğretmenin onun uyuduğunu görmesini önlüyor. Crossi, o kırmızı saçlı kafasını sırasına öyle yorgun bir şekilde dayar ki, gören bunun kesik bir baş olduğunu sanır. O kibirli Carlo Nobis'e gelince, o devamlı sızlanır ve kalabalık olduğumuzdan havayı kirlettiğimizi söyler durur.

Pencerelerden yeşil yapraklı ağaçları gördükçe okulda kapandığımız için kızıyorum, ama sonra anneme bakarak güçleniyorum. Çünkü okuldan çıktığımız zaman ve evde ödevimi yaparken bana hep:

«Yorgun musun Enrico?» diye sorar. Her sabah, beni altı da uyandırdığında; «Cesaret Enrico» diyor «şurada kaç günün kaldı, artık köyde dinlenirsin.» Daha sonra bana tarlalarda kızgın güneş altında çalışan akranım çocuklardan söz ediyor. Çocukların birçoğu da, o uçsuz bucaksız ırmaklarda beyaz kumlar üzerinde veya ekmek fırınlarında çalışıyorlar. Ya o fabrikada çalışan zavallı yavrucaklar! Onların aslında hiç tatilleri de yok... Annem bütün bunları bana hatırlatıyor... Cesaret! Aslında karşımızda canlı bir örnek bulunmakta; Derossi. O sıcaktan rahatsız olmaz. Hiç uykusu da gelmez onun. Devamlı canlı, çevik ve de çalışkan. Kışın olduğu gibi yazın da aynı...

Hiç durmadan çalışıyor ve çevresindekilere sanki cesaret aşılıyor, sesiyle sanki etrafını serinletiyor.

Tıpkı ona benzeyen iki uyanık öğrenci daha var. Biri, şu inatçı Stardi. Hava ısınıp sıcaktan rahatsız oldukça daha da direniyor, dişini sıkarak gözleri Bay Perboni'ye dikili, sanki onu yiyecekmiş gibi bakarak dersten bir sözcük kaçırmadan dinliyor. Öteki yılmaz çocuk, küçük işadamı Garoffi. Şu son günlerde o da çok çalışmakta, yaldızlı kâğıtlardan, resimlerle süslü yelpazeler yapıp birkaç meteliğe satıyor. Ama içimizde gene en yüreklimiz Coretti. Sabahları beşte kalkıp babasının odun taşımasına yardım ediyor. Saat on bire doğru, göz kapakları ağırlaşıyor, başı önüne düşüyor ama gene de uyumamak için, kendini zorluyor. Ensesine vuruyor yüzünü soğuk suyla yıkıyor. Bu sabah dayanamadı, çok derin bir uykuya daldı. Öğretmenimiz «Coretti!» diye ona seslendi. O duymadı.

Bay Perboni kızmıştı, daha sert bir sesle yineledi:

«Coretti!»

O zaman Coretti'ye yakın oturan bir arkadaşı, kalktı ve:

«Öğretmenim Coretti sabahın beşinden beri odun taşıdı.» dedi.

Öğretmenimiz onu uyandırmadan dersine devam etti. Yarım saat geçti, ders bitmişti. O zaman Bay Perboni yavaşça uyuyan çocuğun üzerine eğildi ve yüzüne üfleyerek onu uyandırdı.

Karşısında öğretmeni gören Coretti, korkmuştu, irkildi. Ama hiç beklenmedik bir şey oldu. Bay Perboni, Coretti'yi başından tuttu ve onu alnından öperek:

«Seni azarlamayacağım yavrum!» dedi. «Senin uykun tembellik uykusu değil, çalışanların yorgunluk uykusu. Buraya gelmeden önce, çok sıkı çalıştığını biliyorum.»

BABAM

17, Cumartesi

(Annemin Mektubu)

Arkadaşlarından ne Coretti'nin ne de Garrone'nin babalarına senin gibi ters cevap verdiklerini sanmıyorum Enrico. Dün akşam senin adına çok utandım. Bunun bir daha yinelenmeyeceğine söz vermelisin. Babanın herhangi bir sitemi üzerine dudaklarına ters bir söz gelecek olursa, günün birinde bu dudakların hiç konuşmamak üzere kapanacaklarını düşün. Babanın seni ölüm döşeğine çağırarak «Enrico elveda!» diyeceği günü düşün. Ah sevgili çocuğum, babanın sesini son kez duyduğunda, yüreğin öyle derin bir acıyla dolacak ki, ona saygıda nasıl kusur ettiğini düşünerek kahrolacaksın. Babanın, senin en iyi dostun olduğunu ve hatalarını düzeltmek için seni ağlatmak zorunda kaldığı zamanlarda, senden daha fazla acı çektiğini bilmeni isterim. Baban, senden her şeyini gizliyor, sadece iyilik ve sevgisini gösteriyor. Kimi zaman, onun yorgunluktan bitkin düştüğünü ve yaşayacak çok az zamanı kaldığını, seni yalnız ve korumasız bırakacağını düşünerek için için üzüldüğünü ben bilirim.

Bu karamsar düşüncenin etkisinde baban, kaç kere sen uyurken odana girdi ve elinde yanan bir mumla senin rahat ve mutlu uyuduğunu seyrettikten sonra, bir çaba daha harcayarak yorgunluğuna karşın, çalışma masasının başına geçti. Her olgun erkekte olduğu gibi, yüreği umutsuzluk ve acılarla dolduğu zaman moralini yükseltmek için, senin yakınlığını aradığını ve senin yüzüne bakarak güçlendiğini biliyor muydun?

Zavallı baban yaşamını sürdürmek için, senin sevgine gereksinim duyuyor. Sende sevecenlik aradığı zaman, buz gi-

bi soğuk bir tutum ve saygısızlıkla karşılaştığında, bunun onun için ne büyük bir düş kırıklığı olduğunu tasavvur edebilir misin? Asla bir daha, böyle bir nankörlük yapma. Yaşamımızda hiçbir şeyin kalıcı olmadığını bilmelisin. Daha henüz, çocuk yaşta bile babanı yitirebilirsin... Bir yıl... Bir ay... kimbilir belki de, yarın...

Ah zavallı Enrico işte o zaman çevrendeki her şeyin nasıl değişeceğini düşün. Siyahlar giyinmiş annen ve yaslı kardeşlerinle ev ne kadar boş gelecek. Tanrı bizi bu felaketten korusun, git oğlum, git babanı bul, başını onun dizine daya ve ellerini öperek ondan özür dile!

Annen

KIR GEZİSİ

19, Pazartesi

İyi yürekli babam beni bağışladı ve Coretti'nin babasının düzenlediği bir pikniğe gitmeme izin verdi. Hepimizin temiz hava almaya gereksinimimiz vardı.

Bu bir şenlik oldu bizler için.

Dün öğleyin saat ikide yanımıza meyve, sosis, sucuk ve katı yumurta gibi yiyecekler alarak Statuo Alanı'nda buluştuk. Geziye katılanlar Derossi, Garrone, Garoffi, Precossi, Coretti ve oduncu babası idik. Yanımıza teneke sahanlar ve kırılmaz şişeler almıştık. Garrone, beyaz şarapla dolu bir su kabağı taşıyordu. Coretti omuzuna babasının savaşta kullandığı matarayı asmıştı, kırmızı şarapla doldurmuştu. Küçük Precossi'ye gelince, ta dizlerine kadar o demirci tuniğini giymiş, kolunun altına iki kiloluk bir somun ekmek sıkıştırmıştı. Kent dışına kadar otobüsle gittik, ondan sonra, dağ bayır koşmaya başladık. Her yer serin gölgelikti. Ta belimize kadar yükselen o yeşil otlar arasında yuvarlanıyor, yüzümüzü ellerimizi, birkaç adımda bir rastladığımız pınarlarda, derelerde yıkıyorduk. Çitleri atlayarak aşıyorduk. Bizimle gelmek isteyen ve bu geziyi düzenleyen Coretti'nin babası, ceketini omuzuna atmış, piposunu içerek peşimizden geliyordu. Arada bir, üstümüzü yırtmayalım diye eliyle bize uyarılarda bulunuyordu.

Precossi ıslık çalıyordu. Onun ıslık çaldığını hiç duymamıştım. Bir keçi yavrusu gibi çevik Coretti, sıçrayarak yürüyor ve çakısıyla değirmen tekerlekleri, çatallar ve çeşitli şeyler yapıyordu.

Derossi arada bir duruyor, bize bitkilerin ve böceklerin adlarını söylüyordu. Bütün bunları aklında tutmak için ne yapar, bilmem... Garrone, sessizce ekmeğini yiyordu ama artık eski iştahı kalmamıştı. Annesini yitirdiğinden bu yana çok değişti. Zavallı Garrone, artık eskisi gibi gülmüyor, ama gene de iyi, herkese yardımcı. Birimizden biri hendekten atlamak istediği zaman Garrone karşıya geçerek yardım için ona elini uzatıyordu. Küçüklüğünde bir öküzden boynuz darbesi yiyen Precossi, öküzlerden korktuğu için, öküzler geçerken Garrone onun önünde siper oluyordu. Böylece Sainte-Marguerite'ye kadar zıplaya hoplaya geldik.

Bir çalıdan atlarken Precossi gömleğini yırtmış ve böyle gezmekten çok utanmıştı. İsabet daima cepleri yararlı şeylerle dolu olan Garoffi, toplu iğnelerle yırtığı öyle bir iliştirdi ki, artık belli bile olmadı. Precossi devamlı «Özür dilerim, kusura bakmayın!» diye mırıldanıyordu ve sonra yeniden koşmaya başladı.

Garoffi, hiç zamanını yitirmiyordu; salata topluyor ve ışıldayan bir taş parçası görür görmez, bunu mendiliyle daha da parlatarak cebine atıyordu. Kimbilir, belki de bir altın veya gümüş madeni bulmanın peşindeydi.

Hep birden koşuştuk, ağaçlara tırmandık gölgede, güneşte oynaştık durduk. Derken bir tepeye tırmandık ve soluk soluğa çimenler üzerine kahvaltı için oturduk. Buradan harika bir manzara, ayaklarımızın dibinde sınırsızca uzanıyordu ve çok daha uzaklarda karlarla kaplı Alp Dağları'nı seçebiliyorduk.

Açlıktan ölüyorduk. Ekmek, sanki ağzımızda eriyordu. Coretti Baba, salatalık dilimleri üzerine yerleştirdiği sosis dilimlerini uzattı. Bir yandan yiyor bir yandan da öğretmenlerimizden, gelemeyen arkadaşlarımızdan söz ediyorduk.

Precossi yerken her zamanki gibi çekingen davranıyor, ama Garrone ona en güzel parçaları zorla yediriyordu. Coretti de, yere babasının yanına oturmuştu. Yakından bakınca onları ağabey ve kardeş sanabilirdiniz. Her ikisi de pembe yanakları ve ışıl ışıl inci gibi dişleriyle çok sevimli kişilerdi. Baba Coretti, zevkle şarabından içiyor ve bize:

«Bizim gibi oduncuların içkiye öğrencilerden çok gereksinmesi olur. Bize iyi gelen şarap size zarar verir.»

Daha sonra sevecen bir jestle elini oğlunun omuzuna dayayarak:

«Şu benim efendi oğlumu, çok seviniz diyordu. O çok ince yaradılışlı ve duygulu bir çocuktur. Bunu ben babası söylüyorum.»

Garrone dışında hepimiz gülüyorduk.

Baba Coretti sözlerini şöyle sürdürüyordu:

«Evet bugün sınıf farklarınızı gözetmeden çok iyi arkadaşlarsınız. Ama ne yazık ki, bu böyle sürüp gidemez. Birkaç yıl sonra, Enrico ve Derossi ya avukat ya da öğretmen olacaklar oysa siz dördünüz benim gibi işçi olacaksınız. İşte o zaman elveda arkadaşlık!»

Derossi coşkulu bir tonla, onun sözünü kesti:

«Daha neler! Ben hiçbir zaman okul arkadaşlarımı unutmayacağım. Onların meslekleri bana vız gelir. Benim için Garrone daima Garrone, Coretti sevdiğim arkadaşım ve Precossi de Precossi olarak kalacaklardır. İnanın bana, Rusya İmparatoru bile olsam gene onları arayıp bulacağım.»

Baba Coretti bardağını Derossi'ye kaldırdı:

«Yaşa evlat, işte konuşmak buna denir. Kadehleri tokuşturalım. Arkadaşların onuruna içelim. Yaşasın dostluk!

Zengin ve yoksulu eşit bir şekilde birleştiren okul da yaşasın!»

Hepimiz onunla kadeh tokuşturduk.

Artık akşam oluyordu. Koşarak ve şarkılar söyleyerek yamaçtan indik, kol kola Po kıyılarına geldik. Dalgalar kararmaya başlamıştı, suda yakamozlar bile belirmişti.

Buluştuğumuz alanda ayrıldık, eve çok sevinçli dönüyordum ama bir şey neşemi kaçırdı. Karanlık merdivende eski bayan öğretmenime rastladım. O ellerimi tutarak:

«Elveda Enrico! Beni unutma!» dedi.

Galiba ağlıyordu. Yukarıda anneme eski öğretmenimi gördüğümü söylediğimde, o üzgün bir sesle:

«Ah zavallı bayan!» dedi. «Korkarım bu onun son ziyareti olacak. Gerçi gene okula devam ediyor ama pek bitkin göründü bana!»

İŞÇİLERE ÖDÜL DAĞITIMI

25, Pazar

Kararlaştırdığımız gibi Victor Emmanuel Tiyatrosu'nda yapılacak törene gittik. Gece kurslarına devam eden işçilere verilen ödüllerin dağıtım töreni yapılacaktı. Tiyatro 14 Mart'ta olduğu gibi, tepeleme dolmuştu, ama bu kez seyircilerin hemen hemen hepsi işçi sınıfındandılar. Sahneye yakın karo kısmı şarkı okulu öğrencileriyle dolmuştu. Hep bir ağızdan yurt uğruna ölen askerlerin onuruna hazin ve dokunaklı bir marş söylediler. Marş o kadar güzeldi ki bittiğinde seyirciler, hep birden ayağa fırladı ve coşkulu alkışlarla: «Bir daha, bir daha!» diye seslendiler. Çocuklar yeniden başlamak zorunda kaldılar.

Hemen sonra, ödül adayları vali, belediye başkanı ve yüksek memurların önünden geçmeye başladılar. Bunlara kitaplar, banka cüzdanları, diploma ve madalya veriyorlardı.

Salonun bir kıyısında annesinin yanında oturan Küçük Duvarcı'yı ve az daha uzakta bizim Müdürümüzü gördüm. Onun hemen arkasında, kızıl saçlı benim ikinci sınıf öğretmenim oturmuştu.

Resim okulundan adayların geçişlerini seyrettik. Daha sonra kuyumcular, oymacılar, hatta marangozlar ve duvarcılar geçtiler. Müzik Okulu öğrencileri de geçti. Aralarında genç kızlar ve bayramlıklarını giymiş birkaç işçi de bulunuyordu. Sonunda sıra gece kurslarının işçi öğrencilerine geldi.

Her yaştan, her meslekten, değişik kılıklı bu adamların geçişi gerçekten güzeldi. İçlerinde ak saçlı işçiler, çocuklar, genç işçiler ve gür kara sakallı ameleler de vardı.

Delikanlılar neşeli ve canlı, yaşlılar azıcık çekingen görünüyorlardı. Seyirciler hepsini, gencini de yaşlısını da aynı coşku ile alkışladı.

Ama kimse bizim ödül dağıtımında olduğu gibi gülmedi. Bütün yüzler ciddi ve gergindi. Adayların çoğunun eşi ve çocukları koltuklarda oturuyordu. Küçük çocukların bir kısmı babalarını sahnede görünce seslendiler. Parmakla babalarını gösteriyor ve yüksek sesle gülüyorlardı.

Köylüler, hamallar geçti. Aralarında babamın da tanıdığı ve belediye başkanının ödül verdiği bir ayakkabı boyacısı da geçti. Derken ondan sonra dev yapılı birinin sahnede yürüdüğünü gördüm. Onu bir yerden tanıyordum. Sonra hemen çıkardım bu bizim Küçük Duvarcı'nın babasıydı. O da ikincilik madalyasını almıştı. Oğlunu ziyaret ettiğimiz o acıklı akşamı andım; zavallı baba oğlunu tehlikede sanarak, ne kadar perişandı. Şimdi Küçük Duvarcı mutlu bir gülüşle, babasını izliyor ve çok memnun görünüyordu.

Derken bir alkış sağanağıyla gene dikkatimi sahneye çevirdim.

Küçük baca temizleyicisi, yıkanmış pırıl pırıl yüzü, ama isli iş giysileriyle ödülünü almaya gelmişti. Vali, onun elini okşadıktan sonra ödülünü verdi.

Sıra bir aşçıya geldi, daha sonra bir sokak süpürücüsü de madalyasını aldı.

Birden içimi derin bir heyecan kapladı. Yüreğim bütün bu insanlara karşı derin bir sevgiyle doldu. Aile babası olan bu işçiler ödülleri kazanabilmek için ne kadar çalışmışlardı. Günlük işlerini tamamladıktan sonra, geceleri saatlerce masa başında oturmuşlar ve kendilerine o kadar gerekli olan uykularını feda etmişlerdi. Hiçbir öğrenime alışkın olmayan kafalarını ne kadar çok yormuşlardı kimbilir?

Bir de çırak geçti. Babasının ceketini giydiği anlaşılıyordu. Ödülünü alabilmek için çok uzun gelen kollarını sıvamak zorunda kalmıştı. Birkaç gülüş çınladı ve bunu alkışlar izledi. Çıraktan sonra, saçları dökük bir ihtiyar geldi. Bizim okulun gece kurslarına devam eden birkaç topçu eri onu izledi. Daha sonra gümrükçüler, belediye bekçileri, özellikle bizim okullarımızın bekçileri... Sonunda Okul Korosu gene çok dokunaklı bir marşı öylesine bir heyecanla okumaya başladılar ki, bu kez kimse alkışlamaya cesaret edemedi ve oradan sessizce çıktık.

Birkaç dakika içinde yollar dolup taştı. Tiyatronun önünde, kırmızı yaldızlı kitabı kolunda baca temizleyicisi, o küçük şirin çocuk duruyordu. İyi giyimli birkaç bey onunla ilgileniyor, ona sorular soruyorlardı.

Çok kimse selamlaşıyordu. İşçiler, çocuklar, bekçiler. İkinci sınıf öğretmenim, kızıl saçlı güleç yüzlü bey, iki topçu eriyle birlikte çıktı ama en çok hoşuma giden işçi eşleri oldu. Bunların kucaklarında taşıdıkları çocukları, ellerindeki babalarının ödüllerini, gelip geçenlere gururla gösteriyorlardı.

BAYAN ÖĞRETMENİMİN ÖLÜMÜ

27, Salı

Biz tiyatroda ödül törenini seyrederken zavallı öğretmenim, meğer son nefesini veriyormuş. Saat tam ikide ölmüş. Annemi ziyaretinden tam bir hafta sonra. Müdür dün sabah, bize bu acı haberi verdi.

«İçinizde onun öğrencileri olanları biliyorum. Hepiniz onun ne kadar iyi yürekli olduğunu ve çocukları ne kadar sevdiğini bilirsiniz. O öğrencileri için bir anne sayılırdı. O artık aramızda değil... Korkunç bir hastalığa uzun zamandan beri direniyordu. Ekmeğini kazanmak için çalışmak zorunda olmasaydı, kimbilir belki de iyileşebilirdi.

Bir izin istese, hiç değilse yaşamını birkaç ay daha uzatabilirdi, ama o, gücü kendisine ihanet edinceye kadar öğrencileriyle birlikte kalmak istedi.

Cumartesi günü bir daha göremeyeceği öğrencileriyle vedalaşmıştı. Son kez onlara yerinde öğütler verdi, hepsini kucakladı ve hıçkırarak yanlarından ayrıldı. Bir daha artık onu göremeyeceksiniz. Onu asla unutmayın çocuklarım!»

Birinci sınıfta onun öğrencisi olan Precossi, başını masasına dayayarak ağlamaya başladı. Dün akşam, okuldan sonra hepimiz cenazeye katılmak için evine gittik. Cenaze arabası sokakta bekliyordu, bekleşen kalabalık yavaş sesle fısıldaşıyordu.

Müdür, bay ve bayan öğretmenlerle birlikte oradaydı. Ölen öğretmenin daha önce ders verdiği okullardan da öğrenciler katılmıştı törene. Sınıfının bütün çocukları anneleriyle birlikte gelmişlerdi. Baretti Okulu'ndan elli kadar öğrenci kocaman bir çelenk taşıyorlardı. Kimi de gül demetleri getirmişlerdi. Araba çiçeklerle süslenmişti. Arabaya asılı büyük bir çelenkte, şu satırlar okunuyordu:

«Dördüncü sınıf öğrencilerinden çok sevdikleri öğretmenlerine.»

Bu çelengin altındaki daha ufak bir çelengi de birinci sınıf çocukları getirmişti.

Ah zavallı öğretmenim! Ne kadar iyi ve sabırlıydı. Yıllarca kendisini bizler için harcamıştı. Kitaplarını öğrencilerine bırakmış, kimine bir hokka takımı, kimine bir küçük tablo, nesi varsa çocuklara dağıtmıştı.

Ölmeden iki gün önce, müdürden küçüklerin cenazeye katılmamalarını rica etmiş, onların ağlamalarını istemiyormuş. O çevresine, öylesine iyilik yaptı ki! Acı çekti ve de sonunda öldü. Zavallı öğretmenim, elveda! Çocukluğumun hüzünlü ve en tatlı anılarından biri oldunuz...

TEŞEKKÜRLER

28, Çarşamba

Zavallı öğretmenim ders yılını bitirmek istemişti, dersler sona ermeden tam üç gün önce öldü.

Öbür gün son aylık öykümüz olan *«Bir Deniz Kazası»*nı dinlemek için okula gideceğiz ve sonra okul bitecek... 1 Temmuz Cumartesi günü sınavlar başlıyor. İşte biten bir yıl daha. Okuldaki dördüncü yılım. Ah sevgili öğretmenimin ölümü olmasa, iyi bir yıl geçirdim sayılırdı.

Ekim ayında bildiklerimi düşünecek olursam, şu anda kendimi çok daha bilgili buluyorum. Kafamda o kadar çok yeni şey var ki. Rahat yazabiliyorum ve düşündüklerimi, daha açık seçik ifade edebiliyorum. Kendimden büyüklere yardımcı olarak hesaplamasını da artık başarıyorum. Üstelik artık okuduklarımı çok daha iyi anlıyorum.

İşte bu nedenden ötürü, zihnimin açılmasına, düşüncelerimin gelişmesine yardımcı olanların hepsine, bir bir, ayrı ayrı teşekkür etmek isterim.

Başta, çok hoş görülü ve sevecen olan sayın öğretmenime teşekkürü bir borç biliyorum; her gelişmem onun yeni bir yorgunluğuna yol açmıştır.

İyi yürekli arkadaşım Derossi'ye de teşekkür ederim. Çok zaman açık anlatımlarıyla, bana zor işlemleri çözme yöntemini öğretti ve sınavların çoğunu onun yardımları sayesinde geçtim. Demir bir iradenin her türlü engeli aşacağını gösteren güçlü Stardi'ye de teşekkür etmek isterim. Çevresindekilerin en iyi yönlerini ortaya çıkaran iyi yürekli ve sevecen arkadaşım Garrone'ye teşekkür ederim. Ve sizler sevgili arkadaşlarım Precossi ve Coretti, en güç koşullar altında tüm zorlukları yenerek çalıştınız ve bana her gecenin bir sabahı olduğunu öğrettiniz, size de sonsuz minnetlerimi bildiririm.

Ancak en fazla bana destek olan sen sevgili babam, sen benim ilk öğretmenim ve ilk dostum, bana en iyi öğütleri verdin ve onca bilgi aşılayan sen. Babam, sana ne kadar teşekkür etsem azdır. Sen benim rahatım ve mutluluğum için didinip yoruldun ve benden üzüntülerini gizledin. Yolumun daima çiçekli olmasını sağladın. Varol babacığım! Ve sen sevgili iyi yürekli annem, sen ki her sevinç ve üzüntümü paylaştın, sen ki benimle çalıştın, benim için ağladın. Küçüklüğümde olduğu gibi, önünde dize gelerek her ikiniz de yüreğime aşıladığınız tüm şefkat hazinelerini ayaklarınıza sererek candan teşekkür ederim. On iki yıllık sevgi ve özverinizi asla unutmayacağım!

BİR DENİZ KAZASI

(Son Aylık Öykü)

Birkaç yıl önce buharlı bir gemi aralık ayında Liverpool limanından ağır ağır ayrılıyordu. İki yüz kişi taşıyordu. Bunlardan altmışı tayfa ve gemicilerden oluşmuştu. Kaptan ve tüm tayfa İngiliz uyrukluydular.

Yolcular arasında birçok İtalyan bulunuyordu. Birkaç tüccar, bir din adamı birkaç çalgıcı. Gemi Malta Adası'na gidiyordu. Hava kötüydü.

Küpeşteye dayanmış on iki yaşlarında bir çocuk çevreyi seyrediyordu. Yaşına göre boyu kısa sayılırdı ama güçlü görünüyordu. Saç ve göz renginden ve yüz hatlarından onun İtalyan olduğu anlaşılıyordu. Sicilyalıların haşin güzelliği vardı onda. Üçüncü mevki güvertesinde tek başına küpeşteye dayanmış üzgün üzgün ufukları seyrediyordu. Arada bir endişeli gözlerle çevresini, gemiyi, yolcuları, yanından koşarak geçen tayfaları şöyle bir süzüyordu. Çocukta az önce büyük bir acı çekmiş birinin üzgün görünümü vardı.

Hareketten az sonra bir İtalyan tayfa elinden tuttuğu bir kızla birlikte göründü. Küçük Sicilyalı'nın önünde durdu ve:

«Sana bir yol arkadaşı getirdim, Mario,» dedi ve uzaklaştı.

Kızcağız Mario'nun yanı başındaki halat yığınının üzerine oturdu. Bakıştılar.

Sicilyalı çocuk:

«Nereye gidiyorsun?» diye sordu.

Kızcağız:

«Napoli yoluyla Malta'ya.» yanıtını verdi. Daha sonra ekledi:

«Orada beni bekleyen annemle babamın yanına gidiyorum. Adım Giluietta Faggiani.»

Çocuk hiç yanıt vermedi.

Birkaç dakika sonra yol torbasından ekmek ve kuru meyve çıkardı. Kızda bisküviler vardı; sessizce yediler.

O arada kızı getiren İtalyan gemici:

«Çocuklar,» dedi, «deniz kabarıyor, güzel dans edeceğiz!»

Rüzgâr daha da şiddetlenmişti, gemi yalpalanıyordu ama, çocukları deniz tutmadığından pek aldırmadılar.

Kızcağız gülümsüyordu. O da aşağı yukarı Mario ile yaşıttı ama daha uzun boylu idi. Yüzü de daha esmerdi. Acı çektiği zayıflığından anlaşılıyordu. Kılığı da pek sade idi, yoksul sınıf giysiler. Kızın bukleli saçları kısacık kesilmişti, kulaklarında iki gümüş halka sallanıyordu.

Çocuklar birbirlerine yaşam öykülerini anlattılar. Erkek çocuk kimsesizdi, birkaç gün önce, Liverpool'da amelelik yapan babası bir iş kazasında yaşamını yitirmişti. İtalyan Konsolosu kimsesiz çocuğu, memleketi olan Palermo'ya yollamak için gemiye bindirmişti. Mario, orada köylerdeki akrabalarının yanına sığınacaktı.

Kızın yaşam öyküsü aşağı yukarı acıklı sayılırdı. O da bir yıl önce kendisini çok seven halası tarafından Londra'ya götürülmüştü. Çok yoksul ailesi, halanın kızlarını kendisine varis yapma vaadi üzerine Giulietta'yı ona teslim etmişlerdi. Ama ne yazık ki, büyük bir aksilik olmuş tam üç hafta önce henüz genç sayılacak yaştaki hala, bir trafik kazasında yaşamını yitirmiş ve vasiyetini yazmaya zaman bulamadığından kızcağıza metelik kalmamıştı. İtalyan Konsolosu kızı da, gemiye bindirmişti. Her iki çocuğu da o yaşlı İtalyan tayfaya emanet etmişti konsolos.

Kızcağız sözlerini şöyle bağladı:

«İşte bu kadar. Zengin döneceğimi sanan annem babam düş kırıklığına uğrayacaklar ama beni o kadar çok severler ki, gene de döndüğüme sevineceklerinden eminim. Hele kardeşlerim. En büyükleri benim, dört küçük kardeşim var. Ablaları olduğumdan evde onlara hep ben baktım, beni görünce bayram edeceklerini biliyorum. Hem bir şeye daha seviniyorum. Noel'de on üç yaşıma giriyorum, yaş günümü evde kutlarım artık.»

Sonra birden yeni arkadaşına sordu:

«Sen de ailenin yanına dönüyorsun, değil mi?»

«Bakalım beni isteyecekler mi?» Mario aslında nasıl karşılanacağını pek bilemiyordu. «İtalyan köylüleri akraba canlısı olurlar ama çoğu o kadar yoksuldur ki, bir boğaza bakmak bile onlara ağır gelir...»

Bütün gün iki çocuk yan yana oturup konuştular. Yolcular onları kardeş sanıyordu. Kızcağız bir çorap örüyordu. Mario hep dalgındı. Deniz giderek daha da kabarıyordu.

Gece, kızcağız kamarasına inmeden Mario'ya:

«İyi geceler» diledi.

O sırada kaptana haber götürmek için yanlarından geçen o yaşlı İtalyan gemici:

«Ah zavallı çocuklarım, bu gece galiba çok sallanacağız!» dedi.

Mario da yol arkadaşına iyi geceler demek için başını çevirmişti ki, azgın bir dalga onu tahta sıranın üzerine attı. Kız ona koştu:

«Yaralandın mı?»

Tam o anda aceleyle aşağı inen yolcular onlara dikkat bile etmemişlerdi. Mario sersemlemişti, alnından kan sızıyordu. Giulietta boynundaki kırmızı mendili çıkartarak onun yarasını sardı. Mario'nun alnından damlayan kan kızın sarı giysisini lekelemişti. Mario toparlanmıştı, doğruldu ve sonra kalkarak:

«Sağol bana yardım ettin!» dedi.

Giulietta ona sordu:

«Daha iyisin değil mi?»

«Bir şeyim yok.»

«İyi uyu, Mario.»

«Sana da iyi geceler Giulietta.»

İtalyan tayfanın tahminleri doğru çıktı. Henüz çocuklar uyumamışlardı ki, korkunç bir fırtına koptu. Bu çılgın saldırıdan az sonra direklerden biri kırıldı. Asılı olan filikalardan biri de sulara sürüklendi. Bu arada ön taraftaki üç öküzü de dalgalar alıp götürmüştü...

Gemi ana baba günü gibiydi. Büyük bir panik vardı. Acıklı çığlıklar, hıçkırıklar yüksek sesle edilen dualar... Fırtına giderek şiddetleniyordu. Gün doğduğunda doruğa ulaşmıştı. Dev gibi dalgalar gemiyi kamçılıyor ve ne bulurlarsa denize sürüklüyorlardı!

Sonunda makine dairesini kaplayan sahanlık çöktü, sular kulakları tırmalayan bir hışırtıyla saldırdı, ateşi söndürdüler ve ateşçiler de canlarını kurtarmak için kaçıştılar.

Birden bir ses «Pompalara!» diye gürledi. Kaptan emir veriyordu. Tayfalar pompalara koştular ama hiç beklenmedik bir rüzgâr gemiye arkadan yüklendi, halatları ve korkulukları devirerek içeri sel gibi su akıttı.

Korkudan yarı ölü gibi olan yolcuların hepsi büyük salonda toplanmışlardı. Bir ara kaptan göründü, yolcular hep bir ağızdan:

«Kaptan kurtulma umudumuz var mı? Bizi kurtar!» diye ona yalvardılar.

Kaptan susmalarını bekledi ve çok sakin bir sesle:

«Tanrı'nın istediği olur katlanacağız!»

Bir kadın «Merhamet!» diye haykırdı.

Kimse ses edemiyordu, hepsi derin bir panik içinde taş kesilmiş gibi donakalmışlardı. Uzun bir süre ölüm sessizliği çevreyi kapladı. Hepsi hayaletler gibi sararmış, korku içinde perişandılar. Bir ara kaptan denize bir sandal indirmeyi denedi. İçinde beş denizci bulunuyordu. Ancak sandal suya değer değmez dev bir dalga onu alabora etti. Denizcilerden ikisi boğuldu, içlerinde o yaşlı İtalyan tayfa da vardı.

Ötekiler büyük çabalar sonunda iplere asılarak gemiye dönmeyi başardılar.

Bu başarısız denemeden sonra denizciler de umutlarını yitirmişlerdi. İki saat daha geçti, gemi giderek suya dalıyordu.

O sırada güvertede çok acıklı bir olay meydana geldi. Anneler üzüntüyle çocuklarını bağırlarına basıyorlar, dostlar kucaklaşarak vedalaşıyorlardı. Kimi, kudurmuş denizi görmemek için kamaralarına indi. Yolculardan biri ölümü beklemektense beynine bir kurşun sıkarak merdivende can verdi. Mutsuz yolcular kadere boyun eğmiş ölümü bekliyorlardı.

Derken hıçkırık sesleri yükseldi, çocuk bağırmaları, tiz çığlıklar ve şurada burada taş kesilmiş insanlar, deli gibi gözlerini açmış çevrelerine bakıyorlardı. Mario ve Giulietta, bir direğe kollarını geçirmiş, gözlerini denize dikmişlerdi. Deniz azıcık sakinleşmişti, ancak gemi giderek batmaya devam ediyordu. Birkaç dakika sonra tamamıyla sulara gömülecekti.

Kaptan:

«Son filikayı da indirin!» emrini verdi.

En son kalan yedek filika da denize indirildi, on dört tayfa ile üç yolcu içine bindiler.

Kaptan yerinde kalmıştı, aşağıdan ona seslendiler:

«Bizimle gelsenize!»

«Hayır ben görevimin başında ölmek zorundayım!» yanıtını verdi.

Tayfalar onu ikna etmek istediler.

«Deniz duruldu belki bir gemiye rastlarız, kurtulabiliriz. İnin yoksa ölürsünüz!»

«Yoo hayır, kalıyorum.»

«Bir kişilik yer var, bir kadın...»

Denizciler yolculara seslendi.

Bir kadın ilerledi ama filikanın gemiden epeyce uzak olduğunu görerek vazgeçip olduğu yere yığıldı. Öteki kadınların kimi baygın, kimi yarı ölü gibiydi. O zaman gemiciler:

«Bir çocuk!» diye seslendiler.

Bu çağrıya küçük Sicilyalı ile arkadaşı yanıt verdiler:

«Ben, ben!» diye haykırarak iki yabani hayvan gibi ileri atıldılar.

Denizciler:

«En küçüğü gelsin, sandal yeterince yüklü...»

Bu sözü duyunca Giulietta kalakaldı ve kolları yanına düşerek birkaç adım geriledi.

Mario, ona baktı, az önce yaralı alnının kanıyla lekelenen sarı giysisindeki lekeyi gördü ve birden çok soylu bir duyguyla yüzü aydınlandı:

Denizciler sabırsızlanmışlardı:

«Haydi en küçüğü gelsin. Gidiyoruz!»

O zaman Mario, insan sesine benzemeyen bir sesle haykırdı:

«O benden daha hafif, haydi Giulietta senin annen, baban var. Oysa benim kimsem yok. Sana yerimi seve seve veriyorum... Atla...»

Denizciler:

«Onu denize at!» dediler.

Mario kızı belinden kavrayarak kayığa doğru fırlattı.

Kız bir çığlık atarak suya düştü, gemicilerden biri onu kolundan yakalayarak kayığa çekti.

Küçük Sicilyalı küpeşteye dayalı ayakta durdu. Rüzgâr alnındaki bukleleri dalgalandırıyordu.

Kayık, geminin batarken yarattığı anafora kapılmamak için acele uzaklaştı. O zamana kadar baygın duran Giulietta, kendine geldi, gözlerini Mario'ya kaldırarak:

«Elveda Mario!» dedi. «Elveda, elveda!»

Çocuk da onu yanıtladı: «Elveda!»

Kayık çalkantılı dalgalar üzerinde acele uzaklaştı. Gemiyi de artık yoğun bir sessizlik kaplamıştı. Su güverteyi basmıştı.

Giulietta yüzünü elleri arasına sakladı, başını kaldırdığı zaman, gemi yok olmuştu.

TEMMUZ

ANNEMİN SON MEKTUBU

1, Cumartesi

Evet Enrico ders yılı sona erdi. Küçük arkadaşı için yaşamını feda eden bu kahraman çocuğun öyküsü yılı güzel bir şekilde sona erdirdi. Öğretmen ve arkadaşlarından ayrılmak üzeresin. Ancak sana üzücü bir haberim var. Bu ayrılık senin sandığın gibi iki ay değil; ömür boyu sürecek bir ayrılıktır.

Baban mesleği gereği Torino'dan gitmek zorunda, biz de doğal olarak kendisiyle gidiyoruz. Önümüzdeki güz mevsiminde buradan ayrılıyoruz. Yeni bir okula gideceksin. Buna üzüldün değil mi?

Sana okumayı öğreten ve tam dört yıl devam ettiğin ve çok sevdiğin okulundan ayrılmak sana zor gelecek. Yıllar yılı orada aynı öğrencileri, aynı öğretmenleri gördün. Akşamları kapıda çocuklarını bekleyen aynı ana babaları gördün. Çok iyi arkadaşlar edindin, o okulda senin zekân dünyaya açıldı, orada sana verilen her öğüt senin iyiliğin içindi.

İnan bana Enrico, cezalardan bile yarar gördün... Arkadaşlarına veda ederken yüreğinde bu tatlı anıyı taşıyarak ay-

rıl. Onlardan çoğu belki de mutsuz olacaklar, bazı felaketlere uğrayacaklar, kimi genç yaşta anne babasını yitirecek, içlerinden birçoğu da belki gene genç denecek bir yaşta bu dünyaya gözlerini yumacaklar. Kimi de yurt uğruna kanını dökecek. Çoğunun dürüst ve çalışkan işçiler olacaklarından hiç kuşkum yok. Kimbilir belki de, sınıf arkadaşlarının içinden, yurduna çok yararlı olacak ve adını dünyada duyuracak kadar ünlü biri de çıkabilir. Onlardan ayrılırken sevecenlik göster, oğlum. Henüz küçük yaşta girdiğin bu büyük aileye yüreğinden bir şeyler bırak. Buraya çocuk olarak girdin, yetişmiş olarak ayrılıyorsun. Okul bir ana sayılır, Enrico. Henüz yeni yeni konuşmaya başladığında seni benden alan okul, şimdi seni bana gelişmiş, iyi yürekli ve çalışkan bir çocuk olarak geri verdi. Okul kutsaldır yavrum, bunu hiçbir zaman unutma.

Büyüdüğünde dünyayı gezecek, pek çok ülkeler, pek çok insanlar göreceksin. Şahane kentler, eşsiz anıtlar göreceksin, ama inan bana hiçbir zaman o kapalı pancurlu, beyaz boyalı ve gösterişsiz binayı unutmayacaksın. Onun o gölgeli bahçesinde, senin zekânın ilk tomurcukları filizlenmişti. Yaşamının son gününe kadar onu hayalinde gene göreceksin, tıpkı benim gibi. Evet Enrico, ben senin dünyaya geldiğin ve sesini duyduğum o evi nasıl unutmuyorsam, sen de yaşam boyu okulunu anacaksın.

Annen

SINAVLAR

4, Salı

Artık sıra sınavlara geldi. Okul dolaylarındaki sokaklarda: *Sınav, Not, Problem,* sözcüklerinden başka söz edilmiyor. Çocuklar, anne babalar, erkek ve kadın öğretmenler, hepsi yalnız bu konuyu konuşuyorlar.

Dün sabah, kompozisyon sınavı, bu sabah da matematik sınavı var. Oğullarını okula getiren anne babaların öğütlerini duymak oldukça dokunaklı. Anneler küçük çocukları sınıflarına kadar getirip, sıralarına oturmalarına yardım ediyor, kalem uçlarını temizleyerek, kapı eşiğinden bir kez daha:

«Gayret, dikkat!» diyorlardı.

Bizim sınava giren yardımcı öğretmen, Bay Coatti'ydi. Şu arslan kükremesini taklit eden, öğrencilerini azarlayan ama gene de kimseyi cezalandırmayan o iyi kalpli öğretmen.

Çocukların çoğu heyecandan renkleri atmış bekliyorlardı.

Profesör, belediyeden gelen zarfı açıp içinden seçilen problemi çıkardığı zaman, çıt bile çıkmadı. Bay Coatti problemi yüksek sesle dikte ederken bize sert sert bakıyordu. Ama aslında problemin çözümünü de söyleme yetkisi olsa bunu seve seve yapacağı belliydi.

Hemen çalışmaya koyulduk. Ama bir saat sonra cesaretini yitiren pek çok öğrenci oldu, çünkü aslında problem çok zordu. Crossi, kafasını yumrukluyordu.

Zavallı çocuklar, aslında çoğu da haksız sayılmazdı ya. Çalışmaya az zamanları olduğu gibi arkadaşlarımızın çoğu da, evde ailelerinden yardım göremiyorlardı. Ancak isabet Derossi aramızda idi. Arkadaşlarına yardımcı olmak için çırpınıyordu Derossi. Onlara bir rakam fısıldıyor, bir işlem yapmalarını öneriyordu. Bu yardımını kimseye farkettirmeden, duyurmadan yapmayı da ne güzel başarıyordu. Matematikte iyi olan Garrone de yanındaki arkadaşlara elinden geldiğince yardım ediyordu; hatta şu kibirli Nobis'e bile el uzattı. Sıkışan Nobis birden pek nazik kesilmişti. Stardi bir saat kadar kıpırdanmadan probleme baktı durdu, yumruğunu dayamıştı, sonra birden kalemine sarıldı ve beş dakika içinde çözdü.

Öğretmenimiz sınıfta aşağı yukarı yürüyor ve hepimize:

«Sakin olun, hepinizden sakin olmanızı rica ediyorum,» diye tekrarlıyordu.

Saat on bire doğru, okulun önü dolmuştu. Aralık pancurlar arasından, bir aşağı bir yukarı dolaşan heyecanlı ana babalar göründü. Hepsi de sınav sonucunu öğrenmeye gelmişlerdi. Aralarında Precossi'nin babası da vardı. Yüzü gözü is içinde, atölyesinden birkaç dakika için ayrılmıştı. Crossi'nin annesi Manav Kadın, Nelli'nin annesi, o siyahlı güzel sarışın kadın hepsi endişeyle oğullarının çıkmasını bekliyorlardı. Öğleden az önce babam da göründü. Gözlerini sınıfın penceresine dikmişti, ah sevgili babam... Çıkış tam bir komedi oldu.

Anne babalar, çocukları karşılıyor, soru soruyor, defterleri karıştırıyor, onların yazdıklarını arkadaşlarınınkilerle kıyaslıyorlardı.

«Kaç işlem yaptınız? Sonuç ne çıktı?»

«Peki ya çıkartma? Ya çarpma? Toplam aktarması, hani ondalıkların virgülü?»

Her kafadan bir ses çıkıyor, herkes öğretmenlere koşuyordu. Zavallı öğretmenlerimiz bu soru selini nasıl yanıtlayacaklarını bilemediler.

Babam elimden hemen müsvedde defterimi kaptı, işlemlerime baktı ve sonra:

«İyi,» dedi.

O sırada Demirci, Precossi'nin babası yanı başımızda duruyordu. O da oldukça endişeli görünüyordu, babama yaklaştı ve çekinerek:

«Ne olur bana sonucu okur musunuz?» diye sordu.

Babam okudu, Bay Precossi oğlunun defterine baktı. Pietro Precossi problemi doğru çözmüştü. Adamın birden yüzü aydınlandı ve sevinçle:

«Aferin küçüğüm!» diye haykırdı.

Aynı duyguyu paylaşan babamla Demirci bakıştılar, sanki o anda dost olmuşlardı. Çocuklarının başarısını paylaşmak onları yakınlaştırmıştı. İki dost gibi birbirlerine gülümsediler, sonra babam elini Demirci'ye uzattı, tokalaştılar.

Adam:

«Haydi bundan sonra sözlü sınava,» dedi. Ayrıldık. Birkaç dakika sonra güzel bir sesle başımızı çevirdik; bu, türkü söyleyerek yürüyen Demirci'nin sesiydi.

SON SINAV

7, Cuma

Bu sabah sözlü sınavlar başlıyor.

Saat sekizi on geçe büyük salona dört öğrenci birden çağrıldı. Yeşil çuha örtülü bir masa çevresinde müdürümüz ve dört öğretmen oturmuşlardı.

Bizim öğretmenimiz Bay Perboni de onların arasındaydı. Ben ilk çağrılanlar arasındaydım. Zavallı öğretmenimizin bizi ne kadar çok sevdiğini bugün daha da iyi anladım. Dikkat kesilmiş, vereceğimiz yanıtları can kulağıyla dinliyor. Duraksadığımızı görünce alnı bulutlanıyor, kesin yanıt verdiğimizde yüzü gülüyordu. Eliyle bizi yüreklendirmek için işaretler yapıyordu. «-Oldu - iyi - dikkatli olun - daha sakin olun - cesaret» demek istiyordu bize.

Olanağı olsa, bize yanıtları fısıldayacaktı. Eminim ki öğrencilerin babaları bile onun kadar heyecanlı değillerdi. Müdür ve diğer öğretmenler bana:

«Tamam, iyi, gidebilirsiniz.» dedikleri zaman öğretmenimin gözlerinin ışıldadığını gördüm.

Sınıfa dönüp babamı beklemeye koyuldum. Öğrencilerin hemen hemen hepsi orada sıra bekliyorlardı. Ben de Garrone'nin yanına oturdum. Son kez olarak onun yanına oturduğumu düşünerek üzülüyordum. Boynunda ışıldayan altın haçı gördüm. Bunu ona Nelli'nin annesi takmıştı.

Tüm cesaretimi toplayarak arkadaşıma:

«Garrone, babam Torino'dan ayrılmak zorunda, bir daha artık buraya dönmeyecek.» dedim.

Garrone bana onunla gidip gitmeyeceğimi sordu, gideceğimi söyledim:

«Ya, demek o zaman dördüncü sınıfı beraber okuyamayacağız?»

Bir süre konuşmadan önündeki deftere bir şeyler çizdi, sonra başını kaldırmadan sordu:

«Üçüncü sınıf arkadaşlarını anımsayacak mısın?»

«Evet, hepinizi. Ama senin kalbimdeki yerin bambaşka. Garrone, seni asla unutmayacağım. Seni kim unutabilir?»

Garrone o çok anlamlı bakışlarını bana dikti ama hiçbir şey söylemedi. Eliyle karalamasına devam eder gibi yaparak sol elini bana uzattı, ben de bu dürüst eli içtenlikle kavradım.

O sırada Bay Perboni göründü, yüzü gülüyordu.

«Aferin,» dedi, «şimdiye kadar çok iyi gitti, sınava daha sonra gireceklerin de sizler gibi başarmasını umarım, aferin çocuklarım cesaret, hepinizden pek memnunum!»

Bize sevincini belirtmek için kapıdan çıkarken ayağı takılmış gibi yaparak düşmemek için duvara dayandı. Şimdiye kadar hiç güldüğünü görmediğimiz o ciddi Bay Perboni'nin bu sevimli şakası bize öylesine inanılmaz geldi ki gülemedim bile.

Aslında öğretmenimizin bu şakası beni çok duygulandırmış, içime bir hüzün vermişti. Demek dokuz aylık çalışma ve emek sonunda tek şu an mutlu olmuştu. Dokuz ay bizim yaramazlıklarımıza, kaprislerimize dayanmış, büyük bir sabırla bize bildiklerini öğretmeye çalışmıştı. Bütün bu yoğun çalışmanın karşılığı birkaç saniyelik bir sevinç miydi? Hasta hasta derse geldiği günleri bilirim, o bu kadar zahmet karşılığı bizden ne beklemişti? Bir gülümseyiş mi?

Şu anda bana öyle geldi ki, bir yaşam boyu her zaman anımsayacağım. Öğretmenimin o yapmacık kaymasını asla unutmayacağım. Büyüdüğüm, tam bir erkek olduğum zaman eğer Bay Perboni ile yeniden karşılaşma mutluluğuna erişecek olursam, ona bu davranışının bana ne denli dokunduğunu söyleyecek, derin bir saygı ve şefkatle onun ak saçlarından öpeceğim.

ELVEDA

10, Pazartesi

Öğleyin hepimiz okulda toplandık, sınavların sonucunu öğrenecek ve sınıf geçme karnelerimizi alacaktık. Sokak anne babalarla dolmuştu, hatta kimi büyükler salona bile gelmişlerdi. Birçoğu sınıfları doldurmuştu.

Bizim sınıfta Garrone'nin babası, Derossi'nin annesi, Demirci Precossi, Baba Coretti, Madam Nelli, Manav Kadın, Küçük Duvarcı'nın babası ve Stardi'nin babası bulunuyordu. Şimdiye kadar henüz görmediğim başka anne babalar da vardı.

Öğretmen içeri girdiğinde, çevreyi yoğun bir sessizlik kapladı. Elindeki listeden okumaya başladı:

«Abatticini geçti, Archini geçti, Küçük Duvarcı geçti, Crossi geçti. Derossi geçti, birincilik ödülü ile.»

Derossi'yi tanıyan ve orada bulunan anne babalar kendisini alkışlayarak «bravo, yaşa!» diye haykırdılar. O da güzel sarışın başını eğerek onları selamladı, bu arada kendisine el sallayan annesine gülümsedi.

Öğretmen okumasını sürdürüyordu:

«Garrone, Garoffi, Küçük Kalabriyalı geçtiler.»

Derken Bay Perboni sınıfta kalan üç dört öğrencinin adlarını okudu. İçlerinden biri babasının kendisine yumruk sıktığını görerek ağlamaya başlamıştı. Bay Perboni babayı uyardı:

«Yoo, hayır bayım, onu hoş görün, çok zaman sınav bir şans meselesidir, oğlunuzun durumu da böyle bir talihsizlik oldu. Kendisi tembel bir öğrenci değildi.»

Daha sonra yeniden okudu:

«Nelli geçti (annesi eliyle ona bir öpücük yolladı) Stardi geçti.»

En son okunan ad çok şık giyinmiş olarak gelen Votini'nin adı oldu. Neyse o da geçmişti.

Öğretmenimiz o zaman ayağa kalkarak bize:

«Çocuklarım,» dedi. «Bugün son kez buluşuyoruz. Yıl boyu birlikte olduk, şimdi de iyi dost olarak ayrılıyoruz, değil mi? Sizlerden ayrıldığıma çok üzgünüm çocuklarım!..»

Kısa bir an için sustuktan sonra ekledi:

«Belki arada bir sabrım tükenmiş ve elimde olmayarak size haksızlık etmiş olabilirim. Beni hoş görün, kusuruma bakmayın.»

Öğrenciler hep bir ağızdan:

«Hayır, siz daima hoşgörülü oldunuz, sizden çok memnunuz!» diye haykırdılar.

Ana babalar da eklediler: «Tanrı sizden razı olsun, biz çok memnun kaldık Bay Perboni!»

Öğretmen, elinin bir işaretiyle herkese teşekkür ettikten sonra sözlerini sürdürdü:

«Sevginizi asla benden esirgemeyin. Gelecek yıl artık başka bir sınıfta olacaksınız. Ancak ben sizi gelip geçerken görecek ve daima kalbimde yaşatacağım, elveda çocuklarım...»

Bu sözlerden sonra öğretmenimiz aramıza geldi. Hepimiz sıralarımız üzerinde ayakta durmuş kendisine ellerimizi uzatmıştık. Aramızdan kimi onun ceketinin eteğini tutmuş, kimi kolunu yakalamıştı. Bazıları öptüler bile. Elli ses aynı anda sınıfı, çın çın çınlattı:

«Elveda öğretmenimiz, sağ olun var olun, çok yaşayın. Bizi unutmayın biz de sizi asla unutmayacağız!»

Öğretmen sınıftan çıktığında çok heyecanlanmıştı, yüzü kızarmış, gözleri ışıl ışıldı.

Derken bizler de sıraya falan girmeden karma karışık dışarı fırladık; karnelerimiz ellerimizde oldukça mutluyduk. Çok gürültü vardı, her kafadan bir ses yükseliyor, öğretmenleriyle vedalaşan öğrencilerin sesleri her yeri çınlatıyordu.

Kırmızı tüylü şapka giyen o güzel bayan öğretmenin çevresini belki yirmi çocuk sarmıştı. Birkaç tanesi aynı anda boynuna sarılmışlar ona soluk aldırmıyorlardı. Devamlı siyahlar giyinen «rahibe» dediğimiz o genç bayanın da giysisi ve cepleri çiçek demetleriyle dolmuştu. Bu arada bir kalabalık da, bugün ilk olarak koltuk değneklerinden kurtulan, artık tamamen iyileştiği için, kendi başına yürüyen o kahraman Robetti'nin etrafını almıştı. Hep birden onu kutladılar.

Her yerden hep aynı sözler duyuluyordu:

«Gelecek yıla! Ekim ayına!»

Herkes öylesine mutlu görünüyordu ki, küs arkadaşlar bile aralarındaki anlaşmazlıkları, kavgaları unutmuş, birbirleriyle vedalaşıyorlardı.

Votini, Derossi'nin boynuna atıldı. Oysa onu kıskandığını zannederdik. Derossi de onu içten kucaklıyordu. Küçük Duvarcı son kez bana tavşan burnunu yaptı, onu kucakladım. Precossi'yi öptüm, piyangoda kazandığımı söyleyerek elime bir hokka takımı sıkıştıran Garoffi ile tokalaştım.

Bu arada yıl boyu kendisini korumuş olan Garrone'yle Nelli'nin ayrılmaları pek dokunaklı oldu. Zavallı Nelli sanki bir türlü ayrılmak istemez gibi onun boynuna sarılmıştı. Bütün öğrenciler Garrone'nin çevresinde halka oldular ve birlikte geçirdiğimiz aylar boyu kendisinden gördükleri iyilikler için ona teşekkür ettiler... Garrone'nin babası, altın kalpli oğluna yapılan bu sevgi gösterilerinden mutluluk duyduğunu, ışıltılı bakışlarıyla açıkladı.

Bana gelince, ben de en son Garrone'yle vedalaştım ve başımı onun omuzuna dayayarak, hıçkırmaya başladım. O da beni alnımdan öptü, sonra koşarak ayrılırken o anda bana yaklaşan babamı selamladı.

Babam da çok heyecanlı görünüyordu:

«Arkadaşlarınla vedalaştın mı?» diye sordu. «İçlerinde kalbini kırdığın, kendisine haksızlık ettiğin biri varsa, onun gönlünü almalısın. Böyle bir arkadaşın yok mu?»

«Hayır baba yok, hepsiyle çok rahat arkadaşlığımız oldu.»

Babam gözlerini kaldırdı, okula bakarak heyecandan boğuklaşmış bir sesle:

«Öyleyse elveda!» diye mırıldandı.

Onun yanı başındaki annem de «Elveda!» diye yineledi.

Bana gelince boğazıma sanki bir yumru tıkanmıştı, hiçbir şey diyemedim, yaşlı gözlerle okuluma son bir kez baktım.

ANNA KARENİNA I	*TOLSTOY*
ANNA KARENİNA II	*TOLSTOY*
ECİNNİLER I	*DOSTOYEVSKİ*
ECİNNİLER II	*DOSTOYEVSKİ*
BABALAR VE OĞULLAR	*TURGENYEV*
DUBROVSKİ	*PUŞKİN*
ANA	*MAKSİM GORKİ*
EKMEĞİMİ KAZANIRKEN	*MAKSİM GORKİ*
BENİM ÜNİVERSİTELERİM	*MAKSİM GORKİ*
ÇOCUKLUĞUM	*MAKSİM GORKİ*
MUJİK	*GORKİ*
CENNETİN DOĞUSU	*STEİNBECK*
GAZAP ÜZÜMLERİ	*STEİNBECK*
MADAME BOVARY	*FLAUBERT*
BUDALA	*DOSTOYEVSKİ*
TEHLİKELİ İLİŞKİLER	*LACLOS*
GERMİNAL	*EMİLE ZOLA*
ÇARIN ÇİZMELERİ	*ZOŞÇENKO*
OLIVER TWIST	*DICKENS*
SAVAŞSIZ YİRMİ GÜN	*SIMONOV*
GÜNDÜZLER VE GECELER	*SİMONOV*
ON ÜÇ PİPO	*EHRENBURG*
VOLGA AVRUPA'DAN DOĞAR	*MALAPARTE*
GECENİN ÇOBANLARI	*AMADO*
GORA	*TAGOR*

EKMEKÇİ KADIN	*MONTEPİN*
AŞK VE GURUR	*JANE AUSTEN*
TARAS BULBA	*GOGOL*
RAMEAU'NUN YEĞENİ	*DENIS DİDEROT*
DUMAN	*TURGENYEV*
MAYIS GECELERİ	*GOGOL*
GARP CEPHESİNDE YENİ BİR ŞEY YOK /	*REMARQUE*
BEYAZ DİŞ	*JACK LONDON*
DİRİLİŞ	*TOLSTOY*
İVAN İLYİÇ'İN ÖLÜMÜ	*TOLSTOY*
GORIOT BABA	*BALZAC*
VADİDEKİ ZAMBAK	*BALZAC*
KÖYLÜLER	*BALZAC*
ÉUGENİE GRANDET	*BALZAC*
RAHİBE	*DIDEROT*
BIR AŞK HİKAYESİ	*E.ZOLA*
JANE EYRE	*C.BRONTE*
DORIAN GRAY'IN PORTRESİ	*O.WİLDE*
CÉSAR BİROTTEAU	*BALZAC*
KIRMIZI VE SİYAH	*STENDHAL*
PARMA MANASTIRI	*STENDHAL*
OĞULLAR VE SEVGİLİLER	*LAWRENCE*
AŞIK KADINLAR	*LAWRENCE*

EMEK I	*E.ZOLA*
EMEK II	*E.ZOLA*
KARAMAZOV KARDEŞLER I	*DOSTOYEVSKİ*
KARAMAZOV KARDEŞLER II	*DOSTOYEVSKİ*
ASLAN ASKER ŞVAYK I	*J.HAŞEK*
ASLAN ASKER ŞVAYK II	*J.HAŞEK*
EMMA	*J.AUSTEN*
DON KIYISINDA HASAT	*ŞOLOHOV*
UYANDIRILMIŞ TOPRAK	*ŞOLOHOV*
MARTIN EDEN	*JACK LONDON*
YANAN GÜN	*JACK LONDON*
JOHN BARLEYCORN	*JACK LONDON*
UÇURUM İNSANLARI	*JACK LONDON*
YOL	*JACK LONDON*
VADİM O KADAR YEŞİLDİ-Kİ	*LLEWELLYN*
SOYTARI	*GORKİ*
ÇANLAR KİMİN İÇİN ÇALIYOR	*HEMINGWAY*
MATTİA PASCAL	*PIRANDELLO*
BAHARLAR AÇARKEN	*IBANEZ*
TAŞRA KIZI	*SİLLAPAA*
KIRMIZI ZAMBAK	*ANATOLE FRANCE*
YABAN YEMİŞLERİ	*YEVTUŞENKO*
THERESE RAQUIN	*EMİLE ZOLA*

DÜNYA ÇOCUK KLASİKLERİ DİZİSİ

KÜÇÜK PRENS	*Exupery*
TOM SAWYER	*Mark Twain*
PRENS VE DİLENCİ	*Mark Twain*
HUCKLEBERRY FINN	*Mark Twain*
SEFİLLER	*Victor Hugo*
ANDERSEN MASALLARI	*Andersen*
ÇOCUK KALBİ	*Edmondo de Amicis*
DEFİNE ADASI	*R.L.Stevenson*
HEİDİ	*Johanna Spyri*
İSTİRİDYE KORSANLARI	*Jack London*
MUTLU PRENS	*Oscar Wilde*
POLLYANNA	*Eleanor H.Porter*
ROBİN HOOD	*R.L.Green*
SEKSEN GÜNDE DÜNYA TURU	*Jules Verne*
ZÜMRÜT KENT	*L.F.Baum*
BİNBİR GECE MASALLARI	*Antonie Galland*
SARA'NIN ÖYKÜSÜ	*F.H.Burnett*

Hz. SÜLEYMAN'IN HAZİNELERİ	*H.R.Haggard*
GRİMM MASALLARI	*Grimm*
ROBINSON CRUSOE	*Daniel De Foe*
KAŞTANKA	*Anton Çehov*
KELİLE ve DİMNE	*Beydeba*
KÜÇÜK KADINLAR	*Alcott*
BEYAZ DİŞ	*Jack London*
KON-TİKİ	*Thor Heyerdahl*
GİZLİ BAHÇE	*Burnet*
PETER PAN	*Barrie*
VAHŞETİN ÇAĞRISI	*Jack London*
PİNOKYO	*Collodi*
PAL SOKAĞI ÇOCUKLARI	*Malnor*
NOEL ŞARKISI	*Charles Dickens*
ALİCE	*Lewis Carrol*
TÜRK MASALLARI 1	*Kunos*
TÜRK MASALLARI 1	*Kunos*
ÜÇ SİLAHŞÖRLER	*A.Dumas*
MONTE CRISTO	*A.Dumas*
DEMİRYOLU ÇOCUKLARI	*Nesbit*
ÇOCUKLUK YILLARIM	*Tolstoy*
ERGENLİK YILLARIM	*Tolstoy*
GENÇLİK YILLARIM	*Tolstoy*
GÜLLİVERİN GEZİLERİ	*Swift*

KİMSESİZ ÇOCUK 1	*Hector Malot*
KİMSESİZ ÇOCUK 2	*Hector Malot*
BİR ÇALGICININ SEYAHATİ 1	*Mehmet Tevfik*
BİR ÇALGICININ SEYAHATİ 2	*Mehmet Tevfik*
SEÇME ÖYKÜLER	*Ömer Seyfettin*
MİTOLOJI MASALLARI	Prf. Dr. Müzehher Erim
SÖYLEV (Atatürk)	Alpay Kabacalı
DEDE KORKUT HİKÂYELERİ	Osman Nuri Ekiz
HAYALONYA	Nazım Sökmen
SEÇME PİYESLER	Alpay Kabacalı
NASREDDİN HOCA FIKRALARI	Ayhan Ergün
YUNUS EMRE	*Yılmaz Elmas*
HEREDOT DEDE	*Abbas Cılga*
EVLİYA ÇELEBİ SEYAHATNÂMESİ	Evliya Çelebi
EVLİYA ÇELEBİ SEYAHATNÂMESİ	*Evliya Çelebi*
BİR VARMIŞ YOKMUŞ	*Kıvanç İşcan Akıskalı*